【卷一】霓裳曲

看名將狄青橫空出世，
造就一段歷史上的鐵血傳奇……

墨武——著

推薦序

品嘗這份屬於中國中世紀的風流

歷史部落格作家
袁曉煒

我們談到漢唐，總是眉飛色舞，感覺這是中國人揚眉吐氣、肌肉特別發達的輝煌年代：漢武帝有盪平匈奴、開通絲路的衛青、霍去病；唐太宗、唐高宗父子，則靠著擊滅東西突厥的李靖、蘇定方，將中國皇帝推上了「天可汗」的寶座。秦漢隋唐（剛好讀起來就是「秦漢」加「隋棠」），似乎這四個「第一帝國」與「第二帝國」的開創朝代也像那二個俊男美女的明星一樣，值得讓人低迴仰慕，品味再三。

可是一到宋朝……嗯，好像就不那麼引人入勝了。城市很繁華，瓷器很精美，科學還不錯——像是《夢溪筆談》之類的科學著作，還能帶給我們一絲榮耀感，但這批承先啟後的傢伙真是積弱不振，扶不起的阿斗——怎麼會每年幾十幾百萬兩白花花的「歲幣」銀子（還有茶葉、絲綢），送給「番邦」當保護費呢？二宋三百三十年的歲月，似乎除了清明上河圖的末代繁華，與直把杭州作汴州的逸趣之外，就沒甚麼好說的了。

可事實不是這樣的。從北宋建國初期力戰殉國，義烈千秋的楊家將「楊老令公」楊業開始，到一手締造「撼山易，撼岳家軍難」的精忠岳飛，宋朝的軍事成就、技術與革新依然令人驚艷：曾公亮的《武經總要》彙整了十世紀左右的軍事技術；指南針普遍應用在海船之上；第一艘實戰的人力輪船（車輪舸）出現在太湖的水面；而火藥的實戰應用也發生在此時──「震天雷」、「飛火槍」、「霹靂砲」等的爆聲響徹了汴京城與采石磯的長空。這些以後將遠傳歐洲，改變世界的軍事創新都在此時百花齊放。

除了事物之外，當然還有人物。這本書的主角──起自行伍，智勇雙全的狄青，像是西元一千年左右，畫過東亞大地的一顆流星──從祁連山到崑崙關，這個臉上刺字，上陣時頭戴銅面具、威風凜凜的小兵，竟一路做到了當時武職最高的樞密使（國防部長）。

光是這樣還不夠好看。「女皇帝」一直是中國歷史上的敏感話題。北宋真宗─仁宗時代的宮闈祕聞，透過那樁傳統戲曲裡的好戲「貍貓換太子」，廣為國人所知。劉太后果真想師法呂雉武媚，女主臨朝？還是只是由於一個不能生育的母親的不安全感，一直延遲養子宋仁宗親政的時間？

還要再加上一點國際間的爾虞我詐。北宋時的中國大地，同時間並立著五、六個國家──除了漢人的宋朝以外，契丹、西夏、吐蕃、大理，再加上後起的女真與蒙古，擾擾春秋，列國爭雄，這種諜來諜往，你爭我奪的時代背景，是不是更有了點湯姆．克蘭西的間諜小說的感覺？

歷史如戲，小說亦如戲。金聖嘆評本的《水滸傳》，在楔子之前有一段按語說得極好：「興亡如脆柳，身世類虛舟。」閒雲潭影，物換星移，人物流轉登臺，但見成名無數、圖名無數、逃名無數。一千年後的我們大可泡一杯清茗，背靠躺椅，好好品嘗一下這本半武俠、半歷史的小說，這份屬於中國中世紀的風流。

目錄

卷一　霓裳曲

狄青多年落魄，鬱鬱難歡，陡然知道這女子和他身世相仿，對他又是這般情深，早就不能自己。在麥秸巷徘徊多日，狄青雖自不覺得，但情思早已深種……

第一章 拚 命

暮春時節，鶯懶燕忙，穿梭如織。暖風輕狂，蕩起纖柔花柳，嬉遊天地。這時突然傳來噹噹的幾聲鑼響，驚起幾隻樹蔭中的鳥兒，破了春的慵懶。那癲狂的柳絮也似被驚醒幽夢，輕飄飄地落在溪水中，逐落花而去。

那溪水旁有幾株大槐樹，槐樹下放著張木桌，桌前站著幾人，京城禁軍的打扮，左臉頰上均刺著「驍武」二字。那幾人雖在打著鑼，神情卻有些漫不經心。幾人前面插著兩杆大旗，一面旗上刺著「招募」，另一面繡著「義勇」二字，原來這些人是在選拔禁軍。

大旗旁擺放著兩個木人，顯然是選拔兵士時比較身材所用。桌後坐著一人，正伏案呼呼大睡，聽到鑼聲，起身打個哈欠，伸個懶腰。他伏案而眠時倒看不出什麼，但一伸腰，才發現此人肩寬背厚，虯髯滿面，端是威武。那人看了眼桌案上的名冊，皺了下眉頭，說道：「怎麼還是這幾個人？兄弟們，加把力氣，再招十來個，就可以回去了。」

有一瘦子應道：「指揮使，百姓好像都不願意來，再招十來人，說來容易，做起來難呀。」

虯髯那人又打個哈欠道：「盡力而為吧。」

一禿子問道：「郭大人，為何不去廂軍選拔，卻要從這裡的百姓中挑選呢？」

虯髯道：「老子本來要在這裡的廂軍中挑些人回去補充驍武軍，好好培養，不讓那些雜碎看輕了。可這裡的知州吝嗇得很，給我送來的廂軍都是歪瓜劣棗，奸懶饞滑，還不如我自己挑選來得實在。」

先前那瘦子突然眼前一亮，說道：「來人了。」

虯髯忙抬頭望去，見小溪那頭過來一人，笑道：「看來皇天不負苦心人，這小子個頭不錯，是塊料子，快把他帶過來。」

那人正蹚過溪水，本來要從這些人旁邊繞路而過，沒想到才到了對岸，就見幾個禁軍如狼似虎般衝過來，嚇了一跳道：「各位官大哥，在下可沒有犯事兒。」那人身材高躭，頗為年輕俊朗，微笑的時候，如和煦春風。

幾個禁軍抓住了來人，笑道：「誰也沒有說你是劫匪。小兄弟，當兵嗎？」

那人聽到「當兵」二字，嚇了一跳，斜睨到不遠處招募的旗幟，更是臉色突變。虯髯已站出來，重重一拍那人的肩頭，喝道：「小子，我看你骨骼清奇，萬中無一，就是個當兵材料。你我很是投緣，這樣吧，本來別人來當兵，總要經過層層選拔，要入禁軍，更是要從廂軍中選拔，如今我關照你，你就不用考了，只要回家收拾下行李，我就帶你入京。以後吃香的、喝辣的，榮華富貴享受不盡。你能從尋常百姓一舉直入禁軍，可真是祖墳上冒青煙了。咦……你眼睛怎麼了？」

虯髯方才遠遠見到來人身材高瘦，比起參照的木人還高出幾分，心中已有幾分歡喜，可見那人雖長得不錯，雙眼卻是鬥雞眼，就像一幅壯麗的山水圖上畫了泡牛糞，未免美中不足。

來人咳嗽連連，心道這哪裡是招兵，簡直像是土匪拉人入夥的說辭，自己怎麼這麼不幸，就撞在這些人的手上？

「這位軍爺，在下身子瘦弱，還有病在身，只怕要枉費你的好意了。」

「瘦怕什麼？多吃點就胖了。病怕什麼？吃點藥就好了。來人呀，快快將他的名字登記在冊。」虯鬍倒是饑不擇食。

禿子已問道：「姓名？」

那人隨口道：「狄青。」

禿子點頭道：「好名字。鄉籍？不用問了，這裡是汾州西河縣，你肯定是這裡人了。」他大筆一揮，在名冊上寫下了狄青的名字。狄青省悟過來，慌忙一把抓住了禿子的筆，叫道：「官大哥，你搞錯了，我不參軍。」

虯髯面色一沉，威脅道：「名冊都已寫上你的名字，白紙黑字，還能劃去不成？你可是瞧不起我郭某嗎？」

狄青雙眼泛白，忙道：「官爺，在下哪敢呢？只是在下上有八十歲的高堂需要奉養……怎能輕易離開家鄉呢？」

虯髯上下打量著狄青，「你貴庚呀？」

狄青道：「不到二十。」

虯髯冷笑道：「你二十不到，你爹娘就八十了，他們六十多才生下你，真可謂老當益壯。」

狄青不想虯髯看似粗獷，竟然如此心細，忙解釋道：「實不相瞞，家父確實是在六十多歲生的我，可生母卻是小妾，生我的時候，還不到四十歲呢。」

虯髯道：「那也無妨，等你功成名就的時候，接父母到京城豈不更好？」說罷收了名冊，就要放到懷中，「你雖眼睛不好，但說不準更有射箭的天賦……」

狄青啞口無言，不知道這是什麼道理。他其實不是鬥雞眼，只是看到招兵二字，立即裝作眼睛有毛病，只盼他們覺得自己身有殘疾，莫要找自己，哪裡想到弄巧成拙，竟成了入伍得天獨厚的條件。

虯髯又道：「名字已記錄，你快快回家收拾吧，晚上就到這裡報到。若是不到，我就讓西河縣令抄你全家，連你的兄弟姊妹、表兄堂弟一塊抓去參軍。諒你不會敬酒不吃，非要吃那罰酒吧？」

狄青大急，伸手要去抓那名冊。虯髯冷哼道：「好小子！」他話音未落，已抓住狄青的手腕。狄青大喝一聲，翻腕掙開。虯髯本是勇冠三軍之人，卻沒想到狄青腕勁極健，竟掙脫他的掌控，虯髯之人斷喝一聲，一拳打了過去。狄青躲避不及，眼看要被那缽大的拳頭擊中面門，不想他一個空翻，避開了這拳。虯髯之人見狀大喜，拊掌笑道：「我就說你小子不差，能躲過本指揮這一拳的人，硬是要得！」

他話音未落，狄青四周已圍了八人，個個長刀出鞘，森然而立。瘦子喝道：「大膽狂徒，竟敢對郭大人無禮！不想活了是不是？」

狄青駭了一跳，不敢再胡亂出手，眼珠一轉，長施一禮道：「官爺，其實小人不想參軍，也不全是高堂的緣故，實是有不得已的苦衷。」

郭大人拎起桌上的酒罈子，咕咚咕咚地喝了兩口，斜睨狄青道：「說來聽聽，天大的事情，本指揮為你做主。」

狄青暗自叫苦，哪曾想會碰到這個青天大老爺，非要逼他參軍。可他真的不想參軍，實際上不僅是他，一般百姓寧可流浪受苦，也都不願加入軍籍。

原來大宋軍人一改隋唐府兵制慣例，採用招募的方法招兵，而招兵的對象多是流民和饑民。當兵雖說是衣食無憂，但也算不上什麼榮華富貴，最重要的是臉上還要刺字。刺字這一惡習在五代盛行，被大宋承繼下來，目的就是為了防止士兵逃亡，而當時臉上刺字的人，除了兵士，就是罪犯和奴婢。一旦當兵後被刺字，這輩子都會被人瞧不起。

狄青當然不願入伍，只是他著急要去做件事，這才從這裡抄捷徑趕過去，沒想到竟被這個不知是鍋大人還是碗大人的抓個正著。

方才一會兒的功夫，狄青已找了四個理由推搪從軍：鬥雞眼、體弱、多病、父母年邁，不想一個都不管用。狄青急得腦門子都是熱汗，暗想就算說自己患了絕症，只怕這個大鬍子也要自己刺了字再說，一咬牙，鬥雞眼一眨，兩行熱淚已流淌下來，說道：「官爺，實不相瞞，在下不肯離開家鄉，只因在西河還有個喜愛的女子。這女子叫做小青，本是縣西鐵匠舖張鐵匠的女兒，在下和她自幼青梅竹馬，兩小無猜……可鐵匠舖的張鐵匠為人勢利，喜好錢財，非要我出五兩銀子的聘禮才肯嫁女兒。官爺，你也知道，像我這樣的後生，賺銀子哪是那麼容易的事情？小的狠下心，起早貪黑養了兩頭羊，不等羊出欄，今日趕到集市中去賣了，賺了三兩銀子。你看……」伸手托出了三兩銀子，狄青道：「這就是小人賣羊得到的錢。」

郭大人奇道：「那和你參不參軍有什麼關係？」

狄青忙道：「我已攢了二兩銀子，加上這三兩，就夠娶妻了。可那張鐵匠素來瞧不起遊手好閒之輩，若知道我參軍，還不如那遊手好閒之輩，怎肯將女兒出嫁？官爺，請你看在我和小青多年感情的份上，莫要逼我參軍，不要棒打鴛鴦了，好不好？」

狄青壯著膽子說出這些，本以為郭大人會告他辱罵禁軍之名，沒想到郭大人卻歎口氣道：「唉，這世上任何事情都可以強求，就是這個『情』字強求不得。這次……郭某也幫不了你了。」

狄青大喜道：「郭大人，你只要不讓小人參軍，那就是幫小人最大的忙了。」

郭大人滿臉憾色，又打量了狄青一眼，喃喃道：「真的很像。可這世上，相像的人不是很多嗎？」

狄青不知道郭大人什麼意思，可見郭大人已從懷中掏出塊碎銀子拋過來。狄青一把接住銀子，只以為這是自己的賣身錢，急得汗水又要流下來，不想郭大人道：「郭某和你一見投緣，覺得你這身本事若加以習練，在軍中……總比在這鄉下好。不過你既然有苦衷，我也不好勉強，這點碎銀子，當我祝賀你早娶嬌妻了。」

狄青眨眨眼睛，頭一次對這個郭大人有了些好感，深施一禮道：「郭大人的大恩大德，狄青永世不忘。在下還要去鐵匠舖，就先走一步了。」他再施一禮，匆忙離去。郭大人並不阻攔，回轉桌後坐下，捧著酒罈子狂灌一氣，重重歎口氣，又道：「怎麼這麼像呢？難道說……」話未畢，有一縣尉匆忙趕來，說道：「趙縣令知郭大人招兵辛苦，特在縣衙擺了桌好酒好菜，請大人賞臉。」

郭大人抹去疑惑，哈哈一笑道：「也好，這就去吧。」

狄青快步急行，等感覺郭大人騎馬也追不上的時候，這才稍緩了腳步，掂了下手上的碎銀子，自語道：「這郭大人真不錯，但娘親說過，『男兒莫當兵，當兵誤一生』，看來只能辜負他的好意了。」想我狄青何德何能，竟讓這郭大人如此器重？莫非是王八看綠豆，對了眼不成？」想到這裡，連忙搖頭，暗想郭大人是個漢子，自己也不是綠豆……

正自尋思間，遠處有人叫道：「狄青，你怎麼才回來，出……出大事了！」遠方奔來個後生，氣喘吁吁，滿頭大汗。

狄青認得來人叫做牛壯，是他自幼玩耍的朋友。見牛壯滿臉惶恐，衣衫破爛，眼角青腫，好像才和人打了一架，狄青心中一沉，「出了什麼事？我大哥呢？」

牛壯急道：「就是你大哥出事了！」

狄青一把抓住他的手腕，喝道：「快說，到底出了什麼事？」

狄青對郭遵所言，其實是半真半假。小青和張鐵匠的確是有其人，張鐵匠也的確開出了五兩銀子的價碼，不過想娶小青的是狄青的大哥狄雲。狄青今日起早賣了羊，湊夠了錢滿心歡喜地趕回家，只想幫大哥迎娶小青過門，哪裡想到會有意外？

牛壯道：「趙武德說要娶小青去做第七房小妾，丟給了張鐵匠十兩銀子。你大哥和我正在跟張鐵匠說媒，見狀當然不許，我去攔，被他們揍了一頓，你大哥去攔，結果……」他臉上已有慘然之意。

狄青忙問道：「我大哥到底怎麼了？」他知道趙武德是趙縣令的獨子，在西河稱霸一方，大哥和他交惡，如何會好？

「你大哥他……腿被打斷了。」牛壯落淚道。

狄青額頭青筋暴起，握拳道：「是趙武德下的手？」

牛壯恨恨道：「雖不是他親自下手，可也差不多了。你也知道，趙武德有一幫狗腿子幫手，在縣裡素來都是無惡不作。趙武德當時就叫囂著說他爹是縣令，打死人不會有事。」

狄青不再多說，大踏步向家中趕去，牛壯慌忙追趕，可早被狄青拋在了身後。狄青到了家中，見到大哥狄雲臉色蒼白，一條腿上血跡斑斑，臥在床榻上昏昏欲睡。有一大夫才為狄雲矯正了腿骨，見狄青到來，搖搖頭，低聲道：「只怕好了，以後也要跛了。」

狄青渾身發顫，掏出些碎銀給大夫，送走大夫之後，一拳擂在庭院外的桌案上。那桌子本極為結實，竟架不住他的大力，轟的一聲散了。

狄青心中大恨。他父母早亡，大哥狄雲本是老實的鄉下漢子，一手將狄青拉拔大，可以說是既當爹又當娘，狄青對大哥極為敬重。趙武德打斷了狄雲的腿，那實在比打斷他狄青的腿還要讓他憤恨。

狄雲聽到庭院內的動靜，醒了過來，虛弱道：「弟弟……你回來了？」

狄青快步進到屋中，「大哥，我回來晚了。你先睡會兒，我這就去找趙武德。」他轉身要走，狄雲急急喚道：「弟弟，你不能去！」

狄青止住腳步，緩緩地轉過身來，強笑道：「我是去和他們說理。」

狄雲道：「弟弟，我知道你為我不平，可他們人多勢眾，你奈何不了他們。我已經這樣了，你若有個閃失，我如何對得起死去的爹娘呢？」眼淚順著臉頰流淌下來，狄雲悲哀道：「弟弟，這件事，我們忍了吧。」

狄青良久才道：「好……」

狄雲淒涼的心中多少有些安慰，他雖不幸，可畢竟不想弟弟也有事，「你陪著我說會兒話吧。」他只怕狄青去找趙武德，藉故拖住狄青。

這時候牛壯也趕了過來，見到這裡竟然風平浪靜，大惑不解。牛壯太瞭解狄青，當然知道狄青絕對不會善罷甘休。

狄青道：「大哥，我去和牛壯說幾句話，你先歇會兒，我一會兒就回來。」他帶著牛壯出了庭院，對牛壯低語了幾句，又掏出那三兩銀子給了牛壯，然後才回轉到屋中。

狄雲並沒有看到狄青給牛壯銀子，可見到弟弟聽自己的話，嘴角終於浮出絲笑，「弟弟，你還記得，當初娘死的時候，說過什麼嗎？」

狄青道：「娘說我們兄弟要相依為命，讓我聽大哥你的話。」

狄雲淒然笑道：「是呀，弟弟，你雖然脾氣不算太好，可還是真聽我的話。娘臨去時對我說過，她最放心不下的就是你。她讓我好好看著你，為你找個媳婦兒，那娘在九泉之下也能瞑目。可是……大哥沒用，大哥對不起你，到現在……反倒要你幫我娶媳婦兒……」

狄青垂下頭道：「大哥，這世上我最親的人就是你。我自幼頑皮，總喜歡惹是生非，每次闖出了禍事，都要你來擔當。大哥你這輩子，為我這個不成材的弟弟，不知道挨了多少打罵，可你從來沒有喝斥過我一句。我只是養了兩頭羊，怎麼能報答你的恩情呢？」

狄雲歎道：「傻兄弟，你和我還說什麼恩情呢？大哥我知道你好武，前些年縣裡來了個程武師，功夫不錯，可我卻無錢請他教你武功，其實心中也很過意不去，你不會怪我吧？」

狄青抬起頭來，「可我卻偷了你的錢，給那程武師買酒喝，央求他教我些功夫。大哥，這些事情你也不會怪我吧？」

狄雲聽了，想要大笑，牽動了腿傷，嘴角一陣抽搐，道：「我早就知道了，可惜只怕那些錢也不夠。唉……弟弟，大哥只怕你闖禍，為了拴住你的性子，這才讓你養羊。這一年來，你性子已好多了，大哥很高興。等大哥腿好了後，我們就再養幾隻羊賣，到時候賣了錢，給你說個媳婦兒，大哥就算死了，也能對得起爹娘了。」他說到這裡，雖還在笑，可心中極其難過。小青被搶趙武德搶去，狄雲知道已不能挽回，早就心若死灰，只想給弟弟討個婆娘，他也就可以撒手不管了。

狄青道：「好。大哥，我謝謝你。」

兩兄弟說著閒話，牛壯又趕了回來，在庭院外叫道：「狄青，你出來一下。」狄青走出了屋子，和牛壯說了幾句話，這才去井邊打了碗水來，回轉屋子道：「大哥，你口渴了吧，喝點水。我和牛壯就在庭院，先把前幾日砍來的柴劈好。」

狄雲端過碗來，點頭道：「好，但你一定不要出去，我就在屋中看著你！」

狄青點頭，緩步走到庭院，向牛壯使個眼色。牛壯幫忙把柴房的枯枝爛木搬出來，狄青取了斧子，劈了幾下，喃喃道：「斧頭鈍了，得磨一下了。」他在磨石上霍霍地磨了幾下斧頭，又試著劈柴，狄雲見狀，心中大慰。他已喝了碗中的水，過了片刻，突然覺得眼皮有些發重，本想閉上眼睛休息一會兒就好，不想竟睡了過去。

狄青聽到屋中鼾聲，緩緩轉過頭來，將已磨得泛寒的斧頭別在了腰間，突然對著牛壯跪了下來。牛壯嚇了一跳，說道：「狄青，你這是幹什麼？」

狄青道：「牛壯，我們是不是兄弟？」

牛壯用力點頭道：「當然是，自從你七歲幫我打架的時候，我們就是兄弟了。」

狄青道：「你是孤兒，我和大哥也沒有了爹娘，這些年來，我和大哥雖與你不是兄弟，但也當你是兄弟了。你知道我的性子，這次我就算違背大哥的意思，也一定要去，不然活著還有什麼意思？」原來他雖應承了大哥不出門，卻暗中吩咐牛壯買了迷藥下在狄雲喝水的碗裡。

牛壯道：「狄青，你說吧，要我怎麼下手，我拚出一條命，也要掙回這口氣！」

狄青搖頭道：「你不需要跟我去。你現在需要做的，就是馬上雇一輛大車，帶我大哥到縣城北二十里的放羊坡等我，黃昏的時候，我若還不能帶青兒到放羊坡，你就帶著我大哥向北，向太原府的方向遠走逃難，莫要再回來了。天地之大，不一定要在西河才能活命。牛壯，我求你了……」

牛壯急道：「狄青，你一個人去那裡能行嗎？趙武德就在縣衙裡面住著，養著很多狗腿子，有幾個真的有本事，你打不過他們的。」他知道狄青雖也習武，但不過是和程武師學了一點本事，平日又去張鐵匠那裡打鐵，這才臂力強勁。但若說真打，不見得能是那些人的對手。

狄青一字字道：「我看得出，若救不出小青，我大哥就和死了沒有什麼分別。可我大哥為了我，寧死也不願意我出手。牛壯，我只有這一個大哥！」

牛壯鼻梁酸楚，知道事已至此，再沒有其他的選擇。他們根本沒法兒告官，因為這裡趙縣令最大，趙縣令當然要幫自己的兒子。牛壯也不再勸，說道：「那你小心，我等你。你放心，我會照顧你大哥。可是……你不等晚上再去嗎？」

狄青搖搖頭，「就是因為現在是白天，我去縣衙，他們才可能更意想不到。」

狄青站起身來，對牛壯深施一禮，然後回頭望了眼屋內的大哥，不再多說，大踏步出了庭院。

出了庭院後，狄青先用灶灰抹黑了臉，將衣服撕爛染黑，扮成個乞丐模樣。他雖憤怒，卻絕非魯莽送命之輩，為了大哥他一定要救出小青，但也不想先送了性命。

到了縣衙前，狄青不由吸了一口冷氣。趙武德是趙縣令的獨子，而趙縣令公而忘私國而忘家，為了辦公，索性把家都搬到了縣衙裡面。這父子倆喪盡天良，住在縣衙內，必定會叫護院守護。狄青算到了有護院，可沒想到縣衙前竟然還有禁軍！

狄青想了半晌，繞道去了縣衙的後院，走了好一會兒，才到了縣衙後門的巷子處。這裡人跡稀少，本是雜役出沒的通道。狄青正考慮是翻牆還是硬闖進去，突然聽到身後有人叫道：「叫花子，讓讓。」

狄青回頭望去，見一輛牛車正在巷子口，車上滿是乾柴。狄青認識趕車的老漢老王，知道他一直在給縣衙送柴，心念一動，垂下頭來閃到一邊。老王並沒有認出狄青，見他讓出路來，一甩鞭子，已趕車入了巷子。走了一段路，下意識地回頭望了眼，卻發現叫花子早已不見，老王嘀咕道：「這叫花子腿腳倒快。」他只顧著趕車，沒有留意到狄青趁車子路過之時，就地一滾，到了車下，猿臂暴長，已掛在了牛車之下。

老王到了巷子的盡頭，敲開了後門。有人道：「老王，這柴乾不乾？」老王憨厚笑道：「車管家，不乾不要錢。」車管家笑道：「你倒老實。好吧，本管家照顧你的生意，你明天多送點柴過來。」老王問，「要那麼多乾材做什麼，燒房子嗎？」車管家呸道：「你能不能說點好聽的？最近有京城的大人物來到這裡，又有不少禁軍，柴火就用得多一些。這不，現在那些人就在前廳喝酒呢，領頭的那個指揮使真能喝酒，我親眼見到他喝了十來斤酒下去。」

狄青聽到這裡，腦海中閃過那個郭大人的樣子。他正沉吟間，車管家又說，「老王，去領錢吧。」老王才應了一聲，就聽到腳步聲雜遝，車管家突然道：「公子爺，你怎麼到這裡來了？」

狄青聽到「公子爺」三字，心口一跳，屏住了呼吸，見一雙緞子鞋出現在車前不遠處，暗想難道是趙武德來了？他到這雜役出沒的地方做什麼？

果不其然，趙武德嘶啞的聲音傳過來，「他娘的，來了個破殿前指揮使，我那老子就非讓我去陪。那傢伙一整個酒囊飯袋，能吃又能喝，到現在才讓我走，今天得來的那小嬌娘老子還沒空碰。車管家，怎麼樣，她在柴房老實嗎？」

狄青得知小青的下落，心中一喜，從車底望過去，望見了那緞子鞋後還有十多隻腳，知道趙武德帶著手下，不由大皺眉頭。

車管家回道：「公子爺，她撞破了頭，還不吃飯，餓她幾天就會聽話了。」

趙武德罵道：「給她臉不要，老子看上她是她的福氣，惹惱了老子，玩了她後，丟到王大媽那裡去。」王大媽是這縣裡青樓的媽媽，趙武德倒是王大媽那裡的常客。

這時有人道：「公子爺，今日我們打了狄雲，聽說那窩囊廢倒有個好打架的弟弟叫做狄青。我只怕狄青會來找麻煩，還是小心點好。」那人聲音尖銳，狄青聽了，知道他是趙武德高價請來的武師，叫做索明，習慣使一條鏈子槍，武功在縣裡出類拔萃。當初教狄青武功的程師父就是敗在索明的手下，這才離開了西河。有這人在此，狄青不敢輕舉妄動。

又有人道：「狄青算個屁，給個膽子，他也不敢大白天的來這裡。索師父，你若是怕，不如回家抱娃兒去吧。」那人聲音如同公鴨，引起了旁人的一陣哄笑。狄青臉色鐵青，已聽出那人叫做棍子。沒有人知道那人的真名，可都知道那人一條棍子使得極好，就算索明對他也要忌憚三分。

索明聽棍子諷刺，有些不滿道：「小心些總是好的。」

車管家道：「其實大家都是為了公子爺好。索師父、棍子，莫要爭了。」索明、棍子聽車管家發話，都是冷哼一聲，卻不再爭辯。

趙武德哈哈笑道：「那好，我就小心些，這幾天你們都跟在我身邊。車管家，帶我去見那小娘子，我就當著你們的面玩她，這樣也安全一些。」

眾人淫笑不止。

狄青聽到這裡，再也按捺不住。他知憑自己的本事，只怕不是棍子和索明的對手，可這樣等下去也不是辦法，拿住趙武德，事情才有轉機。想到這裡，他一鬆手，不等落到地面，手腕一撐，狄青已從車下滾出來，雙手一探，已握住了穿緞子鞋的雙腳，喝道：「畜生受死！」他用力一拉，趙武德怪叫一聲，已平平地倒了下去。

趙武德雖說要防著狄青，可哪裡想到狄青竟然鬼一樣突然出現，在場人眾雖多，卻也沒有一人注意到不遠處的牛車，更沒有見到狄青是怎麼冒出來的。趙武德驚叫倒地，狄青身形暴長，才待制住趙武德，不想只聽呼的一聲，一股凌厲的疾風已到了他的腦後。狄青顧不得再擒趙武德，縮頭躲避，那股疾風倏然而來，卻戛然而止，棍影一晃，竟戳向了狄青的右眼。

狄青從未見過這麼迅疾的棍法，只能向一旁滾去。他才一滾開，就知道不好，對手老謀深算，只用了兩棍就逼他離開了趙武德。狄青才要再衝上去，只見眼前金光一閃，不由再退一步，一槍刺空，將狄青驚出一身冷汗。狄青只顧得躲避長槍，沒有注意到一棍偷偷襲來，正中他的小腿。狄青一個踉蹌，抬頭再望，只見趙武德已被兩人扶起，另外兩人冷笑著立在他面前，一個長著三角眼，正是索明，另外一人滿臉的痲子，卻是棍子。狄青一顆心沉了下去。

趙武德後腦劇痛，見已解除危險，怒道：「狄青，我操你祖宗，你敢殺我？打死他！誰殺了狄青，我賞一百兩銀子！」他懸賞才出，眾人躍躍欲試，狄青卻是回頭望了一眼。索明見狀冷笑道：「想走嗎？」他話音未落，狄青驀然轉身，向外奔去。

索明以為狄青要逃，才待舉步追去，沒想到狄青霍然回身，已向他衝來。索明一凜，鏈子槍一振，刺向狄青的胸膛。與此同時，棍子亦是一棍抽向狄青的背後。剎那間，狄青腹背受敵，他若躲過了棍子，就閃不過鏈子槍，就算僥倖閃過了鏈子槍，也躲不過接下來的殺招。

狄青哪個都沒有躲過。棍子重重地落在他的後背，鏈子槍也已刺中他的肩頭！索明甚至聽到長槍入肉的聲音，嘴角露出一絲獰笑。

不想狄青被棍子擊中，突然哇的一聲，吐出一口鮮血，正噴中索明的雙眼。索明雙目不能視物，嚇了一跳，才要後退，狄青早已抽出斧頭，一斧頭砍中索明的胸膛！

短斧入胸，血如泉湧。索明驚天一聲吼，竟被狄青一斧砍殺！

棍子聽到慘叫，心中一寒，才要展棍再打。狄青一揮手，斧頭脫手飛出，直取棍子的面門。棍子見過對手無數，可從未見過這種不要命的打法，顧不得出招，閃身急躲。斧頭電閃而過，刮在棍子的臉上，帶出一絲血痕，咄的一聲，砍入馬廄旁邊的柱子，嗡嗡響動。狄青擲出斧頭後，一聲大喝道：「擋我者死！」

他奮力一躍，已到了趙武德的面前。趙武德身邊本來還有兩個護院，可見到狄青浴血威猛，護院中最厲害的兩個人物已是一死一傷，早就寒了膽，撇開趙武德，連滾帶爬地避開。

趙武德早被嚇得尿了褲子，雙腿不聽使喚，不等動彈，就被狄青抽出他腰間的長劍，架在脖子上。

狄青只覺得眼前發黑，搖搖欲墜，卻還能喝道：「趙武德！我的腦袋要破費你一百兩，不過你的狗頭，老子可以無償地為你砍下來！」

第二章　天王

狄青搏命擒住了趙武德，受傷卻也著實不輕。他自知絕不是索明和棍子的對手，這才拚著命硬挨那一槍一棍，制住了趙武德。

眾人再望狄青，都是帶了三分敬畏。他們早聽說狄青好打架，但當初只感覺此人不過是街頭混混，哪裡想到過就是這個混混，竟然殺了索明，擊退了棍子，還當著他們的面擒住了趙武德！

趙武德早就嚇得兩腿戰慄，聽狄青威脅，顫聲道：「狄青……狄爺……我的祖宗呀，你別殺我。」

狄青冷笑道：「不殺你？給我個理由！」

趙武德想了半天，才道：「我有錢，我可以給你很多很多錢。你不是要小青嗎？你們這些蠢材，還愣著做什麼？快去把小青帶過來！」他為了保命，突然聰明了起來，車管家慌忙前往柴房，狄青見狀喝道：「給我準備兩匹快馬！」

趙武德連連點頭答應，又罵道：「你們這幫奴才，快去給狄爺備馬。」他雖然想把狄青千刀萬剮，可這時候保命要緊，對狄青自是言聽計從。

內院嘈雜一片，趙縣令知道這裡有事，匆匆趕到，見狄青挾持著寶貝兒子，喝道：「狄青！你要造反嗎？還不快把人放了！」緊接著腳步聲急促，十數個禁軍也相繼趕了過來，為首一人，正是郭大人。

郭大人見到院中的一切，一揚眉，顯然是詫異在這裡見到狄青。有禁軍就要上前，郭大人一擺手，那些人霍然止步。狄青見狀，心中叫苦，暗想這個郭大人的本領極高，再加上這些禁軍，自己想要逃脫真的是千難萬難。

這時，車管家已帶著小青過來，「公子爺，小青帶來了。」

小青容顏清秀，見到院中的情形，已明白了一切，哭泣道：「狄青，你怎麼這麼傻？」她一直當狄青是親弟弟一樣，見狄青如此，只恨自己連累了狄氏兄弟。

趙縣令當然知道自己兒子的品行，一見小青髮髻凌亂，衣衫不整，早明瞭事情原委，暗罵這個車管家和豬頭一樣，竟授人以柄。上前就給車管家一記耳光，罵道：「怎麼回事？」說罷連連暗向車管家擠著眼睛。車管家捂住臉道：「大人……這個……那個……」

趙縣令不再理會車管家，對狄青道：「狄青，這裡是縣衙，你莫要自誤。快放了趙武德，我會秉公處理。你若是一錯再錯，只怕家人也難免受到牽連。」他將小青的事情撇開不說，勸導中帶著威脅，暗想只要狄青一放人，就把他押到縣牢，打斷他的腿，挑了他的筋，然後說他暴斃身亡，一切也就過去了。

狄青冷笑道：「你若真的公正，我何必來此？你兒子強搶民女，打斷我大哥的腿，你不如現在就告訴我，如何秉公處理呢？」

趙縣令臉色一沉道：「狄青，這麼說你打算頑抗到底了？」他見有兩人已掩到狄青背後，突然一揮手道：「拿下！」

那兩人才要上前，不想狄青早就留意到身後，飛出一腳，正中一人的胸口。那人大叫一聲，飛出丈許。另外一人嚇得連連後退，不敢再動手。狄青手腕一動，長劍已在趙武德脖子上劃出道血跡，喝道：「趙縣令！既然你不要兒子的性命，那我們索性來個魚死網破！」

趙武德見到流血，差點暈過去，大聲呼喊，「爹爹救我！」

趙縣令急喊，「狄青！切莫動手，有話好商量。」

郭大人一旁如看戲般，「趙縣令，到底怎麼回事，我倒是有興趣聽聽。」

趙縣令心中一凜，賠笑道：「郭大人，這不過是小事，不勞你大駕。請你先去前廳喝酒，下官處理了這裡的事情就來。」

趙縣令雖是個土霸王，可對這個郭大人卻絲毫不敢得罪。

原來這個郭大人叫做郭遵，本是京城的殿前指揮使，位列三班，統領京中八大禁軍中的驍武軍。這次郭遵前來汾州，說是要挑選人手補充禁軍。知州不敢怠慢，讓州下各縣全力配合，郭遵各縣遊走，這段日子跑到了西河。

趙縣令當然也不敢得罪此人，刻意奉承，又是陪酒，又是打點禁軍眾人，只求平安無事就好。哪裡想到不成器的兒子竟然鬧出這麼大的禍事，自己想要遮掩，也無從下手。趙縣令暗中打定主意，這件事了結後，定然準備一份厚禮送與郭遵，只求破財免災。

郭遵見趙縣令推搪，淡淡道：「這不是小事，好像是大事。其實，我也可以幫點忙……」他不經意地望了狄青一眼，嘴角帶著絲笑意。這時候有禁軍急匆匆趕來，低聲在郭遵耳邊說了幾句話，郭遵臉色微變，皺了下眉頭。

趙縣令聞言喜道：「怎敢有勞郭大人？」覺得郭遵是站在自己這面，來了底氣，喝道：「狄青！京中郭大人在此，你還不趕快束手就擒，若是再行頑抗，就算你逃出西河縣，也要和你大哥一輩子做個逃犯！」

狄青心中微動，暗想趙縣令說的也不錯，自己雖準備亡命天涯，但大哥和小青呢，難道也要一輩子戰戰兢兢地過日子？他一時衝動，只想到這個解決的方法，但見到郭遵笑望自己，突然想到個念頭，說道：「郭大人，我要從軍！」他想自己亡命天涯不要緊，可不能連累了大哥，這個郭大人看似個好官，自己當求他庇護，才能洗刷大哥的冤情。可要求人幫助，首先的條件當然是加入禁軍。

眾人一怔，沒想到狄青這時候竟然說出這句話來。趙縣令冷笑道：「狄青，你可是瘋了？你以為你是什麼東西，竟然要入禁軍？」

郭遵哈哈一笑：「大丈夫一言九鼎，狄青，你可要記得自己說過的話。」

狄青點頭道：「在下絕無虛言。」

趙縣令見郭遵竟然真有答應狄青的意思，不由大急道：「郭大人，這如何使得？狄青窮凶極惡，要脅犬子，本是惡人，絕不能放過！」

郭遵道：「不錯，若是惡人，自然不能放過。」他話音才落，突然上前一步，大喝一聲，出手向一人抓去。

眾人又是一驚，原來郭遵對付的不是狄青，而是一旁的那個棍子。

棍子遽然大驚，沒有想到郭遵竟然會向他出手，可此人畢竟有幾分本事，長棍一顫，連擊郭遵的手臂、胸口和肋下。這一招棍影重重，變化萬方。

趙縣令駭道：「棍子，你瘋了嗎？還不住手！」他話音未落，郭遵竟已奪下長棍，再喝一聲，單手前送，棍尾戳中了棍子的胸口。喀嚓一聲，棍子胸口的骨頭已被戳斷，一口鮮血噴出，倒飛而出。才落在地上，棍子竟翻身躍起，就想要翻牆而走。不想郭遵縱步上前，長棍掃出，正中棍子小腿。棍子慘叫一聲，摔倒在地，再也無法起身。郭遵收了長棍，森然喝道：「拿下！」

早有禁軍上前，長刀出鞘，架在棍子的脖頸之上。趙縣令嚇得冷汗直冒，連聲叫道：「郭大人，你……你拿錯人了。」

郭遵仰天笑道：「絕對不會錯，我聽說還有一人混在這裡。」目光一掃，從眾護院的臉上掃過，眾護院皆是面無人色，不知道郭遵到底是什麼打算。

陡然間，一人從人群中竄起，倏然已到了牆下，再一翻身，竟然躍出了牆頭。幾個禁軍見狀，馬上跟著追過去，躍出了牆頭。郭遵不動，嘴角帶著絲冷笑。眾人驚呼，只因發現翻牆而走的那人竟是車管家，一時都難以相信自己的眼睛。這個車管家一直以來都是個文弱書生，怎麼會有這般身手？

趙縣令已覺得不對，額頭上汗水滾滾而下，吃吃道：「郭大人……這……這到底怎麼回事？」

郭遵轉向狄青道：「狄青，放開趙武德。」

狄青猶豫一下，終於棄劍在地。郭遵見狀道：「綁起來。」有禁軍上前，將一人五花大綁，眾人幾乎要暈倒在地，原來禁軍綁的不是狄青，竟然是趙武德。趙縣令急了，上前道：「郭大人，錯了！錯了！」

郭遵冷然道：「趙縣令，你可知道棍子、索明和車管家都是何人？」

趙縣令茫然道：「他們……他們是誰？」

郭遵冷哼一聲，伸手一抓棍子胸口衣襟，一把將他衣襟抓裂，露出胸膛，只見那胸膛上刺著一個大大的「福」字。眾人茫然不解其意，趙縣令卻失聲叫道：「是彌勒教的人！」

郭遵冷笑道：「不錯。這三人都是拜彌勒教，妄想造反的人。我這次到了汾州，借招募之名，其實就是要查彌勒教一事。趙文廣，你私藏這種人在府中，還敢說我錯了？」他直呼趙縣令的名字，是已不把他當做縣令來看。

趙縣令大汗淋漓，慌忙跪倒道：「郭大人，下官真的不知情呀，求你……求你……秉公處理。」風水輪流轉，方才趙縣令還趾高氣揚，可這會兒已抖得如秋風落葉般。狄青暗自奇怪，不知道彌勒教是什麼來頭，竟然讓趙縣令驚怖如斯。

郭遵道：「如何處置，自有審刑院處理。來人！將趙文廣押下去。」有禁衛上前，將趙家父子押了下去，眾差人見狀，不敢阻攔。郭遵又道：「李簡，可通知此地知州了嗎？」

一禁軍站出來道：「報告指揮使，已有人前去通稟，想必知州很快就會趕到。」郭遵點點頭，走到狄青的面前道：「帶人回去吧。記得你說的話，三天後來這裡找我。」

狄青死裡逃生，一頭霧水，問道：「郭大人，我大哥他……」

「你大哥怎麼了？」郭遵不解道。

狄青忙把狄雲的事情說了一遍，忐忑道：「只怕我連累了大哥。」郭遵哈哈一笑，「你放心，方才你殺的那人，正是彌勒教的教徒，你非但沒錯，反倒有功。至於你挾持趙武德一事……他本來就該死，私藏造反之人，豈是小事？他父子不砍頭也要刺配，你大哥不用逃難了。」說罷，有一禁軍急急過來低語幾聲，郭遵臉色微變，說道：「好，我馬上過去。」他望向狄青，說道：「我三天後在此等你。」

狄青點點頭，見郭遵離去，這才一屁股坐在地上，細想方才的事情恍如一夢。

小青上前為狄青包紮傷口，哽咽道：「狄青，苦了你了。」

狄青想起一事，忙道：「小青，你千萬莫要對我大哥說我從軍的事情。」

小青微愕道：「那怎麼能瞞得住他呢？」她已知道狄青以從軍為代價，換取狄雲和她的幸福，感激莫名。

狄青抬頭望天，見風輕雲淡，無奈道：「瞞一天算一天吧。」

三日轉瞬即過，狄青愁眉不展，始終想不出離家的藉口。狄青知道大哥只盼望他能老老實實地做人，若是知道他當兵，多半又會傷心。

趙縣令父子伏法之後，狄青帶領小青去了放羊坡。狄雲那時候已經醒來，知道狄青為了自己去了縣衙，又是吃驚又是擔憂，逼牛壯一定要帶他前往縣衙。牛壯正無可奈何之際，狄青和小青終於趕到，狄雲又驚又喜，狄青只說碰到了個好官，自己不但沒有過失，反倒有些功勞。

狄雲聽後，本想喝斥狄青，但見弟弟渾身是血，肩頭帶傷，正是為他這個大哥如此受苦，哪裡忍心再說什麼？狄雲慶幸終於無事，只覺得是祖上積德，又帶狄青到爹娘的墳前上香禱告。張鐵匠經過這件事後，只怕女兒嫁不出去，一改吝嗇的本性，竟然催促狄雲儘快迎娶小青，只商量了盞茶的功夫，就決定第二天操辦喜事。

狄雲雖跛了腿，但因禍得福，當然是喜悅無限。狄青和牛壯二人立即著手準備，狄家貧窮，準備雖是草草，但到處披紅掛彩，也頗有幾分喜氣。

狄青忙碌了一晚，終於將家中布置妥帖，天光未亮，早劈好了可用數月的柴禾，這才坐在庭院中，呆呆地望著天際。

他要走了，他不能失信於人。更何況，他驀地發現，原來外邊還有更廣闊的天空，那對他來說，顯然是個極大的誘惑。可是他大哥腿跛了，他又如何能安心地離開大哥？

腳步聲響起，狄青沒有回頭，知道是大哥走了過來。狄雲走到狄青身旁，和他一塊兒坐在臺階上，沉默了半晌，說道：「弟弟，你還記得爹爹教過我們的一句話嗎？」

「什麼？」狄青隨口問道。

「他說人生最重要的就是一個『信』字。」狄雲緩緩道，「做人不能無信，不然無以立足天地之間。」

狄青滿懷心事，說道：「不錯，不但父親這麼教我們，大哥也是一直這麼教導我，我從來不敢忘記。」

「所以……你該走了。」狄雲拉過狄青的手來，放在他手上一物。狄青見是錠銀子，一怔道：「走？去哪裡？」

狄雲微笑道：「去你答應去的地方。」狄青幡然省悟道：「大哥，你都知道了？」狄雲道：「小青把一切都告訴我了，你莫要怪她。我看得出，你不想失信於人。大哥當初不想你從軍，是因為看多了軍士的為非作歹，不想你沾染了那些匪氣。可是我現在知道了，雄鷹自有雄鷹的去處，不能像家禽一樣豢養在庭院中。狄青，你長大了，知道什麼是對，什麼是錯，大哥也就放心了。大哥沒什麼積蓄，只有這點銀子，你帶著路上傍身，不要推辭，聽大哥的話。」

狄青緊緊地握住那錠銀子，鼻梁酸楚，「大哥，可是……」

「可是什麼？我腳雖跛了，但養活一家人還不是問題。」狄雲微笑道，「你放心走吧，不要擔心我。我聽說趙氏父子都被下獄，解往汾州大牢，再也不能為難我們了。弟弟，出門在外，你要好好照顧自己。你記得，若有什麼難處，這裡永遠還有你的家。」

狄青遲遲才道：「那總要等到接了新娘子才好。」狄雲笑道：「好。」可回轉頭的時候，忍不住用衣袖揩拭下眼角。

他們兄弟相依為命多年，狄青離去，狄雲有著深切的不捨，可他看出了狄青的為難，他知道弟弟有更遠大的志向，所以他能做的不多，只求自己不拖累弟弟。

新娘子進門時，狄青已踏上了未知的征途。他只背了個簡單的包袱，帶了幾件換洗的衣物和一點乾糧。那錠銀子，他還是放在了大哥的房間之中。他並不知道，他決然離去的時候，狄雲已發現了那錠銀子，眼中忍不住落下淚來。

狄青大踏步離去，到了大哥再也望不到的地方，這才轉身向家的方向拜了三拜，說道：「大哥，我不會讓你失望，你自己保重。」

狄青到了縣衙後，見有禁軍守在門前，抱拳道：「這位官大哥，在下狄青。」

禁軍道：「你就是狄青？快進來，郭指揮正在等你。」他帶領狄青入了衙內，郭遵正坐在前廳，旁邊坐著個年輕人。

狄青望見，只感覺那年輕人就像一把出鞘的劍！那年輕人臉色蒼白，目光有如劍鋒般敏銳，上下打量了狄青一眼，微有詫異，站起來對郭遵道：「郭指揮，這次還需你幫忙。」

郭遵緩緩點頭道：「國家大事，郭某當盡力而為。」

那年輕人再施一禮，轉身離去。狄青這才舒了口氣，被那年輕人盯著，感覺渾身上下都不舒服，不由琢磨起這年輕人的來頭。

郭遵目送年輕人離去，轉頭對狄青道：「你果然來了。」

狄青施禮道：「在下既然答應了，怎能不來呢？」

郭遵讚許道：「說得好，丈夫說到就要做到，若是連個信字都無能做到，何談保家衛國？我郭某這輩子不服旁人，只服那一諾千金的義士。其實我看到你的第一眼，就知道你是可造之材。那鬥雞眼的法子，不是一般人能想得出來的。」

狄青見他看穿自己的小聰明，尷尬一笑。郭遵還待再說什麼，一禁軍走進來，低聲道：「郭大人，兄弟們都準備妥了。」

郭遵點頭道：「好，馬上出發。狄青，你可都準備好了？」

狄青點頭，不發一言。郭遵看出他的心事，說道：「大丈夫志在四方，若不趁年輕闖一闖，到老了終究會有遺憾。狄青，我想，你以後不會後悔自己今日的選擇的。」說罷他大步走出了縣衙，門外早已有數十禁軍在等候，每人身邊都跟著一匹馬。

郭遵命人又牽一匹馬兒過來，對狄青說道：「會騎馬嗎？」

狄青道：「騎過牛。」

郭遵笑道：「那也差不多了。到了驍武軍，不但要會騎馬，還要騎得最好。上馬！」眾人翻身上馬，動作矯健。狄青雖從未騎過馬，但身手亦是矯捷，翻身上馬，絲毫不甘示弱。郭遵見狀微微點頭，撥轉馬頭，一馬當先向東馳去。

這一路竟跑出了百來里，一直到汾水岸邊方才稍歇。狄青少出西河，頭次跑了這麼遠的距離，忍不住回頭望了眼，知道每跑一步，就離家鄉遠了一步，離大哥遠了一分，心中難免傷感。轉瞬昂起頭來，心道郭遵說的不錯，男兒志在四方，自己不能讓旁人瞧輕了。

眾人到了汾河岸邊，乘船過河，然後一路南下又跑了數十里，這才停了下來。

狄青只以為郭遵會轉向東南前往京城開封，不想郭遵竟命眾人尋找汾河稍淺的地方再次渡河，竟又向來時的方向奔回，走的盡是偏僻的山路。狄青大惑不解，不明白郭遵到底要去哪裡。因為從路途來看，郭遵完全是在繞圈子，如果這樣趕路，豈不從西河徑直南下更是痛快？可他見眾人都是肅然無語，也就不再發問，暗想反正你們管吃管住，我跟著就是。

沒想到當晚眾人都在山野留宿，從包袱中自取乾糧，就著山泉食用。狄青那匹馬上也有個包袱，裡面放著乾糧、臘肉和果脯。狄青悶葫蘆一樣，吃了乾糧後，找了乾草鋪在山中背風乾燥的地方休息。他自幼貧寒，並不以風餐露宿為苦。

半夜時分，狄青靠在山壁上，望著星空璀璨，銀河劃空有如天塹，暗想和大哥這麼一別，不知何時再能相見。正思念間，聽到左側有極輕的腳步聲傳來，狄青心中一凜，扭頭望過去，見到郭遵正站在不遠處望著自己。

狄青緩緩起身道：「郭大人，找我嗎？」

郭遵微笑道：「你耳力不錯，是個習武的胚子。可惜的是缺乏名師指點，武技還有待提高。」

狄青點點頭：「在下家貧，請不起師父。」

郭遵坐了下來，招呼狄青也坐下，不談武功一事，問道：「你聽過彌勒教嗎？」

狄青道：「聽過。可若非大人當時指出，我還不知道那些人是彌勒教的人。可是彌勒教又怎麼了？好像大人對這個教極為痛恨？」

郭遵歎道：「『釋迦佛衰謝，彌勒佛主事』這句話你聽過沒有？」見狄青搖頭，郭遵笑道：「其實我在你走後，就派人調查了你的身世，知道你家境貧寒，為人仗義，不過很少出西河，當然很多事情都不知道，我多此一問了。」

狄青慚愧道：「在下本就是個蠻力小子，知道的不多，讓大人見笑了。」

郭遵道：「誰又生下來就懂這些呢？狄青，寧笑白頭翁，不笑少年貧，我看得出，你有志向，有氣節，若能發憤圖強，以後前途無限。」

狄青心下感激，道：「多謝大人謬獎。其實……」他想要說些什麼，終於還是忍住。

郭遵盯著他道：「其實什麼？」

「其實也沒什麼。」狄青嘿然一笑，「不過是鄉下人的妄想罷了。」

郭遵反倒來了興趣，「說來聽聽。」

狄青不知道郭大人怎麼會如此熱情，尷尬道：「其實我娘親對我期許很高，總說我以後會有宰相之才……她說自己年輕的時候，有個很靈的術士給她相面，說她和宰相有緣。」不知為何，狄青總感覺郭遵和他大哥一樣，都已算是他的親人，是以出言沒有顧忌。

郭遵睜大眼睛道：「難道說……你娘嫁給了個宰相？」

狄青搖頭道：「那倒不是，術士說我娘會生出個宰相。」見郭遵眼珠子瞪得和牛眼一樣，狄青也覺得好笑，說道：「因此我娘生前總是對我說，『兒子，你要努力，莫整日只知道玩耍，你以後是宰相的命。』嘿嘿，我倒是想當宰相，可天生不喜讀書，倒辜負了我娘的一番好意。不讀書，不考狀元，怎麼能當上宰相呢？」

郭遵扭過頭去，望向遠方道：「那你爹是個什麼樣的人呢？」

狄青道：「我爹？他……一直有病，總是不能好，我記事沒有多久，他就去世了。我娘辛辛苦苦把我哥養大，不等我成人，也去了。唉，我大哥一輩子辛苦，當爹又當娘，把我養大，所以我不能容忍他受委屈。」

「所以你對大哥極為敬重，拚死也要找趙武德算帳？」郭遵嗓子有些沙啞。

狄青認真地點點頭，「不錯，我只有這一個大哥！我受些屈辱無所謂，但不能容忍別人欺負我大哥！大哥怕我學壞，說娘說過，當兵的好人少，讓我莫要當兵……因此前幾天郭大人招我入伍，我才百般推辭。」

郭遵喃喃道：「原來是這樣。當兵的好人少？」腦海中突然閃現那如梅般的女子，衝他尖聲叫道，「郭遵，你本領高，那又能如何？我這輩子也不會喜歡你，當兵的……沒有一個好人！」郭遵想到這裡，嘴角露出苦澀的笑。

狄青自覺失言，忙道：「當兵的當然也有好人，比如說郭大人。」岔開話題道：「郭大人，彌勒教到底是怎麼回事？我們這次是要去抓彌勒教的人嗎？」他隱約看出什麼，是以一猜。

郭遵沉默良久，終於道：「彌勒教其實源遠流長，在梁武帝的時候就已創立，隋唐時亦有發展。現在京城的大相國寺就有尊彌勒佛，慈眉善目，坐在蓮花臺上。彌勒佛身邊有四大天王守衛，說是要滅盡天下一切邪惡，握蛇的叫廣目天王，手持大刀的叫持國天王，背負寶劍的叫增長天王，扛著一把傘的叫多聞天王。」

狄青聽得納悶，不知道郭遵為何要對他說起這些。

郭遵抬頭望向明月，這時清冷的光輝籠在他的臉上，讓他看起來滿是剛毅。狄青初識他的時候，只覺得這個大人有些粗莽無稽，後來得他贈銀相助，感覺此人豪爽正直，這刻談起彌勒教，又覺得郭遵見識非凡。

狄青並不知道郭遵出身軍功世家，文武雙全，卻是不自覺地對郭遵產生了敬仰之意。

郭遵又道：「都說這四大天王護衛彌勒佛，剷除天下邪惡，這教的本意是好的。但教本無罪，罪在人心呀！」郭遵長歎一聲，「彌勒教很多時候都被別有用心的人利用，在北魏、隋末都掀起了滔天大浪。到本朝的時候，彌勒教本已勢衰，可近些日子，朝廷卻查到有人利用彌勒教蠱惑人心，行造反之事。『釋迦佛衰謝，彌勒佛主事』，這句話說的是佛主釋迦牟尼衰落，彌勒佛要領眾人開闢另外的世界，造反之意不言而喻。太后聞言大怒，這才命開封府派人調查此事，我亦要協助調查。因此我明裡是來汾州招募禁軍，可真正的目的卻是調查彌勒教徒的分布。我發現西河有彌勒教徒出沒的痕跡，這才和趙縣令交往，卻無意間發現他是個大貪官，我原本想上奏朝廷，不過又怕打草驚蛇，這才忍耐一時。然後……你來了，剩下的事情你也都知道了。」

狄青不安道：「若非我不知輕重地殺出，說不定郭大人已將他們一網打盡了。」

郭遵安慰狄青道：「其實我只是查出索明和棍子與彌勒教徒有關係，卻不知車管家也是。不過我總懷疑還有人夾雜在其中，這才虛言欺之，車管家做賊心虛，竟翻牆跑了。」

狄青靈光一動，說道：「其實郭大人是特意放他走的，對不對？」

郭遵眼中露出狡黠的笑，「狄青，你很聰明。不錯，是我特意放車管家離去，再命人暗中跟蹤他，現已知道他們的老巢就在西河南方百餘里的白壁嶺。我雖捉住了棍子，但棍子極為狡猾，採用棄卒保帥的法子，說出幾處無關痛癢的巢穴。我索性將計就計，這幾日用霹靂手段剷除了這幾處地方，然後大張旗鼓地宣布回轉京城……」

狄青省悟過來，「郭大人特意兜個圈子，然後悄悄回轉，就是要潛入白壁嶺，趁他們懈怠的時候，殺他們個措手不及？」

郭遵微笑道：「正是如此。好了，該說的我已經說了，你好好休息，明天說不定就會有場惡戰呢。」他起身離去，高大的身軀在月光下拖出個落寞的影子。

狄青感覺有些奇怪，不解郭遵為何對他這個新兵說及這些事情。可無論如何，郭遵對他很是器重則一點不假。狄青初離家鄉，一時間心緒如潮，迷迷糊糊地睡了過去。

第二日清晨，郭遵按兵不動，命眾人繼續休息。眾禁軍凜然遵從，狄青卻是拿出新發下的刀，比比劃劃。白日轉瞬即過，臨近黃昏的時候，有個百姓裝束的人摸到這裡，狄青認出那人就是招兵的那個瘦子，叫做趙律。趙律低聲對郭遵說了幾句，郭遵點點頭，喝道：「準備出發。」

眾禁軍早就憋著一股勁兒，聞言紛紛躍起。郭遵命令眾人五人一隊，換上百姓穿的衣服，然後將早就準備好的地圖展開，對眾人吩咐這次要做的事情。

原來每到月圓之夜，彌勒教徒按照慣例，都要舉行祭月儀式。眼下彌勒教因被朝廷注意，紛紛銷聲匿跡，可得知郭遵已離去，立即決定在白壁嶺的飛龍坳進行祭月。

郭遵早就將白壁嶺的地形熟悉得七七八八，吩咐起來井井有條，這次眾禁軍的主要任務是扼住要道，伺機混入信徒之中，製造混亂，捕殺逆黨，而郭遵的任務最為簡單明瞭：刺殺彌勒佛主！

郭遵為人端的是膽大心細，知道「射人先射馬，擒賊先擒王」的道理，明白彌勒佛不死，彌勒教隨時都會死灰復燃，是以定下了這條策略。

狄青見郭遵指揮若定，頗有大將之風，不由欽佩非常。他知道郭遵武功極高，當初若是公平而戰，狄青絕對不會是棍子的對手，可郭遵只是兩招就擒住了棍子，身手高強可見一斑。

郭遵吩咐完畢，眾禁軍一撥撥地出發，前往指定的地點，狄青發現唯獨自己沒有任務，不由問道：「郭大人，我做什麼？」

郭遵盯著他道：「你跟著我去殺彌勒佛，不知道你敢不敢？」見狄青良久不答，郭遵歎口氣道：「原來你是沒膽。」

狄青猶豫道：「郭大人，若彌勒佛真的該死，在下第一個要殺他。可是……他不見得該死……他雖造反，可我也知道，很多百姓作亂也是因為活不下去了，而非執意想要推翻大宋江山。」

郭遵淡淡道：「若不親自前去，怎麼知道他是否該死呢？」

狄青道：「好，我就跟郭大人一起。只怕……我會拖累你。」

郭遵不答，換了百姓衣服，棄馬向西走去。狄青效仿跟隨，見郭遵這次慎重其事，也難免心中惴惴。

明月升起之時，郭遵和狄青已到了白壁嶺邊緣。白壁嶺溝壑萬千，氣象森森，山嶺蜿蜒起伏，有勝水貫穿其中，本是風景秀麗。可不知為何，群山之間總是霧氣朦朧，帶來些許淒迷之意。

郭遵看了下地形，循一條小路而入。才入嶺中沒有多久，就聽到前方大石後有人喝道：「月上孤主墳！」

狄青一怔，不解其意，郭遵從容道：「佛照天地門。」

石後轉出兩人道：「你們是哪個天王的手下，怎麼從這裡出沒？」那兩人都是一身黑衣，臉上帶個猙獰的面具，森森夜幕下，讓人心生寒意。一人突然伸手指道：「你是誰？」他話音未落，郭遵已如豹子般竄過去，一掌切在那人的喉間，那人喝聲陡止。另外一人大驚，才要吹哨子報警，不想郭遵手掌一拍，那人咕咚一聲，竟然把哨子吃了進去，郭遵再一翻腕，蒲扇般的大手已抓住那人的腦袋，用力一擰，就將那人的頸骨扭斷。

兩個戴面具之人軟軟倒下，郭遵立在那裡，道：「狄青，脫下他們的衣服換上，再戴上他們的面具。」

狄青見郭遵殺人如殺雞一般，不由暗自慶幸，心道好在自己不是郭遵的敵人。

二人換了那兩人的衣服，又取了面具戴在臉上。郭遵在那兩人身上搜了下，取出兩塊令牌來，拋給狄青一塊，低聲道：「一會兒我來應對，你莫要說話。」

狄青接過令牌掛在腰上，問道：「郭大人怎麼對這裡這般熟悉？」他開始還以為拜彌勒教的不過是一些百姓流民，可見對方組織森然，絕非尋常的百姓，不免駭然。

郭遵哂然道：「自然有人幫我們打探一切。」他不再多說，緩步繼續沿著山路走去，行了數里，前方樹後有人低喝道：「你們兩個不守在前面，到這裡做什麼？」

郭遵啞著嗓子道：「有人稟告，說在嶺北見到京城捕頭葉知秋帶人出沒。我只怕他們對佛主不利，特來稟告。」

一人從樹後轉出，亦是戴著猙獰的鬼面具，驚呼道：「葉知秋來了？他怎麼會來這裡？」

狄青很是好奇，不知道葉知秋是什麼來頭，竟然讓遠在汾州的彌勒教徒也頗有懼意。郭遵道：「我也不清楚，但只怕他們要破壞佛主祭月一事，你快帶我前去稟告天王，讓佛主小心。」

那人並不疑心，抬頭對樹上道：「你在這裡看著，我帶他們去稟告佛主。」

狄青暗自好笑，心道這些人故意裝作鬼氣森森，卻也有個最大的弱點，那就是彼此之間只看面具和令牌，倒讓郭遵有隙可乘。郭遵抓住了這點漏洞，輕易混了進來，真可謂藝高人膽大。

有鬼面人帶路，郭遵和狄青又過了兩道暗卡，進入了飛龍坳。飛龍坳是白壁嶺群山中環出的一處谷地，頗為寬敞。因從谷中望上去，只見到群山連綿，有如蒼龍飛天，是以得名。

這時候月色清冷，清風拂人，狄青到了飛龍坳之前，不由倒吸了一口涼氣。他原本以為這裡極為偏僻，能到這裡的均是彌勒教的首腦人物，不想谷中竟然密密麻麻地跪滿了百姓，足有近千人。所有人都寂靜無聲，神色虔誠，百姓前方高臺上，有一蓮花臺座，臺座上端坐著一尊金佛，笑口常開。

谷中四周燃著熊熊篝火，彌勒佛前燃起的一堆大火更是煙塵滾滾，直沖雲霄。金佛旁邊端坐著四個人物，均戴著天神一樣的面具。一人身著紅衣，頭戴龍盔，通體如火焰燃燒般，身上竟然盤著一條蟒蛇，手持鐵鐗。另外一人身著青衣，赤髮怒目，臉上的面具極為憤怒威嚴，斜負長劍，竟有四尺之長。第三人身著白衣，紫髮慈眉，臉上的面具倒是頗有慈悲的表情，他前面木板上插著一把大刀，刃鋒背厚，頗為奪目。最後一人肩上斜倚著一把長柄大傘，看傘尖鋒銳，竟是精鐵打造。他身著綠衣，面具帶著分微笑。

狄青見了這四人的形狀兵刃，突然想到了昨夜郭遵所說的四大天王。這四人持蛇、背劍、操刀、負傘，不正是彌勒佛座下的四大護法？也就是廣目、增長、持國和多聞四大天王！

可是四大天王皆在，郭遵要刺殺的彌勒佛又在何處？

第三章 苦戰

明月窺人，清風森冷。一陣山風吹過，樹影婆娑，有如鬼怪在張牙舞爪。狄青雖是膽大，但和郭遵到了這裡，有如汪洋大海中的一葉孤舟，也不免心中忐忑，向郭遵望去。

狄青望向郭遵，郭遵卻只望著四大天王之間的金佛！狄青心中一動，暗想那尊金佛難道就是彌勒佛主？可是那金佛遠比常人身軀要高大數倍，良久未動，看起來就如同木偶一樣，怎麼會是彌勒佛？

帶鬼面的那人低聲道：「佛主正在祝福蒼生，這時候不能打斷，等一會兒再過去。」郭遵點點頭，盯著那尊金佛，暗想道，根據葉知秋的消息，彌勒佛其實就藏身在金佛之中，故作神祕，蠱惑人心，自己雖混了進來，可要過這近千百姓，破四大天王攔截，再擊殺金佛中的彌勒佛，絕非易事。不過……葉知秋的消息是否絕對可靠呢？郭遵為人看似粗獷，卻極為仔細，不怕難以脫身，只怕這一擊不中，後患無窮。

正在這時，郭遵突然感覺到有些不對，可一時間卻不知道哪裡出了問題，只見跪著的那些百姓紛紛抬頭望天，情緒激動。

郭遵抬頭望天，只見天空東南角迅疾聚起滾滾烏雲。那雲來得好快，不多時，就已遮擋了半邊的明月，再過盞茶的功夫，烏雲已掩住明月，布滿了天空。

狄青卻發現四大天王面前都放著一碗水，跪倒的百姓每人面前，也有一碗清水，不知道做什麼用處。這些百姓有男有女，有老有少，有的看起來甚至是一家人。狄青看到這裡，突然想起大哥，心中一陣溫馨，覺得這些人當然是善良的百姓，那彌勒佛也不見得有什麼窮凶極惡之處，郭遵這次奉朝廷旨意來剿殺彌勒教，也未必名正言順。

天空黯淡，篝火熊熊，輕煙彌漫中，群情洶湧，讓飛龍坳彌漫在難言的情緒之中。眼看眾百姓就要騷動起來，此時一聲大喝傳來，震耳欲聾，眾人倏然而靜，向臺上望過去。只見那背劍的增長天王霍然站起，喝道：「妖孽已出，佛主除魔！」

操刀的持國天王亦是站起喝道：「佛主濟世，普渡眾生！」

增長、持國兩天王想必在百姓心中有著極高的地位，雷霆一喝，百姓騷動已止，這時候只聽到一慈悲聲音傳來，「明月失明，妖孽已生。心若明鏡，普渡眾生。」話音是從金佛方向傳來，尚能見金佛的口唇一張一閉。

狄青見到那尊大佛竟然如活人一樣說話，心中駭然。

這時候烏雲蔽月，清風已冷，空中滿是森森的氣息，眾百姓跟念道：「明月失明，妖孽已生。心若明鏡，普渡眾生……」百姓越念越快，越念越急，無論老少男女，全像入魔了一樣。狄青本來還覺得彌勒佛和藹可親，但見到這種情形，也不由心悸。

郭遵聽到佛主出言，不驚反喜，心道若非彌勒佛，誰又有這種本事蠱惑眾生？他已肯定彌勒佛就在金佛之內，四下悄然望去，尋找出手的機會，見眾百姓中竟然也有幾個禁軍潛伏其中，原來眾人混入時已在身上做有暗記，旁人雖看不出，但郭遵當然能認出。那幾人雖臉色抹黑，郭遵看其面容，依稀認出那幾人叫做郭邈山、張海和王則，不由暗喜，心道這幾人在禁軍中都是極為機警，武功也不差，有他們幫手，成功的希望又增加了幾分。但郭遵並沒有把狄青算在其中，他帶狄青來，卻有其他的用意。

陡然間臉上一涼，郭遵才發覺天已落雨，緊接著劈里啪啦的雨滴落了下來，那雨來得很快，轉瞬便如同瓢潑一般。眾百姓站在雨中，任憑雨水澆注，無人稍動。巨蟒纏身的廣目天王霍然站起，喝道：「佛主禱祝，天賜聖水。」負傘的多聞天王也跟著起身叫道：「聖水無根，滌惡除塵！」

四大天王一起端起面前的那碗水，齊聲道：「聖水無根，滌惡除塵！」他們將那碗水一飲而盡，眾百姓紛紛跟著喝下。郭邈山三人稍有猶豫，王則終於將水喝下，郭邈山和張海卻趁人不備，將水潑在了地上。

原來這三人是最早奉命潛伏在白壁嶺附近的，打聽到有百姓加入這裡，伺機混了進來。聚會的百姓足有千人，但控制百姓的人卻不算多，終於讓這三人混了進來。他們到了飛龍坳後，每人都取了一碗所謂的聖水放在面前，見那水也無異狀，不知何用，可也不敢詢問。郭邈山、張海為人謹慎，不敢喝水，王則卻想，這千餘人都喝了，總不至於是毒藥，所以還是喝了。

雨中眾人滿是喧囂，郭邈山、張海本以為潑掉碗中的水無人留意，不想廣目天王陡然喝了聲，「你二人為何不喝？」廣目天王身軀暴脹，身上那條蟒蛇倏然盤旋起伏，人蛇均望向郭邈山的方向。

郭、張二人暗自叫苦，不想廣目天王竟有如此犀利的眼神，增長天王一抬腳，已下了木臺，緩緩向郭邈山的方向行來，喝道：「你是哪裡來的奸細？」增長天王話音未落，已伸手拔劍。只聽噹啷聲響，四尺長的巨劍已被他握在手上，空中帶出炫目的亮色。他不再上前，伸劍一指道：「殺！」

增長天王「殺」字出口，只聽到兩聲慘叫傳出，狄青見狀，突然背脊湧起一股寒意。原來郭、張二人沒事，但卻有兩個百姓突然抓住身邊的兩個人，一口咬在對方的喉管之上。被咬之人竭力掙扎，但終於越來越是力弱，再過片刻，已然不動。

那兩人竟被人活生生地咬死！

郭邈山、張海臉色巨變，見到周邊的百姓眼中都露出了野獸一樣的光芒，不由大駭。

多聞天王悠然說道：「彌勒下生，新佛渡劫，殺人善業，立地成佛。殺一人為一住菩薩……殺十人為十住菩薩……」他尚未說完，飛龍坳已完全失控。在場的百姓都像發了瘋一樣相互撕咬，嘴角卻都帶著讓人心寒的笑意。

狄青見有像夫妻的人互相掐著脖子，形同陌路，有像父女的人廝打掐咬，喋喋怪叫，有像兄弟的人反目成仇，拳打腳踢。本來還是幽幽的谷中，轉瞬已變成了人間地獄。他這才明白郭遵為何一定要除去彌勒佛，實在是這裡的血腥殘忍讓人髮指！

郭邈山、張海已陷入了眾人的圍攻之中。郭遵心中暗驚，驀地想起一件往事，暗叫糟糕。

原來北魏宣武帝之時，冀州有一人叫做法慶，自命「新佛」，創所謂的「大乘佛」，以李歸伯為十住菩薩。別的教派都講究渡人渡己，勸善救人，就是這個新佛講求殺人成佛，而且主張殺的人越多越好。這個大乘佛有一種迷失心性的藥物，可讓父子反目，夫妻成仇，後來法慶、李歸伯掀起了無邊的風浪，雖然終於被朝廷鎮壓，但不想到了今日，當年之事竟然重演！

可這有造反之意的彌勒佛，讓手下信徒在飛龍坳自相殘殺又是為了哪般？

郭遵不及多想，輕嘯一聲，整個人已憑空躍起，腳尖連點，竟踩著百姓的頭頂而過。他嘯聲才起，人已在空中，嘯聲未歇，人已衝到高臺之上。

眾人被他嘯聲所攝，有了片刻的安寧。四大天王聽到那嘯聲，都詫異莫名，不想飛龍坳中除了郭邈山等人，竟然還有高手潛伏其中。持國天王見郭遵衝來喝道：「何方妖孽？前來送死！」他一翻腕，砍刀已落在手裡，大喝聲中，向郭遵兜頭砍去。刀風夾雜雨水，劈頭蓋臉地砍去，聲勢驚人。他想要一刀將郭遵逼落到木臺之下，百姓已被迷失心性，自會困住郭遵。

郭遵冷哼聲中，不退反進，竟然擦著刀鋒穿過。利刃分落，斬下郭遵的一片衣襟，可他一伸手就已抓住持國天王的手腕，奪過他的砍刀，反手一肘，正中對方的胸膛。砰的一聲大響後，持國天王退後幾步，只覺得氣血翻湧，不由駭異。他身為彌勒佛座下的護法，四大天王之一，武功之高不言而喻，可郭遵遽然殺出，一招就奪下他的兵刃，還差點打得他口吐鮮血，這人武功之高，持國天王從未見過。

郭遵也是心中微凜，他這一肘雖是倉促，但擊斃一頭牛都不是問題，本以為就算不能擊斃持國天王，也能打斷他幾根胸骨，不想持國天王體魄雄壯，這一肘只讓他退後幾步。郭遵應變極快，奪刀退敵，再上一步，單刀帶著水痕化作一道清朗的弧線，已向持國天王砍去。持國天王不敢接招，就地一滾，已下了木臺。郭遵逼退持國天王，不再猶豫，凝勁在臂，厲喝一聲道：「妖孽受死！」這時候天空喀嚓一個閃電劈下來，劃破四野。郭遵手中單刀如閃電般飛出，正劈在彌勒佛的肚子之上！

郭遵出招，虛虛實實，明取持國天王，卻留了十二分的力氣刺殺彌勒佛。這一刀擲出，直如霹靂，彌勒佛本是笨重，又如何能躲得過這驚天的一擊？

砰的一聲巨響，金佛炸成碎片。郭遵一招得手，卻是暗驚，原來彌勒佛雖是中空，但其中竟沒有人影！彌勒佛主未在金佛之中藏身，那方才到底是誰在蠱惑人心？

郭遵來不及多想，發現自己已深陷夾擊之中。郭遵殺出，增長天王尚在臺下來不及救援，持國天王也被郭遵逼到臺下，但彌勒佛身旁尚有廣目、多聞兩大天王。這二人見郭遵擊碎金佛，早就怒不可遏，一持鐵鐧，一挺寶傘，雙雙向郭遵攻來。

郭遵驀地發現，原來這四大天王武功極高，比起索明、棍子二人不可同日而語。廣目天王雙鐧一攻一守，瞬間已遞出七招，封死了郭遵的左右上下，多聞天王大喝一聲，挺傘就刺。這二人聯手，威力無儔。

郭遵只退了一步，就到丈許之外，避開了兩大天王的驚天一擊。他斜睨過去，見郭逸山等人早就陷入人海，狼狽不堪，狄青卻不見了蹤影，而增長、持國兩大天王手持利刃，已向臺上靠來。是戰是退？郭遵腦海中才閃過這個念頭，廣目、多聞兩天王已再次攻到。郭遵再退一步，身軀微弓，已如獵豹待噬一般，伺機待發。

殺不了彌勒佛，就殺了這兩個天王，為朝廷剷除禍害！郭遵想到這裡，已凝勁全身。他本是遇強更強的性子，這時候雖身陷包圍，卻沒有絲毫畏懼之意。

兩大天王心中一凜，竟止住了攻勢。方才雖不過交手兩招，可這二人都知道郭遵這人武功奇高，知道此人蓄力一擊，定是威猛無儔。

這時候天地間突然一暗，郭遵這才發現大雨滂沱，竟已澆滅了木臺前最旺的那堆大火。大火陡熄，谷中陷入一片黑暗，郭遵眼前只殘留著對手的兩道影子，心中一動，悄無聲息地橫向移開三步。空中陡然風聲大作，隱有金刃刺風之聲，這時候天空一道霹靂，耀亮了四野。兩大天王都是經驗豐富之輩，見火焰陡熄，仗著熟悉地勢，只憑直覺，不約而同的都殺到了郭遵身前。可霹靂一起，二人才發現郭遵早就消失不見，不由錯愕萬分。

這時候驀地傳來震天一聲喊——「妖孽受死！」廣目天王只察覺一道疾風已撲到身側，不由大喝一聲，雙鐧齊落，向那道疾風擊了過去。只聽砰的一聲大響，火星四射，廣目天王只見到一柄單刀落了下來，心中大驚，不待再次發招，就見到一拳頭迅疾變大，重重擊在他的臉上。廣目天王慘叫一聲，如斷線風箏般地飛出，落在地上時，扭曲了兩下，已沒有了動靜。

原來郭遵一拳極為剛猛，有如鐵錘一般，不但擊毀了廣目天王的面門，還擊斷了他的脖頸。郭遵一擊得手，順手取了對手的一根鐵鐧，迅疾後退。方才他撿起單刀、擲出單刀誘敵，趁廣目天王招式用老之際，一招斃敵。他作戰經驗極為豐富，知道敵眾我寡，只能伺機剪除彌勒佛的羽翼。

廣目天王身死，多聞天王不驚反怒，呼喝聲中，已朝郭遵的方向衝來，他一抖長傘，連刺數下，均是刺在空處。多聞天王察覺不出對手動向，悲憤莫名，大聲喝道：「給我滾出來！」這時候天空又是一道霹靂，照亮了四野，多聞天王驀地發現，原來郭遵就在他身左數丈開外，大喝一聲，衝了過去。

閃電過後，四野盡墨，伸手不見五指。郭遵見多聞天王衝來，橫閃幾步，他已看出多聞的長傘極盡奧妙，絕非只有長槍的那種功能，若是貿然接戰，並沒有勝出的把握。可郭遵才閃了兩步，突然感覺危機陡升，毫不猶豫地腳尖再點，已向一旁縱去。一道闊劍倏然而落，幾乎貼著郭遵的身軀劈下。若郭遵慢了一步，只怕就被這劍劈成兩半。郭遵暗自驚凜，知道增長天王已掩到了木臺之上，劍風陡然大作，郭遵不明情況，也不接戰，再橫移一步。

郭遵借著天黑掩藏自己的行蹤，行動有如狸貓一般。不想再走一步，腳下卻是咯的一聲響，原來他已退到金佛碎片之旁。雖在狂風驟雨間，增長天王卻是聽得清楚，闊劍一擺，疾刺過來。郭遵急退，只想盡速退到臺下，一路上咯咯作響，不想才退了兩步，陡然覺得一銳利之物刺到了腰間。郭遵大驚，身形急扭，只聽嗤的一聲響，一尖銳之物已刺入他的腹部。郭遵厲喝一聲，單鐧砸去，只聽到咯的一聲響，那物折斷，可一掌卻是迅疾打到，正中郭遵的胸口。

這一掌力道極宏，郭遵借力倒退，徑直飛出了木臺，跌落在地上，噴出一口鮮血。可心中更是駭然，不知道哪裡來了個這麼厲害的敵人？方才郭遵借雷電之光，早就留意到身後只有金佛碎片，再無其他，哪裡想到竟有人鬼魅一樣的出現，還重創了他。

郭遵滾落臺下，一道霹靂擊下，只見到臺上多了一人，臉上戴著面具，笑容可掬，就如小一號的彌勒佛般，郭遵驀地省悟，原來傷他之人就是他遍尋不獲的彌勒佛主。他方才一刀雖擊破金佛，但此人多半藏身木臺之下，竟忍而不出，在這關鍵時刻，才給郭遵致命的一擊。

郭遵想明這點，卻聽身後再起疾風，一人飛撲而到，一刀劈來。郭遵回鐧一架，只聽到噹啷聲響，鐵鐧落地，原來持國天王已趁隙殺到。郭遵被一掌擊得骨頭差點散架，手臂乏力，竟然擋不住持國天王一擊，只見天地間一道道閃電劈下來，照得蒼穹時明時暗，再也掩藏不住身形，又斜睨到臺上那三人已躍了下來，暗自叫苦，難道老子縱橫一世，今日就要立地成佛不成？

持國天王刀勢如雷，滾滾殺到，郭遵手無寸鐵，只能連連倒退，驀地一人橫向殺出，竟然抱住了郭遵，桀桀怪笑不已。持國天王大喜，見那人是尋常百姓的裝束，想必是被迷失了心智，這才抱住了郭遵。郭遵重傷之下，竟然掙脫不得，持國天王毫不猶豫，一刀劈下，就算將那百姓劈成兩半，也毫不在意。

持國天王單刀一落，陡然間心中一凜，本應無法掙脫百姓的郭遵竟霍然閃開，他才要追擊，不想那百姓卻是手腕一振，一道青光從袖口飛出，刺中了持國天王的胸口！

持國天王大叫一聲，翻身栽倒，眼中滿是不信之意。方才他雖一刀劈下，但也防備郭遵狡猾，故作不能掙脫，再施辣手反擊，所以全部心神都放在郭遵身上，哪裡想到本是渾渾噩噩的百姓竟突然出手，而且一出手就是極為高明的劍法！

事發突兀，彌勒佛主和增長、多聞兩天王都是來不及救援，三人縱落，已將郭遵和那百姓圍住。

郭遵搖搖欲墜，還能笑得出來，「看來老子命不該絕，你竟然也混了進來。」持國天王一死，他已操起那柄砍刀，微覺沉重，心中一沉，知道方才耗力極巨。那百姓道：「活不活得成，還得看你的運氣。」

大雨滂沱，眾人渾身被澆得通透，可那百姓被雨一洗，有如長劍磨礪，更顯鋒芒。多聞天王突然訝聲道：「葉知秋？京城捕頭一葉知秋？」

那百姓微微一笑道：「正是在下。」

那百姓就是狄青在縣衙所見的年輕人，也就是京城名捕葉知秋，外號一葉知秋。葉知秋見多聞天王竟認識自己，雖臉上帶笑，可思緒飛轉，琢磨著眼前這幾人到底是誰。

這次郭遵奉旨前來汾州，以招募禁軍為名，暗裡配合開封府的捕頭葉知秋剿滅聲勢漸大的彌勒教。葉知秋為人機警，武功高強，到了汾州後明察暗訪，終於得知彌勒教老巢所在，而且成功混了進來。郭遵能知道彌勒教的暗號，也是葉知秋的功勞。郭遵為怕打草驚蛇，並不徑直帶兵過來剿滅，而是決定擒賊擒王。葉知秋贊同郭遵的計畫，也喬裝成百姓到了谷中，伺機幫助郭遵。

方才郭遵一擊失手，葉知秋也是大為詫異，不解原因。後來臺上漆黑一片，葉知秋只好等在臺下伺機救援，他知道郭遵武功高強，倒不虞郭遵是否能夠對付四大天王。可彌勒佛主驀然殺出，擊傷了郭遵，葉知秋也是救援不及。

葉知秋在郭遵最危急的時候，終於及時趕到，而且和郭遵聯手，一出手就殺了持國天王。可眼下彌勒佛和增長、多聞兩大天王完好無損，郭遵看起來傷得不輕，他們以二敵三，要想安然闖出並非易事。

郭遵明白葉知秋的心意，不想他分心，嘿然道：「我沒事，再殺幾人也不成問題。」他其實也是硬撐，方才挨了一刺一掌，只覺得連運勁都胸口大痛。

大火雖熄，可霹靂一個接著一個，將四野照得亮如白晝。葉知秋暗道雷電交加若此的情狀一生少見，竟讓他和郭遵無可遁形，也算是天公不開眼了。這時候近千百姓已死了半數，郭遵、葉知秋雖駭然這種殘忍的情形，可也無暇顧及。

彌勒佛主臉上總帶著那慈悲的笑容，可眼中透出的殺氣卻遮蓋不住，五人如同木雕泥塑，渾然不動，瘋狂的百姓似乎對彌勒佛主還殘留著尊敬，只在眾人之外撕咬。

又是一道紫電劃破夜空，彌勒佛主突然大聲呼喝了一句，郭遵、葉知秋都聽不懂他在說什麼。喝聲未歇，增長、多聞兩天王已向郭遵攻去。

葉知秋沒有動，因為他發現彌勒佛主的雙眸如刀，已定在了他的身上。他只要稍動，只怕就要受到彌勒佛主最犀利的攻擊。這個蠱惑人心的叛逆，竟然武功奇高！

郭遵已左支右絀，誰都能看出，他重傷之下，已支撐不了多久。增長天王劍光若雪，多聞天王大傘若冰，二人傾力之下，已凍結住郭遵。彌勒佛主雖未稍動，但勝券在握。彌勒佛主的用意很明確，殺了郭遵，再滅葉知秋！

葉知秋感覺渾身上下有如水裡撈出來一樣，雨水順著額頭，流過眼瞼，再沿著下頜一點點地滴落，他眼睛不眨一下，但一顆心早就沉了下去，他發現自己沒有勝出的把握。

郭遵驀地腳下一個踉蹌，增長天王闊劍霍然滑落，已在郭遵的手臂上劃了一劍，鮮血飛濺，轉瞬被雨水沖淡，郭遵厲喝一聲，反擊一刀，角度極為刁鑽。葉知秋心中微喜，知道郭遵這一刀，多少能扳回些劣勢，不想多聞天王長傘陡開，已架住了郭遵的一刀！

郭遵一刀砍在傘上，只覺得一陷一彈，單刀之力已遭化解。多聞天王的大傘不知用何種材質構成，利刃竟然劃它不破。多聞天王架開單刀，霍然斷喝，長傘化槍，已向郭遵刺去！

葉知秋終於出手，他腳尖一點，作勢要向郭遵的方向奔去。彌勒佛主嘿然一笑，就已到了葉知秋的身邊。葉知秋輕叱一聲，霍然轉身，手中青光一現，片刻之間，已連刺彌勒佛主三劍。他這招聲東擊西，就是為了誘騙對手前來，伺機重創對手。

彌勒佛主竟似早就料到這招，倏然前來，遽然後退，身形飄忽有如鬼魅，葉知秋蓄意一攻竟然全都落在了空處。葉知秋微驚，卻已如離弦之箭，不能歇氣，長嘯一聲，手中青光曲曲折折地攻去，罩在彌勒佛主的四面八方。劍分雨滴，空中滿是寒芒。雷電怒閃，激盪天地殺氣。

彌勒佛主一退再退，十招中尚能回擊兩三招。葉知秋心中急怒，知道已中了對手的圈套，他知道自己和彌勒佛主身手彷佛，但自己處於絕對不利的情況，對手只求纏住他即可，可他不到百來招以上，和彌勒佛主難分勝負。

但郭遵已堅持不了多久！

增長、多聞二人一招緊似一招，郭遵連連倒退，臉色蒼白，正想著如何破敵之際，驀然覺得腳下一緊，不由大驚。斜睨過去，才發現有條怪蟒纏住了他的腳踝，那怪蟒身軀一展，竟將郭遵團團困住。這蟒蛇動作無聲無息，郭遵事先竟然全無察覺。

郭遵大驚，不想自己殺了廣目天王，他驅使的巨蟒竟然會為主復仇。那蟒蛇極為粗大，郭遵片刻之間，竟然掙它不脫！郭遵手腕一轉，單刀已砍中蟒蛇身軀，可那蟒蛇滑不留手，再加上郭遵手臂被纏，無法用出半成力道，單刀只在蟒蛇身上割出道血痕。蟒蛇困住郭遵，霍然向郭遵咬來，郭遵無奈，棄刀伸手，已扼住蟒蛇頭頸。他知道就算扼住了蟒蛇，也難抵擋兩大天王攻擊，可性命攸關，只能活一刻算一刻。

增長、多聞大喜，不想竟有這意外之變，增長天王長笑一聲，才要上前，不想足踝也是一緊。增長大驚，低頭望過去，只以為還有蟒蛇纏身，不想一柄長劍從下向上刺入，整個灌入了他的體內。

增長天王一聲驚天的吼叫，闊劍舉起，可手臂停在半空，人已仰天倒了下去。那劍刺得極為刁鑽，從增長天王肋下而入，徑直刺到他的心臟。增長天王再是彪悍，也架不住這致命的一擊。

刺出長劍之人，正是狄青！

狄青沒有死！

原來百姓發狂，郭遵前往刺殺彌勒佛主，那戴鬼臉之人突然渾身顫抖，竟然悄悄溜走。狄青並不知道彌勒教對犯過者處置極為殘忍，那戴鬼臉之人見自己帶來的人竟然是個刺客，如何不驚？狄青省卻了苦戰，見到百姓瘋狂，也是心驚。但他混跡市井，早學會求生之能，靈機一動，徑直倒了下去。

那些百信均已喝了迷藥，神智不輕，只知道撕咬身邊站著的人，卻絕不留意腳下的動靜。狄青滾倒在地，雖是渾身泥濘，可卻半分事情也沒有。他人在外圍，只留心躲閃踩來的亂腳，撿了一把長劍，竭力向木臺方向滾去。他還是想幫郭遵！

狄青從未見過如此激烈的打鬥，雙方用招之奇，身法之快，下手之狠是他前所未見。和這些人一比，當初他和索明、棍子的打鬥簡直如孩童戲耍，狄青知道他幫不上什麼忙，但他怎能坐視不理？雖和郭遵相處時日不長，但是郭遵的爽朗、率直、機智和正直莫不讓狄青極為欽佩，狄青不想看郭遵孤軍奮戰。

但狄青知道貿然參與進去，以他低微的武功，於事無補，所以他人在地上，裝作死了一般，手中長劍亦是沒入泥中，留意郭遵的動靜，尋找機會。

驚變陡升，郭遵驀地被蟒蛇纏住，狄青一驚，見增長天王從他身邊而過，知再不能拖延，一咬牙，左手抓住對方的腳踝，長劍遽起，一劍從下向上刺去。增長天王那裡想到死人也會出手，雖有高明的武功，但變生肘腋，竟被狄青一劍刺死。

狄青一劍得手，心中微喜，不等起身，郭遵已叫道：「小心！」狄青心中一凜，就地滾了過去，只覺得一股寒風擦臉而過，刺在地上。原來多聞天王見增長天王被殺，怒不可遏，他和廣目、增長、持國幾人情同手足，不想今日一戰，四大天王死了其三，多聞天王悲痛欲絕，只想先殺狄青，再除郭遵。他一傘刺去，見狄青身法遠遜，武功不高，更是堅定了先除去他的念頭。

狄青只躲避了三招，已全身是汗，被多聞天王刺中三處，雖不是要害，可也受創不輕。這時候天空又是一聲霹靂，多聞天王一聲大喝，一傘刺來，狄青怪叫一聲，一個跟頭翻了出去。郭遵眼中突現驚駭之意，叫道：「小心！」狄青人在空中，不知道要小心什麼，可不等落地，就見多聞天王的傘尖遽然飛出道銀光，打到他的腦門之上，狄青只覺得天地間轟隆一聲響，然後再沒了知覺。

郭遵已怒，前所未有的憤怒！他只見到多聞天王的長傘射出銀針，狄青猝不及防，被那銀針刺中，銀針力道剛猛，竟整支沒了進去。

狄青死了？狄青本不必死！郭遵陡然間暴喝一聲，竟然壓住了天邊沉雷滾滾。

多聞天王一招得手，認為狄青必死。他憂憤稍解，本想轉而對付郭遵，甚至有些後悔在這不入流的狄青身上浪費時間，可他聽到郭遵這一聲吼，不由大驚，扭頭望過去，一顆心怦怦大跳。

郭遵一聲暴喝後，身軀暴脹，那巨蟒本纏郭遵纏得甚緊，竟也抗不住郭遵的大力，稍微鬆動。郭遵足尖一點，砍刀霍然飛起，他伸手操住。在星逝電閃間，手腕一轉，已砍下巨蟒的腦袋！

蟒頭飛起，鮮血噴湧，灑了郭遵一頭一臉，郭遵眼角、鼻端、耳邊均有了血跡，那是他用力崩開巨蟒，五臟受傷的緣故。可郭遵不理傷勢，只是望著多聞天王，一字字道：「我若不殺你，誓不為人！」

多聞天王已膽寒，他一生中從未有過如此畏懼的時候。雖知道郭遵傷勢極重，雖看到巨蟒的身軀還纏在郭遵身上，雖知道傾力一戰，他說不定能殺了郭遵，可多聞天王竟已不敢上前。多聞天王甚至已不敢去看郭遵的雙眸。那雙眼滿是絕望、內疚、憤怒和狂野，這樣的一雙眼眸，已讓多聞天王失去再戰的勇氣。

郭遵拖著蟒蛇的屍身上前，一步、兩步、三步……他走得極慢，可是走得極為堅定，他渾身濕透，血跡順著臉頰一滴滴地滑落，有如悲憤的淚水。

這時候天空又是一道閃電劃過，郭遵就那麼走過來，有如地獄來的殺神，不殺多聞不回地府。多聞天王一陣心悸，突然一聲大叫，扭頭就走，晃了幾晃，已沒入黑暗之中。

彌勒佛主見狀，虛晃一招，也沒入了黑暗之中。葉知秋再想追時，見郭遵晃了兩晃，已倒了下去，顧不得再追彌勒佛主，飛身到了郭遵面前，叫道：「郭大人，你怎麼了？」

郭遵方才掙脫蟒蛇的束縛，五臟俱傷，完全是靠著一股意志這才堅持下來，見敵人已去，一口氣提不上來，昏迷了過去。可他畢竟心中悲憤，昏迷片刻就已蘇醒過來，這時候飛龍坳中已如人間地獄，近千百姓已沒有幾個留下。郭遵掙扎站起，踉蹌走到狄青面前，望見狄青一動不動，雨水夾雜著枯葉落在郭遵臉上，郭遵已淚流滿面……

第四章　兄　弟

郭遵的淚水不能抑制，滾滾而下。他緩緩跪在地上，抱起泥漿中的狄青，哽咽道：「狄青，你為何要救我？你本不必死！我如何對得起你……呢？」那一刻他心若死灰，恨不得替狄青去死。腦海中又閃過那如梅花般的女子，女子戟指罵道：「郭遵，你夠狠！你傷了我丈夫，我一輩子都不會原諒你！」

郭遵傷心欲絕，喃喃道：「梅雪，我對不起你們夫婦。可我又害了你們的兒子，我何顏再活在世上？」

葉知秋並沒有聽到郭遵的自言自語，但知道方才若非狄青，郭遵早已斃命。狄青明知不敵，竟還挺身而出，救人危難，只說這種胸懷，就讓人唏噓。突然感覺到半空光線有異，葉知秋忍不住扭頭望過去，只見到天空竟有個火球劃過。

那火球極大，炫目非常，從天際劃過的時候，幾乎耀亮了半個天空。火球劃出道耀眼的軌跡，落在西方的遠山處，轟的一聲大響從遠處傳來，緊接著飛龍坳地動山搖，無數山石從山坡滾落，有如地震一般。

葉知秋感覺有些站立不穩，不由失聲道：「地震了？」可那震動只是過了片刻，轉瞬趨於平靜，雖說山石仍在滾動，但少了先前震撼心弦的那股威力。只是一陣陣波動依舊從地底傳來，讓人膽戰心驚。

葉知秋終於站穩了腳跟，見並沒有山崩，舒了口氣。可郭遵如此悲傷，竟對天地震動彷如未覺。葉知秋不忍驚動他，抬頭向火球落處望過去，見到那個方向竟好像燃了大火，雨夜中滿是紅彤彤的顏色。

雨歇雲收，明月重現。

葉知秋見飛龍坳已是屍體遍布，尚有幾個倖存的百姓白癡一樣地站在泥水中，不時地還瘋狂笑上幾聲，卻不再找人撕咬，想是彌勒佛主已走，迷藥的藥性已淡，眾人這才狂性大減。可是就算他們清醒了，發現自己為了成佛，殺的都是最親近的人，只怕也會再次發狂，難以自拔。葉知秋想到這裡，心中歎息，見西方紅光已渺，幾次想要前去探個究竟，終於還是壓制住這個念頭。

正琢磨間，葉知秋突然眉頭一皺，蹲了下來，望著狄青的腦門，眼中露出詫異之色。因為他發現狄青腦門處，只有輕微的血跡，伸手悄悄搭了下狄青的脈門，突然大呼道：「他還有生機！」

郭遵本是傷心得腦海一片空白，聽葉知秋大喊，心頭狂跳，忙問，「你說什麼？」

葉知秋道：「他還有脈象！」他又伸手摸在狄青胸口處，馬上道：「他的心還在跳。」

郭遵一喜，忙伸手指放在狄青鼻下，卻感覺不到呼吸，將耳朵貼在狄青的胸口處，這才發現狄青的確還有心跳，只是心跳的速度極為緩慢，若不留心，真的和死了無異。郭遵霍然而起，抱起狄青道：「葉捕頭，我要帶他去找大夫，這裡的事情，交給你處理。」葉知秋道：「可你也是身受重傷，若是再碰到那彌勒佛的手下怎麼辦？」

郭遵忿忿道：「那幫無膽鼠輩，也敢出來見我？」

葉知秋還是放心不下，說道：「我送你出山，等遇到你的手下再說。」

郭遵突然想起什麼，問道：「郭邈山他們呢？」望著一地的屍體，難以盡辨，郭遵心想，這幾個兄弟只怕已死在飛龍坳，心中一陣黯然。可眼下救狄青的性命要緊，郭遵想到這裡，決定先出谷中，可才抱著狄青走了幾步，只感覺天旋地轉，連站立都困難。葉知秋急忙接過狄青，攙扶著郭遵，踉踉蹌蹌地出了山谷，走了數里，有人高呼道：「是郭大人！」一人奔出，正是郭遵的手下趙律。

趙律見郭遵身受重傷，不由大驚，放出煙花信號召集人手前來。這時候又竄出幾個禁軍，葉知秋簡單地說明原委，眾人見郭遵傷重難行，慌忙派人背負起郭遵，另外有人從葉知秋手上接過狄青。

葉知秋見到煙花，又想起方才見到的火球，問道：「你們方才可見到一個火球從半空劃過？」

趙律點頭道：「是呀，不知道是什麼怪東西。不過我們都不敢擅自離開，所以無人去看。」

郭遵愕然道：「什麼火球？」

葉知秋將所見說了一遍，郭遵也是不明所以，見葉知秋有探究的打算，說道：「葉捕頭，你去看看吧，這裡交給趙律他們善後。趙律，你派幾個兄弟去飛龍坳，看看郭邈山、張海、王則幾人如何了。若是沒死，當然最好，若是死了，總要把他們安葬才好。李簡，你去通知地方官府，讓他們處理這裡的屍體……」這時候又有禁軍陸續趕到，這些人本是負責扼住要道，可都沒有見到彌勒佛主和多聞天王的下落。大家也都見了火球，均說那景色極為奇異，但到底如何，誰也說不出所以然來。

郭遵隨即又吩咐幾個手下前往白壁嶺周邊的孝義、介休、靈石等地尋找良醫。等一切吩咐妥當，葉知秋見郭遵身邊已有護衛，就想至西方山嶺探尋個究竟，當下告辭。臨行前，葉知秋突然想起什麼，說道：「郭大人，當初那個彌勒佛吩咐兩個手下進攻你，你可知道他說的是哪裡的話？」

郭遵略作回憶道：「那妖孽所說的話，我也從未聽過，會不會是偏僻地區的土語？若是能知曉到底是哪裡的方言，說不定能對抓住彌勒佛有些幫助。」

葉知秋也是這般想，搖頭道：「不像是方言，我對南北各地的方言都略有涉獵，可從未聽過那種話……」見郭遵心不在焉，葉知秋道：「好了，我繼續查探，郭大人先救治狄青要緊。」見郭遵捂住嘴輕輕地咳，手上也滿是鮮血，葉知秋道：「郭大人，你也注意身體。這次多謝郭大人出手，朝廷太需要你這樣的人了。」

郭遵點點頭，歎口氣道：「我是職責所在，沒想到連累了狄青，只盼狄青能活轉過來。」他和葉知秋告辭，出了白壁嶺，又有禁軍趕來接應。趙律不知從哪裡找來輛馬車，郭遵不放心狄青，親自抱著狄青進入馬車。又怕顛簸導致狄青傷勢惡化，一路上抱著狄青不肯放手。

趙律等人都是暗自奇怪，心道狄青不過是個普通百姓，郭大人為何對他這般厚愛？可是見到郭遵神色凝重，均不敢發問。眾人趁夜趕路，天明的時候已到了孝義。這時候早有禁軍先到了孝義，請來了這裡最好的幾位大夫。

孝義本是個小縣，縣令聽說殿前指揮使駕到，忙不迭地趕來拜見。郭遵無心應酬，只看著大夫，希望從他們口中說出「有救」兩個字。可幾位大夫均是搖頭，說出的是同樣四個字，「此人已死！」

郭遵大怒，差點讓四位大夫跟著陪葬。好在他並非蠻不講理之人，壓抑住怒氣，知道這些人的確也是無可奈何，不想浪費時光，讓縣令找了幾匹最好的馬，再次上了馬車，一路向南，趕往靈石。

到了靈石後，縣令早就帶著幾位大夫恭候，一大夫摸了下狄青的脈門，皺眉道：「大人，此人已死！」靈石縣令大皺眉頭，喝斥道：「你胡說什麼，他明明……還有幾分生機。」其實縣令心中也覺得狄青無救，可不敢得罪郭遵，暗想狄青要死也行，但不要死在靈石。

郭遵長歎一聲，束手無策。這時有一老者上前道：「大人，這個小哥腦部受損，導致昏迷不醒，是為假死，這種病症藥石無用。」

郭遵心中一動，「那什麼有用呢？」

老者道：「老夫忝長幾歲，也見過不少疑難雜症，知道以前也有過一人如這小兄弟一般。那人是個孩童，頑劣上樹，結果不留神摔了下來，腦袋被鐵耙的鐵刺扎了進去，昏迷不醒。」

郭遵急問道：「那孩童後來是死是活？」他盯著老者，只盼說出「活著」二字，因為那孩童如果能活轉，說明狄青也有機會。

老者道：「那孩童後來的確醒轉過來，是由京城的神醫王惟一所救。」

郭遵聽到「王惟一」三個字的時候，一拍大腿，喝道：「我真的是急糊塗了，怎麼忘記他了呢，竟還在這裡浪費功夫？」

郭遵當然知道王惟一其人，此人雖年紀不大，但醫術極精，在京城可是大大有名。

王惟一精通人體經絡，集古今針灸之大成，對重病之人，往往無須施藥，一針見效。前幾年更是一展平生所學，借大內之手打造了兩具穴道銅人，做為天下針灸之術的範本，弘揚針灸之法，名揚天下。契丹國主聞之，也是渴求一見銅人，卻是求之不得。眼下狄青藥石無計，唯一解救的方法，就是從針灸入手，救回他的性命。

郭遵一想到這裡，霍然起身，命趙律備馬，見眾大夫都是訕訕，想必是對郭遵所言耿耿於懷。郭遵有些愧疚，心道這些人畢竟也是一番辛苦，對知縣道：「這些大夫也辛苦了，還要煩勞知縣大人給些賞錢。」

靈石知縣只求狄青不死在這裡，什麼都好商量，當下獎賞了那些大夫，又重賞了那位老者，眾人皆大歡喜。郭遵突然想起一事道：「這位老丈，當年那孩童現在何處呢？」

老者猶豫片刻才道：「那孩童被救轉後，他父母帶著他回轉故里，但過了半年，那孩童突然失蹤，倒讓那父母傷心欲絕。」見郭遵滿是懷疑的表情，老者忙道：「大人，這絕非老朽編造的故事，你若到老朽鄉里，只要一打聽，就會知曉此事。」

郭遵忙道：「我並非不信任老丈，只是奇怪那孩童去了哪裡？」

靈石知縣道：「郭大人，下官倒沒有聽人報案，是以不知道此事。」

郭遵見他推諉責任，暗想年代久遠，多半成了疑案，無心再理會此事。這時趙律早就備好快馬，飛龍坳的禁軍也已趕到，說在飛龍坳並沒有找到郭邈山等人的屍體，可也沒有見到郭邈山等人的蹤影。郭遵大為奇怪，暗想這幾人均是精明強幹，若是沒死，必然會找谷外的禁軍聯繫，怎麼會不知所蹤？可這時候他的一顆心全放在狄青的身上，理會不了許多，當下命禁軍繼續尋找，自己則帶狄青上了馬車，帶著一幫禁軍趕往京城。

這一路晝夜不停，前方禁軍快馬疾馳，不停地調換軍馬。眾人穿隆德軍、經懷州、渡黃河到汴口，沿著汴河而下，終於趕到了開封。

京城開封，天子腳下。如今正值宋朝安定興榮之時，大宋國都開封府可以說是八方爭湊、萬國咸通，繁華興榮，鼎盛一時。

眼下大宋雖是軍事積弱，但自從真宗與北方的契丹定下澶淵之盟後，大宋已有近三十年未大動干戈。雖有西北戰亂頻起，但暫時無關大局，此刻的東京開封，錦繡華夏，在天下人心目之中，如同夢幻國都一般。

蒼茫天地間，開封城高大巍峨，有著說不出的莊嚴雄壯。從那殺機四伏的飛龍坳到了這歌舞昇平的開封府，直如從地獄到了天堂。眾禁軍奔波日久，皆是舒了口氣，臉上帶著愜意的表情。只有郭遵雙眉緊鎖，望著蒼天禱告道，「蒼天在上，只求你開眼，救狄青一命。我郭遵就算折壽十年也是心甘情願。」他咳了幾聲，嗓子有些嘶啞。他傷勢未好，又連日奔波，就算鐵打的身體，也有些疲憊不堪。

郭遵入了開封大城，先讓手下將狄青送到自己的住宅，然後讓人去請神醫王惟一，自己去三衙覆命。郭遵身為殿前指揮使，隸屬三衙管轄，這次雖說並沒有成功擊殺彌勒佛主，但除去了四大天王中的三個，也算有些功勞，彌勒佛主經此一役，只怕短時間很難恢復元氣。郭遵素來管殺不管埋，追查那三大天王身分的事情，自然是由葉知秋善後。

郭遵從三衙回轉府中時，王惟一已趕到，正為狄青把脈。王惟一衣著簡樸，臉色紅潤，只是頜下短鬚根根如針，看起來拔一根都可以做針灸使用。見郭遵進房，起身道：「見過郭大人。」

郭遵深施一禮道：「郭某才回京城，就要有勞王神醫，實在過意不去。」

王惟一笑道：「當初若沒有郭大人仗義出手，世上早沒有了王惟一，些許小事，郭大人何必客氣呢？」

郭遵見王惟一還能笑的出來，心中便多了幾分指望。

原來王惟一現在雖是神醫，可多年前不過是個窮寒的郎中，當初他進京之時，路遇盜匪打劫害命，若非郭遵恰巧路過，王惟一說不定已去當神仙了。郭遵和王惟一自此後，少有交往。郭遵為人勇武俠義，生平救人無數，這種事情很快就忘，不然當初狄青傷重，他也不會想不到王惟一。

此刻聽到王惟一如此說，郭遵謙道：「王神醫言重了，你慈悲心腸，做銅人濟世，醫者福音，自然會有善報。這狄青……可醒得過來嗎？」

王惟一皺眉道：「其實像他這種腦部受到重創還能存活的症狀，我也遇到過幾例。不過人體本是一奇妙之物，他能否醒來，並不看我，而要看他自己的生存意志。人之性命或頑如堅石，或弱不禁風，他若想活，我救他倒還有幾分希望。」見郭遵滿是不解，王惟一解釋道：「古書有云，『心藏神、肝藏魂、肺藏魄、脾藏意、腎藏志。』狄青之髓海，也就是他的腦海，和這幾樣不絕溝通，狄青這才雖昏不死。可這種聯繫和他意志關係極大，一但斷絕，必死無疑。」

郭遵擔憂道：「他若是不醒，還能堅持多久？」

王惟一道：「他眼下這種情況，極其類似動物的冬眠，體力消耗極少，所以才能活到現在。可是眼下這種情況……怕是他也堅持不了幾日了，依我看來，七日之限吧。」

郭遵臉色黯然，喃喃道：「只有七日了？」

王惟一和郭遵相識多年，從未在郭遵臉上見過如此頹廢黯然的表情，忍不住問道：「郭大人，敢問一句，狄青和你有什麼關係嗎？」

郭遵猶豫片刻才道：「若沒有他，死的就是我！」

王惟一心想，郭遵一生救人無數，這次得人相助，怪不得竭力回報。只是這個狄青不知道有什麼本事，竟然能救得了郭遵呢？不便多問，王惟一說道：「郭大人，我當盡力而為。對了，他可有親人嗎？」

郭遵道：「有，狄青最親的大哥叫做狄雲，在汾州的西河縣。我已命人請他過來。」郭遵心細如髮，一方面在為狄青找最好的醫生，一方面也派人去請狄雲前來，暗想若是狄青真的不行了，也能讓狄雲再見兄弟一面。

王惟一欣慰道：「那最好了。我先給他試針，看看能否讓他醒來。若是狄雲趕來，請他來見我。

郭大人，人有四海五臟，十二經脈，四海分髓海、血海、氣海和水谷之海，腦為髓之海，如今狄青的髓海重創受制，外刺不能拔出，只怕一拔就死，我當求用針灸之法打通他髓海和五臟之通道，盡力讓他蘇醒。眼下若要下針，就要從他的百會穴和風府穴下手，百會連足太陽膀胱經，風府連奇經八脈中的督脈，這兩條經絡都和髓海有關……」

郭遵道：「王神醫，這些我不懂，你儘管施為就好。若是連你也救不了，這京城恐怕也沒有誰能夠救得了他了。」說罷長歎一聲，雙眉緊鎖。

王惟一再不多言，當下施針，他認穴極準，手法熟練，幾乎閉著眼睛都能刺得準確無誤。郭遵等了良久，仍不見狄青醒來，見王惟一正在冥思苦想，不時地切著狄青的脈門，不好打擾，便悄無聲息地走了出去。

郭遵才到了庭院，一孩童蹦蹦跳跳地過來，一把抱住了郭遵道：「大哥！」郭遵暫放心事，舉起那孩童道：「弟弟，你又長高了。」那孩童叫做郭逵，眼大頭大，古靈精怪。郭逵和郭遵並非一母所生，可郭遵對這個弟弟十分疼愛。

郭逵好奇道：「大哥，狄青是誰呀，你為何這般費心救他呢？」

郭遵緩緩坐在庭院的石凳上，道：「那人……他是個漢子。」

郭逵急道：「到底怎麼回事呢，大哥，你說給我聽聽吧？」

郭遵見弟弟滿是期盼，不忍推搪，將飛龍坳的事情簡單說了下，至於自己如何浴血奮戰並不多說，只說自己最危急的時候，狄青突然出手纏住對手，這才給自己搏得生機，可狄青卻被敵人所傷，重傷難治。

郭逵聽完，眨著大眼道：「大哥，沒想到……他竟然這般受傷的。他若是醒了，我一定謝謝他。」

郭遵黯然搖頭道：「只怕他很難醒得過來。」

兩兄弟沉默良久，郭遵想著心事，郭逵也像考慮著什麼，不知過了多久，郭逵道：「大哥，你再給我講個故事吧？」郭遵終日東奔西走，每次回來的時候，郭逵都會纏著大哥講趣聞，這次卻是看大哥情緒低落，想要逗他開心。

郭遵抬頭望著天際，正逢落日熔金，暮雲如璧，天空好一派壯觀的景色。

沉默良久，郭遵這才道：「好，我就給你講個故事。」略作沉吟，郭遵道：「從前有個人，出身世家，文武雙全，總以為自己天下無雙，很不將人看在眼中。他武功不錯，卻不知道韜光養晦，整日只知道和人打架鬥狠，總以為可以用拳頭來解決一切問題。」

郭逵道：「這和街頭的混混有什麼區別呢？」抬頭望著郭遵道：「大哥，你放心，我不會成為那種人的！」

郭遵拍拍弟弟的肩頭，欣慰道：「你果真懂事多了。」

「後來那人怎麼了？」郭逵問道。

郭遵歎口氣道：「後來那人碰到了一個女子，那女子美若天仙，那人第一眼見到，就下定了決心，想無論如何，定要娶那女子到手。不想那女子對他卻是不屑一顧，反倒對一個文弱書生大有好感。」

郭逵嬉笑道：「或許那女子覺得……得不到的才好吧？有時候我就這樣，看別人手上的糖果總是好吃，可等到手了，才發現也是稀鬆平常。」

郭遵不想弟弟這麼比喻，想笑，心中卻滿是苦澀，喃喃道：「真的是這樣嗎？」扭頭望向那落日的餘暉，郭遵又道：「可那武人並不做如此想，只痛恨那女子有眼無珠，又恨那書生搶他的女人。他本是狂傲的性格，再加上一直沒有受過挫折，自高自大，妒火高燃，卻從不想自己是對是錯。可他越是囂張，那梅花一樣的女子對他越是不屑，反倒刻意和那書生親近。武人終有一日嫉恨不已，前去客棧找到那書生，給了他十兩金子，令他立刻離開那女子。那時候書生正要考科舉，當然不肯就走。更何況，就算他不考科舉，也不捨得離開那女子。」

郭逵學大人歎氣狀，「你這故事太俗套了，我用腳趾頭都想得到結果了。那武人最後打傷了文人，被開封府的青天大老爺斬了，對不對？」見郭遵臉色古怪，郭逵狡黠道：「我知道大哥你的苦心，你不想我學壞，所以總用這種故事勸我了。我明白。」

郭遵良久才道：「你真太他娘的懂事了。看來以後我得請你講故事了。」

郭逵拍著小手大笑起來。郭遵也擠出分笑容，拍拍弟弟的大頭，說道：「你去玩吧，我想靜靜。」郭逵逗大哥開心的目的已達到，蹦跳離去。郭遵有些心煩，信步到了後園。等走到一片幽靜的竹林旁，這才止步。微風橫斜，竹葉刷刷，郭遵緩緩坐在一塊大石上，從懷中掏出只笛子。

那笛子是竹子做成，通體碧綠，郭遵橫笛唇邊，幽幽吹了起來，他吹的曲子卻是一首梅花落。

狄雲在郭遵到了京城後的第四日，終於趕到了郭府，可狄青仍未醒來。

郭遵見狄雲前來，只說了一句話，「狄青是為救我而受傷，我對不起他。」然後郭遵就將狄雲帶到了狄青的床榻前。

狄雲已從禁軍口中知道了事情的始末，反倒覺得郭遵有些自責過深，道：「郭大人，狄青為救人而傷，就算死……」可見到床榻上的狄青雙目緊閉，臉色憔悴，聲音已哽咽。他不想弟弟才出了汾州，就身受重傷，狄青若真的不治，那他如何對得起死去的爹娘？

王惟一正為狄青施針，見狄雲前來，有些疲憊的起身道：「這位……是狄青的大哥嗎？」見郭遵點頭，王惟一道：「眼下能幫狄青的只有你了。」

狄雲忙問：「怎麼幫？」

「和他說話。」王惟一無奈道：「我不停地刺激他的髓海，以期激發他的活力，可惜效果不佳。人體極為奇妙，我雖已對經絡、穴道有所研究，但對髓海仍是所知甚淺，但我知道，親人的話語有可能喚醒他的神智，你不妨一試。」

狄雲點點頭，一跛一跛地走到床榻前，握住狄青的手，眼中含淚，卻還能微笑道：「弟弟，大哥看你來了。大哥沒想到，這麼快就和你再次見面。大哥已知道發生的一切，知道你竟然除去了危害百姓的增長天王，大哥很為你驕傲。我來之前，太過匆忙，你嫂子沒有跟來，可她託我給你帶句話，說謝謝你當初救了她。她說你一直都在鄉下，這次到了京城，要自己照顧自己，我們不能在你身邊，你自己保重……」說著說著，狄雲淚水已忍不住滴下，落在狄青蒼白的臉上，狄青仍是沒有半絲醒來的跡象。狄雲心如刀絞，卻還能強笑道：「我當時就笑你嫂子說弟弟已經長大了，不但可以照顧自己，還能照顧你我呢。當初若非弟弟你，我和你嫂子怎能在一起？」

狄雲說的雖是尋常之事，可語音顫抖，字字深情。郭遵鼻梁酸楚，抬頭望向屋頂。聽到狄雲說「弟弟，你要快點醒來，在這世上，你是我唯一的弟弟。大哥腿腳不好，還要你照顧，你可不能撇下我不管。你答應過娘親，要聽我的話，這次你一定要聽。」郭遵再也忍耐不住，轉身出了房門，呆呆地坐在庭院中，神色木然，眼中滿是愧疚之意。

郭遵從晨光曉寒坐到晚霞滿天，又從晚霞滿天坐到晨光曉寒。郭逵數次前來，見大哥神色沮喪，不敢多言，只是悄悄將食物放在大哥的身邊。轉瞬過了兩天，可郭遵身邊的食物，始終絲毫未動。這個鐵打的漢子，就那麼坐著，誰也不知道他在想著什麼。

不吃不喝的不止郭遵，還有狄雲。狄雲已連說了兩天，面容憔悴，嗓子嘶啞，可還是堅持說下去。他認為只有說下去，弟弟才會有命活過來。每過一天，狄青就向死神跨近了一步，狄雲又怎捨得浪費辰光去吃飯？

第七日的時候，王惟一緩步從房間走出來，亦是神色疲憊，望見郭遵如石雕木刻般坐在那裡，輕歎一聲。郭遵被歎聲所引，用滿是血絲的眼睛瞪著王惟一，見他無半分喜悅之意，已明瞭一切。王惟一心有不安，走過來道：「郭大人，我愧對你的信任……」

郭遵擺手道：「藥醫不死病，命已如此，為之奈何？」雖是這般說，可心情激盪，用手捂嘴，連連劇咳，手指縫間滿是鮮血。

王惟一暗自心驚，道：「郭大人，你的病，也需要將養幾日。」

郭遵歎口氣道：「不急。」他緩緩起身，本待向狄青的房間走去，卻終究不敢。他一生征戰無數，出生入死，也從未有如此膽怯之時。

就在這時，門外走進一人，說道：「郭兄，你……你怎麼了？」那人臉上滿是風塵之意，但眼中犀利不減，正是京中名捕葉知秋。

郭遵強笑道：「不妨事。你……有結果了？」

葉知秋歎道：「你的那幾個手下，依舊沒有下落。我去了白壁嶺西，在那裡發現了一個深坑，四周樹木有灼燒的痕跡，像是當初火球落地造成的結果。」

「深坑？」郭遵隨口應了句。

葉知秋道：「不錯，那坑真可謂深不可測。」他眼中露出駭然之色，郭遵見狀，倒有些奇怪，暗想葉知秋見多了光怪陸離之事，如何會對一個深坑大為恐懼？葉知秋苦笑道：「依我之能，竟完全測不出坑的深淺，我最後丟了一塊石頭下去，等了良久，沒有任何動靜。」

郭遵牽掛狄青的生死，隨口說道：「天地造化神奇，我等也無能一一破解……」

葉知秋見郭遵全無興趣，苦笑一聲，不再和郭遵深談那火球的古怪。見郭遵雙眸紅赤，臉頰潮紅，顯然是病得不輕，葉知秋關切道：「郭兄，你……」本想讓他保重身體，突然想到什麼，問道：「狄青還沒有醒轉嗎？」他已看出郭遵和狄青之間似乎有什麼關係。

郭遵搖搖頭，葉知秋見王惟一也在這裡，暗想他都無能為力，自己更是不行。他本是個乾脆的人，見狀說道：「既然如此，不打擾郭兄了。只盼狄青能好。」他轉身要走，又止住了腳步，說道：「對了，郭兄，那三大天王的屍體我都查了一遍，已將他們的容貌畫了下來，暗令各地捕快留意，但直到現在也還沒有那三人身分的線索。上次彌勒佛所說的話我雖不明其意，卻暗中記住了音調，昨日到京城，我找了數位精通天下語言之人詢問，終於確定了那句話是哪裡的話！」

見郭遵全然提不起興趣，葉知秋搖頭續道：「那是吐蕃語。這說明彌勒佛主可能和吐蕃有關，我打算去吐蕃轉轉，你……多保重。」他說完後，抱拳離去。郭遵抱了下拳，又無力地放下，喃喃道：「吐蕃？吐蕃的彌勒佛？那他們不在吐蕃，到中原來做什麼？」

郭逵正端著熱的飯菜進來，懂事道：「大哥，你吃點東西吧。」

郭遵見到飯菜，無心下嚥，「小逵，你幫我去看看狄青吧。」他沒有入房看望狄青的勇氣。

郭逵旋即端著飯菜走進屋內，本想勸說狄雲幾句，可見到狄雲滿是絕望的眼眸，所有的話都吞了下去。

狄雲並未察覺郭逵前來，他的全部心思、全部精神已全放在弟弟身上。狄青這幾日來，依舊昏迷不醒，臉色更加地蒼白，看起來已是奄奄一息。狄雲緊緊握著弟弟的手，就像握住生命的希望。他訴說了兩天兩夜，不肯歇息，雙眸布滿血絲，似要滴血，他的嘴唇早起了泡，嗓子也已乾裂，動一下都和刀割一樣疼，可這種痛苦，卻比不過他心口那錐心的痛楚。

「弟弟，莫要睡了，大哥可要生氣了……」說完這句，狄雲禁不住淚如泉湧，哽咽道，「弟弟，你還記得嗎？每次你犯錯了，都不敢告訴大哥。你不怕我責打，你只怕我失望。每次大哥說要生氣的時候，你就會很懂事地改正一切。在大哥心中，你是這世上千金不換的弟弟，可有一日我聽你對牛壯說，在你心中，大哥也是萬金難求的大哥。你可知道，我聽到那句話的時候，不知有多開心。」

淚水點點滴滴地落在狄青的臉上，狄雲又道：「弟弟，你真的不要睡了，大哥這次真的要生氣了。不，大哥以後再也不對你生氣了，只求你醒來，好不好？」五指緊扣狄青的手指，狄雲似笑實哭，「弟弟，你還記得娘親臨終時所說的話嗎？她說要你我相依為命，要你我互相照料，她說，這世間遇上就是緣，兄弟更是緣。緣分要珍惜，仇恨卻不過是些過眼雲煙，她說早就不恨當年擊傷爹爹的那個人，不希望你我報仇雪恨，只盼你我快快樂樂地活著。活著，真的比什麼都好！我那時候還年輕，什麼都不知道，可今日我卻知道了娘親的心情，她什麼都不希望，不希望我們做宰相，不期冀我們考狀元，她只求我們快快樂樂地活著，她就心滿意足了。弟弟，我只求你活著，就比什麼都好！」

他淚水滂沱，見狄青還是沉睡不醒，再也壓抑不住心中悲痛，一頭撲在狄青的胸前，用力搖著他一隻手道：「弟弟，求你了，你莫要丟下大哥，求求你，莫要丟下大哥！」

狄雲撲到狄青的胸前，埋頭號啕大哭。郭遵聽到屋中傳來的哭聲，只以為狄青已死，心口痛楚，哇的一聲，吐出大口鮮血。

不知哭了多久，狄雲突然感覺有人正摸著他的頭頂，以為是郭逵在安慰他，哀聲道：「郭小弟……」不想卻聽郭逵驚叫道，「狄青他……」

狄雲霍然抬頭，只見到狄青正睜著眼睛望著他，一隻手剛從他頭頂落下。狄雲見弟弟醒來，大悲大喜，已然呆了。狄青眼中滿是淚水，輕聲道：「大哥，我不會丟下你的，不會！」那聲音雖是微弱，但卻不容置疑。

狄雲歡喜得差點暈過去，嘴唇張了兩張，卻再說不出一個字來。他說了三天兩夜，這一刻才覺得嘴唇刺心地痛，可這種痛，怎能抵得住心中的喜悅？

郭逵親眼見到狄青的淚水順著眼角流淌，親眼見到狄青睜開雙眼，親眼見到狄青伸出手來，摸著狄雲的頭頂，只來得及驚叫一聲，不能稍動。聽狄青說出話來，這才歡喜無限，轉身衝了出去，叫道：「大哥，狄青醒了，狄青醒了！」

王惟一精神一振，快步進了房間。郭遵嘴角血跡未乾，聽到這話，難以置信，顫聲道：「真的？」

郭逵一把抱住郭遵，連連點頭道：「真的，他睜開眼了，他說話了。」孩童興奮無限，緊緊摟住大哥，或許只有今日，他才真正體會到兄弟情深。

王惟一終於走出來，笑著對郭遵道：「狄青活過來了。」

郭遵這才肯信，身形晃了兩晃，無力地跪在地上，郭逵驚叫道：「大哥，你怎麼了？」郭遵仰謝蒼天，嘴唇動了兩下，跪叩大地。他將一張臉埋在黑色的泥土中，喜極而泣的淚水，就像那清露晨流，新荷雨滴，無聲無息地滾動……

第五章　驚豔

春去春來，梅落雪殘。

光陰如水般沖刷著年年歲歲留下的刻痕。飛龍坳一戰，雖是驚天動地，詭異莫測，但日子久了，除了當事人，已沒有幾人記得當初的慘烈和詭異。可只要經歷過的人，這輩子也不會忘記當時所發生的一切！

這一年又是暮春草長，群鶯啼飛的季節，開封府的英武樓內外，喧譁陣陣，禁軍來往，有如螞蟻一般。因這幾日是禁軍的磨勘大限，所以京城禁軍多來應考。

大宋崇文抑武，科舉常開，武舉若不是非常時期，少有開榜。武人若無出身資歷，朝廷又無人的話，單從廂軍徑補至禁軍之人，升職的唯一途徑就是參加磨勘。能進英武樓內試演武技的人，職位最少都要是副都頭以上，而大量低級軍官要想升職，就只能在英武樓外的八大營進行考核了。

八大營的驍武營中，有考官唱道：「王珪試射。」一人出列。眾人見那人臉黑如炭，年紀也不算大，只在演武場上一站，就有股凜然彪悍之氣。這時有人遞上硬弓，王珪雙臂用力，拉開硬弓，眾人一陣喝彩。

眾禁軍指指點點，一人道：「王珪這次若再過了考核，那就是副都頭了。以後我們在這裡就看不到他了。」

「那當然了，你以為都和你一樣嗎？看你這些年從未長進，九年過不了一考，到現在還是個承局呢。人家王珪朝中沒人，可有志氣，每考必過，一次機會都不錯過，愣是從普通的軍兵考到軍頭，眼看又要變成副都頭了，真的是條漢子。」

被質疑那人不滿道：「那又如何？就算是個都頭，上面還有都虞侯和指揮使。指揮使在京城裡又算得了什麼？你要不進三班，這輩子不過是個低等軍人。只有入三班使臣，才算真正有了盼頭。那王珪再勇，要想打入三班使臣之列，恐怕鬍子也要白了吧？這麼努力地混進三班，卻也快要死了，又是何苦呢？」

先前那人歎口氣，卻又道：「話雖這麼講，但升職總是好事，就像將虞候總比承局要好。」說完得意地笑。原來這人是將虞候的官階，比承局要高出一級，是以譏諷對方。

被諷那人有些臉紅，忿然道：「老子是承局又如何？老子畢竟是憑自己的本領升職，不像某些人，就憑吹、憑混過關。老子年年不變是不錯，可有些人好像反倒年年倒退了。不過人家是十將，比你這將虞候可還高一級呢。」

先前那人笑道：「你是說狄青嗎？」

「可不是嗎？那傢伙被吹噓得上天入地，無所不能，聽說殺了個什麼增長天王的。本來以為郭遵在禁軍中還算不錯，不想竟也是個任人唯親之輩。這狄青本來連廂軍都不是，可郭遵為狄青請功，讓他直接進了禁軍，還徑直當個十將，但狄青屁本事都沒有，真讓人看著來氣。」那承局忿忿道。

那將虞候道：「你氣憤，是因為郭遵不是你的親戚吧？嘿嘿，想必那增長天王是和泥塑的菩薩一樣，這才能讓他一擊得手吧？」二人均是嘿嘿地笑。

這時，營中又傳來一陣喝彩。原來王珪已開始進行騎射的考核，他飛身上馬，手挽長弓，一箭射中了靶心，眾人轟然叫好。

「這才是真本事！」將虞候讚道。

「誰說不是呢，像狄青那樣，真讓人羞於為伍呀。」承局接口道。

這時候考官唱道：「王珪優等，狄青試箭。」

那承局和將虞候二人四下張望，都道：「不知他今天還會不會出來丟人現眼？」張望了半天，聽到後面有人道：「讓讓。」二人回頭望去，不由略顯尷尬，慌忙閃到一旁，原來出聲那人正是狄青，適才就站在他們身後。

幾年的功夫，狄青又長高了些，卻也瘦了些。他額頭有點疤痕，如同紅痣，左頰刺著「驍武」兩字，頦下鬍子拉碴，容顏很是憔悴。

見二人讓開，狄青緩步走到監考官前，遞上腰牌。監考官驗明無誤，點頭道：「狄青試箭。」有人送上弓箭，狄青緩緩接過，望著長弓，神色複雜，手也有些發抖。

低級軍官升職，必要考步射、馬射、武技和開弩四項技藝。狄青要想由十將升為軍頭，就必須步射開弓六斗力，開弩一石七斗力，馬射三箭中的，試演武技，這才由監考官審核，決定是否升遷。

步射開弓六斗力對從前的狄青而言，一點不難，他雖武技不高，但終日去鐵匠舖打鐵幫手，腕力極強，當年就算郭遵一時間都拿他不住。可是現在開弓六斗力對他而言，卻是天大的難題。

「狄青試箭！」監考官見狄青還不開弓，微有不耐。眾人見狀，噓聲已起，有人叫道：「不行就回去抱孩子，莫要浪費大夥兒的功夫。後面還有人等著呢！」

狄青暗自咬牙，一聲大喝，雙臂用力，只聽喀嚓一聲，長弓竟被他生生拉斷。眾人肅然，面帶畏懼。可隨後狄青晃了兩晃，已軟軟地倒了下去。他一手握拳，指甲入肉，神色很是痛楚。

眾人一陣譁然，不知道怎麼回事。承局歎道：「拉弓都能把自己拉暈倒，這位可算是空前絕後了。」

「你若是不說話，沒有人把你當做啞巴。」一人冷冷道。

承局回頭一望，見身後那人獅鼻闊口，唇邊短髭，容顏很有威勢。慌忙施禮道：「指揮使，你怎麼到這裡來了？」那人不理承局，走到狄青身邊，和監考官點頭示意，親自背負狄青出了大營。

那將虞候見獅鼻那人走遠，忍不住問道：「這人是誰呀，挺狂的呀？」

那承局抹了一把冷汗道：「此人叫做王信，是神衛軍的指揮使，也是郭遵的朋友。指揮使你知道嗎？與你這個將虞候相比，不可同日而語呀。」

那將虞候吸了口涼氣，只能搖頭道：「這個狄青命好，竟然有郭遵、王信等人關照。唉，若是你我能得他們關照，說不定早就能混個都頭當當了。」

二人唏噓的功夫，王信已將狄青安置在軍營外的樹陰下。

狄青清醒過來，見是王信，掙扎著起身道：「王大人，又是你背我出來了？」

王通道：「若是不行，何必勉強呢？」

狄青嘴角露出苦澀的笑，說道：「我這人就是魯莽，考慮不了太多。」

王信望了他良久，這才道：「我還有事，先走一步。」他轉身離去，等狄青望不到自己的時候，這才搖搖頭，喃喃道：「唉，可惜了這個漢子。」

狄青坐回樹下，還感覺腦海轟鳴，隱隱作痛，抬頭望著柳枝依依，飛絮濛濛，神色黯然，自語道：

難道我狄青這輩子，真的就這麼一事無成了？

原來狄青被多聞天王重創傷了腦海，蘇醒後，一直乏力難動，使不出氣力。這幾年多虧王惟一悉心用針，讓狄青不至於成為廢人，但他腦中那根銀針，王惟一也是無法取出。

如今狄青雖能活動，但一用大力，就會腦海劇痛，痛不欲生，所以這幾年兩次參加磨勘，均是敗在拉弓開弩的環節上。今日聽及旁人議論自己，雖表面平靜，可內心悲憤，實在不願意郭遵為自己受到非議，拚盡全力一拉，雖拉斷了長弓，但腦海中隨即如受錘擊，痛苦不堪，徑直昏了過去。

當年郭遵前往飛龍坳，本意是帶狄青歷練，不想卻讓狄青身受重傷，差點送命。郭遵心中愧疚，因此將飛龍坳的功勞，大半都讓給了狄青，也為狄青爭取到了十將的官階。但郭遵能做到殿前指揮使，擔當護衛皇上一責，不僅因為武功高，還因為家世好。狄青並無出身，眼下這十將的位置，已是郭遵能為他爭取的極限。雖說十將官職不高，但總算衣食無憂，郭遵雖內疚，但狄青並沒有半分怪責郭遵的意思。

狄青正傷心間，有一少年蹦蹦跳跳過來道：「狄二哥，怎麼樣了？」那人正是郭逵，幾年的工夫，他也長高了些，但仍不脫稚氣。他叫郭遵是大哥，所以叫狄青是二哥，這幾年來，狄青在京城，和郭氏兄弟相處得極好。

狄青搖搖頭。郭逵見狄青有些沮喪，忙安慰道：「狄二哥，我明白，你不用說了。」一見有幾個人從英武樓出來，都是趾高氣揚的表情，郭逵轉移話題道：「狄二哥，你別看這些人好像高人一等，其實都是仗著老子的功績。他們的老子不是在三衙任職，就是兩院的高官。這些人就算是坨屎，也可以直接進英武樓。你比他們可強多了。」

狄青心想，我現在真不比一坨屎強，岔開話題道：「小逵，你找我有事嗎？」他打了個哈欠，意興闌珊。

郭逵眼珠一轉，說道：「差點忘記告訴你一件事，我大哥又出京了。」

狄青關切地道：「他去了哪裡？有沒有危險？」原來郭遵雖是殿前指揮，但因為身手高強，做事俐落，很多時候，都被三衙外調、協助開封府和地方官府處理一些棘手的案件，因此郭遵很多時候，並不在京城。

郭逵道：「你還記得郭邈山、張海和王則三人嗎？」

狄青詫異道：「當然記得。這三人當初是郭大哥的手下，後來在飛龍坳失蹤，郭大哥總是念念不忘，他們三人怎麼了？」

「郭邈山和張海在陝西造反了。」郭逵皺眉道：「他們現在聲勢不小，已是朝廷的隱患。大哥得知郭邈山他們造反，立即請命前往陝西平叛。那畢竟是他的手下，他希望能說服這些人回歸正途。我大哥很奇怪，不明白這些人為何不回京城，卻要造反呢？」

狄青不願多想，苦笑道：「只希望郭大哥一切順利吧。小逵，我去轉轉。」他失意之下，只想找個清靜的地方。郭逵叫道：「對了，狄二哥，你大哥只怕你在京城花費不夠，所以託人帶來了三兩銀子給你。喏，這就是。」他伸手遞過了三兩銀子，狄青不接，問道：「有信嗎？」

郭逵眼珠一轉，笑道：「你哥不是不識字嗎，怎麼會有信？」

狄青道：「小逵，你不用騙我了，這是郭大哥給我的，是不是？」見郭逵不語，狄青拍拍郭逵的肩頭，說道：「小逵，我是幫了郭大哥一次，但他真的不欠我什麼，你們兄弟對我很好，我已是無能報答了。」

郭逵挺起瘦弱的胸膛道：「是不是兄弟？是的話，就不要再說這種話了。」

狄青忍不住地笑，刮著他的鼻梁道：「看你這樣子，也像個英雄好漢了。我真的不缺錢用，我這個十將雖是無能，但朝廷的俸祿，也夠我吃喝不愁了。對了，還要麻煩你一件事，我這有攢下的幾兩銀子，你兄弟熟人多，看能不能幫我送到汾州，給我大哥。他有段時間沒有我的消息了，只怕他擔心。」狄青從懷中掏出錠銀子，心中多少有些酸楚。

當初狄雲喚醒狄青後，見弟弟虛弱不堪，一直照顧著狄青，可心中也惦記著小青。狄青當然知道大哥的心事，就催他回轉，郭遵更是痛快，建議狄雲直接把小青也接到京城來住。狄雲卻推說不習慣京城的生活，說京城有京城的好，可他不喜歡，再說家鄉在西河，根也在西河，不想搬到京城。因此狄雲在弟弟好轉後，還是回到了西河。郭遵有些不解，狄青心中卻知，大哥是因為腳跛了，不想丟他這個弟弟的臉面，這才堅持要回去。好在大哥回到西河後，和小青做些小買賣，如今日子過得也還不錯。

郭逵望著那銀子，心道，狄二哥這個人呀，瘦驢不倒架。不想讓狄青難堪，便接過銀子道：「好，我一定為你送到。」

狄青別過郭逵後，信步而走，見路邊有家酒舖，進去叫了斤劣酒喝了。心中盤算，留在京城多半沒有什麼發展，可想要回去西河，更是不成。自己臉上刺了字，那其實就和犯人無異，入禁軍不容易，脫離更不是件容易的事。輕歎一聲，丟下十幾文錢，出了酒肆，一時茫然四顧，只見柳絮飄飄，如雪兒輕墜，街市熱鬧非常，可都是別人的喧囂，與自己無關。恍然間聽到前方一陣叫好，狄青這才發覺已過州橋，到了大相國寺的所在。這裡有勾欄瓦肆，賣藝演出，端的是熱鬧非常。

街市上行人來來往往，如今正是鮮花爭豔、萬物鬧春時節，沿街滿是店舖和花市，姹紫嫣紅，花香浮動。狄青駐足其中，心中惆悵。這時候前方傳來幾聲鑼響，有一隊馬兒馳行開路，後面跟著一群文人騎馬簪花，個個春風得意、馬蹄輕疾。

有百姓嘖嘖道，「快看，快看，天子門生在遊街呢。」狄青抬頭望過去，才記得今日不但武人磨勘，亦是文人科舉開榜的日子。每次科舉放榜唱名賜第之日，及第舉子都會由朝廷安排聚集在一起，舉行遊街和期集，以慰十年寒窗之苦。

可這十年之苦絕非白挨，因為這一朝的榮耀，會將所有的一切完全彌補，這些人除了在大相國寺進行期集外，今晚還會前往瓊林苑，朝廷擺酒，聖上和太后親臨，榮耀無限。然後這些人就會被派往各方任職，觀其政績，再決定是否重用。

這些人的升職速度極快，和武人完全不可同日而語。當年太宗即位後，次年開科取士，那榜及第的呂蒙正和張齊賢二人，只用了七年的功夫，就已入了兩府，位居副相，而呂蒙正更是只用了十二年的功夫，就坐到了宰相的位置，可以說是一人之下，萬人之上！

十二年的光陰，說短不短，可能讓一介寒生坐上萬人矚目之位，怎不讓天下寒士為之心動？也怪不得天下人都說，「一舉首登龍虎榜，十年身到鳳凰池！」

狄青看著風光的天子門生，低頭看了下自己，自嘲地笑笑。他到京城已過了近十二年的一半，可如今還在市井巷陌混跡。

又是一陣鑼響，那些文人騎馬而過，個個面帶微笑，不自覺地向上望過去。他們不需向旁看，不需向下看，因為那裡的人需要仰望他們。他們只看著那兩側樓閣，看那紅粉樓閣中的粉黛春山。才子佳人，本是佳話，他們十年辛苦，很多時候，不就是為了成就這一段佳話？

這時早有不少佳人出了樓閣，吃吃笑著，攔住了馬頭，向才子們索要簪花留念。官人也不阻攔，反倒樂促其成。有才子見美人青睞，尚還矜持，有的卻已摘下頭上所戴之花，拋給所看中之人，佳人接過，都是含羞不語，卻指了下樓閣，才子臉有微紅，百姓一陣哄笑，指指點點，嘖嘖有聲。

原來這些佳人都是青樓女子，可大宋素來不禁這些事情，反把這些視作風流韻事、茶餘飯後的談資。百姓指指點點，議論紛紛。有人道：「兄弟，當初咱不打鐵，你不磨豆腐，說不定也和他們一樣，那多風流。看那幫女子平日裝得多麼高不可攀，可還不是看中了這些人的才氣。」他兄弟譏笑道：「你也得是那塊料才行，你識得的字可有百個？」

這時有一婦人指指那些才子，又偷偷指了下狄青，教訓那頑劣的兒子道：「兒子，你以後可要好好讀書，莫要學那人去當兵，『男兒莫當兵，當兵誤一生』，你要是當了兵，這一輩子，可真的毀了。」

孩子認真地點頭，輕蔑地望著狄青，崇敬地望著才子。狄青立在喧囂之中，聽到那婦人的譏誚，見到那些才子遠去，喧囂也跟著遠去，突然想起了娘親常說的一句話：冠蓋滿京華，斯人獨憔悴！

狄青已憔悴。這幾年如流水般過去，當年那個義氣、熱血做事、少計後果的狄青已憔悴，已心累。冠蓋滿京華，可繁華與他無關。當初他遇到郭遵後，迫不得已從軍，連從軍也帶著幾分渴望。他渴望憑藉自己的本事，憑藉自己的雙手，打出一片自己的天空，但飛龍坳一戰讓他身受重創，這幾年的低迷讓他內心更受重創。他明知拉弓可能昏迷，也硬要全力拉弓，為郭遵，也為心中的孤寂憤懣。

他曾見娘親在夜深人靜的時候，喃喃念著：冠蓋滿京華，斯人獨憔悴；千秋萬歲名，寂寞身後事。

念到潸然落淚……

狄青當時還感受不到什麼，但此時此刻，繁囂落寞，反差之大，卻讓他陡然體會到娘親當時的孤獨與寂寞。

狄青想要落淚，卻又昂起頭來，木然地走下去。腦海中突然閃現出娘親的面容，想起娘親望著自己，堅定道：「青兒，你以後一定是宰相，你信娘。因為給娘看相的人，可是當年和太祖下棋的陳摶。」狄青想到這裡，喃喃道：娘，我信你，可孩兒非不為，而不能了。

一聲鐘磬大響，驚醒了狄青的數年一夢。他這時才發現，原來自己已走到大相國寺前。狄青突然心中一動，湧起了入內一觀的念頭。

大相國寺為大宋皇家寺院，規模極大，金碧輝煌，陽光一耀，讓雲霞失色。今日大相國寺有萬姓交易，再加上有天子門生聚會，所以圍觀看新奇的百姓可謂是摩肩擦踵，擁擠非常。

狄青來到京城多年，竟從未入大相國寺一觀，實在是因為他不是個喜歡熱鬧的人。但今日下意識到了大相國寺前，卻想起幾年前郭遵所言。繞過人群，從大雄寶殿後轉過去，到了重簷斗拱的天王殿前。

天王殿內有四大天王，還有彌勒佛主！

狄青腦海中閃過當年郭遵所說，「彌勒教其實源遠流長，在梁武帝的時候就已創立。連大相國寺都有尊彌勒佛，慈眉善目，坐在蓮花臺上。」狄青到了京城後才聽說，這彌勒佛本來是太后所建。

他想起了四大天王，鬼使神差般生出入天王殿一觀的念頭。到了殿中，狄青抬頭望過去，見殿中果然有尊彌勒佛，正端坐在蓮花臺上，微笑地望著下面的子民。狄青突然想起飛龍坳那彌勒佛的陰險，不由打了個冷顫。

狄青從未見過那麼陰險、狠毒的人，對於當初飛龍坳所發生的一切，他和郭遵事後商議過幾次，還是不明白彌勒佛主為何要讓信徒自相殘殺。這幾年來，葉知秋的足跡從東海踏到大漠，從草原到江南，卻還是不能將彌勒佛主繩之以法。

彌勒佛主竟然失蹤了。

狄青有種預感，彌勒佛主絕不會就這麼銷聲匿跡。彌勒佛主隱藏得越久，越可能說明他正在策劃圖謀著一個驚天大陰謀。

半晌，狄青的目光又落在彌勒佛像兩旁的四大天王身上，他只能說，當年在飛龍坳見到的四大天王，無論是裝扮、面具還是兵刃都與殿中的四大天王極為相似。

狄青望著多聞天王的那把傘，嘴角露出一絲苦澀的笑，喃喃道：「你們若真的好，自然有百姓朝拜，可你們如果像那晚一樣邪惡，我還是要出手的。」

狄青呆呆地望著那多聞天王，不知過了多久，這才轉過身來。殿中的人本不多，一人方才站在狄青身旁，正在向彌勒佛施禮。狄青轉身時，那人已離開。在擦肩而過那一剎那，狄青恍惚中看到那人嘴角好像殘留一絲笑意，但是面容很冷。

狄青被那人極不協調的表情吸引，不免多瞧了幾眼。不想那人到了殿門前，風一吹，掀開那人的長衫，狄青見到那人露出的綠色腰帶，頓覺胸口如同被重重地打了一拳。

綠色腰帶觸動了狄青久埋的記憶。那腰帶的顏色，不就是那多聞天王衣裝的顏色？那嘴角的一絲微笑，不就像殿中多聞天王的微笑，慈悲中帶著無邊的森冷？

狄青飛快地回頭掃視了一眼佛像，更加確認了這個想法，再次扭過頭去，卻發現那人已蹤影不見。狄青舉步要追，突然覺得腦海一陣劇痛，晃了兩下，竟無法移動，可思維卻是前所未有的清晰。那人的背後，不是背著個長形包裹麼？那裡面會不會是雨傘？路人背個雨傘，並無什麼出奇之處，但那人背著的傘，卻是讓狄青痛苦多年的利器！

那人就是多聞天王！憑直覺，狄青已斷定他就是多聞天王。可多聞天王怎麼會出現在大相國寺？

狄青想到這裡，心中大慟，雙手握拳，指甲深陷入肉。掌心的痛，驅散了狄青腦海中的痛，復仇之心一起，他衝出天王殿，嗄聲道：「莫要走！」他那時候全然沒有想到自己不是多聞天王的對手。

可狄青才衝出天王殿，旁邊過來兩人。一人正要舉步進入殿中，被狄青撞個正著，不由哎喲一聲，坐在了地上。那聲音帶著春江水暖的那股慵懶無力，原來被狄青撞到的竟是個女子。

狄青顧不上道歉，急匆匆的向一個方向奔去，斜睨了那女子一眼，只見到那女子一雙眸子清澈明亮。那女子旁邊有個丫環道：「小姐，這人好生無禮。」

狄青聽到那怪責，微有歉然。可他急於追尋多聞天王，不再回頭。奔行一陣，已快出了相國寺，行人漸多，背傘的也多，可繫著綠腰帶的卻沒有一個。

狄青止住了腳步，茫然四顧，又向另一個方向追去。他像隻無頭蒼蠅一樣，到處亂跑，四下張望，全然沒有留意到旁人看他的目光中滿是詫異。不知過了多久，遠處鐘磬聲傳來，狄青這才止步，一拳擂在身邊的槐樹上，發現自己已大汗淋漓，疲憊不堪。

找不到了，找不到了！

狄青心中一個聲音狂喊，眼中怒火熊熊，止不住想：多聞天王為什麼來這裡？他來這裡一次，說不定還會再來？但他或許只是偶爾經過，這輩子再也不會來了……

狄青思緒如潮，正在狂躁間，忽聽一女子道：「小姐，就是這人把你撞倒了，他眼神好凶。」狄青聽了一怔，回頭望去，只見到有兩名女子正望著自己，左側那女子穿著水綠色的衫子，一身丫環的打扮，正攙扶著右邊的小姐。那小姐眉目如畫，白衣勝雪，膚色卻比衣服還白上幾分，見狄青望過來，澄淨若水的眼波移開去，對丫環低聲說：「莫要惹事。」

狄青心亂如麻，想要致歉，卻又覺得無話可說，被那女子清澈的目光掃過，更是渾身不自在。情急之下，轉身就走，卻還能聽到那丫環嘟囔道：「小姐，這次本來要去看牡丹的，可你腳扭了，還去嗎？」

那小姐道：「好不容易出來一次，唉，總要去看看。」那聲音柔弱中帶著分悵然。

丫環道：「那好，不過只怕這裡沒什麼好花，見不到家裡的姚黃……」

那小姐輕歎一聲，並不多言。

聲音漸漸離得遠了，狄青有些不安，想要回轉，卻沒有勇氣。他本是天不怕、地不怕的性格，就算當初孤身面對趙公子的一幫打手、勇剌武功高絕的增長天王的時候，都沒有這般膽怯，可不知為何，此刻他卻怕見到那女子黑白分明的眼眸，清幽明澈的目光。

不知走了多久，前方有幽香傳來。狄青望去，見有處花棚，牡丹花開得正豔，不由近前一觀。賣花的是個老漢，臉上的褶皺有如花盆中的泥土，滿是滄桑，見狄青走來，招呼道：「客官，要買花嗎？」

「隨便看看。」狄青支吾道。他其實並不喜歡花。朝中文臣多喜簪花，每逢盛大節慶的時候，更是滿朝簪花，但狄青總覺得一個男人戴花，多少有些彆扭。

老漢見並無旁客，就對狄青熱情介紹道：「客官，這裡有紫金盤、疊樓翠、白玉冰和滿堂紅，都不錯呢，若買一盆回家擺起來，很好看的。」這花棚賣花，都會給花兒取個雅致的名字，博取客人的眼球。

狄青見到叫紫金盤的牡丹是紫花金邊，倒是少見；疊樓翠是翠綠的牡丹，花瓣重重疊疊，也頗好看；那白玉冰顧名思義就是白色的，滿堂紅卻是通體紅色。這牡丹盛開，端的是爭奇奪豔。狄青目光掃過，突然問道：「有什麼……姚黃嗎？」

老漢一怔，搖搖頭道：「姚黃是極為名貴的品種，那花徑過尺，老漢也只是見過一次而已，這裡卻沒有賣的。」

狄青問，「哪裡有賣的呢？」

老漢搖頭道：「我不知道，不過這種花，只有那些豪門達貴才能買得起。」他見狄青衣著寒酸，忍不住提醒道。

狄青聽賣花老漢這麼說，暗想，那小姐家裡既然有姚黃，想必是富貴之人。他方才只是一瞥，被那小姐的容光所懾，竟然不敢多看，只依稀感覺那小姐長得極美，但穿戴如何，卻沒有留意。正沉吟間，見到有盆牡丹花開淡黃色，在群芳爭豔的花叢中顯得恬靜安寧。狄青緩步走近，在花前駐足了半晌。那老漢介紹道：「客官，這花兒叫做……」未及說完，棚外突有人高喊：「高老頭，你可準備好了？」

狄青回頭一瞧，看見三個混混站在棚前，左手那個身材矮胖，中間那個歪戴著帽子，右手那個赤裸著半邊的胸膛，上面刺了個猙獰的猛虎。三人舉止十分囂張跋扈，只差沒把「惡棍」兩個字刺在臉上。

高老漢見狀，慌忙上前道：「各位小爺，準備什麼呢？」

歪戴帽子那個道：「你裝糊塗不是？這保棚費該交了不是？」

高老漢急道：「這幾天前不是剛交過了嗎？」

歪戴帽子那人冷笑道：「你幾天前還吃過飯，今天難道不用吃了？」紋身那個點頭附和說道：「老大言之有理。」

高老漢急道：「老漢賣花只夠個溫飽，哪有這麼多餘錢？幾位小爺，下個月再給你們一些錢好不好？」

歪戴帽子那人冷笑道：「那你下個月再吃飯好不好啊？」紋身那個讚道：「老大言之有理。」

狄青聽到這裡，已知是怎麼回事，緩步走過來，冷冷道：「你們可知恥？」

歪戴帽子那人聞言怒道：「你是哪個？」

狄青淡淡道：「你們就算不知恥，難道也不識字嗎？」

歪戴帽子那人一怔，喝道：「大爺識不識字，關你鳥事？」矮胖子眼珠子一轉，見到狄青臉上的刺字，臉色一變，低聲對歪戴帽子那人道：「大哥，這人是禁軍。」歪戴帽子那人只顧得囂張，這才見到狄青臉上的刺字，也是臉色微變。他們不過是混混，平日以敲詐弱小為生，對禁軍不敢得罪，知道對方的身分，立即軟了下來，賠笑道：「這位大爺，小人吳皮，自幼家貧，哪有錢請得起教書先生，更不識字，不認得大爺，還請你海涵。」改顏對高老漢道：「和你老人家開個玩笑，何必認真呢？」說罷向兩個兄弟使個眼色，灰溜溜地離去。

高老漢舒了口氣，對狄青道：「這位官爺，多謝你幫忙呀。眼下京城賦稅不輕，還要應付這幫無賴，真讓人頭痛。」說罷搖搖頭，滿臉的無奈。

狄青一笑，扭頭又去看那盆黃色的牡丹，問道：「這花要多少錢呢？」

高老漢陪笑道：「官爺若是喜歡，儘管拿去就好，一盆花，算老漢孝敬你的了。」

狄青笑道：「我只是個尋常的禁軍，不是什麼爺。我若不付錢，和那幾個混混又有什麼區別呢？」說罷伸手抓出一把銅錢道：「這些可夠？」

高老漢連連點頭，「足夠了，多了，多了。」

狄青放下銅錢，捧著花出去，卻突然愣住，原來那白衣女子帶著丫環在棚外正望著自己。狄青將那盆花放在了那白衣女子的身前，不發一言，轉身大步離去。那白衣女子有些詫然，喚道：「喂……」可她聲音微弱如蚊子一般，狄青也不知道聽到沒有，早已沒入人海之中。

那丫環扁扁嘴道：「就這麼一盆破花，怎能和家中那姚黃相比呢？小姐，你說是不是？他撞傷了你，難道是想用這盆花來補償？若不是小姐大量，我們把他告到開封府去，打他個幾十大板！哼！」

那白衣女子柔聲道：「他方才說不定是有急事。你不也見到他幫助這賣花的老漢麼？這麼說，他也是個好人。」原來狄青方才逐走三個混混，這主僕二人也看在眼中。

老漢聽丫環說這是破花，有些不滿道：「這位姑娘，老漢這花可不破，你看它開得多豔呀。再說這種花，不是老漢吹牛，這方圓百里也極為少見。」

那白衣女子蹲下來看著那盆花，突然道：「老人家，這花兒確也長得古怪，花瓣上怎麼還有心形紋路？這個紋理，很是奇怪，像在心旁畫了只玉簫呢。」她觀察得非常仔細，看出花兒與眾不同之處。

老漢自豪道：「當然了，這花兒雖不有名，但別家沒有。老漢遇到個雅人，給我這花兒起了個名字，就叫做鳳求凰！」

第六章　五　龍

狄青離開了大相國寺，茫然不覺地四處走動。直到黃昏日落，倦鳥歸巢的時候，這才倏然清醒過來，暗想自己怎麼如此失魂落魄，難道還在找那多聞天王？

一想到多聞天王，狄青又是心中火起，尋思道，這彌勒教徒對彌勒佛像看來還算有些尊敬。多聞天王去了第一次，說不定會去第二次。既然如此，我不妨回大相國寺看看，或可遇上。才走了幾步，禁不住又想，不知道她是否已離開大相國寺了？

想到這裡，狄青這才發現，原來自己也無法分辨，自己想回相國寺，到底是想尋那多聞天王還是要見那女子。不由自嘲道：狄青呀狄青，你這樣的人，也會癡心妄想嗎？

狄青不再去想那女子，認準了方向，又朝大相國寺奔去，途中在路攤上買了兩個饅頭揣在懷中。此時寺廟期集早已散了，百姓也都紛紛離去，寺中清靜許多。

狄青進了天王殿，見殿中供桌上香煙裊裊，只有個敲木魚的僧人猶在。心中微動，悄悄轉到供桌之後，趁那僧人不備，竟然鑽到供桌之下。他做事不拘一格，想到若在這裡停留久了，寺僧感覺奇怪，說不定會把他驅趕出去，索性先藏起來。

供桌之下倒還算乾淨，狄青輕輕地取出腰刀，將布幔割出個可供探看的縫隙，盤膝坐下，一時間心緒起伏，也不知自己這種守株待兔的法子是否管用。可他要找多聞天王，實在也想不出別的什麼好法子。

暮色四垂，油燈點起，大相國寺漸漸遠離了喧囂，寺內只餘清音梵唱。狄青聽那聲音和緩，內心卻靜不下來。他一直從那布幔口子中向外張望，可直盯得眼睛發痛，多聞天王也沒有再次出現。

狄青有些肚餓，掏出饅頭，撕下一塊，怕發出聲響被僧人發現，便放在口中慢慢咀嚼。吃了饅頭後，又過了小半個時辰，狄青坐得腿腳麻木，知道已近半夜，不由沮喪非常。心道寺門早就關閉，這多聞天王肯定不來了。

這時候有腳步聲響起，狄青精神一振，舉目望去。前方來了一僧一俗，那僧人慈眉善目，頦下白鬚；那俗人則是背對著狄青，身無傘狀長物，不像狄青在等的人。狄青看不到俗人的正臉，只見到他的鞋子是錦緞鞋面，極為華美。狄青認得那鞋子是京城名坊五湖春所製，買家均是達官貴人。

來人顯然和狄青沒什麼關係。狄青大失所望，閉上了眼睛，只聽那俗人問道：「主持，我有一事請教。」那人聲調年輕，但口氣中隱有沉鬱之氣，又像個七老八十的老頭子。

狄青微微錯愕，感覺這人說話的腔調和多聞天王的那張臉有得拚，都是不太正常，又想，大相國寺主持隸屬皇家，並非說見就見，這人竟能請動主持解惑，不知什麼來頭。

主持道：「施主但請問來。」

俗人苦惱道：「何處是淨土？」狄青差點噴飯，暗道，難道這京城還不是淨土嗎？可轉念一想，嘴角帶分哂笑。

主持緩緩道：「若尋淨土，當求淨心。隨其心淨，無處不淨土。」

狄青心中苦笑，話雖如此，可若要淨心，豈是如此容易的事情？

俗人亦道：「高僧所言甚是，但我卻始終難以靜心，總覺得四處皆敵，如在牢籠，是以前來求佛。」狄青聽那人聲音中滿是困惑悲涼，宛如困獸深陷籠牢，心中陡然湧起同情之意。狄青多年來亦是在困苦中掙扎，對這種感覺等同身受。

主持道：「聖人求心不求佛，愚人求佛不求心。施主，貧僧想說個故事……」

俗人欣喜道：「請講。」

主持緩緩道：「聞東海之濱，有一翠鳥，厭倦世俗醜惡，總覺天下與它為敵。是以它飛到臨海高崖處做窩築巢，本以為再無禍患，不想一日潮漲，巢穴被浪捲走。翠鳥歎曰，心中有敵，處處為敵。」

狄青聽了，心中微有混亂，轉瞬想，我不是非要和多聞天王為敵，只是此人不死，大亂不止而已。他若是真的學好……想到這裡，嘴角滿是苦澀的笑，他若是真的學好，我能放過他？恐怕不能。不然飛龍坳死的那近千百姓豈不太冤枉了？

俗人沉寂良久，方才道：「多謝大師指點，我知道該如何去做了。大師辛苦，我有意重修寺廟，做一場功德，不知大師意下如何？」

主持道：「重修、不修，無甚功德，心中有佛，方算功德。」

俗人領悟，雙手合十一禮，緩步走開，主持隨後離去，天王殿轉瞬沉寂下來。

狄青聽聞高僧講禪，一會兒覺得有理，一會兒又覺得放不下，還有些好奇那俗人的來頭。正胡思亂想之際，突然感覺從布幔透進來的光線先暗再明。狄青心中一凜，湊到布幔後向外望去，只見一人靜立彌勒佛像前，腰間一根綠色的絲帶，背負長傘，正是他欲尋覓之人。

狄青一顆心怦怦大跳，向那人臉上望過去。只見那人嘴角有絲微笑，可一張臉卻是極為陰冷，正望著彌勒佛像出神。狄青看了那人良久，見那人站姿也不變一下，不由心底起了一股寒意。狄青知道自己就算無傷，武功也比那人相差太遠，這刻更是大氣也不敢喘一下，暗歎郭遵已離開京城，不然還能找來郭遵對付此人。

不知過了多久，殿門外有腳步聲傳來，一僧人入內。見到那人佇立在佛前，不由詫異低喝道：「你是誰？」大相國寺乃國寺，主殿燈火整夜不熄，這僧人負責半夜來添燈油，見到突然有外人出沒，難免詫異。

那人聽到喝問，霍然回身，到了僧人的面前，背負長傘一動，傘柄已敲在僧人的後腦之上。僧人不等再喝，已軟軟地倒下去。那人手一伸，接住了僧人手持的油壺，竟耐著性子繞著大殿走了一圈，為四壁的油燈添上燈油。

狄青在暗處看得清清楚楚，卻搞不懂這人到底要做什麼。

那人添完燈油，又回到彌勒佛座前，望著彌勒佛主，喃喃道：「彌勒下生，新佛渡劫。五龍重出，淚滴不絕？」

他不停地重複這幾句話，似乎在琢磨著什麼。狄青聽得一頭霧水，暗想當年在飛龍坳，這人念咒為蠱惑人心，可現在這裡只有他一人，又念的是哪門子咒語？

「五龍重出，淚滴不絕。彌勒下生，新佛渡劫！」那人又將這句話顛倒念了一遍，眉頭緊鎖，目光又定在彌勒佛的金身上。

燈火下，彌勒佛熠熠生光。那人目光中突露喜意，低聲道：「是了，彌勒下生，新佛渡劫！」他無論什麼腔調，可嘴角的笑意永在。

狄青突然省悟，「這人多半是喬裝改容了的。」未及多想，那人身形一閃，縱到蓮花臺旁，轉到彌勒佛像身畔，連走數圈。

狄青忍不住從布幔探出頭去觀看，好在那人全部心思放在彌勒佛身上，作夢也沒想到供桌下有人，是以全未察覺。

那人終於止步，用手敲敲彌勒佛像的身軀，雙掌突然抵住彌勒佛像，凝神用力，低吼一聲。只聽到轟隆一聲響，那彌勒佛像竟然被他推下了蓮臺。

巨響中，彌勒佛像已摔得四分五裂。煙塵彌漫處，突然傳來叮的一聲輕響，那人躍了下來，在佛像碎片中一伸手，像是取了什麼東西，忍不住自喜道：「果然在這裡。」

狄青心中滿是好奇，不知道這人到底取了什麼。

就在這時，天王殿外已傳來數聲呼喝道：「是誰在殿中？」喝聲未落，已竄進數個武僧。

大相國寺雖以精研佛法、為皇室效力為主，但寺中收有不少金銀法器、名家墨寶，只怕有不開眼的小賊過來盜竊，所以有武僧護院。入大相國寺盜竊例屬重罪，歷來都要砍頭，著實威懾了不少盜賊，因之這幾年來，少有竊賊，寺中僧人也輕鬆許多，不想今日天王殿內竟有巨變。有巡院武僧聽到聲響趕入，見到破碎的彌勒佛像旁站有一人，不由又驚又怒，也不詢問，棍子一揮，就向那人打去。

那人冷哼一聲，伸手抓住長棍，飛腳踢出，將一武僧踢飛出去。眾武僧大驚，怎料這人的武功竟是如此高明，只是衛寺有責，即便不敵也硬著頭皮圍了上去。

狄青只聽到哎喲媽呀的叫聲不絕，轉瞬之間，衝上來的幾個武僧都已被那人擊飛了出去。狄青本想和武僧聯手，可又怕被武僧誤認為竊賊同黨，說不定吃不著羊肉，反倒惹了一身臊氣。正猶豫間，那人已竄到殿前，才要縱到殿外，只聽到一聲喝道：「躺下！」

一道劍光如明月穿雲，向那人當胸刺去！

那人微驚，不由倒退一步，可那劍虛虛實實，變幻莫測，那人退了一步後，又被逼退兩步，出劍之人卻是無聲無息地一掌擊到，正中那人的胸口。

那人被一掌擊得倒飛而出，胸中氣血翻湧，不由大駭，暗想這人怎麼會在此？他來此之前，事先探得殿中地勢，又得知大相國寺雖武僧眾多，但均非其敵手，故此肆無忌憚，哪裡能想到這死對頭竟然也來到了大相國寺。

狄青見到來人目光如劍鋒般，心中大喜，原來出劍那人正是開封捕頭葉知秋！

葉知秋一掌得手，並不留情。他身隨劍走，劍光融融，分刺那人的周身各處。那人冷哼一聲，反手一抄，取下了背負的長傘，只是輕點地面，竟然飛速而退。葉知秋驚詫那人的身手，並不放棄，腳尖連點，御風追行。

二人一進一退，轉瞬已到了四大天王佛像身邊。那人斷喝一聲，持傘對著葉知秋，竟再也不動。葉知秋心中一凜，知道這人的長傘變化無窮，凝神以對。

那人見狀長笑一聲，只是伸手一引，一佛像搖搖欲墜，就要向下方的葉知秋砸去。葉知秋不由退後一步，那人趁機一縱，竟然竄到了佛像頭頂，再一躍，已向殿頂橫梁衝過去，可他躍到極限，離那橫梁還是差了一臂的距離。眼看將落未落之際，那人長傘倒轉急伸，竟勾住了天王殿的橫梁，用力一帶一衝，已翻上橫梁，撞破殿頂琉璃，衝到了天王殿的屋頂。殿頂雖高，這人數次借力，竟然從殿頂逃脫。

葉知秋大恨，不想這人應變如斯快捷。他既不想褻瀆佛像，也的確無法上至殿頂，只能閃身出殿，喝令屬下，「封住天王殿。」可他命令一出，就自知大有問題，畢竟天王殿並非孤立大殿，而是和其餘的殿宇連在一起，那人絕不可能留在殿頂等人捉拿，只怕這時候早已脫身溜走。

月光如水，照得天地間一片肅殺。葉知秋眉頭緊鎖，忖度此人的來意，突然聽到殿中傳來幾聲呼喝：「什麼人？」葉知秋心中一奇，閃身入殿，待看清眾武僧圍著的那人，失聲道：「你……」他心中一動，喝道：「是自己人，你們撤了棍棒。」

方才葉知秋和那人殿中大戰，眾武僧插不上手，都是又羞又愧，看那人破殿頂而出，更是讓眾人瞠目結舌，不想這世上還有這等功夫。這些護寺僧人，也算是終日習武，雖說僧人無欲無求，但內心對葉知秋如今在開封府鋒芒畢露也是有比試之心。但見今日那持傘之人橫行無忌，若是沒有葉知秋，只怕眾人都要丟人丟到姥姥家，所以對葉知秋有七分敬佩，也有三分感激，均撤了棍棒。

狄青有些尷尬，叫道：「葉捕頭。」原來那人推翻了佛像，差點就砸到供桌之上，狄青嚇了一跳，再也藏身不住，閃身而出，眾武僧見有外人，只想立功贖罪，將狄青團團圍住。狄青心道糟糕，一時間卻無從解釋。

葉知秋皺了下眉頭，突然道：「你是跟蹤那多聞天王到此嗎？」

狄青佩服道：「葉神捕果然名不虛傳。我白天見到此人在寺中遊蕩，心懷鬼胎，想他可能會晚上來此，因此在這裡守株待兔。那人真的是多聞天王，這麼說我沒有認錯？」

葉知秋雖覺得狄青說的不盡詳實，但知道他絕不會和彌勒教徒一夥，又因為郭遵的緣故，不想多起波折，說道：「好，我改日為你請功。你先離開大相國寺吧。」

狄青沒想到藏桌子下也能藏出功勞，看起來日子是苦盡甘來了。才要說什麼，有人匆忙到了葉知秋的身旁，低聲耳語兩句。葉知秋點點頭，對狄青道：「我還有他事，你先離開這裡吧。」他兩次催促狄青離開大相國寺，神色似有隱情，倒讓狄青有些不解。不過狄青知道葉知秋應是一番好意，點頭出了寺廟。才一出了大相國寺，寺門便咣當一聲關上，狄青有些詫異，轉念又想這幫僧人多半見彌勒佛像摔壞，怕擔責任，所以偷偷在寺中修補，可葉知秋在寺中又做什麼？

狄青搖搖頭，不願多想，回轉到郭遵的府邸。

郭府不小，卻只住著郭氏兄弟，郭遵一年中有大半年在京城外捉匪平叛，狄青這幾年就一直在郭府居住。狄青先去看望郭逵，見他早就酣睡，將被子踢到地上，悄悄走進去，替郭逵蓋好被子，這才回到自己房間，點燃油燈。

油燈閃閃，有如情人多情的眼眸，狄青望了油燈半晌，緩緩伸手入懷，掏出半拳大小的一個黑球出來。

誰都不知道這是什麼，狄青也不知道。說起來也是陰差陽錯，這東西卻是多聞天王身上掉下來的。剛才多聞天王從破碎的彌勒佛像中取出一物，驚動武僧和葉知秋，多聞天王被葉知秋打了一掌，懷中竟掉出個黑球，滾到了供桌下。狄青伸手拿過，直接揣在了懷中，他知道這東西多半和多聞天王有連繫，因此先取了再說。

在大相國寺的時候，狄青本想對葉知秋說及此事，可葉知秋匆忙離去，讓狄青無從開口。狄青拿著那黑球，見那東西似鐵非鐵，黑黝黝的全不起眼，手感粗糙，不解多聞天王為何大費周折來取。

翻來覆去看了半晌，突然發現黑球好像閃著絲絲的寒光，狄青忍不住拿著黑球湊到油燈上一看，才發現黑球上竟寫了「五龍」兩個篆字。

狄青暗自皺眉，想起多聞天王喃喃所說的話，彌勒下生，新佛渡劫。五龍重生，淚滴不絕。看來彌勒佛不是渡劫，而是遭劫，才生出這個五龍。

這黑球若是五龍，到底有什麼作用呢？

狄青想得頭痛，仍不得其解。試著用單刀在黑球上面劃了下，卻發現那東西極硬，鋒銳的單刀劃在上面，並沒有絲毫的痕跡。

狄青研究了個把時辰，總是不得其解，將那東西往桌案上一丟，嘟囔道：「什麼鳥東西，白白浪費老子睡覺的功夫。」

忙碌一晚，已堪堪就到清晨。狄青也不脫靴，徑直倒在床榻上，望著屋頂，腦海中突然又浮出那清麗脫俗的面龐，搖搖頭，揮去了那個影像，迷迷糊糊地睡了過去。

不知過了多久，狄青突然感覺眼前有絲光亮，霍然睜開雙眼。他這屋子是向東，太陽東升，第一縷陽光總是能照進來。狄青已習慣了陽光，可卻覺得這次的陽光有異，他睜開了雙眼，突然見到了難以置信的瑰麗景象，詫異得差點叫起來！

原來他眼前出現一條紅色的綢帶，平展開來，綢帶上滿是奇怪的斑點，一時間難以分辨是何東西。狄青怔了片刻，被眼前的景象所驚，不由大叫一聲。他叫聲才出，紅綢倏然消散，室內恢復了平靜。只見到一縷陽光透過窗子照在床榻上，狄青這才發現自己出了一身冷汗，同時左眼皮跳得厲害。

房門一響，郭逵衝了進來，問道：「狄二哥，怎麼了？」

狄青霍然而起，抓住了郭逵道：「小逵，你方才……看到紅綢了嗎？」

「紅綢，什麼紅綢？」郭逵滿是不解，伸手在狄青腦門上摸了下，「你怎麼出了這麼多的汗，病了？你眼皮怎麼跳得這麼厲害？」

狄青抹了一把臉，感覺到眼皮終於止住了跳，急迫道：「方才你若在外邊，應該看到這屋子裡面有道紅綢。從那面牆，一直到了這面牆。」他伸手比劃著，見郭逵奇怪地望著自己，頹然放下手來，喃喃道：「你沒有見到？」

郭逵奇怪道：「我本來要找你，從窗外看你在熟睡，正猶豫是否等一會兒，就聽你大叫一聲，我立即衝了進來，哪裡有什麼紅綢呀？」心中嘀咕，狄二哥是不是太憂心，悶出病來了？

狄青盯著郭逵，見他態度真誠，也沒有必要對自己撒謊，喃喃道：「莫非真的是一場夢？」見郭逵擔憂地望著自己，狄青強笑道：「你找我什麼事？」

「是葉捕頭找你，不過他走了。」郭逵道，「狄二哥，你昨晚是不是去了大相國寺？狄青也不隱瞞，將昨日發生的事情說了一遍，不過略去了白衣女子和黑球的事情。他不想對郭逵說及女子之事，也覺得黑球有些怪異。一想到黑球，忍不住向桌案上望過去，見到那東西安靜地躺在桌案邊，陽光照在上面，仍是黑黝黝的不起眼。

郭逵注意到那個黑球，奇怪道：「這是什麼？」

「我撿的。」狄青隨口道。

郭逵拿在手上掂掂，笑道：「好像是鐵的，要是金的就值錢了。」他將那黑球又放在桌案上，道：「葉捕頭讓我告訴你，這幾天不要去大相國寺了。還有，昨晚的事情，儘量忘記好了，切記切記！」只怕狄青有所不滿，郭逵道：「葉捕頭也是為你好。他說了，絕非是懷疑你什麼，可很多事情，不必太過理會，以免惹麻煩上身。」

狄青點點頭道：「我明白。」

郭逵心道，你明白了，可我卻不明白。可見狄青神色恍惚，不好多問，便轉身離去。狄青想起今日還要當差，忙整理裝束準備出門。他這個十將雖是混飯吃，但該做的事情，還是要做。好在大宋已有數十年沒有戰爭，京城一直平安無事，所謂的當差，不過是敷衍了事。

出門之前，狄青望了桌案上那黑球良久，終於還是將它收起來放在懷裡，不知為何，他總覺得清晨那幻境，似乎和這黑球有些關係。

等到了禁軍營，見有兩人正在竊竊私語。長個馬臉那個人叫張玉，另外一人叫做李禹亨，有著一蓬帥氣的大鬍子，本很威猛，但眼睛比黃豆大不了多少，讓此人威猛形象大減。

狄青湊上前問道：「說什麼呢？」

張玉和李禹亨都算是狄青的朋友，在驍武軍營關係不差。張玉是個軍頭，比狄青大上一級，李禹亨卻是個將虞候，比狄青小上一級。無論軍頭、十將還是將虞候，都屬於低級軍官，管不了多少事情，俸祿也不過是一個月差別一二兩銀子而已，所以眾人平日也是嘻嘻哈哈，少有等級之分。

李禹亨見狄青前來，神神祕祕道：「狄青，我告訴你一個祕密，你可莫要對旁人說。」

張玉一旁笑罵道：「你他娘的這句話今天最少說了十來遍了，聽得老子耳朵都起了繭子。你逢人就說告訴他一個祕密，到現在這祕密已經路人皆知了。」

李禹亨摸摸鬍子，擠眼道：「沒有十來遍，是七遍。」說罷哈哈大笑道：「狄青，你知道大相國寺出了事情嗎？」

狄青心頭一跳，記得葉知秋的囑咐，搖搖頭道：「不很清楚。」

李禹亨身臨其境般的描述道：「都說昨晚夜半時分，天王殿上空突然烏雲籠罩，遮住了明月，空中突然擊出一道霹靂，擊裂了天王殿的屋頂，然後擊在殿內的彌勒佛像上。這不，彌勒佛像被擊得四分五裂，餘威還將那個增長天王的塑像擊毀。這事別人本不知道，可我有個親戚在大相國寺做雜役，今天在寺內見有人修補天王殿頂，可見傳言多半是真的。」

狄青暗自好笑，卻不說破，只是點頭道：「這可真是個奇異的事情，也就只有你這種人才能……知道。」

李禹亨得意洋洋，「誰說不是呢？」還待再說什麼，趙律走進來道：「說什麼呢，不用做事了？」狄青三人站起，叫道：「趙軍使。」趙律是郭遵的手下，平日郭遵不在，趙律負責調動驍武軍的部分人手。

趙律板著臉道：「莫要亂嚼舌根子，小心禍從口出。張玉、狄青、李禹亨，今日你們三人去西華門至西角樓大街左近巡邏，留心陌生人等，不得怠慢。」

三人遵令，知道每次京城有異常的時候，都要照例加派人手留意動靜。如今大相國寺出現異常，只怕京城大內、內城、外城早已布滿了禁軍。

趙律見狄青向外走去，突然叫住他道：「狄青，你等一下。」見張玉、李禹亨走遠，趙律這才道：「這次巡視是例行公事而已，有問題示警就好，不用出手。」他也不多說，轉身離去。狄青心中苦笑，暗想這多半又是郭大哥的關照。自己雖想逞能，可在別人眼裡，自己著實和廢物無異。

出了禁軍營，張玉、李禹亨已在等候，都問，「狄青，趙軍使有什麼吩咐？」

狄青淡淡道：「他說昨天京城有個亂嚼舌根的人被雷公問候了，讓我們禁言慎行。」

張玉、李禹亨哈哈一笑，知道狄青說笑，擁著狄青向大內西華門的方向走去。狄青雖說武功不濟，無法使力，但為人豪爽，做事仗義，二人也從不小瞧他。

三人順著西角樓大街行上去，只見一路繁華，這三人長期負責這段路的安全，街邊小販早就熟識。路邊有一婦人熱情的招呼道：「三位官人，新鮮的包子，要不要來幾個？」京城的百姓稱差人、衙役都為官人，這婦人姓王，一直在街頭擺攤，賣的包子在這條街很有名聲。

狄青遞過了十二文錢，拿了六個包子，笑道：「王大嫂，最近這裡可有什麼可疑的人物？」

「有呀。」王大嫂接過了銅錢，笑道，「你就挺可疑，老大不小了，連個媳婦兒都沒有，要不要大嫂給你介紹一個閨女呢？」周圍擺攤的百姓都善意地笑。狄青有些尷尬，笑道：「大嫂說笑了。」帶著張玉二人一溜煙向北行去，張玉一旁道：「狄青，你沒做賊，跑什麼？要說這世道真不公平，我官位比你高，人也長得比你帥，比你還光棍，為何別人總是給你介紹閨女，卻不給我介紹？」

李禹亨道：「王大嫂家的母馬還沒有嫁，你考慮一下？」他一直拿張玉的臉做文章。

張玉一腳踢過去，笑罵道：「去你奶奶的，你顧好自己吧。我聽說最近吐蕃來頭獅子找婆家，和你很般配，你現在去提親還來得及。」二人笑做一團。

狄青有些意興闌珊道：「做事吧。」他不知為何，又想起那溫雅的白衣女子，難免惆悵。

三人到了西華門左近，隨便找個臺階坐下來，盯著西華門發呆。過西華門就是皇宮大內，是朝廷重臣辦公和皇帝、皇后居住的地方。他們這等人，雖在京城多年，但連皇帝的面都沒有見過。

李禹亨道：「狄青，我告訴你一個祕密，你可別告訴別人。」

狄青懶洋洋道：「是不是東華門多出狀元，西華門多出美女呢？」

李禹亨故作詫異道：「原來你早知道了。」

狄青嘟囔道：「你這幾年不停地說，就算聾子，多半也都知道了。」每次新科開考，殿試過後，狀元、榜眼、探花三人的名字都是從東華門唱名而出，聞名天下。東主陽，西主陰，對應的西華門卻是皇宮內眷出沒的地方。如果有地位的妃嬪過世，棺槨更要從西華門而出，方顯尊貴。東華、西華兩門，狄青等人一輩子都難進去，李禹亨每次到這裡當差時，都要忍不住將這「祕密」說一遍。

這時，一輛馬車從長街盡頭駛向西華門，那馬車珠玉為簾，玉勒雕鞍，端是華麗非常。張玉突然低聲道：「其實西華門不只出美女，還出一種東西。」

李禹亨不解道：「是什麼東西？」

張玉嘲諷道：「還出死太監。」

李禹亨忍不住又笑，低聲道：「太監可不是東西。」

狄青一旁道：「你們也不怕被人聽了去？這個太監若是知曉你們議論，說及給太后聽，找個碴兒，說不定會把你們滿門抄斬。」

張玉冷冷道：「我什麼都怕，就不怕滿門抄斬。我滿門也就一人，滿門抄斬也不過一個腦袋。這個死太監，我每次見到他的車，都要罵上一頓。」

李禹亨歎道：「不過這個死太監非但沒被你罵死，眼下還成為太后身邊的第一紅人。呼風喚雨，活得精神呀。可惜堂堂的樞密使曹利用，也鬥不過這個太監，竟被他暗算至死。」

原來那豪華大車裡面坐的人，正是宮中的第一太監——羅崇勳。

大宋雖有祖宗家法，外戚太監不得專政，但如今皇帝仍未親政，要太后輔佐。這個羅崇勳雖沒什麼能耐，卻深得太后賞識，是以仗著太后的威嚴，很有些權勢。當太監的這輩子沒別的欲望，除了錢就是權。宮中太監多會為自己的親戚爭取點官職，但樞密使曹利用為人剛正不阿，屢次拒絕宮內的請求，這才讓羅崇勳懷恨在心，終於有一日找到曹利用姪子犯錯的藉口，上稟太后，太后聞言大怒，嚴懲曹利用。是以堂堂一個樞密使、兩府中人，居然因此被貶出京城。

羅崇勳竟然仍是不肯放過曹利用，又找人羅織曹利用的罪名。曹利用還在被貶的路上，就再次被貶房州，當初負責押送曹利用的是太監楊懷敏，而誰都知道，楊懷敏和羅崇勳本是一丘之貉。曹利用被這宦官陷害，終於在開春之際慘死在路上。

當年的澶淵之盟，保了大宋數十年的平安，而當時不顧生死、毅然前往契丹的使臣正是曹利用。曹利用身在虎穴，卻凜然不懼，寸土不讓，雖說最後還是獻幣求和，但在京城的百姓眼中，這人實乃大大的功臣，因此京中之人對羅崇勳和楊懷敏都是極為痛恨，張玉也不例外。

李禹亨又感慨道：「可恨太后不明是非呀，當初就沒有召回寇老主持朝政，到如今又讓宦官陷害忠臣，朝綱不振啊。」李禹亨所言的寇老就是寇準，此人極為剛正，天下聞名，不過劉太后當政後，始終不用寇準，寇準前幾年已故去，惹天下人歎息。

張玉冷笑道：「你以為太后真的糊塗嗎？那你可大錯特錯！」

李禹亨一怔，問道：「她重用宦官，逼死重臣，讓忠心耿耿的寇老終不能用，難道還不昏聵嗎？」

狄青見二人越說越肆無忌憚，連忙岔開話題道：「吃包子，吃包子，咦，那有兩個人好像是陌生面孔？」他為了轉移張玉二人的注意，伸手向前一指，不想果有兩人舉止有些詭異，常人見到羅崇勳的馬車路過，多半會退到路邊，可那二人不但退到了路邊，還轉過臉去望向牆壁。

等羅崇勳過去後，這二人還不時偷偷張望那車子。

張玉霍然站起道：「果然可疑，去問問。」他沒有留意這二人是從大內走出，還是要去大內，但職責所在，總要查問。

三人向那兩人逼了過去，見其中一人身材中等，年紀尚輕，臉上似有灰塵，可一雙手極為白皙細嫩。另外一人白胖的臉龐，眉毛很濃，卻沒有鬍子。

見三個禁軍走過來，白胖那人臉色微變，才要說什麼，卻被年輕人示意噤聲。年輕人想要從旁而走，張玉攔在二人身前，喝道：「鬼頭鬼腦的做什麼呢？姓名，鄉籍，住在哪裡？親戚何人？老老實實交代！」

「大膽！」白胖那人喝了聲，聲音尖銳憤怒。

年輕人忙向那白胖之人道：「莫要聲張。真不像話。」他說得奇怪，讓張玉等人如墜霧中。狄青卻是心中一動，暗想怎麼這人的聲音聽起來有些熟稔。

張玉道：「還不要聲張？你們做賊嗎，這麼小心？快快報上姓名。」

年輕人眼中閃過絲古怪，道：「我想去大相國寺求佛，你們莫要多事。」

張玉好氣又好笑，說道：「你求佛了不起？我他娘的問你姓名，你東扯西扯些什麼？」

年輕人聽張玉口出穢語，眼睛一瞪，不怒自威。

狄青聽到求佛二字，心中一動，記起昨晚在大相國寺好像聽過這個聲音。這不正是和大相國寺的主持在論禪的那人嗎？低頭向下望去，見到那人腳上的一雙鞋子雖換了式樣，但卻是五湖春縫製的無疑，堅定了念頭，拉了張玉一把道：「這二人沒什麼可疑的，放他們走吧。」狄青暗想，「能和大相國寺主持論禪的人，不應是壞人，若是達貴，沒有必要得罪。」

張玉見狄青向他連施眼色，咳嗽一聲道：「那你們走吧。最近大相國寺暫不見外客，你們也不要去了。」

年輕人微微一笑道：「多謝提醒。」他向狄青又望了一眼，點點頭，快步離去。那中年胖子緊緊跟隨，屁股一扭一扭的，像個鴨子。

張玉等二人走後，才對狄青道：「你認識他們？」

狄青搖頭道：「雖不認識他們，可你畢竟做了這麼多年的禁軍，就看那一雙鞋子，也抵你一年的俸祿。這人非富即貴，你和他鬧什麼彆扭？」

張玉嘿嘿一笑，「我就是看他富貴，所以藉故攔他。我們當差盡職，又有什麼錯處？」

狄青搖搖頭，蹲下來啃著已冷的包子，忍不住向年輕人離去的方向望了一眼，又想起昨夜之事，由多聞天王又想起了五龍，情不自禁地摸了下懷裡，那黑球硬邦邦的還在。

一日無事，狄青交差完畢，用過晚飯後，直接回到自己住處，掏出那黑球，翻來覆去地查看了半天，還是一無所獲。最後發狠拿個鐵錘敲了一下，卻只聽到黑球傳回晦澀聲音，歎了口氣，又將黑球放在桌案上，盯著看了半夜。

黑球還是黑球，並沒有變成紅綢，也沒有變成金蛋。

狄青盯得雙眸已經有些發酸，暗想難道今早真的是作夢驚醒？已到深夜，狄青很有些睏意，倚在牆壁上沉沉睡去，可總是睡不踏實，翻來覆去的，又醒來數次。

狄青每次醒來，都要向那黑球望一眼，見它在沉沉夜色中，有著說不出的安靜。有一次醒來，突然有些失笑，暗想自己真的以為它是活物不成？想必不過是幻覺，自己卻當真了而已。一想到這裡，狄青放寬了心，再次睡了過去，這一次直睡到雄雞三唱，紅日東升才起。

耳邊聽著雞叫，狄青心想，原來天亮了。他不等睜開雙眸，突然身軀一振，因為就算沒睜開眼睛，他眼前也是紅光道道，迥乎尋常。那種情形，竟然和昨晚有些相似！

狄青忍住心頭的震顫，緩緩睜開雙眼，那一刻，心中的驚駭幾乎難以言表。太陽的光線從紗窗射過來，金燦奪目，可更奪目的卻是眼前的一道紅綢。那紅綢極為絢麗奪目，色彩極豔，從左手的牆壁一直鋪到右側，蠕蠕而動，而那紅綢的根部，卻像是以黑球為根基。這種現象極為怪異，就像是黑球吐絲成束，變成了寬廣的綢緞。

狄青見那紅綢蠕蠕而動的時候，更是驚駭莫名，不知道那到底是何事物，為何平白出現，憑空消失？他沒有叫喊，也忘記了叫喊，只是盯著那紅綢，見那上面隱有光華流動，再過片刻，紅綢一轉，已向他而來，狄青雖不想叫，可也忍不住大吼一聲。

不是紅綢，而是條龍！赤紅色的巨龍！

紅綢化作巨龍，就在狄青驚叫的那一刻，撲到狄青身前。狄青蹦起，情不自禁地後退，卻忘記了身後是牆，砰的一聲撞在牆上，屋脊震顫，背脊發痛。緊接著狄青腦海中轟的一聲，只見那紅龍已撲到他的身軀之內，陡然消散。屋內陽光依舊，桌椅床榻依舊，可狄青渾身已是大汗淋漓，左眼皮不停地跳動。

又過了許久，狄青回過神來，心中叫道，「不是夢，不是作夢，我是清醒的。」

他這才發現自己站在床榻之上，緩步下來，發現口渴異常，情不自禁地去拿桌面的一個茶碗，那裡還有他昨晚尚未喝盡的涼茶。

可他右手一碰茶碗，那堅硬的青瓷茶碗竟喀嚓的一聲，倏然破裂。狄青一驚，下意識地伸手去抓，剩下的半個茶碗在他手上，竟如乾土一樣，悉數碎裂。狄青一怔，伸手扶住桌子，不等思索，那桌子喀嚓響後，桌腿已折，狄青猝不及防，一屁股坐在碎瓷之上，望著破碗殘桌，呆在當場。

狄青一時間詫異無比，只是在想，我怎麼會有這麼大的氣力？

第七章　妙　歌

狄青髓海受創之後，雖大難不死，但那根刺仍然留在腦中。他日常作息雖和旁人無異，可卻動不了力氣，只要稍用大力，就會頭痛如裂，甚至昏死過去。

狄青這數年來，一直受病痛折磨，心志消沉。好在他性格還算爽直，並不憤世嫉俗，在禁軍營中，反倒結交了不少朋友。但他受制於傷病，幾次磨勘均無表現，經年累月得不到升遷，難免心灰意懶。

但他今晨捏破茶碗，又擊斷木桌，就算是受創前完好無缺的他都不能夠做到這兩點，今日竟忽有此大力，到底是何緣故？

狄青怔怔地坐在地上望著殘桌破碗，突然怪叫一聲，霍然竄了起來。原來他方才震驚於所發生的一切，沒有留神還坐在碎瓷上，這會兒才感覺到屁股疼痛，有如針扎一般。這下顧不得再考慮什麼紅龍、紅綢，趕緊先脫下褲子一瞧，屁股上已是紅血流淌。費了好大氣力，才將屁股上的碎瓷盡數取下，然後塗抹上藥粉，簡單包紮下，又換了條褲子穿上。

這番忙碌後，狄青想起今日不必當差，不由長舒一口氣。彎腰取了根桌子腿，雙手用力一拗，感覺手心發痛。狄青忍住手痛，再次用力一拗桌腿，腦中又隱隱作痛。

狄青只怕暈過去，不敢再次發力，心中一陣迷惘。搞不懂為何方才可以，而現在力氣卻又消失？

就在這時，郭逵跑了進來，見一地狼藉，詫異道：「狄二哥，來賊了？」

狄青不知道該怎麼解釋，只好如實道：「桌子爛了，茶碗也壞了。是我弄壞的。」

本以為郭逵會刨根問底，不想郭逵眼珠一轉道：「我明白。桌子爛了，我讓人再買一張就好。」郭逵人小鬼大，只以為狄青心中鬱悶，這才打砸桌椅，竟不再追問。狄青有些過意不去，回應道：「正好今日不必當差，我去就好。」郭逵見狄青態度堅決，不再堅持，幫狄青收拾後，這才告辭離去。見郭逵離開，狄青正想坐下歇息一會兒，可屁股一沾床榻，又如中箭兔子般跳將起來。

狄青忍住痛，望向那黑球，眼中滿是好奇。他畢竟年紀尚輕，再加上生活枯燥，遇到這種怪事，心中非但不怕，反倒躍躍欲試。

可奇異再沒有出現，狄青覺得兩次奇景都出現在清晨，想必下次再現要等到天明，只好先出府辦事。出了郭府，狄青記得新門旁的大巷口有個烏姓匠人手藝不錯，所做的桌櫃椅凳雖算不上華美，卻極為結實。

要到大巷口，先要過曲院街。等到了曲院街，狄青只感覺屁股更痛，暗歎自己要臉不要屁股，真對不起這屁股了。正難捱間，狄青突然嗅到花香傳來，原來不遠處有個花棚，牡丹花開得正豔，不由湊了過去。

那賣花的婦人認識狄青，見狄青走法古怪，問候道：「狄青，你怎麼了？」

狄青苦笑道：「熊家嫂子，我跌傷了……腿。」

那熊家嫂子埋怨道：「傷了腿，不在家中休息，還出來幹什麼？」回身拿了瓶跌打藥酒遞給狄青道：「這是跌打藥酒，挺有效的，拿著吧。」狄青是個十將，但當差巡視時從不借機敲詐勒索，甚至遇到百姓遭人欺壓時，還會出面幫忙，因此這一帶的百姓對狄青極有好感。

狄青推托不得，接過藥酒道：「多少錢？」

熊家嫂子笑罵道：「你小瞧嫂子了！一瓶藥酒，還要什麼錢呢？」

狄青無奈，說道：「那我買束花吧。」他掏出一串錢遞給熊家嫂子，突然問道：「這裡有姚黃賣嗎？」

熊家嫂子搖頭道：「那是大富人家才有的花，極為罕見。狄青，這裡沒有姚黃，倒是有眼兒媚，開得極好，你拿一支吧。」

狄青見那花兒呈淡紅色，花瓣做月牙狀，倒像是嬌羞少女那如月的眼波，既美又媚，不由笑道：「多謝你了。」他雖不喜花，可卻不想拒絕別人的好意。伸手接過花來，才要告辭離去，卻見前方站著兩人，其中一人埋怨道：「你倒是趕緊給我想個辦法呀。」那人眉清目秀，手中拿著把摺扇，臉上卻像是灰塵洗不乾淨的樣子，正是狄青在西華門外放過的那個年輕人。

年輕人身旁還是那個胖白無鬚的中年人，聞言苦笑道：「這個……這個……」四下望了眼，說道：「我也沒有辦法，我……也沒有去過呀……」

那年輕人跺腳道：「我不管，你要想不出個辦法來，我……」用摺扇邊敲中年人腦袋，邊威脅道：「我就讓你屁股開花！」

中年人聞言苦笑道：「聖……公子，還是回去吧，小娘娘只能為你遮掩一時，你若久不回去，大娘娘那面只怕不好交代。」

年輕人恨恨道：「我就不回去！你能如何？」陡然見到了狄青，眼中閃過喜意，快步走過來道：「喂，你還認得我嗎？」

狄青倒有些意外，含笑道：「當然認得。兄臺有事指教嗎？」他感覺這年輕人心事雖重，但言行舉止，還像個孩子。

年輕人詫異道：「你叫我什麼？」

狄青不解道：「我叫你兄臺，有何不妥嗎？」

年輕人哈哈一笑，極為開心道：「有趣，有趣！竟然有人叫我兄臺？很好，很好！我認識你，你就是上次西華門外那個禁軍，你叫什麼名字？」

狄青莫名其妙，不知哪裡有趣，疑惑回道：「在下狄青，不知道公子高姓？」

年輕人猶豫片刻才道：「我姓……尚，單名一個聖，你叫我聖公子就好。狄青，我想請你幫個忙。」

狄青見他出言直爽，也痛快道：「說來聽聽，我若能幫手，就儘量幫你。」

那白胖之人見公子和狄青竟然言談甚歡，不由睜大了眼，好像見鬼的表情。狄青瞧見了那胖子表情奇怪，可也沒有多想。

聖公子突然臉紅了下，扭捏道：「其實……我想……我想……」他想了半天，卻還是說不出個三六九。狄青見狀，奇道：「你就是想殺人越貨，也不見得這麼為難吧？」

尚聖嚇了一跳，盯著狄青道：「你殺過人嗎？」見狄青點頭，尚聖忙退後兩步，眼中露出警惕之意，問道：「你殺的是誰？」

狄青歎口氣道：「我也不知道他是誰，但是別人都叫他增長天王……」尚聖突然有種恍然大悟的表情，叫道：「你是狄青？你是郭遵的手下？我記起來了！」

狄青大為詫異，疑惑道：「你認識郭大哥嗎？」

尚聖似覺失言，支吾道：「實不相瞞，我在朝廷認識一些人。當年郭遵力闖飛龍坳，重創彌勒佛一事，朝廷很是轟動，我也就知道了。我說怎麼覺得你名字這麼熟悉呢，原來你是郭遵舉薦的人。郭遵人很好，我很喜歡。郭遵舉薦的人，我也很喜歡。」

他忽而扭捏，忽而大大咧咧，狄青感覺這人性情怪異，想起自己還有事要辦，問道：「對了，你到底讓我做何事？若沒有急事，我要去做些別的事情。」

「你別走。」尚聖一把抓住了狄青，終於吐露道，「我其實想去……看看張妙歌。」他說出這句話後，滿臉漲紅，好像用盡了全身的氣力。

狄青啞然失笑道：「要見張妙歌，去竹歌樓就好。她雖是有名，但不至於比皇上難見吧？」原來竹歌樓不過是個青樓，而狄青也知道張妙歌歌舞雙絕，是竹歌樓的頭牌，但是他從未見過。

尚聖緊張道：「你見過皇上？」

狄青搖頭道：「我這種身分，怎有機會見到皇上呢？」狄青說的倒是實話，他雖是禁軍，但在八大禁軍中只能排在外圍。每次聖上出巡，身邊總是有三班殿直近千人開路，尋常百姓若是視力不好，都看不到玉輅中有沒有皇上，更不要說見皇上一面。

尚聖輕鬆起來，「張妙歌雖不比皇上難見，但我還真的見不到她。兄臺若是老馬識途，倒還請指點一二。」

狄青感慨，禮下於人，必有所求，可他其實也沒有去過竹歌樓，但人家既然說自己是老馬，總不至於迷路，一拍胸膛，視死如歸道：「那好，我就帶你們去一趟。」不過又有點疑惑道：「聖公子，我看你年紀似乎也不小了，真的從未去過那種煙花之地？」

尚聖歎口氣道：「實不相瞞，從未有過，所以才迫切地想去。」

狄青點點頭，「你說的不錯，得不到的豈不都是最好的？」他尋常的一句話，卻讓尚聖怔了半天。

狄青見他發呆，問道：「尚兄，我可說錯了？」

尚聖回過神來，強笑道：「你說的極好，或許真是得不到的才是最好的，所以有人才會特別想要。」他說的隱有深意，白胖中年人聞言，臉色變了下，眼中閃過絲畏懼，低聲道：「聖……公子，還是回去吧。若是大娘娘知道我帶你去那種地方，小人只怕屁股要開花了。」

尚聖心道，那關我屁事？臉上卻故作慎重道：「我自有分寸。狄青，有勞了。」

狄青聽到二人對話，只覺得這位多半是士族子弟，家教嚴格，道：「聖公子，其實令堂只怕也是好意。煙花之地龍蛇混雜，你若只是想見見張妙歌，倒也沒什麼。可若真的因張妙歌喪意失志，豈非是我害了你？」

尚聖盯著狄青道：「多謝閣下提醒，這點你大可放心，我絕不會陷進去。」

狄青不再多言，走在前面帶路。尚聖卻不知從哪裡取了個氈帽帶在頭上，壓低了帽檐，擋住了大半邊臉。狄青見了好笑，心道他躲著母親前來，多半是怕被人認出。三人到了竹歌樓，見這裡果然不負雅名，四壁均是竹子搭建，最妙的是樓中天井處有修竹泉水，水聲淙淙，輕敲竹韻，端是典雅非常。

樓內大堂早坐了不少賓客，喝茶的時候，總是抬頭向樓上仰望。狄青找個座位坐下，可屁股著實疼痛，只能斜倚在椅子一角。心中奇怪這些人到了這竹歌樓為何不找歌伎，都在這兒坐著喝茶？

三人落座，也沒人上前招呼，彷如這裡已經歇業一樣。狄青心頭納悶，本想問問尚聖，見他眼含熱切地望著自己，感覺不好丟臉，咳嗽了聲，「我有事，先去找朋友問上幾句。」

尚聖欽佩道：「閣下真是朋友遍天下，我自愧不如呀。」

狄青故作鎮定，其實不過是先探探形勢。四下望過去，見到有兩個胖胖的商賈坐著喝茶，一個肥頭大耳，一個油光滿面，都是飽暖思淫欲的典範，便微笑過去坐下來道：「兩位朋友請了。」

那兩人見狄青臉上刺字，刻著禁軍的招牌，雖心底看不起，但明面還是不好得罪，勉強回道：「這位官人有何貴幹呢？」

狄青壓低聲音道：「在下初來此地，不知道如何才能見到張妙歌呢？」

肥頭大耳那人聞言，嘿嘿一笑，「你想見張妙歌？我也想呀。」

狄青拉關係道：「這麼說我們倒是英雄所見略同了，還請兄臺指點一二。」

肥頭大耳向旁一指，「你可看到這裡坐著的這些人嗎？」

「看到又如何？」狄青不解道。

油光滿面那人淡淡道：「他們在這裡已等了數日，可和我們一樣，還是只能等下去。官人若是想見，也請去等著吧。」他言語中帶些輕蔑，又道：「我們花十兩銀子，也不過得個號簽，才有見張妙歌的機會，官人若是要見，不如先去買個號簽吧。」狄青這才發現二人茶杯旁，都有個竹簽，上面寫著數字，一個是二十二，另外一個是二十三，皺了下眉頭，問道：「這號簽是怎麼回事？」

肥頭大耳之人道：「張妙歌一日只給十人彈琴歌舞，所以要想見她之人早在十數天前就來買號簽，這才能有機會和她見上一面。若是能得她青睞，說不定還能有品茶談心的機會。我等已等候三日，眼下才要將將等到。兄臺若是真的想見張妙歌，不如先買個號簽，半個月後再來看看如何？」他雖像在解釋，可言語中實有著說不出的嘲弄之意。狄青訕訕而退，聽到那人低聲對同伴道：「也不撒泡尿照照看自己是什麼東西，竟然也想看張妙歌的歌舞？」

狄青聽到，暗自冷笑。他本無意見張妙歌，可那商人對他如此輕蔑，反倒激出他的傲氣。回轉座位後，尚聖熱切問道：「閣下，怎樣了？」

狄青道：「要見張妙歌，還要什麼號簽。十兩銀子一個。」

白胖中年人見狀諷刺道：「原來你誇下海口，卻也沒有來過。這號簽嘛，我們其實倒有。」他伸手將兩竹簽丟在桌案上，可要依上面的簽號來等張妙歌，都排到立秋了。

尚聖見狄青皺眉不語，不由大失所望道：「這……唉……」他歎了口氣，滿是失落。

狄青突然靈機一動，笑道：「要見張妙歌何難？不過你們要配合我的舉動。」

尚聖聞言又來了興趣，欣然道：「無不從命。」

狄青四下望了眼，見有婢女過來斟茶，低聲道：「去叫你們的鴇母過來。」

那婢女不屑道：「媽媽豈是說見就見的？」

狄青暗想這竹歌樓簡直比大內還要排場，一個頭牌歌姬比皇上還難見，這鴇母看來比太后還架子大。自己怎麼說也是禁軍，竟然被這些人輕視？臉色一沉，狄青伸手敞開衣襟，露出裡面一塊令牌，道：「公家辦案，你明白怎麼做。」他飛快地又將令牌掩住，其實那不過是塊普通的禁軍腰牌。

婢女終於有些畏懼，迅速走進後樓。不多時，一濃妝豔抹的婦人走過來，坐在狄青面前，嬌笑道：「哎喲，這位小哥，有何貴幹呢？」

那婦人徐娘半老，卻風韻猶存，目光從狄青臉上掃過，落在尚聖和那白胖男人的身上，微微一怔。藉端茶的功夫，又向各人的足下望了眼，微蹙眉頭。饒是她見多識廣，一時間也不明白這三人到底什麼來路。

婦人叫做鳳疏影，也算見過不少達官顯貴。她一見狄青臉上的刺字就知道，此人是禁軍，還應該是低級軍官那種，但卻不知他這種粗人何以拿著一支牡丹花？那白胖中年人身上贅肉已生，滿是富態，面相形貌活脫脫就是位宮中太監。而那個拿把摺扇的年輕人更是古怪，看他一張臉灰泥滿布，好像是雜役，但一雙手極為秀氣，分明是半分重活都沒有幹過，而他穿的一雙鞋子，雜役幹一年的酬勞都買不起。這三人無論如何，都不像是一夥的，但現在卻湊合在一起，看起來竟還很親熱，也怪不得這鳳疏影疑惑。

狄青知道若循正途排號，等到武人再次磨勘時也不見得能見到張妙歌，見婦人詢問來意，只是低聲言道：「你不認得我嗎？」

鳳疏影嬌笑道：「現在不就認識了，官人貴姓呢？」

狄青心道，你不認識我，那就好辦了，於是正色道：「這位媽媽，實不相瞞，我乃開封捕頭葉知秋的兄弟葉知冬，以前一直在廂軍做事，最近才來到京城協助開封府破一件大案。我身邊這位……是大內武經堂的火器高手閻難敵，那位聖公子更是捕快聖手玉扇飛龍，平常人都不知曉他們的大名。不知道你可聽過沒有？」他胡謅個名字，暗想我有言在先，你沒聽過，那只能說你見識少了。

鳳疏影見尚聖輕搖摺扇，端是有些深不可測，不由臉色微變，但瞥見狄青臉上的刺字，又質疑道：「可官人好像是驍武軍的禁軍？」

狄青不慌不忙道：「刺字只是權宜之計，遮掩身分罷了，若立了功勞，自然會想辦法洗去。」

鳳疏影賠笑道：「原來如此，妾身眼拙，不識三位官人，還請莫要見怪。可三位官人來這裡做什麼呢？」

尚聖聽到狄青胡謅，幾乎要笑出來，可想起狄青的吩咐，只好低頭喝茶。

狄青面不改色道：「昨日大相國寺天王殿被雷擊一事，你想必也有所耳聞吧？」

鳳疏影點頭道：「略有所聞，可具體情形如何，我也不太清楚。」

狄青冷哼一聲，「諒你也不知情。我和你說了，你莫要與旁人提及。不然，走漏了風聲，只怕你十個腦袋都不夠砍的。」

鳳疏影連忙道：「妾身只有一個腦袋，官人還是莫要說了。不如說說你們的來意好了。」

狄青故作慎重道：「大相國寺一事的確不能和你詳說，但我不妨告訴你，那和彌勒教的妖孽有關，朝廷知道這些人在京城出沒，才讓我等聯手捉賊。有人提供消息，說有賊人到了竹歌樓……」

鳳疏影失聲道：「哪有此事呢？」

狄青道：「並非你說沒有，就沒有了。」

鳳疏影道：「那是，那是。」她多少也聽過彌勒教的事情，知道若是和他們扯上關係，事態嚴重，這竹歌樓也就不用開了，急急問道：「那官人到底想做什麼呢？」

「你現在有兩條路可選。」狄青道：「第一條路就是等我們大隊人馬殺將過來，將竹歌樓圍住，詳細地搜個十天半月，看看其中可有叛逆。」

鳳疏影苦笑道：「官人說笑了，哪要搜那麼多天呢？這可不成啊……那，第二條路呢？」

狄青低聲道：「第二條路就是讓我們三個去見張妙歌，因為有細作已探得，這賊人最近喜藏身於煙花之地，似張妙歌這等處所，自然也是奸賊藏身的好地方。我們三人要前去一觀，查探看看到底有沒有奸人藏身此處。」

鳳疏影一怔，不想狄青提的竟是這種要求。她琢磨不透這三人的來頭，只以為他們想來敲詐一筆銀子，不想狄青竟是公事公辦的樣子，反倒讓鳳疏影將信將疑，不知如何回應。

狄青見她猶豫，淡淡道：「當然你不同意也沒有辦法，我們奉公命查案，說不得只能打上去了。」

鳳疏影忙陪笑道：「官人，妾身並非不肯，可希望幾位官爺上去後，千萬莫要傷了我們妙歌哇……那樣的話，妾身真的無能承受。」

狄青道：「那是自然，你以為我們是浪得虛名的嗎？這位武經堂的閻難敵大人，你別看他白淨淨的樣子，可一身火器放出來，雷公都比不上。」

鳳疏影心中一寒，暗想那還不把我這竹歌樓拆了？可事到如今，權衡輕重，也只能放狄青三人上去。婦人悄悄召了個丫環過來，低聲吩咐了幾句。那丫環招呼道：「幾位官人，這邊請。」

狄青見已得計，起身對尚聖二人拱手道：「聖公子，閻大人，敵人狡詐，都留神些。請。」

尚聖憋著一肚子笑，學著狄青的樣子拱手，「葉二捕頭，請。」

狄青一怔，轉瞬省悟過來，暗想自己方才說是葉知秋的弟弟，所以尚聖才稱呼他為葉二捕頭，心中好笑。故作捕頭狀，大搖大擺地跟著丫環走去。

旁邊那兩個商人見狄青和鳳疏影低聲嘀咕幾句，竟然就被帶往張妙歌的聽竹小院方向行去，下巴驚得差點砸在腳面上，忍不住要鼓噪。

狄青將煩心事交給鳳疏影去處理，跟隨丫環過了方流亭、賞幽臺，到了聽竹小院前。那丫環道：「三位公子稍等，我先去稟告一聲。」說罷不等回覆，已入了聽竹小院。

狄青閒著無事，見那白胖子臭著一張臉，問道：「還不知道這位先生貴姓呢？」

白胖子冷冷道：「姓閻，閻王的閻。」他一直都在沉默，顯然對狄青的處事方法並不認同。

狄青倒是一怔，沒想到自己隨口給這人起個名姓，居然中了。見那人好像被天下人虧欠的臉，心中也是不悅。

這時候丫環從聽竹小院走出來，招呼道：「三位貴客請了。」她前頭帶路，聖公子緊緊跟隨，狄青卻有些意興闌珊道：「聖公子，我還有他事，就不進去了。」

尚聖聞言一把抓住狄青，急道：「那怎麼行，我們三個來抓大盜，怎麼能少得了你這個高手？你……一定要跟著。」他口氣中很有懇求的意味，狄青心中一軟，終於還是向前走去。

這聽竹小院別具韻味，以幽、清、雅、淡為主。尚聖一路行來，讚不絕口。這時只聽錚錚錚數聲琴響，曲調高亢，如入雲霄，竟給這小院添了些激昂之氣。那調兒穿雲破霧後，曲曲折折，漸變幽細，如花間鶯語，又似幽泉暗咽，美妙非常。

尚聖聽得呆了，讚歎道：「此曲極妙，我很喜歡。」狄青暗想，看你也算個有錢的主兒，怎麼好像成天都在牢籠中住著，這也好，那也不錯，這個也喜歡，那個也喜歡？

三人上了閣樓，琴聲已止，餘韻不絕。丫環輕輕推門進去，指著一旁空處的三個椅子，低聲道：「三位請坐。」說完領三人到椅子前，奉上三杯清茶。

閣樓裡坐滿了十人，每人面前都只有一杯清茶，但看來卻都彷彿有吃著山珍海味般的愜意。靠窗欞處坐著個女子，聽到門響，輕抬螓首，向這面望了一眼。尚聖一見，本已坐下，又是霍然而起，盯著那女子眼珠子都不轉一下。本來尚聖欣賞旁人，都說我很喜歡，可這刻嘴唇蠕動兩下，竟半個字也發不出來。

那女子眼睛不算太大，嘴巴也不算很小，粉抹得也不是很厚。若是單論五官，那女子算不上極美，但她只是淡淡地那麼一瞥，就如清風扶柳，明月窺人，風情萬種，楚楚動人。

她最動人的地方，就在風情。

旁人看到這女子的眼神，好像融入了綠水，看到這女子的媚態，就如沐浴著春風。尚聖並非沒有見過女子，相反他見過的女子可說是極多極美，但和這女子一比，尚聖只能評價他身邊的那些女子，個個都是木頭！

這女子自然就是張妙歌！

張妙歌一雙妙目掃過尚聖的時候，微帶些訝然，看到白胖中年人的時候，蹙了下眉頭，見到狄青的時候，突然輕笑了聲。

眾人皆驚，順著張妙歌的目光望過去，不解張妙歌因何發笑。

張妙歌不用輕展歌喉，她的一舉一動，一笑一顰都是無聲而又動人的歌聲，尚聖當初花了二十兩銀子買了兩個號簽，還覺得有些不值，可這時候突然感到，能見張妙歌一眼，就算花二百兩銀子也值。

狄青卻不如尚聖那般失魂落魄。實際上，在閣樓裡頭，對張妙歌沒有失魂落魄的就只有兩人，一個是那白胖中年人，另外一個就是狄青。

白胖中年人因為自身原因，所以對再美貌的女子，也沒有什麼感覺。狄青卻只覺得張妙歌有些可憐，他甚至覺得，自己和尚聖、張妙歌都屬於深陷牢籠、不能自拔的人。

因此狄青見張妙歌含笑望來，也回以一笑，走上前去，將那束眼兒媚放在張妙歌的桌案前，說道：「送給你了。」

張妙歌微有訝然，妙目盯在狄青的臉上，看了良久，這才輕聲道：「多謝你啦。」她聲音也如清風曉月，自帶風骨。她拿起桌案上的那束眼兒媚，輕輕嗅了下，又啟朱唇稱讚道：「好花！簡直可以和柳七的詞相媲美。」

眾人皆驚，神色各異，有幾人臉上已露出不平之意。尚聖聽到柳七兩字的時候，卻是皺了下眉頭。少有人不知道柳七，有井水處，即有柳七詞！柳七不是達官，亦尚未及第，眼下落魄京城，是個窮困書生。但他的名氣，甚至已超過了當朝的皇帝。

今宵酒醒何處？楊柳岸、曉風殘月！只憑此一句，柳七就已成為天底下無數癡男怨女的知己，亦是無數閨中少女、侯門深婦仰慕的對象。京城青樓中甚至流傳著這麼一句話，「不願君王召，願得柳七叫；不願千黃金，願得柳七心；不願神仙見，願識柳七面。」在無數歌伎眼中，柳七簡直比皇帝都要威風。

有人慕、有人恨、有人識、有人鄙。天下人對柳七的評論多多，不一而足，但無人能否認，柳七的名氣之大，世間少有。張妙歌若是稱讚柳七也就罷了，在座眾人若論多金，每個都要多於柳七，但是若論文采，那是項背難企。可張妙歌竟然說一個賊禁軍獻的花兒，可以和柳七的詞相媲美？

無人能服！

狄青也聽過柳七的名字，不過他和柳七道不同。柳七的詞寫盡了男歡女愛、纏綿悱惻、羈旅離情和暮宴朝歡，但惟獨寫不出狄青所嚮往的慷慨俠烈之氣。因此狄青雖知柳七大名，卻沒有知己的感覺。他給張妙歌送花，純粹是因為他從張妙歌的眼中看出風情之後的落寞，那種落寞讓他心有戚戚。

聽得張妙歌讚美，狄青一笑道：「謝了。」他轉身回到座位上，自然而然。可屁股一挨凳子的時候，齜牙咧嘴。張妙歌見了，又是一笑。手指輕撥琴弦，叮叮咚咚幾響，雖沒有唱，但很多人都聽得出那是雨霖鈴中的曲調，「此去經年，應是良辰好景虛設。便縱有千種風情，更與何人說？」

眾人更是不滿，暗想我等都是大富大貴之人，為何張妙歌獨鍾情狄青？一人已看不過去，霍然站了起來，故作豪爽道：「妙歌若是喜歡花，何不早說？依在下的能力，給妙歌買下丹桂院也不是問題。」丹桂院是京城裡規模極大的一座花苑，裡頭的花兒品種繁多，極為奢華。這人開口就送一座丹桂院，極為闊氣。不過那人本身看起來也是極為闊氣，一站起來的時候，就已身泛金光，十個手指頭上，戴足了十個純金的戒指，看他的樣子，只恨沒有再多長幾個手指頭才好。

張妙歌嫣然一笑道：「我雖頗喜食豬肉，但總不至於守著豬圈吧？」她雖是仍在笑，但顯然少了那種寬容，而多了些譏誚。

眾人忍不住想笑，原來站起來那人叫做朱大常，此人無他，有錢而已。每年供送京城的牲豬，朱大常家就占了三分之一，是個暴發戶。聞張妙歌嘲諷，朱大常一張臉紅得和豬血一樣，站也尷尬，坐也不安，卻也不願走。

旁邊一人霍然站起，大聲道：「張妙歌，朱兄好意對你，為何不解風情？想你長年在此，其實也不過是分開兩腿做生意而已，何必裝得如此清高？你出個價吧！在下定當如你所願。」說罷，掏出一錠金子丟在地上道：「你明白吧？」

眾人聽那人出言不堪，都是臉色微變。因為張妙歌素來賣藝不賣身，此人此言可以說是對張妙歌極大的侮辱。

此人叫做羊得意，倒不是京城養羊的大戶，而是城中「太平行」的少掌櫃。太平行主要做京城船運生意，有時也負責送豬到京城，所以和朱大常也有生意往來。這次夥同朱大常排號終於得見張妙歌，喝著清茶，早就憋出了一肚子火氣，是以借機發作。

張妙歌不動聲色，只是擺了擺手，就見一婢女上前，輕輕放了兩錠金子在地上。張妙歌淡然一笑道：「你明白吧？」

羊得意喝道：「我明白什麼？」

張妙歌道：「這兩錠金子是說，只要羊公子下樓，它們就是羊公子的了。」說罷手撥琴弦，再無言語，可她的輕蔑之意不言而喻。眾人都笑，羊得意被臊得腳後跟都發熱，才待動怒，一人霍然站起，喝道：「兩個蠢貨，竟然敢對張姑娘無禮！滾出去！」

那人雙目圓睜，一團怒氣，朱大常和羊得意見到那人發怒，竟臉露懼意，猶豫片刻，恨恨轉身出了閣樓。那人這才向張妙歌深施一禮道：「張姑娘，那二人粗鄙不堪，大煞風景，還請你莫要見怪。」那人文士打扮，臉上長著幾個痘子，很是青春，若不是一張臉比常人長了三分之一，也算是一表人才。此刻雖是為朱、羊二人無禮而賠禮，但臉上卻多少露出點自得之意。

尚聖見到那人，低聲對白胖中年人道：「這個人是誰，我怎麼有些面熟？」

白胖中年人壓低聲音道：「他叫馬中立，是馬季良的兒子。」

尚聖皺了下眉頭，只是冷哼一聲。狄青一旁聽到了尚聖的低語，心思微動，暗想馬季良這個名字很是耳熟，自己好像聽過。

張妙歌見馬中立為自己趕走了牛羊，卻是掩嘴做倦意道：「多謝馬公子的好意了，若是……他們和你沒有關係，你又何必攬上這個過錯呢？」

馬中立臉色微變，轉瞬陪笑道：「這二人怎麼會和我扯上關係？姑娘說笑了。」

張妙歌道：「妾身累了。」她突出此言，已有逐客之意，馬中立眼中露出古怪道：「那不知姑娘要請的品茗之人又是誰呢？」張妙歌有個規矩，每天所見之人不過十個，但可能會留一人品茶談詩。來竹歌樓之人，無不以和張妙歌品茶談詩為榮，馬中立這麼一問，當然是抱著一近芳澤之意。

張妙歌纖手一指，隨意道：「這位官人可有閒暇，不知能否陪妾身說說話呢？」

馬中立脖子雖扯得和鴨子一樣長，但那纖纖手指離他實在太遠，扯著脖子也夠不到。扭頭一眼，氣得鼻子差點歪了。原來張妙歌指的不是旁人，正是狄青！

眾人大詫，一人站起來，不服道：「張小姐，為何我等傾心相慕，卻不如區區一束鮮花？」

張妙歌淡淡道：「有所求，無所求而已。」

問話那人大是羞愧，拂袖離去。有一穿綢衫人嘀咕道：「這倒和見高僧彷彿了。」言語中大有酸溜溜之意，可也知道無法強留，訕訕離去。

馬中立眼中閃過絲怨毒，又上下的打量了狄青一眼，拂袖離去。片刻之後，閣內只剩下狄青、尚聖和他的跟班。

張妙歌望向尚聖道：「妾身可沒有留公子呀。」

尚聖厚著臉皮道：「可我與狄兄本是朋友，怎忍心捨他而去呢？」

狄青好氣又好笑，見尚聖望著自己，眼中滿是懇請之意，說道：「張姑娘，尚兄仰慕你的大名，這次可是專程前來。我等只聞琴韻，卻不聞完整一曲，若能得姑娘再奏一曲，不勝榮幸。」

張妙歌妙目一轉，落在狄青臉上，「他是想和我見上一面，那你呢？」張妙歌雖身在青樓，可素來賣藝不賣身，因曲歌極佳，來見之人可以說是趨之若鶩。她閱人無數，早就看出尚聖絕非尋常人家子弟，但這種人她見得多了，並不放在心上。倒是見狄青自落座後，一直坐立不安，東瞧西看，好像對她並不在意，讓張妙歌大起新奇之感。

她怎知道狄青坐立不安是因為屁股傷口未曾癒合，已經火燒火燎，東瞧西看卻是因為狄青記得說過的謊言，既然假扮捕頭，也得拿出捕頭的架勢來，要搜尋一下盜匪蹤跡，以免穿幫。不想陰差陽錯，倒讓張妙歌另眼相看了。若是馬、豬、羊三公子知道，多半會血濺五步。

見張妙歌眼波脈脈，狄青猶豫道：「實不相瞞，在下以前不想，但是今日聞曲，說不定以後就會想了。」

張妙歌聽他說得含蓄，微微一笑。中年人一旁冷笑道：「狄青，勿用動心，你真的以為張妙歌看上你了嗎？她對你沒什麼好意的。」

狄青根本沒有這個想法，見中年人硬邦邦地突來了一句，動氣道：「那總不成看上你了吧？」

張妙歌見狄青生氣，卻不多言，微笑坐觀好戲。女人當然喜歡男人為她爭風吃醋，張妙歌雖清高，也不例外。

白胖中年人道：「你若是自作多情，那可就大錯特錯。你可知道馬中立是什麼人？」見狄青搖頭，白胖中年人嘿然冷笑道：「他是馬季良的兒子，你又知道馬季良是誰？」

狄青歎口氣道：「我管他是誰？他就算是皇帝，也和我扯不上關係吧？」

白胖中年人尖銳笑道：「你一定要知道他是誰才行！馬季良身為龍圖閣待制，他可是皇太后之兄劉美的女婿，皇太后是誰，你總知道吧？」尚聖皺了下眉頭，想說什麼，終於忍住。

狄青暗中吃驚，表面卻仍毫不在乎道：「這個嘛，我當然知道。我還知道皇太后廉政清明，天下稱頌，斷然不會讓皇親國戚為非作歹吧？」

白胖中年人微凜，扭頭向尚聖望過去。尚聖笑容有些古怪，突道：「閣下說的不錯，既然如此，聽歌就好。」

張妙歌卻道：「妾身倒還想問這位……先生，為何方才說我對狄青沒什麼好意呢？」她言語不急不緩，別人指責她也好，詆毀她也罷，看起來都能應對自如，沒有絲毫的不滿。

白胖中年人道：「你當然知道馬中立並不好惹，可想必也不想和他談心……」

尚聖一旁道：「方才的馬中立……好像也不錯呢。」他倒是平心而論，畢竟馬中立比起朱大常、羊得意二人要儒雅許多。

張妙歌突然咯咯笑道：「我只以為我身居幽樓，不知世事，沒想到這位聖公子比我還要不懂世事。」

白胖中年人喝道：「大膽！」他才要再說什麼，尚聖卻是擺手止住，問道：「張姑娘的意思是？」

張妙歌道：「朱大常、羊得意開的生意，若沒有馬中立幫忙，怎麼會在京城站得住腳跟？他們三人一起到了這裡，要說不相識，我是不信。朱大常看似豪爽，其實比鐵公雞還要吝嗇，那個羊得意也比朱大常好不到哪裡，這二人知道馬中立來這裡的目的，怎麼會和他爭奪？」

狄青皺眉道：「這麼說，這二人是故意激怒姑娘，讓馬中立有機會挺身救美？」

尚聖詫異道：「他們真的有這般算計？」

張妙歌淡淡道：「這種不入流的算計，我一年總能碰到十來次吧。」

白胖中年人道：「所以你故意留下狄青，看似欣賞，卻不過是想要推搪馬中立。可你定然知道馬中立失算後，必會把怒氣發洩到狄青的身上。那你不是欣賞他，而是害了他。」

張妙歌微微一笑，卻不言語。尚聖皺起了眉頭，良久才道：「張姑娘，真是這樣嗎？」

張妙歌輕撥琴弦，良久才道：「三人成虎事多有，眾口鑠金君自寬。」她輕聲細語，緩撥琴弦，也不分辯。

尚聖扭頭望向狄青道：「狄青，你莫名捲入其中，可曾後悔？」

狄青緩緩道：「我只信當今大宋還有『天理公道』四字！」

尚聖一拍桌案，喝道：「說得好，只憑著『天理公道』四個字，狄青，有事情，自有我來擔當。」

白胖中年人忙道：「聖公子，馬季良可是和太后有關係……」

他一直表現得不過是個世家子弟，性格柔軟，這時候才多少有點激昂之意。

「那又如何？」尚聖白了他一眼，向張妙歌道，「張姑娘，你儘管放心彈曲就好。」

張妙歌嫣然一笑，玉腕輕舒，只聽錚錚幾聲響後，輕啟檀口唱道：「隴首雲飛，江邊日晚，煙波滿目憑闌久。一望關河蕭索，千里清秋，忍凝眸……」

狄青不知道這曲子的來處，尚聖卻知道這詞仍是柳永所做，輕皺眉頭。可張妙歌音若天籟，發人心思，尚聖再聽了片刻，不悅之色漸去，只聽著張妙歌唱道，「杳杳神京，盈盈仙子，別來錦字終難偶。斷雁無憑，冉冉飛下汀洲，思悠悠。」驀地心中一痛，想起往事，暗想，詞中雖說一別無書信，生死兩茫茫，可自己和意中人卻不得不分開，再無相見之日。一想到這裡，心中大慟，竟然默默流淚。

張妙歌彈唱雙絕，勾起尚聖心傷的往事，狄青卻想起了白衣女子，暗想，自己連她的名字都不知道，更不要說什麼鴻雁傳書了。

只有白胖中年人皺起眉頭，心道主人久被約束，這次來到這裡，真情流露，抒發心中的鬱悶憂愁也是好事。不過這裡畢竟是煙花之地，要祕密行事，主人也不要沉迷在此才好。

第八章　官　司

三人各懷心事，張妙歌卻已彈到尾聲，漫聲道：「暗想當初，有多少、幽歡佳會；豈知聚散難期，翻成雨恨雲愁。阻追遊，每登山臨水，惹起平生心事，一場消黯，永日無言，卻下層樓。」

張妙歌唱罷，玉腕一翻，輕劃琴弦，曲終歌罷，餘韻不絕。她只是望著那束眼兒媚，輕聲道：「憐兒，送客。」說罷起身離去，狄青三人沉默片刻，這才互望一眼，看到彼此眼中都滿是深意。

尚聖歎道：「若非今日，真不知道世上還有這般曲調。」

白胖中年人道：「聖公子，已過了午時，要回轉了。不然小娘娘只怕也要急了。」

尚聖出了閣樓，這才注意到時候不早了，倒有些焦急，說道：「你怎麼不早些對我說？這下糟了。」說罷和那白胖中年人急急向竹歌樓外行去，等到了樓外，尚聖對狄青道：「狄青，我記得你了。下次再來找你。」

狄青心道，這人倒是現用現交，到現在連閣下的稱呼都省了。不過見尚聖的確有些焦灼之意，問道：「其實兄臺不過是來聽聽琴，算不了什麼錯事，令堂理應不會怪責。」

尚聖苦笑轉身，卻又止步。不是對狄青還有交情，而是前方街道上已站了十數個人，為首一人，正是馬中立！

尚聖用手壓住了氈帽，問道：「這個馬中立想做什麼？難道真的無法無天，想攔截我們？」

白胖中年人額頭冒汗道：「聖公子，我們換條路走。」

尚聖怒道：「他算什麼東西，竟敢讓我讓路？狄青，你不是郭遵的兄弟嗎？」

狄青見馬中立已向這個方向行來，知道不好，問道：「是又如何？」

尚聖道：「郭遵勇武，你也應該不差。你一個打八個，應該不是問題吧？」

狄青道：「一個打八個不是問題，關鍵是……是打人還是被打？」伸手一拉尚聖，叫道：「不想挨打，就快跑吧！」他一把拽住尚聖，扭頭就跑，馬中立沒想到這三人場面話都沒有，氣得跺腳道：「追！」

馬中立的確如張妙歌所言，用盡了心機，拉攏朱大常、羊得意二人演戲，本來以為今日可上演一齣英雄救美博得俏佳人歸的好戲，不想被狄青橫插一杠子，只能攜帶豬羊回圈。他恨得牙關發癢，一出了竹歌樓，就召集家丁在外守株待兔，準備等狄青一行出來，和他們「曉之以理」，用棍棒告訴他們什麼是規矩。結果兔子才出來，不給馬中立機會，撒腿就跑，馬中立一番苦心化作流水，更是義憤填膺，心道若不好生教訓狄青一頓，這晚上都睡不著了。

尚聖手不能縛雞，腳步也是踉蹌，一個勁兒說道：「沒有王法了！沒有王法了！跑什麼跑？」雖是這麼說，可這種情形，不跑怎行？慌亂中，一個踉蹌差點摔在地上，不由哎喲一聲，捂住腳踝。

狄青急問，「怎麼回事？」

尚聖額頭已汗珠滾滾，道：「腳不行了。」

那白胖中年人也是氣喘吁吁，見狀伏在尚聖身前道：「聖公子，我背你走。」他本來身軀稍胖，背上了尚聖，幾乎不能挪步。狄青見狀，牙一咬，瞥見身邊剛好有輛推車，上面滿是柴禾。旁邊站著個老漢，見到這陣仗，正要躲避。

狄青喝道：「官家捉賊，徵用下車輛。」他一把搶過車子，推著反倒向馬中立等人衝去。腦海中又是一陣陣疼痛。那些家丁沒想到狄青竟然敢殺回來，其中一個措手不及，被車子撞倒，又被車轂轆從腿上壓過去，疼得哇哇大叫。馬中立嚇得慌忙後退，叫道：「給我打！出什麼事情，自然有本公子負責。」

眾家丁聽令又圍了過來，狄青大叫道：「你們先走，莫要管我！」回頭一看，尚聖和那白胖中年人早就不見了蹤影，心底暗罵，尚聖這小子！在女人面前倒是猛拍胸脯撐好漢，沒想到事到臨頭，這般不顧義氣！

這時場面極其混亂，狄青已深陷重圍，腦海中又是陣陣作痛，暗自叫苦，翻身上了車子，對馬中立抱拳道：「馬公子，想大家總是相識一場，何苦拳腳相見？這樣吧，你我各退一步，我以後再也不去竹歌樓如何？」他暗想好漢不吃眼前虧，昔日韓信尚能忍胯下之辱，自己暫且退讓，也是效仿淮陰侯之舉。

馬中立陰笑道：「不勞你大駕了。本公子辛苦下，打斷你的狗腿，你自然去不得。」臉色一變，厲聲喝道：「誰打斷他的狗腿，本公子賞銀子十兩！」

眾人蜂擁而起，棍棒齊上，已向車上的狄青打來。狄青不想淮陰侯的招數自己用著不靈，身子一滾，已經溜下車子，搶過條棍子。

可他身手比起當年還不如，轉瞬間已挨了幾棍。劇痛之下，狄青短棍揮舞，不知為何，想起當初在趙府搏殺的場面，甕聲喝道：「擋我者死！」他畢竟出身市井，混跡軍營，若論功夫，算不上高強，但若說打架鬥毆，卻是數十年如一日，經驗豐富。

狄青驀地發威，一棍子落在個家丁的頭上，那人鮮血直流，晃了幾晃，已經暈了過去。眾人見狄青勇猛，發了聲喊，齊齊退後。狄青瞥見空隙，竟然衝到外圍。不想一人正向這面走來，被狄青一撞，大叫一聲，栽倒在地。

狄青被那人一撞，也是腳下踉蹌，心中暗道，這人是個瘋子，不然這種時候，怎麼還會湊到這裡？斜睨一眼，見那人蓬頭垢面，衣衫邋遢，可不就是個瘋子！

狄青暗自叫苦，向前跑了兩步，見那瘋子還倒在地上，也不知道躲閃，大聲喚道：「快走開！」那人呆愣愣地望著狄青，並不起身。狄青顧不得太多，撒腿要走。馬中立怒氣無從發洩，命令道：「抓不到狄青，就打死那瘋子！」

這時圍觀的百姓漸多，可見到這場面，如何敢靠近？卻又不捨得這場熱鬧，都是圍得遠遠的，不停地指指點點。

眾家丁不敢去追狄青，竟紛紛向瘋子圍去，有的竟一棍子打在瘋子的頭上，那瘋子痛呼後又大喝道：「誰敢打本王爺？」

瘋子自稱王爺，顯然是神志不清，眾人哄堂大笑。馬中立本心中怨毒，此刻也大笑道：「打得好，打得好！繼續打，本公子有賞！」

狄青本已跑遠，見狀卻又止住了腳步。見還有家丁舉棍向瘋子腦袋上打去，連忙大喝，「休傷無辜！」隨即手中木棍疾甩而出，轟然擊在那家丁脖子上，只聽那家丁哀嚎一聲，脖子險些被打斷。

狄青霍然衝回，喝道：「你們可還有半分良心？」眾家丁見他威若猛虎，不敢阻擋，紛紛讓開。狄青折返後反身擋在那瘋子身前，仰天笑道：「好！好！好！你們既然要打，我今日就和你們打個痛快。

馬中立，你有種就自己過來和我打！」

眾人見狄青激憤莫名，都是膽顫心驚，馬中立緊握雙拳，斥喝道：「一幫蠢貨！這麼多人竟然還打不過他一個？你們再不出手，回去看我不打死你們！」眾家丁見主子發怒，鼓勇上前，不知是誰大叫一聲後揮棒打了過去。狄青早將瘋子推開，腳下一勾，絆倒了來襲那人，揮手一拳，重重擊在第二人的臉上。可那人哀叫呼痛之時，狄青也是一陣暈眩，站立不穩。原來他出拳過猛，此刻腦海中又是一陣大痛。

一家丁看出了便宜，趁機一棍擊在狄青後背上，狄青一個踉蹌，又被兩人伸腿一絆，咕咚倒在地上。有家丁飛身上前，壓在了狄青的身上，眾人擒胳膊抓腿，轉瞬之間已將狄青牢牢地按住。狄青腦海劇痛，雖是拚命掙扎，但如何抵得過數人之力？

馬中立見眾人制住了狄青，這才大笑走過來道：「你小子敢和老子爭女人？這就是下場！」說罷一棍子擊在狄青的頭頂！鮮血順著狄青的髮髻流淌而出，狄青並不求饒，咬牙瞪著馬中立道：「你最好打死我！」

馬中立見狄青雙眸噴火，心中一顫，可在眾人面前又如何肯示弱，故作輕蔑道：「打死你又如何？」說罷為證明信心，又是一棍子擊在狄青的腦袋上。

狄青又是一陣暈眩，但不知為何，暈眩後感覺卻是前所未有的敏銳，只聽到不遠處有一女子道：「小姐，這不是送你花的那人嗎？不想他竟是這種人，居然和人在青樓裡爭風吃醋搶女人。」那小姐只是輕輕歎息一聲，並不多言。

狄青艱難望過去，見到不遠處有一雙淡綠色的鞋兒，上面繡著一朵黃花，看那黃花，竟然和自己上次送給那白衣女子的牡丹相彷彿。勉力斜望上去，就見到一張俏臉上滿是懷疑、詫異或者還夾雜著鄙夷。血水流淌而下，模糊了狄青的雙眼，馬中立還不肯甘休，喝道：「都愣著做什麼？給我打！」

話音變得遙遠，劈頭蓋臉落下的棍棒突然變得無足輕重。狄青心頭一陣迷茫，往事也如水滴石痕般一幕幕浮現。從和惡霸相鬥，到無奈從軍，從潛入飛龍坳，到殺了增長天王，從腦海受創，到消沉數年，直到再遇多聞天王時，偶遇那白衣女子。旁人如何看待他，他早就不放在心上，可連那白衣女子都對他鄙夷厭惡，狄青心中陡然升起一股怒火。

我到底做錯了什麼，要讓天下所有人輕視鄙夷？這時候又是一棍落下來，擊在狄青的脖頸之上，狄青大叫一聲，只覺得腦海中有一條紅綢舞動。

不！不是紅綢，是紅龍！

巨龍飛舞，咆哮怒吼。狄青怒吼一聲，竟然翻身而起。按住他的幾個家丁驚叫聲中，騰空摔飛了出去。狄青不等站起，已抓住了馬中立的腳踝，用力一捏，馬中立慘叫一聲，雙腳齊斷！狄青一揚手，馬中立騰雲駕霧般飛起，落在了柴車之上。眾家丁大驚，就要抓住狄青。狄青再吼一聲，竟伸手舉起柴車。圍觀的百姓都已驚呆，暗想柴車本身就重，上面還有個馬中立，這人竟能舉起，難道說這人竟有千斤的氣力？

狄青眼皮跳動不停，見眾家丁擁來救主，雙臂一振，柴車已橫飛出去，重重地砸在眾家丁的身上。眾人一時間哭爹喊娘，慘叫不絕。

狄青哈哈狂笑道：「馬中立，你不是要殺我嗎？來呀！來！」驀然聽到一女子的尖叫聲，狄青斜睨過去，見那白衣女子眼中滿是驚懼，心道，她也怕我嗎？但我又何必在乎她的想法？馬中立要死了，我也活不了，絕不可拖累郭大哥。才想到這裡，一棍重重地擊在他的腦後，狄青身軀晃了兩晃，只覺得天旋地轉，緩緩地倒了下去。

只是腦海中那巨龍已消失不見，取而代之的卻是那淡綠鞋兒上的一朵黃花。狄青昏迷前，嘴角反倒帶了絲微笑。他突然覺得，死並非什麼可怕的事情。

狄青不知昏迷了多久，遽然間一聲大呼，翻坐而起。他還沒有死，只是渾身上下，已分辨不出哪裡痛，因為哪裡都痛！可狄青竟對那些痛楚並不介意，他渾身濕透，眼皮不停地跳動，只是回憶著夢境。夢中有龍有蛇、有火球有閃電、有彌勒佛主亦有四大天王，但最讓狄青心悸的卻是一種聲音。那聲音空曠、寂寥，有如來自天庭，又像是傳自幽冥，內容只有兩個字，「來吧！」

來吧？去哪裡？狄青不知道，可那聲音如此真實清晰，已不像是夢境。狄青夢中正覺得古怪時，突然黑暗中現出血盆大口，將他倏然吞了進去。狄青這才驚醒。

那是夢嗎？可為何如此真實？那是現實嗎？怎麼又空幻如夢？狄青想不明白，茫然望去，見孤燈昏暗，四壁清冷，一時間不解身在何處。他只記得自己擊倒了馬中立，然後掀翻了柴車砸倒數人，腦後又挨了一悶棍，然後……

他想要掙扎起身，卻感覺手腕冰冷，嘩啦啦作響。低頭向下望，見到有鐵鍊束手，狄青這才省悟過來，原來自己在牢裡！

牢房外有腳步聲響起，到了牢房前止步，緊接著是鐵鎖噹啷作響，顯然是有人正打開牢門。一人道：「你快點，這可是重犯。」另外一人道：「多謝兄弟了。這點碎銀子，請兄弟們喝酒了。」

狄青向牢門望去，見到昏暗的燈光下站著兩人，一個是張玉，另外一個卻是李禹亨。二人來到狄青的面前，都沉默不語，只是左看看右看看。狄青疑惑道：「你們看什麼？」

張玉歎道：「我看你哪裡有這麼大的膽子，又哪裡有那麼大的氣力？聽路邊的百姓說了經過，我真的不敢相信是你做的事情。」

狄青苦澀一笑，「是我做的。」

李禹亨急了，「狄青，你可知道，你打的那人叫做馬中立，是馬季良的獨子！馬季良是劉美的女婿，劉美是劉太后的兄長！劉美雖死，可劉太后對劉家後人極為看重，你這次可捅到馬蜂窩了！」

張玉問道：「狄青，你出手前，多半不知道他們的底細吧？」

狄青靠在冰冷牆壁上，無奈道：「我知道不知道，都要出手。不然也是死路一條了。」見張、李二人心事重重，狄青反倒笑著安慰道：「不妨事，大不了命一條。那個馬中立如何了？」

張玉苦笑道：「他腳踝斷了，又被柴車砸斷了胸骨，比你傷得重多了。還沒死，不過……活了只怕也站不起來了。」

狄青心中一沉，知道馬中立傷得重，馬家人肯定就不會讓自己活。轉瞬笑道：「好呀，至少一命換一命。」

「他是個雜碎，你怎能用自己的命和他換？」張玉急道，「狄青，你莫要想死，最少京城還是個講理的地方。他們若是濫用私刑，我們禁軍營就不會答應。可你這次到底是為了誰，才要和馬中立打個你死我活？是不是因為一個絕世大美女？」

狄青搖頭喟歎道：「說來可笑，是為個男人。」

若是以往，彼此言笑無忌，張玉肯定早就放肆猜測，調侃狄青有龍陽之好，可這時只是驚詫問道：「怎麼？你將事情好好說一遍，我們一起商量下，看能有什麼補救的方法。」

狄青歎口氣道：「張玉、禹亨，你們就不要管了。這事牽扯到太后，別說禁軍營不好出面，就算是樞密院也救不了我。你們這樣，只怕連累了你們。」他雖未死，但知道事關重大，早就放棄了掙扎。

李禹亨臉上露出絲畏懼，張玉聞言怒道：「你他娘的是不是男人？這時候還和兄弟說這種話？我們要是不管，今日就不會來。樞密院救不了你，但我們兄弟還是要救你！」

狄青淚水盈眶，垂下頭來，半晌才道：「事情是這樣的……」他將當日之事詳盡說了一遍，張玉聽後，咬牙切齒道：「狄青，這件事你本來就沒什麼錯，可他們倚仗權勢，不講道理，一定要弄死你。哼，我們不能讓他們如意！」張玉雖是這般說，但如何來應對，可是沒有半分主意。

李禹亨抓著鬍子，喏喏道：「眼下當要指望開封府尹程大人明察秋毫了。」開封府府尹叫做程琳，這個案子，當然是交給開封府尹審斷。

張玉馬臉都變綠了，「可程琳和太后是一夥的，我聽說太后一直不還政給皇上，就是自己想當皇帝。那程琳懂得拍馬屁，不久前還獻了什麼《武后臨朝圖》，勸太后當武則天呢！」

李禹亨鬍子都掉了幾根，渾然不覺，只是道：「那可怎麼辦呢？」

狄青見兩兄弟這時候還想著為自己出頭，心下感動，一時無語。

張玉突然一拍腦門，說道：「有了！眼下最重要的就是找到聖公子，如果能求得動他出面作證的話，事情可能會有轉機。」

狄青心道，這件事牽扯到太后，那個聖公子如果不傻，肯定早就躲起來了，怎麼會出頭呢？

張玉卻興奮道：「你說聖公子穿五湖春的鞋子？我這就去打聽！狄青，你不用愁，我無論如何，都會幫你找出這個人來。」

狄青不忍潑張玉的涼水，強笑道：「那就有勞兩位兄弟了。」

事不宜遲，張玉當下告別狄青，又給獄卒打點下，請他們莫要為難狄青，這才和李禹亨匆匆離去。

狄青知道就算找到了聖公子，他能否出頭還是未知之數。又有誰不開眼，敢和太后作對呢？想到這裡，狄青後腦有些疼痛，可腦中劇痛的感覺卻少了些。狄青突然想起什麼，伸到懷中一摸，那黑球仍在，輕輕地舒了口氣。

掏出那個黑球，狄青已肯定，自己能打傷馬中立，肯定是因為這黑球的緣故。可黑球到底有什麼神通呢？狄青想不明白。

牢房幽幽，狄青不禁想起多聞天王當初所言，「彌勒下生，新佛渡劫。五龍重出，淚滴不絕！」五龍一出，果然是有人滴淚不絕。可他狄青，以後滴的只會是血，而不是淚！狄青想到這裡，昂起頭來，眼露倔強之意。那昏黃的燈光照在黑黑的五龍上，泛著幽幽的光芒。

轉眼間狄青在牢房中已經待了月餘，開封府竟一直沒有提審他，這倒讓狄青心中惴惴。他忍不住想，難道自己早被定罪，連審都不要審了，就直接問斬嗎？想到這裡，狄青心中悲愴，但無可奈何。這段日子，郭逵倒是來過幾次，說他已通知了郭遵，可郭遵還在外地，一時間趕不回來。狄青本不想讓郭遵知道此事，更怕牽連郭遵，反倒希望郭遵不要回京。張玉也來了幾次，可每次均是強作笑容，他終究沒有找到聖公子。

狄青已心灰，暗道，這事情已鬧開，聖公子不是聾子，當然能知道。他不肯出現，想必就算找到也沒用了。他自知無幸，反倒放寬了心。每日無事的時候，都是拿著那黑球在看，心道臨死前若能研究出五龍的奧祕也好，但紅龍終究沒有再出現過。

如是又過了半月光景，這一日獄卒早早前來，喝道：「狄青！今日提審，準備走吧。」

狄青歎口氣，心道自己打的是太后的人，審自己的也是太后的人，自己估計是不能倖免了。大哥呢？到底要不要告訴他此事呢？思索間，狄青被獄卒押解，出了開封獄，直奔開封府衙。才到了門前，就見一幫百姓擁堵在府衙門前，見狄青被押來，眾人紛紛上前，七嘴八舌關心道：「狄青，你沒事吧？」這些人都是平民百姓，有賣包子的王大嬸、有賣花的熊家嫂子、有砍柴的喬大哥、有賣酒的孫老漢，就連狄青上次幫助的賣花的高老頭竟也來了。

這些年狄青雖說官階半級未漲，但長期混跡於市井之中，前來的這些百姓無不曾得過他的幫助，知道他今日受審，早早地前來旁聽。

狄青從未想到還有這麼多人記掛自己，見狀很是感動。高老頭顫巍巍地站出來道：「狄青，你好人有好報，肯定會沒事的。俺們都去大相國寺給你燒香了，求菩薩保佑你。」

狄青心道，聽說大相國寺那彌勒佛還是劉太后命人塑造的呢，只怕會保佑馬中立了。可還是道：「多謝你們了，狄青若有機會，定當回報！」

旁邊的衙役都想，你怕是只有等下輩子了。不等狄青再說什麼，衙役們就用棍棒分開百姓，帶著狄青入了官衙。

官衙大堂上方橫掛著一牌匾，上書「廉潔公正」四字。大堂公案之後，開封府尹程琳肅然而坐。兩側衙吏見狄青上堂，以杖扣地，齊喝「威武」二字，這在衙內稱作是打板子，一方面讓衙外的百姓安靜，另外一方面卻是警示囚犯，讓他心存畏懼。

狄青一眼掃過去，見到程琳右下手處站著一人，眉間皺紋有如刀刻，天生一副愁容，看衣飾，應該是開封府的推官。左下手處坐著一人，三角眼，酒糟鼻，一雙眼惡狠狠盯著狄青，滿是猙獰。狄青心頭一顫，不知此人是誰。

程琳見狄青跪下，一拍驚堂木，喝道：「狄青！你可知罪？」

狄青搖頭道：「小人不知。」

那長著三角眼之人霍然站起，喝道：「好一個刁軍！死到臨頭，還不知道反悔嗎？」他說話氣息急促，好像隨時都要斷氣，想是個脾氣暴躁之人。狄青不語，心道這多半是馬家的親戚。果不其然，程琳道：「劉寺事，稍安勿躁，一切當按法令來辦。」

狄青暗想，劉寺事？此人多半就是劉美的長子劉從德了。

這段日子裡，李禹亨早就將馬家的關係告訴給狄青。狄青知道馬季良是劉美的女婿，這個劉從德為姻親馬季良的兒子馬中立出頭，倒也是正常。不過大宋家法中，外戚少握重權，宋改前制，九寺五監中，除了大理寺和國子監外，其餘的職位均為閒職，不掌或少掌實權。劉從德並無才學，太后為他討個衛尉寺的寺事職位，其實只領俸祿，並不做實事。若論官階實權，程琳遠比劉從德為大，但程琳知道劉從德在劉太后心中的地位，這才客客氣氣。

劉從德怒喝道：「現在證據確鑿，還審什麼？這個狄青以武欺人，在大街上公然行凶，打傷數人，還害得馬中立至今癱瘓在床，奄奄一息，不殺狄青，不足以平民憤！」

那滿面愁容的人突然道：「劉寺事，這是開封府，斷案之事歸程大人，推案之事由下官負責。還請莫要越俎代庖，以免旁人閒話。」

那人說話軟中帶刺，劉從德恨恨地瞪了他一眼，急促道：「龐籍，我今日就要看你怎麼推案！」心中暗恨道，你莫要讓老子抓到錯處，不然稟告給太后，有你好瞧！

龐籍見劉從德不再言語，對狄青道：「狄青，你且將當初之事詳細道來。」

劉從德喝道：「還說什麼？這些日子豈不查得明白？何必浪費功夫！」

程琳乾咳一聲，皺眉道：「劉寺事，你若是不滿本官審案，可向兩府告書。但若再咆哮公堂，本官只能將你請出去了。」

劉從德冷哼一聲，再不言語。

狄青倒有些詫異，不想程琳、龐籍二人竟然有些公事公辦的樣子，難道說傳聞是假？

程琳見劉從德終於安靜下來，這才道：「狄青，先將當日之事從實道來。」他言語平靜，但內心絕不輕鬆。原來這尋常的一個案子，牽扯的範圍之廣，簡直難以想像。程琳接手這個案子，只感覺壓力重大，不敢輕斷。

程琳這些日子查的越多，反倒越是猶豫，不敢輕易做出結論。馬中立那方不用多說，這些日子，馬季良天天到太后面前哭訴，請求嚴懲凶徒，劉太后知道一個普通的禁軍竟傷了她的家人，勃然大怒，命開封府嚴懲。但狄青這個尋常的禁軍並不尋常，這人不但在百姓心目中頗有俠氣，而且和郭遵扯上了關係。郭遵將門世家，雖未回轉京城，但關係極多，三衙、樞密院雖未發話，但都盯著這事到底如何處理。

本來就算是郭遵也沒資格對抗太后，但其中還有個最重要的內情——皇上已到了親政之年，太后遲遲不肯還政於天子，朝臣已是議論紛紛。眼下百官都想看看，太后是否還能一手遮天？程琳不知道，自己到底是要討好太后呢，還是將此事秉公處理？如果討好太后，聖上登基後，他前途未卜。可若秉公處理呢，太后說不定立即就會撤了他的官職。

府衙外百姓洶湧，眾目之下，一個決斷，就可能影響深遠，程琳心中並沒有定論。在聽狄青陳述前，程琳已知道，此事錯在馬中立，狄青並無大過。待聽狄青說完，更是印證了判斷。只是事情雖明瞭，處理起來卻很是棘手。程琳想了良久才道：「龐推官，你意下如何？」

龐籍正色道：「古人有云，『兼聽則明，偏信則暗』，下官以為，尚要聽旁人的證詞才好。」

程琳沉吟道：「既然如此，召竹歌樓張妙歌前來。」

張妙歌早在後堂等候，聞言上堂，煙視媚行，風情萬種。

狄青本已絕望，可見龐籍、程琳都有清官的潛質，倒覺得並不用急於絕望。知道眼下找不到尚聖，張妙歌的證詞對他就事關重大，一顆心不由得怦怦直跳。

張妙歌不望狄青，到了大堂上，和狄青並排跪下，說道：「妾身張妙歌拜見府尹大人。」

程琳問道：「張妙歌，你以前可曾認識狄青？」

張妙歌搖頭道：「不曾。」

程琳又道：「那你將狄青到竹歌樓後發生的一切，詳盡說上一遍。」

張妙歌輕聲道：「當初妾身甚至不知此人叫做狄青，只是鳳媽媽讓我小心接待此人，對了，他還有兩個朋友，一個是聖公子，一個是閻難敵。」

狄青聽到這裡，心中一沉，已知道不妙。他一時意氣，冒充衙差辦案，若在平時也就罷了，可這時候被拆穿，那事情就非常嚴重了。

龐籍問道：「鳳媽媽為何要你小心接待狄青呢？」

張妙歌道：「鳳媽媽說，此人叫做葉知冬，本是開封府葉知秋的弟弟，說是到聽竹小院查案……」

眾人一陣譁然，劉從德大喜，喝道：「好呀，狄青非但毆打馬中立等人，甚至冒充開封衙役，作惡嘴臉，可見一斑！程大人，請對此人嚴懲！」

程琳皺了下眉頭，不理劉從德，說道：「張妙歌，你繼續說下去。」

張妙歌道：「不過這人來到聽竹小院，並沒有什麼作惡的嘴臉，只是和其餘兩人聽曲。這時朱大常、羊得意二人藉故找碴，馬公子將這二人喝退。妾身記得鳳媽媽所言，留狄青三人在聽竹小院再彈一曲，然後請他們下樓。這之後的事情，妾身就不知曉了。」

程琳問道：「那這三人在你閣樓之上，可曾與馬公子有什麼衝突？」

張妙歌掩嘴一笑，「表面上沒有。」

程琳皺眉道：「何出此言呢？」

張妙歌道：「馬公子那日前來，想必是要留在聽竹小院，可妾身留住了狄青，馬公子心中，多半有些不滿吧？」

劉從德大怒道：「張妙歌，你小心說話！」

張妙歌也不畏懼，微笑道：「既然大人有問，妾身就如實作答而已。若是有不對的地方，還請各位大人看在小女子見識少的份上，原諒則個。」

龐籍沉吟道：「那狄青三人在你的閣樓上，可有什麼囂張不軌的舉動嗎？」

張妙歌搖頭道：「沒有，他們是妾身見過最為規矩的三人。」

程琳點頭道：「本府知道了，張妙歌退下。召竹歌樓鴇母鳳疏影上堂。」張妙歌退下，鳳疏影一搖一擺的上了大堂，跪拜府尹。程琳開門見山道：「鳳疏影，你可認識堂上這人？」他一指狄青，鳳疏影見劉從德瞪著自己，立即道：「認識，他叫狄青，冒充衙差，說和什麼大內武經堂的閻難敵，還有捕快聖手聖公子來破案，要去聽竹小院一趟。妾身不敢得罪他們，這才讓妙歌接待這三人，不想他們不但冒充衙差，還打傷了馬公子，實在是可惡至極。」

狄青雙拳緊握，卻是無從置辯。鳳疏影削削減減，幾句話就將他定位為一個惡人，還讓人無從辯白。

劉從德的酒糟鼻已興奮得通紅，這次卻沒有急於要程琳嚴懲狄青。

程琳讓鳳疏影退下，又問龐籍道：「龐推官，你可有結論了？」

龐籍緩緩道：「狄青冒充衙役一事，雖算不對，但未釀成禍事，應由三衙自行處置。至於打傷馬公子一事，卻有因果。如按狄青、張妙歌以及一些旁觀百姓所言，馬公子出手在先，甚至毆打個瘋子模樣的人，狄青回轉相救，誤傷了馬公子。可以說過錯各半……」

劉從德霍然站起道：「龐籍，你是什麼狗屁推官？這種結論也能推得出來？張妙歌不過是個歌姬，地位低下。百姓所言，如何做得了準？狄青說的，更不見得正確！」

龐籍也不動怒，淡淡道：「還請寺事大人出言檢點，下官雖職位卑微，但官位畢竟是聖上所封，你隨口辱罵，恐怕不太妥當。再說下官不過是回程大人的例行詢問，給斷案提供些依據。根據目前的口供，我也就只能得出這些結論。你若覺得不妥，大可提出異議，不必在公堂之上咆哮。」

劉從德恨恨地盯著龐籍道：「我認為若想明白事情的真相，當要詢問在聽竹小院的眾人，只憑狄青、張妙歌二人的供詞，如何作準？」

程琳點點頭道：「劉寺事說的也有道理，召朱大常等相關人等上堂！」

和朱大常一起上堂的不止羊得意，還有另外三人。狄青認得那三人均是當初在聽竹小院的賓客，見劉從德不懷好意的笑，心頭一沉。堂下眾人報上名來，另外三人中，矮胖之人叫做東來順，是一家酒樓的少掌櫃，穿綢衫之人叫做文成，本是綠意綢緞莊的主人，還有一人滿臉麻子，開了家果子鋪，叫做古慎行。

朱大常當先道：「那日馬公子出了竹歌樓後，本想和狄青交個朋友，所以就在樓外等候。不想狄青下來後，竟對趙公子惡語相向。至於罵了什麼，小的也不好說。」

東來順接道：「有什麼說不得的？狄青說馬公子不知好歹，竟然敢和他搶女人，讓馬公子快滾，不然見他一次打一次。」

文成道：「馬公子當時很不高興，但畢竟為人謙和，忍怒不發。沒想到狄青以為馬公子軟弱可欺，竟開始辱罵，說……唉，那和太后有關，在下不敢說了。」他說罷連連搖頭，痛心疾首。他雖未說，可比說了的後果還要嚴重。

狄青越聽越驚，一股怒火心底冒起，喝道：「我和你們無怨無仇，你們為何要冤枉我？」他雙目圓睜，額頭上青筋暴起。

古慎行退後一步，指著狄青道：「他當初就是這般脾氣暴躁，呼喝連連。馬公子見他辱罵太后，就和他辯駁了兩句，不想他伸手就打，簡直是無法無天！」

羊得意道：「我們一幫人看不過去，就有人過去勸，不想也被他幾拳打倒。」說罷一指眼角的青腫道：「這地方就是他打的。」

狄青牙關緊咬，身軀微顫，已知道這些人的目的只有一個，不弄死他，誓不甘休！

朱大常接口道：「好在馬公子的家丁及時趕來，原本只是勸狄青莫要動手。不想狄青竟和瘋狗一樣，四下撕咬，慌亂中，不知是誰誤推倒了個路人。那人好像是個瘋子，後來不知所蹤。但馬公子急了，慌忙去護衛，狄青這時已被制住，馬公子說，『只要狄青認錯的話，一切既往不咎。』不想狄青人面獸心，謊說知錯，趁家丁放開他之際，衝過去拉倒了馬公子，還要殺了馬公子，慌亂中，柴車被掀翻，馬公子被壓在車下。」說罷抬起衣角揩拭下眼角，哽咽道：「可憐馬公子菩薩心腸，竟遭此噩運。我等實在是看不過去，這才挺身而出說出真相，只求府尹大人還馬公子一個公道！」

這五人眾口一詞，完全像事先演練過一般。劉從德起身拱手道：「府尹大人，如今想必已經真相大白了吧？狄青不過是信口雌黃，妄想瞞天過海，不想天網恢恢，天網恢恢呀。」劉從德為敲定狄青的死罪，特意一口氣找來了五個證人。他雖見衙外百姓不少，可知道當時場面混亂，很多人搞不懂情況，再說他也不信有哪個百姓敢公然出來和劉家作對，為狄青作證。

程琳又望了眼龐籍，說道：「龐推官，你又有什麼結論呢？」

龐籍堂前踱了幾步，突然道：「你們五人以前可認識馬中立？」

五人不想有此一問，有兩人點頭，有三人搖頭，點頭的見有搖頭的就慌忙搖頭，搖頭的見有點頭的也趕快點頭，一時間滑稽非常。

龐籍犯愁道：「這是認識呢？還是不認識呢？」

劉從德咳嗽一聲，說道：「當然是在竹歌樓後才認識的。」他這麼說，只想增加證詞的可信程度。五人均是點頭道：「劉大人說的對，當然是竹歌樓後才認識的。」

龐籍目光從五人身上掃過，肅然道：「你等可知道本朝律例，嚴禁誣告，有『誣告反坐』一說，若是被查明誣告，會有嚴懲？」

五人面面相覷，隱有懼意。劉從德冷笑道：「龐籍，你這是威脅他們嗎？你難道認為，這幾人是我找來誣告狄青的不成？」

龐籍故作驚詫道：「劉寺事何出此言？下官不過是覺得他們言語中有些自相矛盾的地方，這才出言提醒而已。為人只要行得正，又何懼提醒？」

劉從德面紅耳赤，知道龐籍是暗中諷刺自己，冷哼一聲道：「我倒要聽聽龐推官的高論。」

龐籍仍是愁容滿面道：「朱大常，據狄青、張妙歌所言，是你和羊得意先走，然後馬公子和東來順幾人離去，最後又過了小半個時辰左右，狄青三人才出了竹歌樓？」

朱大常忍不住向劉從德望了一眼，不知道怎麼回答。劉從德有些不滿道：「據實說就好，難道還有人能顛倒黑白嗎？」

朱大常立即道：「龐大人說的不錯。」

龐籍微笑道：「你和羊得意，還有東來順幾人，是在竹歌樓後才結識了馬公子？」

朱大常道：「不錯。」

「那你們有什麼理由，在近一個時辰內還在竹歌樓左近徘徊，遲遲不去？馬公子是因為要和狄青講些道理，這才不離去。但是你和羊得意呢，又為了什麼？你們被馬公子喝斥，卻在竹歌樓附近並不離去，可是心懷不滿，想對馬公子報復？」

朱大常額頭汗水都流了下來，忙道：「這怎麼可能？害馬公子的是狄青，可不是我們。」

「那你們在竹歌樓旁做什麼？」龐籍追問。

朱大常不知所措，劉從德眨眨三角眼，說道：「他們多半是為在竹歌樓的言行後悔，這才想找馬中立致歉。馬中立為人好交朋友，見他們誠心改過，這才和他們交了朋友，這幾人一見如故，在竹歌樓旁的茶肆喝茶，喝了小半個時辰，也沒有什麼問題吧？」

劉從德畢竟還是有些急智，一番解釋，幾乎連自己都信了。

龐籍沉吟道：「這朋友到底到了什麼程度，是酒肉朋友呢，還是真心知己？」

羊得意接道：「當然是真心知己，我們有感於馬公子的仁義，這才前嫌盡棄，成為知己。不想狄青喪心病狂，竟然連馬公子這樣的人都害，實在是罪大惡極。」

其餘三人均點頭，不迭道：「極是，極是。」

龐籍對程琳道：「府尹大人，如果他們真的是知心朋友，那證詞採用的時候，倒是要酌情處理，以防他們被友情蒙蔽，做出不利本案的證詞。」

劉從德勃然大怒道：「龐籍，你到底什麼意思？難道證明他們和馬中立結交，不過是想說證詞無效？你這等推官，本官就算告到天子太后那裡，也絕不姑息！」

程琳皺了下眉頭，說道：「龐推官，這些人先前不識，後來一見如故這才結交。而案發不過是隨後的事情，這些人站出來作證，並沒有什麼不妥。」

龐籍點頭道：「府尹大人說的極是。那現在我把事情重說一遍，朱大常等人和馬中立從未見過，後來在竹歌樓內，朱大常和羊得意口出妄語，侮辱張妙歌，馬中立挺身而出，將朱、羊二人喝退。朱、羊二人迷途知返，幡然悔悟，這才在樓下等候馬公子。馬公子大人大量，接受二人的道歉，又和這二人結交成朋友，這時候東來順、文成、古慎行三人正巧路過……他們若不是和馬公子以前見過，想必是看馬公子義薄雲天，真心傾慕，這才也結交成了朋友？」

第九章　太　后

劉從德怎麼聽怎麼刺耳，但一時間搞不懂龐籍的想法，只能沉默。東來順三人見劉從德沉默，只以為他默許，連連點頭道：「龐大人雖未在那裡，分析的卻是身臨其境，小人佩服。」

龐籍又道：「馬公子和你們五個結交成朋友後，見狄青三人下樓，義薄雲天的馬公子又想和狄青交朋友，所以上前搭訕，卻不想被喪心病狂的狄青痛打一頓，後來發生的事情，你們都說得很清楚，自然不用我來贅述了。」

眾人都覺得經過龐籍這一分析，馬公子實在行為怪異，有的衙役憋著笑，朱大常等人只能硬著頭皮道：「的確如此。」

龐籍向劉從德道：「劉大人，下官這次的推斷，不知道你可有質疑嗎？」

劉從德大為頭痛，可覺得龐籍這次的確為他們著想，只能道：「這次你說的不錯，我沒有問題。」

龐籍愁容更重，為難道：「劉大人沒有問題了，我倒有問題了。」劉從德心頭一跳，只見龐籍從桌案上拿起幾本帳簿，不由疑惑不解。龐籍淡淡道：「這是下官這幾日從太白居、喜來樂、會仙樓等地取來的記錄。」

程琳皺眉問，「龐推官此舉何意？」

龐籍道：「馬公子果然好客，在這幾家酒樓都留下了足跡，當然都是旁人請客了。」雙眸從朱大常等人臉上掃過，見這些人已面色如土，龐籍再緩緩道：「而請客的人，就是眼下的朱大常、羊得意、東來順等人。根據記錄，馬公子和朱大常這些人原本私交甚密，若是有人不信，酒樓老闆已在堂後待召，不妨提來一問。」

朱大常已大汗淋漓，強笑道：「我等……信。」

龐籍臉色一沉，「現在才信，只怕晚了吧？」將帳簿奉到程琳的案前，龐籍轉身面對朱大常等人，愁眉不展道：「方才我一問再問，你等均說從未認識、結交過馬公子，但事實說明，你等與馬中立早是朋友。你等刻意隱瞞此事，所為何來？」

朱大常等人惶恐難安，龐籍已向程琳建議道：「府尹大人，經下官詢問，朱大常等人所言第一句就錯，實在難以讓人相信他們之後的言論。還請府尹大人嚴查這五人的意圖，若真的有誣告之行，還請大人嚴懲，以儆效尤！」此刻的龐籍，雖還是愁容滿面，但臉上一團正氣，寒意凜然！

劉從德雖不把開封府尹放在眼裡，但那不過是倚仗著太后的權勢，若論精明能幹，那是遠遠不及龐籍。劉從德已有人證，龐籍早就知曉。龐籍若從百姓中找來五人對簿公堂，不算容易，就算找來後，難辨真偽，眾人恐陷入曠日持久的辯論之中，只怕最後還會鬧個一發不可收拾。

龐籍想要速戰速決，因此先欲擒故縱，然後釜底抽薪，直接將劉從德的五個證人打入萬劫不復之地。他如此直接的手段，就是想要警告劉從德，開封府還不是你皇親外戚可一手遮天的地方！

程琳望著眼前的帳簿，翻也不翻，沉聲問道：「朱大常，龐推官所言可是屬實？」

朱大常雙腿打顫，又向劉從德望去，龐籍歎道：「朱大常，你莫要總是望向劉大人。不知道的人，還以為你是受他指使，豈不讓劉大人清譽受辱？」

饒是劉從德有些急智，這時候也亂了分寸，喝道：「龐籍，我和他們全無關係，你莫要血口噴人！」

龐籍立即道：「既然劉大人都說了，和你等並無關係，你等到底受何人指使，還不從實招來！」

朱大常等人徹底崩潰，他們受劉從德的吩咐，過來誣告狄青，可如果劉從德棄他們而去，那他們還可依靠誰？

龐籍趁熱打鐵道：「難道你們是因為狄青被張妙歌所留，這才心中忿然，趁機陷害狄青？你們若是主動招認，府尹大人念你們初犯，說不定會從輕發落。」

羊得意哭喪著臉，「府尹大人，我們錯了……」他話音未落，衙外有衙吏唱諾道：「羅大人、馬大人到。」

劉從德霍然站起，喜道：「快請。」他亂了分寸，一時間以為這裡是他的府邸。程琳暗自不滿，可仍保持克制，道：「請進府衙。」

程琳本想起身迎接，不過見龐籍望著自己，眼中含意萬千，臉色微紅，又坐了下來。

衙外走進兩人，一人風流倜儻，但臉有怒容；另外一人面白無鬚，神色倨傲。

程琳知道，那風流倜儻之人正是馬中立的父親馬季良，也就是太后的姪女婿，眼下為龍圖閣待制。而那個神色倨傲之人，卻是當朝的第一大太監，供奉羅崇勳。

程琳知道馬季良和羅崇勳都是太后身邊的紅人，本想表示親熱，但畢竟就算當朝第一大太監，權位也不如開封府尹，他若是太過奉承，反倒會讓手下看不起，是以只在座位上拱手道：「兩位大人前來，不知何事？」

羅崇勳尖聲道：「咱家聽說這裡審案，就過來聽聽了，以免有人貪贓枉法，錯判了案子。程大人，這案子到底如何了？」

程琳強笑道：「正在審理中，羅供奉若是有興趣，可在一旁聽聽。來人！設座。」

早有衙吏取了兩張椅子，羅崇勳大咧咧坐下。劉從德一旁低聲對馬季良說明了一切，馬季良見了狄青，就已恨不得掐死他，聞言更是惱怒，「程大人，我倒覺得，這案子審理得很有問題。怎麼說都是吾兒受了重傷，有人不分黑白，竟然將精力都放在了無關之人的身上，實在讓本官失望。」

程琳辯解道：「馬大人此言差矣，既有證人，就要審理分辨清楚，方不負聖上的器重和太后的期冀。再說天地明鏡，法理昭昭，一切當按律行事。朱大常等人指證狄青，本官依律詢問，龐推官輔佐推斷，怎麼能說將精力放在無關人等的身上呢？」

羅崇勳駁斥道：「府尹大人，我倒覺得待制說的不錯，眼下的事實是，狄青傷了人，而且馬中立可能終生癱瘓，這等凶徒若不嚴懲，才是辜負太后的一番器重！你還是趕快給狄青定罪吧。」

羅、馬二人一來，就展開了唇槍舌劍，目的當然是向程琳施壓。不想程琳卻沉默下來，龐籍在一旁回道：「開封府的事情，自然有開封府的人來處理，羅大人這麼吩咐，於律不和。」

羅崇勳身為內宮侍臣第一人，得太后器重，這些年來，就算兩府重臣對他，也都客客氣氣，自然養成了驕橫的毛病。見一個開封府的推官竟然反駁他，不由大怒道：「龐籍，你怎敢對我如此無禮？」

龐籍平靜道：「下官不過是公事公辦，依法斷案，問心無愧，有何敢不敢之說？本朝祖宗家法有云，『外戚不得干政，宦官不能掌權』，眼下正在審生死大案，兩位大人按例應該迴避，不得干擾開封府辨案。程大人照顧你等的心情，這才設座請兩位大人旁聽，但旁聽可以，若想左右開封府斷案，豈不壞了祖宗家法？羅大人若是不滿，可與下官前往宮中向聖上和太后詢問，然後再定下官的對錯。」

羅崇勳白淨的一張臉已脹得和茄子皮彷彿，只是恨聲道：「好，好，很好！」

龐籍臉上又泛愁容，說道：「既然羅大人也無異議，下官覺得，程大人應該繼續審案了。」

程琳心中微有羞愧，對龐籍不畏權貴的氣節倒有幾分敬佩，一拍驚堂木說道：「朱大常、羊得意、文成、東來順、古慎行，你五人冤枉狄青，所為何來？還不快從實招來！」

朱大常等人見羅崇勳來了竟也保不住他們，都汗如雨下，朱大常哭喪著臉道：「程府尹，我等是不滿狄青搶了我們的風頭，這才對他誣陷。可當時的情形到底如何，我等也不得而知。」

程琳冷哼一聲，「朱、羊等五人誣陷他人，混淆斷案，每人重責八十大板，另案發落。」

朱大常等人見劉從德面沉似水，連冤枉都不敢說，暗想挨八十大板，免除禍事也算是幸事了，垂頭喪氣的被押到堂下當堂受責，衙外觀看的百姓無不大呼痛快。

羅崇勳聽那板子劈里啪啦作響，有如被抽在臉上一樣，暗想，龐籍、程琳你們莫要得意，以後千萬不要有什麼把柄落在我手上，不然我定要讓你們生不如死。曹利用一個樞密使，比你們權力大了不知道多少倍，還不是被咱家弄死了。一想到這裡，羅崇勳臉上露出陰冷的笑意。

等朱大常等人被押下，馬季良不滿道：「府尹大人，如今雖說朱大常等人有錯，但並不能免除狄青的過錯。本官還希望府尹大人把精力放在狄青的身上，當然了，這只是希望，具體如何來做，本官不敢吩咐。」他見龐籍一張欠打的臉，心中暗恨，可措辭也慎重了許多。

程琳道：「若真依狄青、張妙歌所言，狄青出手傷人也是逼不得已……」

劉從德忿忿道：「一句逼不得已就能隨便傷人了？狄青不過是賊軍，張妙歌是個歌姬，這二人說話如何能算？」

龐籍駁道：「寺事大人說話請檢點些，想天下禁軍八十萬，你一句賊軍，就寒了天下禁軍將士的心。張妙歌雖是歌姬，但本朝有哪項律例規定，歌姬不能作證呢？」

劉從德幾乎要被龐籍氣瘋了，馬季良咬牙道：「龐籍，據本官所知，張妙歌並不知道當初竹歌樓外的情形，狄青畢竟是行凶之人，他的話當然也不能作準，若要清楚明白當時的對錯，就要另有人證。如果開封府沒有人證的話，我們倒可以重新提供證人。」

龐籍心下躊躇，因為當初場面混雜，他找了許多人，但那些人對當初的情形都難以完整敘述，而關鍵人物尚聖和那白胖中年人卻是鴻飛渺渺，不知所蹤。龐籍不懼羅崇勳，但若是在證人方面出現紕漏，被羅崇勳等人抓住把柄，只怕會死得慘不堪言，是以在人證方面，尚未找出個合適的證人來。

龐籍正猶豫間，程琳已道：「開封府的確還沒有找到關鍵證人……」

馬季良立即道：「那我們倒可以提供幾個。當時馬府有不少家丁在場，足可證明事發經過。」

龐籍暗自冷笑，心道若是你們提供證人，無非是朱大常等人的重演，如此扯來扯去，何日是個盡頭。可這次他倒無法回絕，正為難間，衙外突然有人言道：「誰說開封府沒有證人？」

眾人均是變色，不知道這時候有誰，有如此大的膽子，竟然會給狄青作證？

話音未落，衙門外就有兩人不經通傳，闖了進來！

程琳暗自皺眉，心道誰有這麼大的膽子，竟然當開封府和城門一樣，隨意進出！就算是羅崇勳前來開封府，也不敢如此囂張！

程琳本皺著眉頭，可抬頭見到那兩人，霍然起身，急步從案後迎出來，向其中的一人深施一禮道：「八王爺到此，下官有失遠迎，還請恕罪。」

方才程琳對羅崇勳多禮，龐籍見了頗有不滿，可這時見到那人，也只能跟隨在程琳身後施禮。不但程琳、龐籍禮數恭敬，就算羅崇勳等人見那人前來，也只能起身施禮，不敢缺了禮數。

所有人都很奇怪，八王爺來這裡做什麼？他好像要過問狄青的案子，狄青和八王爺什麼時候又扯上關係了？

狄青也是奇怪，斜睨過去，見到了程琳所拜見之人，那是一個乾乾淨淨的人。那人實在太乾淨了，衣衫光鮮得好像打過蠟。他手指甲修剪得整整齊齊，頭髮極為光亮，蒼蠅站上去，只怕都要滑下來摔死。這麼乾淨的一個人，讓你站在他面前，都會被感染得想去照照鏡子，看看自己的臉洗乾淨了沒有。

狄青知曉八王爺叫做趙元儼，也就是當今聖上的八皇叔，可卻從未想過八王爺是這樣的一個人。狄青多少知道些八王爺的事情，知道此人是太宗第八子。在太宗之時，他就被封為周王。真宗趙恆即位後，又加封趙元儼為曹國公、拜宰相、授檢校太保、進爵榮王，風光一時無二。

後來趙禎即位，太后垂簾，趙元儼身為三朝元老，雖說年紀也不過四旬，但因地位奇高，更被聖上拜為太尉、尚書令兼中書令。朝中除了太后和皇帝，若說身分之尊，無人能超過趙元儼，就算是兩府、三衙、三館、三班中，雖盡是威名赫赫之輩，但若與趙元儼論尊崇，都難及項背。

但這樣的一個人，來開封府做什麼？誰都不清楚，不過早就有人在羅崇勳上首又設了位置，請趙元儼坐下，奉上香茶。羅崇勳雖不願意，可也得挪挪椅子，眼中卻有嫌惡之意。

等一番忙碌後，府衙終於安靜了下來，程琳見到跪著的狄青，才記得自己還要審案。只能賠笑道：「不知八王爺駕到，有何貴幹？」

八王爺不語，只是看著自己的一雙手，那手潔淨秀氣，手指修長。程琳嗓子有些發癢，可不敢咳，只好望向八王爺旁邊站著的那人。見那人白髮蒼蒼，駝著背，臉上的皺紋能當搓衣板，好像隨時準備把八王爺再洗一遍。

程琳突然有了這個念頭，想笑又不敢，臉上更是恭敬，問道：「趙管家，不知八王爺來此，有何貴幹呢？」程琳知道那老人姓趙，在八王爺一出生的時候，那老人就已是王府的管家，程琳為人謹慎，誰都不肯得罪。

趙管家咳嗽幾聲，才啞著嗓子道：「王爺這些日子不舒服。」程琳摸不到頭腦，龐籍靜觀其變。所有人都在想，原來人老了，一定會糊塗。王爺不舒服，總不至於來開封府看病吧？

程琳只好道：「那王爺……應該……」本想建議趙元儼休息，可又感覺「應該」二字太過唐突，他一個府尹，有什麼資格對王爺這麼說話？腦門子滲出汗水，程琳就算審案都沒有這麼吃力過。

龐籍一旁道：「那不知是否請了太醫？王爺既然不舒服，適宜多休息了。」

程琳跟道：「是呀，是呀。」

趙管家歎道：「程府尹，你也知道，這些年來，王爺得了種怪病，時而清醒，時而糊塗。」

程琳皺了下眉頭，只是「嗯」了聲。這種事情，他不好接碴。趙管家出言無忌，他程琳每說一句話，都要在腸子裡面繞上幾圈。

原來趙元儼的確有病，是瘋病！自從趙禎登基，劉太后垂簾聽政後，趙元儼就開始有些不對勁了。他深居簡出，一整年少有幾日出了王府。有傳言說，八王爺是怕太后猜忌，因此不敢出門。但不久以後，趙元儼脾氣時而狂躁，時而安靜，他可能才和你和顏相向，但轉眼就讓家丁打你個八十大板。

他是王爺，更像是個半瘋！所有人都對趙元儼敬而遠之，程琳也不例外。眼下八王爺很安靜，可熟知八王爺秉性的人都清楚，這或許只是暴風雨來臨前的安寧。

狄青因為是跪著的，所以恰巧能看到八王爺垂著的一張臉。他也有些迷糊，甚至開始懷疑方才聽到的那句話都是幻覺。可就在這時，八王爺突然向狄青眨眨眼睛，又垂下頭去。狄青愣了下，不敢確定八王爺是否在對他打招呼。轉瞬有些自嘲，八王爺怎麼可能向他打招呼？

趙管家沉默了良久，終於又說了下去，「王爺糊塗的時候，有時會出府。但他生性謙和，從來不挑釁旁人。可沒想到，竟然有人敢對王爺放肆。」

眾人均想，有哪個吃了豹子膽，敢挑釁趙元儼呢？可這和案子有什麼關係？這老東西跑到這裡說閒話，真是糊塗透頂了！若不是說話的人是八王爺的管家，只怕早被打出了開封府衙。

程琳皺眉道：「誰敢對王爺無禮呢？」

趙管家不回程琳的問話，自顧自說下去，「那人不但對王爺無禮，還敢叫人毆打王爺。王爺的腦袋，都被打出了血。」

眾人均驚，馬季良一旁冷笑道：「看來開封府真的亂了，有人敢打王爺，真的無法無天了嗎？先有個狄青鬧事，後有人毆打王爺，都不把皇親國戚放在眼裡。程府尹，你把開封府管理得很好呀。」他早對程琳的唯唯諾諾不滿，暗中諷刺。

程琳也有些慌了，忙問，「後來怎樣？那凶徒可被抓住？」

趙管家老臉抽搐，「沒有，還逍遙在京城呢。若不是有人挺身相救王爺的話，只怕王爺真的被那凶徒打死了。」

眾人皆露出不可思議的表情，羅崇勳尖叫道：「好呀，開封府竟然發生了這麼大的事情，太后都不知情。咱家定要話與太后知道。」他霍然起身，卻被馬季良一把拉住。馬季良低聲道：「羅大人，總要聽個究竟才好。」

馬季良滿是幸災樂禍，劉從德也是興奮得酒糟鼻子通紅，斜睨著程琳和龐籍，一個勁道：「趙管家，那凶徒到底是誰，說出來，我們幫你找太后做主。既然有人管不了事情，那就要換個管事的人了。」

趙管家愁容滿面道：「救王爺的人就在這開封府衙，不然我和王爺怎麼會來呢？」

眾人聽他才入正題，大為詫異，四下望過去，紛紛道：「是誰救了王爺呢？」

趙管家顫巍巍走幾步，抬起手，指尖在空中劃了個弧線，已落在一人的鼻尖前，「救王爺那人就是……他！」

眾人順著那指尖望過去，眼珠子都差點掉下來，馬季良等人更像臉上被踹了一腳。趙管家指的不是旁人，卻是一直跪在堂前的狄青！

狄青救了八王爺？這怎麼可能？狄青也是怔怔，想破頭也想不明白，自己什麼時候救過了八王爺？

馬季良心思如電，半晌才道：「趙管家，這怎麼可能？你認錯人了吧？」羅崇勳立即道：「就算沒有認錯人，狄青救王爺是一回事，傷人是另外一回事，豈能混為一談！」

劉從德擠著三角眼道：「羅大人說的極是！」

龐籍目光閃動，一旁問道：「趙管家，那打傷八王爺的又是誰呢？這人斗膽包天敢傷王爺，可是死罪。」

趙管家手臂又在顫動，眾人見了，不敢相信傷了王爺的人也在開封府衙。等那手臂定住，眾人順他指尖所指方向望過去，又都愣住了。趙管家指著的人，竟然是風度翩翩的馬季良。

馬季良倒還鎮靜，淡淡道：「趙管家，這是開封府，不是說什麼是什麼的。你總不會說，是我打傷了八王爺吧？」他沒有做過，當然不會膽怯。

趙管家放下手臂，緩緩道：「不是你，但打傷王爺的那人卻是你的兒子。」

馬季良臉上一陣抽搐，失聲道：「這怎麼可能？犬子就算再膽大，如何會對王爺不恭呢？」

趙管家冷冷道：「他的確沒有對王爺不恭，他只不過是想打死王爺。那天狄青和馬中立在竹歌樓前，王爺恰好經過，被馬中立拖在其中痛打，若不是狄青，王爺只怕早就死於非命了。」

眾人心口狂跳，馬季良臉若死灰，汗水順著額頭流到嘴角，臉上肌肉跳個不停，「你是說……那瘋……」突然住口，臉現驚怖之意。

趙管家終於道：「你說的不錯，馬中立當街打的那個瘋子，就是八王爺！」

開封府衙前所未有地安靜，眾人目瞪口呆，想要不信，卻不能不信。

馬中立打的那瘋子，竟然是八王爺？

狄青霍然抬頭，也是難以置信，堂外已一片譁然。趙管家又道：「所以今天王爺就是開封府的證人，是狄青的證人！程府尹，這毆打王爺的官司，不知道該如何處置呢？」

馬季良心跳都要快停止了，沒有人敢接話。良久，羅崇勳吐了口氣，「趙管家，這一切不過是你的片面之詞。」

趙管家有些憤怒道：「羅大人什麼意思？難道說我憑空捏造不成？」

羅崇勳淡淡道：「趙管家，你方才也說了，王爺得了種怪病，時而清醒，時而糊塗。請問他在竹歌樓前被打，是清醒呢，還是糊塗？」他問得隱有深意，趙管家若說八王爺清醒，那是絕非可能，可要說八王爺糊塗的話，他更有反駁的藉口。試問一個糊塗的人說的話，怎能讓人相信？

龐籍皺起了眉頭，知道其中的深意。趙管家不等開口，一個聲音道：「你是想說我有病嗎？」那聲音極為認真，有板有眼。羅崇勳心中一凜，因為發話的人竟然是八王爺。八王爺終於抬起了頭，盯著羅崇勳，神色嚴肅。

誰都覺得八王爺神態不正常，可誰敢說他有病？羅崇勳也不敢，只好道：「下官從未這麼說過。」

「那你是不信我被打了？你覺得……我在說謊？」八王爺又問。他口齒清晰，像已恢復了正常。

羅崇勳閉嘴，只能搖搖頭。八王爺見羅崇勳不答，環視周圍道：「那誰覺得我在說謊？」

沒有人應聲。程琳一個腦袋已有兩個大，眼珠一轉，急道：「既然本案有變，本府當重新審度，此案押後處理，退堂！」

程琳沒辦法審下去了，只能退堂。一方面是八王爺，一方面是太后的親信，他哪方面都得罪不起。他本來想要犧牲狄青，但事態急轉，程琳一時間又沒了主意。程琳說退堂，竟也沒有人反對。趙管家走的時候，只說道，「這世上，好人在牢房，惡人在逍遙呀。」程琳無法應答。

羅崇勳幾人也不反對退堂，他們急需回去商量對策，他們本吃準了狄青沒有證人，可八王爺這個證人，簡直比全城的百姓作證還要管用，他們只能去找太后！

開封府衙很快安靜了下來，程琳緊鎖雙眉，頦下稀稀落落的鬍子都快被抓落了，可還是想不出兩全之計。見龐籍還在身邊，忍不住問，「龐推官，你說本案該如何處理呢？」

龐籍依舊愁眉不展，回道：「要處理此案，只需四個字即可。」

程琳微喜，忙問，「哪四個字？」

龐籍一字字道：「秉公處理！」

程琳愕然，感覺龐籍話中帶刺，仰天打個哈哈。心中道，你站著說話不腰痛，這案子，無論如何……正沉吟間，有宮人前來道：「程府尹，太后召你入長春宮晉見。」

程琳心中咯噔一下，忙整理衣冠入了大內。到了太后所居的長春宮外，等了片刻後，有宮人將程琳領入。長春宮內繁華絢麗，珠光寶氣。程琳低首斂眉，不敢多看。走到了一珠簾前，程琳跪倒道：「臣參見太后。」

珠簾垂地，泛著淡白的光華，讓人看不清珠簾之後那人的容貌。但程琳知道，那珠簾後，坐著的正是大宋當今第一人，皇帝趙禎之母，劉娥劉太后！

當年真宗在位時，信慕神鬼，大興土木，搞得民不聊生、怨聲載道。真宗後期，更是變本加厲，一心求神，不理朝政。劉太后那時候就已接管朝政，等真宗駕崩，趙禎年幼，劉太后便開始垂簾聽政。劉太后雖是一介女子，但在處理國事上尚明大體，振朝綱、興水利、整治官吏、完善科舉，更將朝中奸佞丁謂逐出朝中，眼下把持朝綱，極有威嚴。

程琳能當上開封府尹，也是仗著劉太后的舉薦，是以對簾後那女人，極為敬畏。

見簾後無語，程琳只以為劉太后惱怒自己，汗水流淌，顫聲道：「太后，馬中立一案……曲折非常……」

不等程琳說完，簾後太后開口道：「吾今日找你來，並非是詢問馬中立一案。」那聲音極為低沉，但威嚴盡顯。

程琳怔住。他入宮前，就以為劉太后是過問狄青一案，早準備了說辭，哪裡想到根本不是這回事！

「那不知太后宣召，有何吩咐？」程琳試探著問道。

珠簾後又沉寂了下來，良久無聲。程琳跪得雙腿發麻的時候，劉太后才道：「不久前，大相國寺中彌勒佛像被毀一案，查得如何了？」

程琳大惑不解，心道彌勒佛像被毀雖讓人頭痛，可何須太后過問呢？突然想到那彌勒佛像本來是太后遣人所建，惶恐道：「臣已責令他們抓緊重塑佛身了。」

劉太后簾後冷哼一聲，似有怒意，「那佛修不修有何要緊？可那毀壞佛身的人，到底抓住了沒有？」

程琳更不明白劉太后為什麼突然對此案如此看重，流汗道：「還不曾。」

劉太后輕歎道：「方才我聽人說，你最近辦案拖拖拉拉，本來不信。今天見了，才知道傳言不假呀。」

程琳知道說他壞話的肯定是羅崇勳幾人，急道：「太后，非臣辦事不利，而是那毀佛像的凶徒太沒有道理，臣一頭霧水，更無線索，無從查詢。更何況臣不知道太后對此如此關注，若回去後，定會立即多派人手去查。」

劉太后緩緩道：「你不必多派人手了。你最好把調查此事的人全部撤回。」

程琳詫異道：「這是為何？」太后既然關注此事，但為何不讓人查下去？程琳想破頭也想不明白。珠簾後又靜寂了下來，程琳心中叫苦不迭，琢磨不透劉太后的用意。陡然想到，劉太后不是要撤我的官職吧？一想到這裡，額頭汗水又流淌了下來。

劉太后終於又道：「吾聽說開封捕頭葉知秋做事利索，屢破大案。程府尹，你如何看待此人呢？」

程琳不敢妄言，含糊道：「此人的確做事利索，屢破要案。」他說了等於沒說，劉太后卻似乎有些滿意，沉聲道：「此人可信嗎？」

程琳想了半晌才道：「葉家三代擔當開封捕頭一責，葉知秋此人武功高強，足擔捕頭之任！」

劉太后沉吟良久，「那宣葉知秋入宮。程府尹，你退下吧。」

程琳退下，葉知秋旋即入宮。葉知秋入宮時，也是奇怪非常，不知道太后找他何事。他雖是名捕，但和太后的地位實在差了十萬八千里，根本與太后素無往來，可太后為何要見他？

入了宮，葉知秋雖還是有劍鋒一般的鋒芒，可刻意收斂。珠簾後沉默許久，太后才道：「葉知秋，吾知道你家三代都在京城開封府衙任職。當年太祖立國，汴京多亂，你祖父葉放破大案三百七十七件，殺巨盜一百六十三人。一時間威懾京城，宵小鼠輩聞之無不膽寒。」

葉知秋眼露古怪，沉聲道：「太后過獎了。」

劉太后又道：「後來你父親子承父業，亦是如你祖父般，鋤奸鏟惡，對朝廷忠心耿耿。現如今你又做了捕頭。這幾年來，你破案無數，抓捕的巨盜也有數百之多。所辦之案，從無冤情，很好！」

葉知秋回道：「食君俸祿，與君分憂。臣不想愧對職責所在！」

劉太后簾後點頭道：「說得好。你可知道我今日找你何事？」

葉知秋搖頭道：「臣駑鈍，猜不出太后的心意。」

劉太后輕歎一口氣，「因為我需要一個忠心耿耿，又本事高強的人，祕密幫我做件事。我覺得，你還算符合我的要求。」

葉知秋心中微凜，知道太后如此慎重，這事情處理得如何還在其次，但若是參聞了祕密，只怕是一輩子的病根。

劉太后見葉知秋沉默，淡然道：「你不敢擔當嗎？」

葉知秋心思飛轉，見無可迴避，咬牙道：「臣當竭盡所能，不負太后的重託！」

劉太后滿意道：「很好。」略作沉吟，又道：「大相國寺中，天王殿的彌勒佛像被毀一事，你當然知曉了？」

葉知秋皺眉道：「臣正負責此案。可那人來去詭異，根本沒有留下任何線索，臣暫時還找不到凶徒。」

劉太后突然問，「你覺得他會是吐蕃人嗎？」

葉知秋一凜，失聲道：「太后為何這般猜測呢？」葉知秋知道多聞天王是彌勒佛的手下，當年彌勒佛說了句吐蕃語，葉知秋因此去吐蕃尋了良久，但毫無發現。葉知秋沒有想到的是，太后竟然也懷疑毀佛像的是吐蕃人。太后為何如此懷疑？多聞天王為何要毀佛像？太后怎麼會關注此事？葉知秋想不明白，也不敢多問。

太后良久才道：「我只是有這個感覺。」

葉知秋感覺太后說的言不由衷，並不追問，岔開話題道：「太后是想讓臣盡力找到毀壞佛像的凶徒嗎？」

太后簾後搖搖頭道：「不是。唉，當年先帝崩殂，留有天書一事，想必你也知道吧？」

葉知秋道：「臣略知一二。」他其實知道的很多，可不願多言。

當年真宗通道，有一日對群臣說，他在殿中見神人降臨。神人對真宗說，要在正殿建道場，會降天書給真宗。真宗後來真的建道場等候，在左承天門南果得天書，群臣震動。但更多的人私下認為，這天書本是真宗偽造，是真宗為鞏固皇威所為，但當時又有誰敢多言？

真宗就是自那時起開始狂迷道教，癡信祥瑞，不理朝政。而各地百官投其所好，宋朝舉國爭現祥瑞之像，弄得天下烏煙瘴氣，百姓苦不堪言。

真宗死後，劉太后一股腦兒將什麼天書祥瑞統統隨趙恆埋葬在永定陵，雖說有些不敬之意，卻也讓天下人舒了口氣。此後，朝中都明白太后不喜鬼神祥瑞，也就無人再在太后面前提及祥瑞天書。

葉知秋知曉這些事情，更奇怪劉太后為何主動提及天書一事。

劉太后似看出葉知秋的疑惑，歎道：「先帝之物，吾多數將它葬在永定陵。可惟獨有一物，吾留了下來。可每次看到那東西，又總覺得傷感，因此將那物塑在大相國寺的彌勒佛像內，每次拜祭，想著先帝遺物在此，也是聊勝於無。」

葉知秋頓時省悟過來，「難道說那盜賊已知道此事，這才毀像取物嗎？」

劉太后讚許道：「你果真聰明，那賊子毀了彌勒佛像，當然就是貪圖先帝的遺物了。吾此次召你前來，就是想讓你全力追查賊子的下落。這件事，你萬萬不可向旁人透露。」

葉知秋為難道：「臣當竭盡所能。可那物到底什麼形狀呢？」

劉太后沉默許久，緩緩道：「那物如同小孩的拳頭大小，是黑色圓形。它上面寫著兩個篆字，叫做五龍！」

葉知秋滿腹疑惑，暗想五龍到底是什麼東西？要是重要的話，為何太后將它塑起來？可若不重要，太后為何這般慎重？但太后既然不說，葉知秋就只能找，不能問，恭聲道：「臣已清楚一切，務必將那賊人緝拿歸案，將五龍完璧歸趙。」

劉太后淡淡道：「那五龍定要想辦法取回來，至於誰拿了五龍，你就殺了誰，不必帶回來了！」

第十章　寧　鳴

狄青回轉牢房的時候，倒有些出乎意料。讓狄青意外的事情太多，龐籍竟然會為他說話，羅崇勳這個大太監竟奈何不了個小禁軍，開封府的大老爺，對他竟也頭疼。

當然最讓狄青意外的是，他激於義憤回轉救了瘋子打傷了馬中立，卻沒有想到所救的瘋子竟然是八王爺！這是福是禍，他想不明白。但他多少明白一點，八王爺對他不賴，最少可以為他作證。一個八王爺說的話，比一萬個朱大常的證詞都管用。有八王爺作證，只怕馬季良也不敢亂來。可八王爺為什麼會為他這個不起眼的禁軍作證呢？他不怕得罪太后嗎？八王爺到底是不是瘋子？狄青不明白。

更讓狄青想不明白的是，程琳這一個押後處理，竟然押後了半年。

這半年裡，開封府沒有對狄青一案定論，狄青也就只能待在牢中。夏去秋來，秋去冬來，牢中一日冷似一日，幸好狄青還有朋友，張玉每次前來，都是抱怨連連，好像坐牢的是他張玉。開封府就這麼拖著，張玉能有什麼辦法？反倒是狄青安慰張玉，讓兄弟放寬心。郭逵有一日帶來了過冬的衣服，嘴上不說，但狄青已明白，只怕這個冬天，他都會在牢中度過了。

什麼時候會出獄，狄青已不再太過期盼。牢獄中，他心中少有的寧靜。幸好他還有個五龍。那五龍中好像蘊藏著一個極大的祕密，狄青翻來覆去地看，始終看不明白。

紅龍也再沒有出現。狄青卻知道，不是幻覺，可祕密究竟在哪裡呢？

這一日，狄青期望到了絕望的時候，牢門響動，有獄卒進來道：「狄青，去府衙，定案了。」狄青大為錯愕，跟隨獄卒到了開封府衙。一路上，才發現京城已落雪，雪花飄飄，開封府很有些冷意。

開封府衙外，和那飄零的雪兒一樣冷清，昔日那些百姓都已不見。他們顯然和狄青一樣，並不知道狄青一案什麼時候了結。

狄青到了開封府大堂，發現只有兩個衙吏懶洋洋地站著，開封府尹程琳坐在公案之後，鬍子依舊稀稀落落，龐籍在一旁站著，還是愁容滿面。

狄青心中惴惴，堂前跪倒。程琳道：「狄青，你冒用衙役之名行事，再加上毀人柴車，你可知罪？」

狄青心道：怎麼扯到這裡來了？為何不問馬中立一事？不得不答道：「小人的確有錯。」

程琳沉吟道：「你雖冒用開封衙役之名，好在並未造成什麼嚴重的後果。但打架鬥狠，不能輕饒。按例嘛，罰你增五年磨勘，然後陪給那損失柴車的老漢一兩銀子，即可出獄，不知你可服罪嗎？」

狄青眨眨眼睛，一時間不知如何應對。罰五年磨勘的意思就是，狄青在五年內不得升職，狄青對此倒沒放在心上。一兩銀子，他也拿得出，可這種判罰，簡直驢唇不對馬嘴！他打傷了馬中立又怎麼算？

程琳見狄青不語，皺眉道：「你不服判罰嗎？」

狄青喏喏問道：「我交了罰金，就可出獄了？」

龐籍一旁道：「正是如此。」說罷他和程琳交換了目光，都看出彼此的無奈和疲憊之意。

他們到底為何無奈，難道是因為狄青而疲憊？狄青已顧不得多想，大叫道：「我願意！」

交了罰金，領回原先的衣物。狄青孤零零地走出了開封府的大獄。

他莫名其妙進來，又莫名其妙離開。進來的時候，柳樹依依，出來的時候，那伶仃的枯枝上，已壓了厚重的雪。哈氣成霜，好冷的冬！

狄青忍不住搓搓手，跺跺腳，才待舉步，突又止步。前方孤單的站著一人，虯髯染霜，顯然在風雪中立了很久，正含笑的望著他。

狄青喜意無限，奔過去道：「郭大哥，你怎麼來了？」

郭遵上下看了狄青一眼，說道：「出來了就好。」拍拍狄青的肩頭道：「這件事，你沒有做錯。」

狄青鼻梁酸楚，一股熱血湧上心頭。他被馬季良等人冤枉沒什麼，他被那白衣女子誤解也算不了什麼了，可郭大哥理解他，反倒讓他慚愧無地。「郭大哥，我總是給你添麻煩。」

郭遵吁了口氣，笑道：「你我是兄弟朋友，何必說這些呢？我知道你有很多疑惑，邊走邊說吧。我還要帶你去見一個人。」

狄青有些不解要去見誰，可郭遵就算讓他跳火坑，他也會跳下去。

郭遵沒有讓狄青跳火坑，二人並肩踏雪而行。雪凝成了冰，碎成屑，咯吱咯吱地響著，彷彿狄青此刻的心情。

「我知道你一定很奇怪，為何就這麼出來了？怎麼沒有人提及馬中立一事？」郭遵目光深邃，望著牆角臘梅。

狄青忙點頭道：「是呀。他們沒有道理放過我的。」

「他們是不會放過你，所以你以後要小心。」郭遵淡淡道：「但眼下不同了，馬中立竟然打傷了八王爺！如果重判了你，那馬中立就是死罪！這點他們想得清楚。」

狄青終於明白過來，「所以他們只能讓開封府草草結案，一切都是大事化小？」

郭遵嘴角帶著若有若無的笑，「你說的不錯。你是打架鬥狠的罪名，傷人是無心之過。所以馬中立也是打架鬥狠，無心傷到八王爺。你被關了半年，他一直躺在床榻上，這件事只要八王爺不追究，太后不再過問，就會這麼算了。」心中暗想，這種處置是在意料之中。可奇怪的是，八王爺為何會為狄青做證人呢？

狄青歎口氣，「我現在終於明白了權力的妙處……」他還想再說什麼，但已無話可說。

「狄青，你錯了。」郭遵停下腳步，轉身望著狄青，目光灼灼，「在這裡，權力並不能一手遮天，就算是太后，也不能隨心所欲。因為這京城，還有正直之士。你這件事做得沒有大錯，因此只要秉公處理，你就能無礙。但你若真的錯了，沒有誰能救得了你！」

狄青喃喃道：「可秉公處理四個字，說起來容易，要做到絕非易事。」突然眼前一亮，說道：「郭大哥，你是帶我去見正直之士嗎？」

郭遵眼中滿是欣慰，「你一點不笨。我帶你去見的那人，叫做……」話音未落，只聽到噹的一聲大響，有鑼聲傳來。那鑼聲極響，不但打斷了郭遵的話，還震得枯枝上的積雪簌簌而落。

郭遵目光一凝，已定在遠處的一頂轎子上。狄青也望著那轎子，滿是錯愕，他從未見過那種奇怪的轎子。可與其說那是一頂轎子，還不如說那是一張床，因為那轎子沒頂蓋，轎子也絕對沒有那麼寬大。但那也可以說是轎子，因為誰見過有人抬著一張床走在大街上？

長街盡頭處，突然現出了八個喇嘛，八個喇嘛手持巨鈸，每走十來步，就會齊敲巨鈸。方才那聲大響，就是八面巨鈸共擊發出的聲響，怪不得震耳欲聾。

那八個喇嘛之後，又有十六個喇嘛抬著那奇怪寬廣的轎子。轎子上只坐著一人。那人也是個喇嘛，可裸著半邊身子，雖有些削瘦，但肌肉如鐵。寒風冷雪中，那人渾身上下竟還冒著若有若無的熱氣。番僧嘴大、頭大、鼻孔朝天，驀地一看，好像那鼻孔竟然比鼻子還要大。

狄青見了，只覺得這個喇嘛有著說不出的怪異。堂堂汴京，這些喇嘛怎麼如此囂張？狄青也在京城多年，真沒有看過這麼詭異囂張的喇嘛。

「郭大哥……」狄青本想問問這喇嘛的來歷，突然發現郭遵臉色竟變得極為難看，眼中更是露出分警惕和追憶之意。狄青一凜，下面的話卻已問不下去。

那些喇嘛看似走得慢，可片刻之後，已到了郭遵、狄青的身邊。天降寒雪，寒風凜冽，長街上本沒有行人，就算有人，見到這聲勢，也早早的閃到一旁。郭遵帶著狄青退後了兩步，還是沉默無言。那轎子上的喇嘛突然哼了一聲，本是微閉的眼睛突然向郭遵望過去。

那眼眸竟是碧綠色的。

狄青只覺得那眼眸中似乎藏著無窮無盡的祕密，差點被那目光吸引。郭遵上前半步，擋在狄青的面前。狄青的目光被隔斷，竟打了個寒戰，一時間不明所以。轎上那喇嘛盯著郭遵片刻，那轎子不停，漸漸去得遠了。

可那喇嘛目光的深邃和意味深長，似乎冰雪難斷。那轎子消失在長街的另一頭後，郭遵這才收回目光，冷哼一聲，喃喃道：是他嗎？他怎麼會來這裡？

狄青不解道：「郭大哥，那個喇嘛什麼來頭？」

郭遵搖搖頭，「你不用知道。可你以後莫要去惹這個人。」他口氣中滿是戒備之意，又像是追憶著什麼。突然聽旁邊有一人道：「唉，成何體統。」郭遵望過去，見有一文士模樣的人搖搖頭，上了酒樓。郭遵目光閃動，對狄青道：「去酒樓喝幾杯吧。」狄青見郭遵不答，也不好追問，跟隨郭遵上了酒樓。

樓外冰凝雪冷，樓內卻是溫暖如春。酒樓大堂處，早有喝酒的酒客議論紛紛，郭遵並不理會，徑直上了二樓。

狄青上到二樓，見有一人坐在靠窗近長街的位置，不由眼前一亮。那人衣著簡陋，洗得發白。因背對這裡，狄青看不到他的面目。那人身形稍胖，桌上只有一壺酒，一碟水晶鹽。

狄青發現那人是個真正酒客，因為只有真正的酒客，才會不要菜，只就著水晶鹽喝酒，他們不想讓別的味道干擾到品酒的興致。那人絕不窮，因為那碟水晶鹽很不便宜。可從他衣著來看，又像是個窮書生。這到底是個什麼樣的人呢？狄青心中想，這就是郭大哥要帶自己見的人嗎？這人會有什麼能力呢？

那人只是望著長街，他雖稍胖，但背影滿是孤獨。郭遵正待舉步，突然見那人拿起桌上的一根竹筷，輕敲青瓷碟邊，發出叮叮噹噹的聲響。那聲音雖遠不及張妙歌的琴聲動聽，卻自有風骨。

郭遵竟然止步不前，靜靜的聽著那聲響。狄青大惑不解，不知道郭遵到底搞什麼名堂。

這時那人喃喃念道：「人世無百歲，屈指細尋思，用盡機關，徒勞心力。年少癡，老成憔悴，只有中間經年，春風得意，忍把浮名牽繫？」等念完後，又喝了口酒，輕歎口氣，似有什麼為難之事。他聲音暗啞，如飽經滄桑。那人聲音雖低，但郭遵、狄青都聽得清楚，郭遵滿是悵然，若有所思。

狄青聽了，竟然聽得癡了。只覺得悲從中來，恨不得立即大哭一場。他自幼喜打架鬥狠，少讀書，只是娘親對他期冀很高，教他識字，因此狄青也不算大字不識。但若論文采，那是馬尾串豆腐——不用提。

但他懂得那詞中之意，因為那詞，只有心苦的人才會懂。那人是說，人生不過百年，年少了不懂事，年老了又太懂事，只有中間那意氣風發的時候不錯，可惜又要追逐名氣，耽誤平生。

年少癡，老成憔悴，只有中間經年，春風得意，忍把浮名牽繫！不過淡淡數語，卻說盡了彈指人生，狄青幾欲落淚。

郭遵雖也被牽動往事，但畢竟還記得來意。才待舉步走過去，先前那上樓的文人已到了那人的身前，微微頷首道：「希文兄相邀，不知有何見教？」

那吟詞之人站起來作揖道：「宋大人肯移步前來，下官不勝感激。」

宋大人擺手道：「今日只論詞品酒，不談公事。不知希文兄讓我前來，是否想要和我一道踏雪尋梅呢？」

希文兄改口道：「宋兄雖不想談國事，但實不相瞞，在下這次請你前來，正和國事有關。」

宋大人臉色微變，希文兄又道：「宋兄可記得『為臣不忠』四個字嗎？」宋大人怫然不悅道：「原來希文兄招我前來，只想羞臊於我？」

狄青聽不明白，又望向郭遵，見他側耳傾聽，不好詢問，也只好耐著性子聽下去。

希文兄搖頭道：「非也，在下只覺得自己『不忠』而已。」

宋大人臉色陰晴不定，半晌才道：「希文兄何出此言？」

希文兄為宋大人滿了一杯酒道：「宋兄當知道幾日後郊祀一事？」

宋大人道：「眼下朝中文武盡數知曉此事。聖上、太后祭拜天地，為天下祈福，國之幸事。」

希文兄淡淡道：「宋兄真的如此做想？」

宋大人皺眉道：「希文兄的意思是？」

希文兄道：「若真的如宋兄所言，的確是國之幸事。但宋兄當然知曉，聖上這次竟然如長寧節那時一樣，要帶著文武百官到會慶殿為太后祝壽，然後再去天安殿接受朝拜。」

宋大人緩緩道：「這個是聖上的一片孝心，似乎……似乎……」他本待要說些什麼，可見到希文兄直視他的雙眸，臉上露出愧疚之色，竟說不下去了。

希文兄問道：「似乎什麼？宋兄怎麼不說下去？想天子有事親之道，無為臣之禮；有南面之位，無北面之儀。若奉親於內，行家人禮可也！可聖上和百官一起，向太后朝拜，虧君體，損主威，不可為後世法。長此以往，天下之亂不遠矣！」

希文兄雖尚平靜，但口氣已咄咄逼人。

狄青聽得一頭霧水，心道，這二人應該在議論太后和小皇帝的祭天一事，皇帝要在祭天時去會慶殿給太后拜壽，這個希文兄為何不贊同呢？希文兄說什麼天下之亂不遠，倒有點杞人憂天了。

宋大人已冷笑道：「希文兄對我說此何用？難道想讓我去說說聖上的不是？」

希文哂然道：「在下的確是有這個念頭。」

宋大人哈哈一笑，「那希文兄又要做些什麼事情呢？難道只想逞蘇秦之口舌嗎？」

希文兄緩緩道：「在下今日之語，已在昨日上呈給兩府。」

宋大人一滯，臉現羞愧之意。希文兄道：「今日請宋兄前來，非想強人所難，只請宋兄念及當日

『為臣不忠』一事，能幡然省悟，洗刷前辱，則天下幸，朝中幸。在下自知無倖，但觀滿朝文武，無人領言，今捨卻浮名，被貶無疑。在下只求能以片言驚醒朝中有識之士，雖死無憾。」

那希文兄言辭已漸慷慨，擲地有聲，宋大人好似羞愧，半晌無言。不知過了多久，宋大人終於道：「希文兄，我倒想給你講個故事。」

希文兄已恢復平靜，說道：「宋兄請講。」

宋大人道：「林木繁茂，有鳥藏身其中。獵人經過時，百鳥肅然，不發言語。可一鳥不甘寂寞，嘰嘰喳喳，卻被那獵人發現了蹤跡，一箭射過去，是以殞命。那鳥兒不想多言會遭此禍患，它若是和其它鳥般沉默，或許也能得享天年，希文兄，你說是不是？」

希文兄歎口氣道：「多謝宋兄提醒。但在下寧鳴而死，不默而生！」

那聲音雖是低沉，郭遵聽了，虎軀一震，眼中已露出敬仰之意。狄青雖不明所以，但聽那聲音鏗鏘有力，擲地有聲，不知為何，胸中也有熱血激盪。

寧鳴而死，不默而生！那八個字剛勁鋒利，刺得宋大人臉色蒼白，刺破了酒樓中難言的沉寂，刺醒了那意氣風發的無悔之夢。

風冷聲凝，樓上已靜寂無聲。只有那雪靜悄悄地飄著，如同那孤獨的背影，無言——但執著如冬。

宋大人眼中終於有了尊敬之意，他似被那八個字激盪了情懷，沉吟良久終道：「希文兄不會孤單！」他說完這句話後，乾了杯中酒，起身下樓。

希文兄並沒有攔阻，也沒有相送，只是又歎了聲，端起杯中酒，沉默下來。郭遵這才走過去抱拳道：「范大人，郭遵有禮了。」

希文兄聞言，轉過身一望，嘴角浮出笑容，「原來是郭指揮使。」看了一眼郭遵身邊的狄青，希文兄道：「這就是狄青嗎？」

狄青這才看到了希文兄的一張臉。那臉白皙非常，但多少有些沉鬱，眼角已有了皺紋，寫滿了艱辛。狄青看到希文兄的第一眼，就覺得此人很孤單寂寞，但當看到那人的雙眸，狄青卻發現自己錯得厲害。

那雙眼眸明亮執著，溫柔多情，讓人望見後，突然會發現，原來這多情的人之所以愁苦輕歎，絕非為了自身。他不需要別人的憐憫，因為他在憐憫著世人。

郭遵已道：「范大人所料不錯，他就是狄青。這次他能出來，還要多謝范大人上書直言，為狄青鳴冤。」狄青愣住，呆呆地望著范大人，有些不敢相信。這樣的一個人，和他素不相識，竟然不怕得罪太后，為他鳴冤？

范大人笑笑，「指揮使，你不該謝的。這是本分之事罷了。」

郭遵目露激動，「若天底下都如范大人這樣……」

范大人擺擺手，打斷了郭遵的話，提起酒壺滿了三杯酒道：「今日一別，不知何時再見，薄酒一杯，後會有期。」他乾了杯中酒，點頭示意，已向樓下走去。郭遵端著那杯酒，揚聲道：「范大人，風厲雪冷，請多珍重！」

范大人點點頭，下了樓，去得遠了。郭遵頹然坐了下來，眉頭緊鎖。狄青這才有空問道：「郭大哥，這范大人到底是誰？剛才他們在說什麼呢？」

郭遵回過神來，將杯中酒一飲而盡，解釋道：「方才那范大人叫范仲淹，眼下為祕閣校理。那個宋大人叫宋綬，本是朝廷的翰林學士。」

狄青將范仲淹之名牢牢記住，忍不住道：「祕閣校理的職位比翰林學士差得多，可看起來，宋綬對范大人很是……尊敬？」他一時間找不到合適的詞語，感覺范仲淹反倒像是宋綬的上司。

郭遵凝視狄青道：「你要明白一點，想要得到別人的尊重，不能靠權勢和官位，而是看你的為人。權勢和官位只能讓人畏，卻不能讓人敬！」

狄青默默地咀嚼著郭遵的話，若有所悟。

郭遵自斟了一杯酒，又道：「范大人雖官職低微，但在京城中，是個讓很多人敬重的人。若讓我評價范大人，我只能用八個字來形容，『心憂天下，敢為人先！』」郭遵很少評價人，可說及范仲淹的時候，眼中已有尊敬之意。

心憂天下，敢為人先！狄青聽到這八個字，良久才道：「郭大哥，這人真的值得這評語嗎？」

郭遵端著酒杯，望著飄雪，良久才道：「他本叫朱說，范仲淹是他後來自己起的名字。他父親早死，母親因是妾身，被爭家財的范家人趕出家門，改嫁到了朱家。他自幼好學，等知道自己真正的身世後，愧於改姓，前往應天府求學。我聽說他那時過得極為貧寒，冬日時，靠熬稀飯度日，他每日將稀飯凍起，劃成四塊。每日兩餐，每餐就以兩塊為食。在先帝在時，他就通過科舉考試，成為進士，自此從政。然後他把母親接過來贍養，並改回范姓，自立門戶。」

狄青感慨道：「范大人意志之堅，讓人敬佩。」

郭遵落寞的笑笑，「這樣的一個人，就算是有點憤世嫉俗，我想也是情有可原。可此公雖幼年不幸，多遭磨難，但從政後，反倒清廉如水，救濟天下。只要是遇到了不平事，無論對手是誰，都要抗爭到底。因此他雖有大才，但在官場沉浮，始終難以被朝廷重用。他被貶到泰州時，見海堤失修，就領人修了數百里的海堤，讓成千上萬的百姓免於流離失所。他到應天府教學，接濟貧苦書生無數，自己終年只穿著一件衣衫。他雖官職低微，但遇不平則鳴，絕不默生。就說你這件事吧，很多人雖知道你是冤枉的，但真正敢為你上書得罪太后的，朝中只有他一人！」

狄青心情激盪，後悔道：「我方才忘記謝他了。他好像也有很為難的事情，方才對宋綬說什麼『為臣不忠』，又是什麼意思呢？」

郭遵解釋道：「當年太后初政，佞臣丁謂大權獨攬，將政敵名臣寇準、李迪悉數罷免，貶出京城。丁謂命令當時的知制誥宋綬起草貶官詔書，那時滿朝文武都屈服在丁謂的淫威之下，宋綬也不例外。宋綬雖知道寇準、李迪是忠臣，但詔書上卻斥寇準為『為臣不忠』，給李迪的評語是『附下濟惡』。宋綬自詡清正，這件事可以說是他一生的痛處。范公提及『為臣不忠』一事，並非想揭宋綬的傷疤，多半是想勸宋綬，上次沒有堅持，留下一生的遺憾，希望他這次能堅持。」

狄青不解道：「范大人就是想宋綬勸皇上莫給太后祝壽嗎？這好像也沒什麼呀？」

郭遵四下望了眼，見身邊沒什麼酒客，這才壓低聲音道：「狄青，你很多事情不明白的。如今太后雖垂簾，但天子已成年。很多人都希望太后早些還政給天子，但太后好像根本沒有這個打算，很多人私下議論，太后自己想做皇帝。」

狄青一凜，記得當初張玉在西華門所言，恍然道：「所以太后寧死不用寇準，只用親信，是在為篡位做準備嗎？」

郭遵歎口氣，「太后到底會不會篡位，誰都不清楚。但這幾年來，太后出遊，均是用天子的玉輅，朝拜規格，也愈發的向天子禮儀靠攏。過幾日就是朝廷冬日祭祀，天子要帶群臣先去給太后祝壽，然後再祭祀，無疑又把太后凌駕在天子之上。太后得寸進尺，一步步的試探群臣之意。范公只怕太后篡位，天下大亂，所以上書反對此事。如今朝廷失言，只有此公敢為人先。我帶你前來，其實就想讓你和他多說幾句話。」

狄青省悟過來，「郭大哥只怕我意志消沉，所以想用范公之事鼓勵我？」他這才明白郭遵的良苦用心，心中大為感激。

郭遵笑笑，心道，狄青終於長大了，唉，只希望他以後，能少受些苦。二人各有所思，狄青又盡了一杯酒，感動道：「我過幾天，一定要去范公府上拜謝。這樣的人，值得我敬。」

郭遵搖頭道：「不用了，我想他很快就要離開京城了。」

狄青一驚，「為什麼？」

郭遵悵然道：「你難道方才沒有聽宋綬說，出頭的鳥總是先死。范公這次上書反對天子帶文武百官給太后祝壽，只怕不用兩日，他就要被逐出京城！他方才唱『忍把浮名牽繫』之時，我已明白了他的用意。」

狄青震驚道：「你是說，范公明知道要被貶，可還要上書？」突然想到范仲淹臨別說過，「今日一別，不知何時再見。」狄青終於明白了，可心中驀地酸楚，為那孤獨的背影。

「是呀，這就是范仲淹，好一個范仲淹！」郭遵放下空空的酒杯，輕敲著桌案歎道：「這種人，你應該見上一面的，因此我今日就帶你來了。」他起身放下些碎銀，已舉步向樓下走去。可不等下樓，有一禁軍急急奔來，見到郭遵，大喜道：「指揮使，你果然在這裡，太后急召你入宮。」

郭遵愕然，不知太后宣召何事。回頭對狄青道：「你先回去，我去宮中。」狄青點頭，見風雪漫路，目送郭遵離去後，轉身舉步向郭府的方向走去。他喝了些酒，借著酒意，回想方才在酒樓的一切，一會兒心情激盪，一會兒愁腸百結。

他本是鄉下少年，本性善良，仗著些本事，碰到不平之事，總喜歡管管。後來幾經磨難，性格已經變了很多，多少有些憤世嫉俗，自怨自艾，但今日知道范仲淹的往事，突然想到，范大人屢經磨難，還是心憂天下，自己有什麼理由自暴自棄呢？

一想到這裡，狄青已振作起來，見風雪撲面，不覺寒冷，反倒豪興大發。借著酒意敞開了胸膛，高聲吟道：「人世無百歲，屈指細尋思，用盡機關，徒勞心力！年少癡，老成憔悴，只有中間經年，春風得意，忍把浮名牽繫？」狄青不喜文，卻喜這詞的蒼涼意境。踏雪正歸時，途經一巷子旁，風雪塞路，突然見巷牆那面有棵大樹，上面掛著個風箏。

風箏做工精細，上面畫著一鳥，羽翼華麗，鳥喙為紅色，兩翅又有紅黃色的翼斑，在這一片蒼白的京城中，顯得頗為明豔。狄青第一眼見到那鳥兒，就喜歡上它了，雖然他還不知道風箏上的那鳥叫什麼名字。

這並不是放風箏的季節，可為什麼會有風箏落在樹上？狄青突然想到，這種天氣卻來放風箏，這人倒和風箏一樣的寂寞。不再多想，狄青已準備翻牆上樹摘下風箏，正要有所舉動，突然聽到有女子聲音道：「喂，你幫我們取下風箏好不好？」

狄青回過頭去，心頭一顫，只見巷子那頭站著兩個女子。發話那人是個丫環，那丫環旁邊站著個女子，正訝然的望著自己。那女子身著白裘，膚白瑩玉，那漫天的雪花如花瓣般在那女子身邊旋舞，襯著那如畫的眉目，黑白分明的眼眸，有如潑墨山水，妙奪天工。

狄青半晌說不出話來，不想竟然還能見到這女子。這女子不是旁人，正是他在天王殿旁偶遇的那女子。

那女子先是訝然，後是欣然，喜道：「你……你出來了？原來……」驀地臉上一紅，才想到自己和狄青其實並不熟識，隨即收口，至於「原來」什麼，卻終究沒有再說了。

狄青喏喏道：「才出來沒有多久。」他突然有些自慚形穢，覺得自己不配和女子說話。這女子如此高雅，自己不過是個禁軍，還入過牢獄，再說當初她們還認為自己不過是個和旁人爭風吃醋搶女人的渾人，自己當初還撞傷過這女子，女子臉紅，是不是後悔和他說話？

想到這裡，狄青扭頭想走，那女子叫道：「狄青，你等等。」

狄青止步，半晌才回頭道：「你怎麼知道我的名字？」

那女子又有些臉紅，垂頭不語。丫環道：「這京城裡還有不知道你名字的人嗎？一個尋常禁軍，竟然為了女人，將皇親國戚打成重傷。」

那女子低喝道：「月兒，別瞎說。」一抬頭望向狄青道：「狄青，她是和你說笑，你莫要見怪。」

狄青自嘲地笑笑，「我有什麼資格見怪別人呢？這位姑娘，若沒有別的事情，我就先走了。」當初那種初見的驚豔，再見的誤解，又見的茫然，均在這一笑中化作雲煙。

那女子見狄青要走，忙道：「你能幫忙取下那風箏再走嗎？那樹很高，我取不下來。」

狄青看了眼風箏，問道：「你做的風箏？」見那女子點頭，狄青不再多說，小跑了幾步，一腳踩在牆上，飛步而上，再是一躍，已抓住根枯枝，立在牆頭。那牆足有丈許，狄青竟能輕鬆而上，也為自己身手這般敏捷感到詫異。同時有些奇怪，他這般用力，腦海竟然毫無痛楚。折磨他多年的頭痛病，難道說在牢獄中大半年，竟變好了？

手心熱辣辣的痛，狄青才發現只顧得上牆，竟被樹枝刺傷了手。可這點小傷對狄青來說，實在不值一提，小心翼翼地攀到樹上，費了半天氣力，這才取下了纏在枯樹上的風箏。狄青從樹上躍了下來，伸手將風箏遞給那女子，道：「給你。」

女子才要接過風箏，秀眸一轉，突然掩住了口，道：「你的手出血了！」她晃了幾晃，看似要暈倒的樣子。狄青急忙一把扶住她，「你沒事吧？」突然覺得有些不妥，見那丫環瞪著自己，慌忙鬆開手道：「她……你快扶住她。」

丫環冷哼一聲，扶住了那女子道：「小姐，這裡冷，我們回去吧。」

女子望向狄青道：「多謝你了。」見到狄青手上還有血，突然道：「你手上有傷，要包紮一下。」說罷不顧丫環詫異的目光，不等狄青拒絕，已取出一方絲絹，拉住狄青的手，垂頭為他包紮傷口。

狄青低頭望去，只見到那如墨的黑髮披落在那如雪勻細的脖頸上，心頭微亂，扭過頭去，不敢再看。只覺得身邊那女子吐氣如蘭，稍有些冰涼的手指和那柔軟的絲帕觸摸在手掌，讓狄青有種凝立崖壁的顫慄。

不知過了多久，那女子終於如釋重負道：「包紮好了。」狄青忙道：「天冷，你快回去吧，別著了涼。」

那女子嫣然一笑，從丫環手上接過風箏，盈盈道：「謝謝你。還有……謝謝你的花兒。」她說罷，白玉般的臉上湧上絲紅暈，終於轉身離去。

狄青想要挽留，卻沒有藉口，突然恨自己口拙，見到那風箏時，心中一動，叫道：「姑娘，這鳥兒叫什麼名字呢？」說完後，就有些後悔，後悔為何不問那女子的名姓。可一句話問出去，有如洩出了全身的氣力，再也問不出第二句來。

那女子身形微凝，背影都像有了羞澀，說道：「這鳥兒……叫做……紅嘴玉。」說罷快步離去。

狄青呆呆地望著那女子的背影，喃喃道：「紅嘴玉？這名字不錯。」他其實也知道自己想什麼，但再沒有搭訕的勇氣。不知過了多久，這才感覺周身泛冷，不由得打了個寒戰，發現自己身上早就堆滿了積雪，有如雪人一般……

第十一章 暗流

郭遵並不知道太后找他何事，可腦海中不由想起方才長街上過去的番僧，暗想道：藏邊極為神祕，那裡的藏密高手，自己也聽說過幾個。聽說吐蕃王唃厮囉能夠逃脫吐番僧李立遵的掌控，就是仗著三個藏密高手。眼下唃厮囉異軍突起，勢力不容小窺，主要是有善無畏、金剛智和不空這三位藏密高手相助。方才從長街上過去的，好像就是唃厮囉的手下不空。但唃厮囉勢力方興，為何要派人前來汴京？看不空的聲勢，竟似和朝廷打過招呼，不然禁軍早就過問了。太后宣自己入宮，難道說是與這個不空有關嗎？

正尋思間，羅崇勳已走過來，尖聲道：「郭遵，你來了。」

郭遵含笑道：「不知供奉大人有何吩咐呢？」

羅崇勳上下打量著郭遵道：「都說你現在可稱得上是汴京禁軍第一高手，也不知道是真是假？」

郭遵不卑不亢道：「第一高手之稱，如何敢當？供奉大人說笑了。」

「可二十多年前，你還是個尋常的宮中侍衛。」羅崇勳唏噓道，「一晃過了這麼多年，先帝的御前侍衛剩下不多了。你這等功夫，還不過是個殿前指揮使，真的屈才了。若是……」故作沉吟，斜睨著郭遵，羅崇勳微笑不語，靜等郭遵詢問。

郭遵果然問，「若是什麼？」

羅崇勳淡淡道：「若是你能為太后多做些事情，就算統領兩廂，在三衙做個官兒，也是輕而易舉呀。」

郭遵笑道：「下官這點能耐，若入了三衙，可要被人笑掉大牙了。」岔開話頭道：「不知太后召下官前來，有何吩咐呢？」心中暗想，羅崇勳示好，是太后的意思，還是他自己的意思？若是他的意思，要提防他暗地下刀子。若是太后的意思，太后一直在拉攏人手，難道說，真的不想讓位給天子了？

羅崇勳搖搖頭，眼中閃過恚怒，暗想道：這個郭遵，不識抬舉。宮中有一太監匆忙趕到，「供奉，太后催問，郭遵何時能到？」

羅崇勳尖聲道：「急什麼，這不來了嗎？」扭著屁股前頭先行，等入了長春宮，羅崇勳到了堂前，隔著珠簾跪下，恭聲道：「啟稟太后，我把郭遵找來了。」

郭遵單膝跪地道：「臣殿前指揮使郭遵，叩見太后。」

「起來吧。」簾後聲音微有嘶啞，但威嚴依舊。

郭遵緩緩起來，也不再問，反正既然來了，太后總要說出用意。劉太后簾後沉默片刻，輕聲道：「郭遵，自從先帝駕崩後，我就很少見你了。這幾年來，你東奔西走，為國盡力，也很辛苦。」

郭遵回道：「此乃臣本分之事。太后操勞政事，才是真正的辛苦。」

劉太后突然歎了口氣，「我是真的累了，可天子還不懂事呀。」

郭遵琢磨不透劉太后的心思，謹慎道：「但天子畢竟已可處理政事，太后若想讓聖上磨練，現在也是時候了。」

劉太后又沉默下來，許久方道：「喲廝囉派個手下來汴京，那人叫做不空。」郭遵暗道：街上遇到的那番僧果然是不空！太后終究不肯談論還政於天子一事。

劉太后又道：「眼下西平王趙德明垂暮，但趙元昊野心勃勃，最近做了不少大事，已成了朝廷的隱患。但前段日子，趙元昊對吐蕃開戰，和唃廝囉僵持不下……」

郭遵知曉西平王趙德明，更聽說過他的兒子趙元昊！當郭遵聽到趙元昊三字時，心中微凜，說道：「曹瑋將軍在時，就說元昊野心極大。元昊和唃廝囉相鬥，卻是大宋的幸事。」心中卻想，這和不空來汴京有什麼關係？

如今天下數分，除大遼北疆控燕雲十六州和大宋分庭抗禮外，西北邊陲也是戰事頻繁，隱患由來已久。當年宋太祖立國後，為求一統江山，免樹立太多強敵，抱著「先南後北」的戰略，承認党項族首領拓跋思恭後裔李彝興為西平王、定南軍節度使的割據地位，以換取他的臣服。拓跋思恭當年在唐朝平叛有功，後人被賜姓李，歸附大宋後，又被賜姓趙。

宋初二十年，大宋為了統一大業，扶植夏州党項牽制北漢，結果北漢被滅後，夏州党項族卻羽翼豐滿，成為宋朝的心腹大患。党項先後立李光睿、李繼筠等人為主，到李繼捧的時候，因為此人缺乏能力，眼看党項就要被宋朝所收服。沒想到李繼捧的族弟李繼遷橫空殺出，硬是在漠北建立起根基，再和大宋對抗。後來又經李繼遷之子李德明的苦心孤詣，擴充了党項的勢力，等李德明之子元昊即位後，更顯出勃勃野心。

這些年來，德明雖是老矣，但元昊卻開始四面征伐，時不時的還在宋境的西北挑起爭端，已成大宋隱患。但劉太后顯然還不重視對這父子，口氣中滿是輕蔑，稱呼這父子趙姓。那意思就是，德明父子不過是大宋的賜姓家奴罷了。

劉太后沉默片刻，又道：「唃廝囉雖與元昊暫能抗衡，但覺得元昊銳氣正酣，是以想投靠我朝，希望我大宋出兵夾擊元昊，說若能擊敗元昊，只請朝廷封賜瓜州、沙州兩地，不知道你有何看法？」劉太后雖詢問，心中卻有個疑惑，瓜、沙兩州土地貧瘠，荒蕪人煙，唃廝囉為何只要這兩地呢？

郭遵謹慎道：「臣不過是個殿前指揮使，不敢妄議政事。這些自有兩府定奪。」

劉太后簾後道：「宰相、參政還有樞密使都說朝廷不適宜出兵夾擊元昊，讓他們自相殘殺好了，我朝正可漁人得利。」

郭遵心道，那你問我幹什麼？可知道太后找他前來，肯定另有緣由，附和道：「兩府說的大有道理。」

劉太后良久才道：「可若不出兵，又想讓唃廝囉賣力，只憑賞賜封侯只怕還不夠。」

郭遵皺眉道：「難道說……他們還有別的要求嗎？」

劉太后緩緩道：「你一猜就中。他們還想要——五龍！」

郭遵身軀一震，臉色微變，「他們要五龍何用？」他那一刻，眼中神色極為怪異，似追憶，又像是驚凜，還帶著無邊的困惑。

劉太后喃喃道：「我也很想知道他們要五龍做什麼用，先帝的御前侍衛還知道五龍的人，也就只剩你一個了。因此，不空來了，你可在旁聽聽。或許可以打探出些端倪。」略作沉吟，劉太后已道：「召不空入宮。」

不空這次倒是走進來的，抬轎的那些喇嘛，當然都被擋在宮外。郭遵立在珠簾一旁，見不空緩步走來，不知為何，心口已怦怦大跳。不空頭大身瘦，如同被拔出泥土的蘿蔔。那蘿蔔當然立不住，不空看起來也是飄飄忽忽。郭遵很奇怪，總感覺這人有如浮在半空。

不空雙手結成個奇怪的印記，嘴唇微動，卻沒有聲音發出。等到近珠簾前時，這才躬身施禮道：「佛子使者不空拜見太后。」唃廝囉是吐蕃語譯音，中原就叫做佛子，寓意佛體轉世。

郭遵若有意似無意地隔在不空和太后之間，知道這次雖是要探聽五龍的祕密，但也要保護太后。這個不空，很不簡單，而且還是個高手，他不能不防。

郭遵見多識廣，知道密宗有三密，分為身、口、意三密。自唐初蓮花生大士從北印度入藏，傳授密宗之法，藏邊密宗高手就極為神祕。

三密要詳細來說，只怕說上幾個月也無法說清。但簡單來說，手印是身密的一種修持方法，真言可算是口密，而意密卻是一種意志力。藏密高手一直都信以手結印，口吐真言，修煉意志力就可以通神，得到神之力。

但很多人對此將信將疑，甚至認為是無稽之談，郭遵若不是年輕時碰到件極神祕的事情，也不會信密宗三密。但這時的他，寧可信其有。

眼下這個不空是否有神幫助郭遵不敢斷定，但郭遵見其雙眸神光十足，竟似有魔力，再加上不空肌肉如鐵，郭遵真不敢有半分小瞧之心。

劉太后顯然也在觀察不空，良久才道：「不用多禮。」

不空不但身形如鐵，聲音也如鐵鉞相擊般尖銳刺耳，「佛子真心想和大宋世結友好，懇請宋廷出兵共擊元昊。太后說過幾日就給答覆，今日召我入宮，可是有了音訊？」他似有意又似無意地看了眼郭遵，眼中閃過絲詭異的光芒。

劉太后緩緩道：「佛子真心和大宋修好，乃天下幸事。吾已向兩府說過，決定授佛子為寧遠大將軍、愛州團練使、邈川大首領等職。過些日子，大宋還準備和你們開展茶馬交易，不知你意下如何？」

不空徑直問，「那出兵一事呢？」

劉太后輕淡道：「佛子想和大宋修好，趙德明也這麼想的。吾不能厚此薄彼，是以準備過些日子，修書一封，勸他罷兵好了。再說，就算趙元昊不休兵，以佛子之能，要敗他也非難事。」她輕易的將要求化解，就算郭遵都有些佩服。

不空眼中光芒一現，轉瞬收斂。雙手結印道：「那五龍一事呢？」

簾後劉太后的聲音有些嘶啞道：「吾倒想問一句，你們又如何知道五龍在吾手上？」

不空微微一笑，「佛子智可通神，早已知此物落在太后之手。其實那五龍本是佛子所有，真宗皇帝不過是暫借，如今用了多年，也早該還了吧？」

那五龍極為神祕，劉太后所知不多，聽不空這麼一說，一時間無從答辯。可心中不由想，他們索要五龍，難道說……當初毀佛像之人，不是他們？但除了這些喇嘛，還有誰想要竊取五龍呢？

郭遵突然道：「先帝已駕崩近十年了。」

不空道：「這位可是真宗當年的殿前侍衛郭遵郭大人嗎？」見郭遵點頭，不空道：「真宗雖去，但借物總要歸還，難道不是嗎？」

郭遵淡淡道：「借物當然要歸還，但如果非借，當然不用還了。先帝已擁有五龍十年，駕崩近十年，我知道佛子眼下不過三十出頭，難道說，先帝會向一個十多歲的孩子索要此物嗎？」

不空微微一笑，「此事極為玄妙，難以細言。但我想即便太后擁有此物，想必也不知道用處。」

「難道說你就知道用處了？你不妨說來聽聽，太后若看你們急用，說不定會把五龍借你們一段日子。」郭遵故作輕鬆道。

不空眼中光芒一閃，半晌才道：「此乃神之物，乃佛子和天溝通所用。」

劉太后忍不住喝道：「一派胡言！」她態度威嚴，語氣一直平緩，這時不知為何，勃然大怒。

不空歎息道：「既然太后不信，也覺得五龍無用。那就當可憐我們佛子，將此物賜予，不知太后意下如何？」

劉太后微愕，沒想到不空竟又如此恭敬。她素來頗有心機，只是在想，唃廝囉這次特意派不空前來索要五龍，軟硬兼施，肯定有什麼不軌。這五龍自己就算不知道用途，斷然也不能給他們！當年那死鬼曾說，五龍中，有個極大的祕密，得之得天……可死鬼至死也沒有說完這句話，難道是說得之得天下嗎？若果真如此，當然不能讓出去。可若是得之得天神相見呢？那可真的見鬼了。都說佛子唃廝囉有大智慧，他這般渴求五龍，這裡面肯定藏有驚天的祕密。

劉太后心目中的死鬼，當然就是已駕崩的真宗趙恆了。她現在心中還恨著趙恆，至於為什麼恨，只有她自己才知道！

不過女人都是如此，越是別人搶的東西，她就越想要。反之，她也不要！劉太后也是女人，當初對五龍持可有可無的態度，可自從五龍被竊後，她就總覺得不妥，這才吩咐葉知秋全力的尋找五龍的下落，這次見不空對五龍也有興致，更是好奇心起。

但劉太后根本沒有五龍，自然無法賜予。略作沉吟，對郭遵道：「郭卿家，你意下如何？」

郭遵知道太后的心意，突然道：「我早上吃飯，還剩了半碗飯。」

劉太后怔住，不空也是愕然，不由問，「那又如何？」

郭遵緩緩道：「飯放在桌上，我不吃，不代表你就可以吃下去。吃多少，那要看你的本事！」

長春宮驀地沉冷下來。

不空眼中光芒暴閃，淡淡道：「原來郭侍衛是想看看我的本事。」他緩緩上前一步，已逼近了郭遵。郭遵也邁前了一步，嘴角帶笑道：「不敢。」

二人之間的距離，已不過丈許，可誰都不再動半步。本是溫暖如春的長春宮，空氣遽然冰冷。

劉太后心中一震，本想喚侍衛進宮護駕，將不空逐出去，可心思再轉，又打消了這個念頭。她知道郭遵素來謹慎，既然出手，肯定有他的道理。而郭遵當年身為趙恆身邊的御前護衛，武功高強，劉太后當然是知道的，因此劉太后對郭遵有信心。

可郭遵一直沒有出手，只是望著不空的一雙眼。不空自從入宮後，雙手就結印不停，但此刻卻如被冰封般，再也不動。可他的嘴唇卻是不停的顫抖，似乎在念著什麼。

良久，這二人還是一動不動，可四目相投，如刀劍相碰，隱有火花。太后隔著珠簾望過去，突然腦海有些昏沉，吃了一驚。一伸手，茶杯落地，乒的一聲脆響。那響聲擊破了郭遵與不空之間的沉凝，郭遵緩緩退後一步，淡然道：「看來這碗飯，並不好吃。」

不空嘴角帶笑道：「那我下次若來，定當再討了。」他霍然轉身，大踏步的離去，竟然再也不問五龍一事。

劉太后驚疑不定，問道：「郭遵，怎麼回事？」

郭遵目露思索，回道：「太后盡可放心，他應不會再要五龍了。探尋五龍祕密一事，臣會盡力而為。」

劉太后只覺得有些疲倦，擺手道：「好吧，這事就交給你了。若有消息，立即回稟。」

不空大踏步的走出長春宮，面帶微笑。眾人都知道這是吐蕃的使者，也不敢攔阻。不空出了大內，轎子早就等候，那些喇嘛畢恭畢敬，如見天神一樣。四下無他人，只餘風刀雪劍，被那冷風一吹，不空臉上笑容倏滅，哇的一聲，吐出口鮮血。

鮮血紅豔，如梅花盛開。眾喇嘛均驚，齊呼道：「大師……」

不空擺擺手，已上了轎子，滿是疲憊地閉上了眼，喃喃道：「好一個郭遵，竟然有這般本事，難道說……」嘴角轉瞬帶了一絲若有若無的笑，「可如此一來，你以後……就不要想太平了。」

狄青回轉郭府的時候，天色已晚。他晃晃悠悠的在汴京古道上徘徊，如在雲端。他也不知道自己為何不想回轉，或許是覺得，還能和那女子再次相見。但直到華燈初上，他終究還是沒有見到那女子。推開郭府大門的時候，狄青輕輕歎口氣。可身後遽然有疾風湧起，狄青一驚，喝道：「誰？」他才待轉身，就被一隻手按住肩頭。一個低沉的聲音響起，「我！」

狄青不用回頭，已聽出是郭遵的聲音，驚喜道：「郭大哥，你回來了？」回頭望過去，見郭遵臉色煞白，狄青駭然道：「你怎麼了？受傷了？」

郭遵擺擺手，緩步回到房中，取了罈酒，咕咚咕咚地喝了幾口，這才喃喃道：好厲害。

狄青一直跟在郭遵身邊，急問，「郭大哥，到底怎麼回事？你生病了？我去給你找大夫！」他才要轉身，被郭遵一把抓住了手腕。「我沒事。今天和那番僧交了手。」

狄青滿是驚凜，「你都不是他的對手？」他實在不敢相信，以郭遵之能，也勝不了那喇嘛。

郭遵沉默半晌，「唉，不好說，但他肯定也不好受。狄青，今日見到的番僧叫做不空，是吐蕃王唃廝囉手下的三大神僧之一，你以後儘量避開他。」

狄青點頭道：「郭大哥，我記住了。」心中卻想，那番僧為何和郭大哥作對？郭大哥讓我避開番僧，多半是為我好。

郭遵心中想到，善無畏、金剛印、不空乃唃廝囉手下三大高手。只是這個不空，竟有這般意志，不知道旁人如何？那唃廝囉呢，是不是更加犀利？藏密高手，果然名不虛傳。

原來郭遵和不空雖未交手，但比過招還要危險。不空雙眸似有一種魔力，簡直可以勾魂奪魄，他以雙眸的精神力想要控制郭遵。郭遵早聽說過這種法門，今日才得相見。但郭遵本人早就意志如鋼，又兼身經百戰，雖知不空的法門，但仍凝聚精神和不空對抗。不空因無法控制郭遵，意志反受傷害，這才口吐鮮血，不敵離去。可郭遵也是覺得精神疲憊，甚至氣力都暫時無法凝聚，也駭然此人的神通。

見狄青滿是關切，郭遵笑道：「沒事了。你回去休息吧。這些日子，我要查一些事情，可能又少和你見面。對了，馬季良他們絕非善類，你要小心些。」

狄青有些擔憂郭遵，聞言道：「我知道！」

等狄青離去，郭遵長舒口氣，臉上漸有些血色。又喝了幾口酒，心中想到：太后不知道五龍的祕密，可不空顯然知道些事情。我擊敗了不空，他肯定會知道我也有祕密。這樣一來，他多半會找我的麻煩……輕輕歎口氣，郭遵從懷中取出根笛子，望著那笛子道：不空，那我就等著你。這件事已困擾我太久，梅雪，你可知道，我當年，也是身不由己？若不查出真相，我始終難以釋懷。

碧笛幽幽，燈下泛著綠光，映在郭遵的臉上，如庭外飄雪一般淒涼……

清晨狄青起來後，先去看望郭遵，可發現郭遵已不見。狄青想起昨晚郭遵的臉色，難免憂心，去找郭逵一問，他竟然還不知道郭遵回轉。

狄青無奈，只能先去禁軍營。驍武軍眾人見到狄青，發出一陣歡呼。趙律卻是陰沉著臉道：「狄青，你亂生是非，又冒用開封府之名，郭指揮有令，罰你三月的俸祿，以儆效尤。」

眾人隱有不平之意，狄青知道郭遵此舉在於息事寧人，默默承受。吃虧有時候就是占便宜，狄青吃了這次虧，如能保命的話，那也算占了便宜。趙律雖冷，可還是將狄青和張玉、李禹亨分為一組。

再過幾日就是祭祀大典，京中禁軍自然全力戒備，狄青三人被分到五丈河附近巡邏。三人說說笑笑到了五丈河附近，天下數十年平安無事，朝廷養了這麼多禁軍，不過是為防萬一，說是巡視，其實也無甚大事。幾人找個避風的地方躲著，抱著膀，縮著腳。狄青抬頭望天，見空中飛鳥一閃而過，突然想起一事，問道：「張玉，你是南方人，可曾聽過紅嘴玉這種鳥嗎？」

張玉道：「當然聽過了，那種鳥很漂亮，我兒時的時候，還抓了一隻鳥養過。不過，後來我又把牠放了。」

「為什麼？」狄青不解道。

張玉悵然道：「因為我將那鳥關在牢籠中，竟有另外一隻鳥不畏危險，每天過來在籠外悲啼，又不停的撞擊那鳥籠。我當時很奇怪，我娘告訴我，這鳥兒極為重情，雌雄兩隻鳥很多時候都是形影不離，彼此極為忠誠。一隻若是被抓，另外一隻無論千難萬險，都要想盡辦法和牠團聚。」

李禹亨嘖嘖道：「那這鳥豈不比人還忠義？」

張玉歎道：「唉，誰說不是呢？我放了那鳥兒後，爹就過世了。可沒幾年，娘也去了，我想……他們也和紅嘴玉彷彿吧。」

狄青想到自己的娘親，也是不由心酸。

張玉抖抖身上的積雪，舒口氣道：「對了，還忘記告訴你了，因為紅嘴玉這種性子，所以我們那邊又給牠起了個別名，叫做相思鳥。」說罷以手打拍，輕吟道：「入我相思門，知我相思苦，長相思兮長相憶，短相思兮無窮極！」

李禹亨一旁道：「張玉，沒想到你這人除了打屁，還會做點打油詩呢。」

張玉道：「禁軍不可怕，可怕的是禁軍說瞎話。這是唐朝大詩人李白做的詩，你竟然說是打油詩？當年我娘在我爹死後，總是念著這首詩，我就記下了，當時不解其苦，可現在懂了，卻遲了。」說罷眼角淚光盈盈。

狄青見了，想起大哥常念叨什麼「樹欲靜而風不止，子欲養而親不在」，知道張玉的心情，安慰道：「張玉，你莫要難過，其實父母只要知道我們過得好好的，他們就已心滿意足了。」

大雪時下時止，三人沉默下來，各懷心事。

狄青當值結束後，沒有立即回返住所，而是去了當初撿風箏之地，那巷子叫做麥秸巷。

黃昏雪冷，巷子中早就沒有了行人，狄青孤魂野鬼般從巷子東頭走到西頭，又從西頭來到了東頭，不知走了多少個來回，那風箏終究沒有再飛起。狄青暗自嘲笑自己異想天開，訕訕的回到了住處，果然也沒見到郭遵。

郭逵倒寬心，只說大哥白日回來過一次，但匆匆離去，好像有什麼急事。狄青知道郭遵無事，也就放下了憂心。呆坐在床榻之上，一夜只是想，她在雪天，放飛著風箏，風箏上又畫個相思鳥，到底是什麼意思呢？

不知過了多久，狄青突然想到，自己這般神魂顛倒的念著那女子，可是覺得那女子相思的是自己？轉瞬啞然失笑，暗想自己絕不會這般自作多情。可若非這般，自己為何又鬼使神差地去那裡？

突然發現桌案上有方絲巾，正是那女子所留，狄青自辯道，我多半是想歸還這絲巾，別無他意。可是，黃昏的時候，我去那裡，並沒有記起絲巾的事情呀。

狄青坐在床榻上，患得患失，不知不覺的沉沉睡去。清晨醒來，腦海中沒有紅龍，只有那一方幽藍的絲巾在思緒中飛揚。

翌日當值後，狄青竟又莫名的去了麥秸巷。但風箏終究沒有再飛起。

第三日之時，風捲狂雪，狄青只對自己道，誰都不會在這種天氣放風箏，莫要去了。但就算風刀雪冷，當值後，他還是不由自主的前往麥秸巷。

沒有風箏，只有狂風。狄青喝了半天西北風，回去凍得和冰柱一樣。躲在被窩中烤火，狄青發狠道：明日若再颳風，死活都不去了。狄青呀，你自作多情，這輩子也不能再見到她了。你算得了什麼，不過給她取了風箏，難道還想要酬勞不成？

昏昏睡去，清晨醒來時，雪止天晴。

狄青望著晴空冰冷，不由暗想，這不正是放風箏的好天氣？今日正巧不當值，狄青再次起身到了麥秸巷，依靠在巷牆旁，從日出等到了日落……

影子都沒有一個。

北風起，雪屑紛飛，狄青縮著脖子，望著巷牆裡的那棵楊樹。楊樹光禿禿的，滿是積雪，和狄青兩兩相望。不時的一陣風過，樹上的積雪抖落，紛紛灑灑，狄青伸出手去，望著那雪花落在手上，變成點點水珠。

天雖冷，可心暖。情雖朦朧，但熾熱。

黃昏日落，餘暉散盡，夜幕開始籠罩著古樸的開封城之時，狄青抖抖身上的積雪，轉身向巷口走去。咯吱咯吱的聲響，腳步聲帶著雪花的落寞，到了巷口處，戛然而止。

巷口處，有梅散幽香，梅枝橫斜。狄青立在那裡，非為梅，他已被凍得麻木的臉上突然綻放出難言的光彩。巷子盡頭，一女子正如清幽雪梅般站在那裡，凝望著狄青。那水墨丹青的眼眸中，帶著淚影，有如那春來時，碧水中未溶的冰。

終於見到那夢中的女子，狄青突然覺得蒼天待他其實不薄。為了這一刻，他不知道等了多久，可真到了這一刻，他才發現，他什麼話都說不出來。他不過是個尋常的禁軍，而她……

狄青胡思亂想之際，才發現女子在風中有些顫抖，終於快步走過去，鼓起勇氣道：「你……真巧，竟能又碰到你。」狄青有些臉紅，知道這世上的巧合，很多都是因為有心。

那女子嫣然一笑，「真的巧呀。」

「今日沒有放風箏？」

「這不是放風箏的天。」女子輕咳兩下，狄青這才發現她臉頰微紅，關切道：「你受寒了？」

女子道：「前幾日放風箏，受了風寒，因此這幾日一直沒有來。」

狄青心安中有些心慌，不捨卻又不能不捨，「那快回去吧，這裡冷。」

女子緊了緊身上的白裘，抬頭望向蒼穹，突然跳了兩下。狄青不解其意，只覺得雪地中有一朵旋舞的花兒。「我娘告訴我說，若是覺得冷，就要多動兩下。」女子一笑，笑容有如皓月。

狄青笑道：「是呀。」他這才發現自己也冷得厲害，左搖右晃地跺腳道：「我們整日在京城遊走，若是冷，就先跺跺腳，腳若不冷，身上就不冷了。」

女子突然捂嘴咯咯地笑。

狄青呆呆地問道：「你笑什麼？」

女子道：「我看你搖晃著跺腳，好像是一隻大螃蟹。我最喜歡吃汴京東城的洗手蟹了。」她忍俊不禁，竟笑得前仰後合。

狄青滿是尷尬，可心中又帶著喜悅。

女子笑後，用力地跺跺腳，舉止有著說不出的天真爛漫。過了片刻，喜道：「你說的很對呀。我也變成螃蟹了，和你……」突然臉紅，垂頭不語，只是用腳尖劃著雪面。

狄青看的已心醉，心道：和你怎麼的？和你是一對螃蟹嗎？雖這般猜測，可如何敢唐突佳人？不知過了多久，女子又笑道：「狄青，你為何要入伍呢？」

狄青見女子無拘無束，自己也漸漸去了不安，說道：「說來話長……」

「說來聽聽。」女子微笑道。

狄青見那女子的眼眸中似蘊含著什麼，卻絕沒有離去之意，只好道：「我本來不想入伍，可世上絕非你想做什麼，就做什麼……」他將當初的事情說了一遍後，突然覺得舒暢了很多。當然很多事情都是刪繁就簡，說到擒趙公子的時候，只說僥倖為之，當時逼於無奈，只能從軍。

女子靜靜地聽，聽完後感覺到寒冷，又是跺腳道：「原來如此。我就覺得，你和他們不同的。」

狄青心中一顫，問道：「有何不同呢？」

雪光中，女子的臉如喝醉了酒。突然想到了什麼，抬頭看天，驚叫道：「哎呀，好晚了。我要回去了，不然爹會責罵我了。」說罷轉身就跑，雪地中輕盈的有如玉兔。

狄青突然想起還沒有詢問女子的名字，才要問，那女子已沒入黑暗之中。狄青有些焦急，只怕她孤身有事，悄悄跟隨。見到那窈窕的影子入了朱門，再不見蹤影，這才放下心來。

回轉的路上，狄青只覺得身輕如燕，喜悅無限。

第二日清晨，狄青早早的到了禁軍營。和張玉、李禹亨趕赴金水河附近巡邏。

狄青滿懷心事，只盼太陽像流星一樣的墜落，然後他就可以交差再去麥秸巷了。雖不確定那女子會不會去，但他現在每天若不去那裡走一圈，晚上覺都睡不好。

見金水河蜿蜒東去，銀裝素裹，有如飛龍，狄青突然想起了紅龍，心中微震。同時也有些奇怪，這些日子，紅龍為何一直沒有再出現呢？

狄青正尋思間，聽李禹亨對張玉道：「張玉，你知道最近京城出大事了嗎？」這雪天當值，可說是苦不堪言，若再不說幾句話，著實無聊。張玉隨口問道：「你還知道什麼屁事？」

李禹亨歎口氣道：「聽說范仲淹被貶出京城了。」

狄青回過神來，心頭一震。回想起那多情的眼眸，傷情的臉龐。范仲淹果然被貶了，這結局早已註定，可就是有這麼一種人，明知道結局，還要去做！狄青望著那金水河的冰雪，感覺到冷。

張玉嗤之以鼻道：「你這算什麼大事？我還知道被貶的除了范仲淹，還有翰林學士宋綬呢。這兩人都勸太后還政給天子，結果都被太后貶出了京城。」

狄青突然想到郭遵所言，「太后自己想做皇帝！」忍不住緊了下衣領。

張玉已道：「太后自己想做皇帝！」

李禹亨又驚又怕，忙道：「張玉，別瞎說話。」

張玉冷哼道：「我沒有瞎說，太后不停地把忠於趙家天下的臣子驅逐出京城，就是自己想當皇帝。」

沒有人再回話，空氣中滿是冰凝的冷，狄青心中忍不住想，天子是太后的兒子，太后想當皇帝，會把天子如何？狄青只是限於想想，哂然一笑，繼續看著那金水河的冰雪。他不過是個小小的禁軍，這種事情，連想想都是多餘。一個人有苦惱，通常不是想得太少，而是想得太多了。

近黃昏之時，狄青已有些按捺不住，才待和張玉、李禹亨回轉交差。不想遠處有幾人走來，為首一人臉色黝黑，一張臉有稜有角，有如鐵板一般，卻是開封府的捕頭邱明毫。

這幾年來，開封府除了捕王林宗外，著實出了幾個好手，而葉知秋、邱明毫二人因為辦案出色，被京城人並稱為「一葉知秋，明察秋毫。」

葉知秋如劍，邱明毫看起來如盾，鐵盾！

邱明毫身後跟著個倨傲的年輕人，眼睛彷彿長在腦門上一樣。狄青認得這人叫做夏隨，本是三衙馬軍都指揮使夏守贇的兒子，眼下是驍騎軍的一個指揮使。

驍騎、驍武兩軍都歸三衙中的侍衛馬軍司指揮，也就是說就算是郭遵，也要聽命於夏守贇。夏隨有個好老子，也就能指揮動狄青等人，眼下正傲慢道：「在金水河白虎橋附近巡邏的就你們三個嗎？」

張玉在三人中官階最高，答道：「除我們三人外，白虎橋那面還有李簡軍頭等人照看。」

夏隨點點頭道：「既然這樣，白虎橋這面讓李簡等人負責，你們三個跟我來。」

張玉三人滿是錯愕，可只能聽從調令，跟在夏隨的身後，不知道要做什麼。狄青暗自皺眉，心道人要是倒楣，喝涼水都塞牙，本想去麥秸巷，沒想到偏偏有事要做。

夏隨帶著眾人徑直向南行去，也不多言，邱明毫雙眸如電，警惕的留意周邊動靜。這二人均是神色慎重，如臨大敵。眾人從白虎橋南下，經大佛寺，過北巷口，又繞著王家金銀舖轉了一圈。

狄青看著日頭一點點的西落，夜幕一重重的沉凝，心中焦急。這時聽夏隨低聲道：「他們應該就藏在這一帶。」

邱明毫也是低低的聲音，「不錯，眼下莫要打草驚蛇，不如查探明白再說。」

狄青聽到了夏隨和邱明毫說的話，但不解其意。只隱約知道這二人多半是在抓什麼人，他無意捉賊，心中早就不停的罵娘。抬頭看了眼天色，狄青見許多店舖已點了燈，整條金梁橋街都如繁星墜地，燦爛非常，只是想，她今日會去麥秸巷嗎？

好不容易等到夏隨道：「今日暫到這裡，諸位辛苦了，回去休息吧。」狄青急急告辭離去，張玉斜睨了夏隨一眼，見到他望著狄青的背影，臉色陰沉，不由打了個突兒。

第十二章　搏　殺

雪已停，風更冷，刮在身上，透骨的寒。

狄青一口氣從金梁橋街跑下去，直奔麥秸巷。麥秸巷離金梁橋極遠，他奔了小半個時辰，額頭冒汗，又歇了兩次，這才到了麥秸巷口。

明月已升，麥秸巷清清幽幽，鬼影都不見一個。狄青大口大口的喘著粗氣，那哈氣到了冰冷的空氣中，凝成霜氣，也集結著狄青的失落。歎口氣，狄青坐了下來，望著牆角的一叢梅花，見疏影橫斜，暗香浮動，喃喃道：我有事，來晚了，對不住。雖然沒有和女子約定什麼，但狄青當日見那女子的神情，已覺得無需約定。她來也好，不來也罷，他總是會等她！

狄青在雪地上坐了良久，這才疲憊地站起，見梅花下有幾瓣粉紅色的花瓣，心中一動，緩步走過去。那花瓣旁有一排窄窄的腳印，似是女子的纖足留下。狄青順著那足跡望過去，發現足跡離去的方向，正是當初那女子離開的方向，不由心中叫道，「是她，是她！她肯定來過這裡。」狄青順著足跡尋去，見那足跡到了朱門前而止，欣喜中夾雜著幾分失意。喜的是，那女子還記得他狄青，這次前來，多半是找他了。失意的是，他卻有事，不能如約前來。

在朱門前徘徊良久，見夜色沉沉，狄青終於沒有勇氣去拍門。順著那足跡的方向，又走了回去。跟來的時候，心情激盪，並沒有留意什麼，回轉的時候，狄青才發現那足跡有的並不完整，只餘個腳尖的痕跡，不由暗想：她為何這般走路？最初見她的時候，矜持秀雅，可最近一次見面的時候，卻覺得她天真爛漫。她那時還跳了幾下驅寒，哦，想必是她心情高興，這才蹦蹦跳跳地回轉。想到這裡，心中愉悅。可轉念一想，我這猜測也不見得是對的。她見不到我，有什麼心情高興的？難道我那麼討厭？天冷路滑，說不定她不留神，跌倒了或者扭傷了腳，這才用腳尖點著地回轉。一想到這裡，一顆心又揪起來，惴惴難安。終於還是向朱門的方向再次走去，留心觀察那腳印，只見到那半個腳印的地方，都比尋常的步伐稍寬，又想，「不會是受傷了。這是跳躍的足跡，若是受傷了，那足跡應該比尋常的步伐要短才對。」

狄青想到這裡，再次回轉。可終究還是放心不下，只盯著那女子的腳印，也不捨得踩上去。一路到了幾叢梅枝的地方，徘徊不去，突然見到梅枝下腳印也是錯雜，暗想，是了，她有些冷，所以在這徘徊等待。唉，我本不該讓她等的。

蹲下來，狄青想再研究下腳印，突然目光一凝，已留意到雪地的花瓣有些不同。借朦朧月色，狄青這才發現，原來那花瓣有如箭頭般指向一處，那箭頭的盡頭，竟寫著幾個字。這本是很明顯的標誌，但狄青心亂之下，竟完全沒有留意。這刻見到這標誌，一顆心怦怦大跳，知道這多半是那女子留下來的字。可那到底寫著什麼？

狄青定睛望去，只見雪地上寫了八個字：喓喓草蟲，趯趯阜螽。

狄青識字不少，可也不多，這八個字，他就有六個不認識！他唯一能知道的兩個字，就是草蟲，但那又是什麼意思呢？

狄青望了良久，只是想，她是說我和草蟲一樣討厭嗎？不過草蟲也不全是討厭，也有些可愛的蟲子吧。可終究覺得難以自圓其說，蟲子還不是可惡的居多？又想，那個喓喓又是什麼意思？哦，多半是她想讓我幫她找草蟲，所以用個要字，不過為什麼兩個要，還加個口字呢？想必是她催促我，讓我快點找草蟲？但這時候天寒地凍，哪裡會有蟲子？再說，她要蟲子幹什麼？狄青想到這裡，總覺得自己的解釋太過牽強，看到後面「趯趯阜螽」四個字，更是一頭霧水，暗想：最後那個字是冬天的兩個蟲合在一起，這麼說來，我前面的猜測還是對的，她的確是要冬天的一種蟲子。冬天的蟲子？哦，這個冬天的蟲子，到底到哪裡去尋找呢？

狄青猜測良久，終於覺得還是要找個有學問的人問問才好，拔出佩刀，想砍下梅枝把這幾個字刻上，可轉念一想，她喜歡這梅花，我若砍了，她豈不看不到了？

猶豫片刻，狄青靈機一動，脫了鞋子，踮著腳，用刀尖在鞋底把這八個字刻了下來。看了半晌，確認無誤，這才把鞋子穿起，又停留了良久，等的月兒都睡了，這才回轉。

到了郭府後，已是深夜。狄青一夜輾轉反側，難以安睡。天明的時候，迫不及待地起身出門。感覺胸口有些痛。狄青伸手一摸，才發現是那黑球硌得他胸口發痛。

黑球雖是怪異，但許久沒有顯靈，狄青無心理會，急匆匆的去找郭逵。郭逵還在沉睡，狄青不好推醒他，眼珠一轉，呼呼喝喝，在院中打起了拳法。

狄青入了汴京後，郭遵就盡心傳授他武技。狄青不忍郭遵失望，招式倒盡數記住，但因為難發力，一直少練，這時候興致所到，一通拳打出來，虎虎生威。狄青打得興起，伸手拔刀，又舞了一會兒刀。這時候只覺得體內氣力充盈。狄青使到盡性，大喝一聲，長刀脫手而出，嚓的一聲響，已插入對面的一棵柳樹。

狄青擲出單刀，心中一驚，暗想，我頭怎麼不痛了？一想到這裡，只覺得腦海中隱約還有一絲痛楚，但絕非以往那般撕心裂肺。

難道說人逢喜事，精神也會爽快很多？狄青正詫異時，一人喝彩道：「好刀法！狄二哥，沒看出來你還有這般本事，你的頭痛病好了？」

狄青回頭一望，見是郭逵。狄青疑惑道：「我也不清楚好了沒有。不過使了這路刀法後，頭的確沒有以前那麼痛了。」

郭逵欣喜道：「那豈不是天大的好事？過幾天你再去找王大夫看看。」

狄青困惑地點點頭，突然想起昨晚之事，問道：「小逵，你不是一直說很有學問，我且考你一考。」

郭逵奇怪道：「你要考我什麼？」

狄青脫下鞋子，用白雪擦去鞋底的泥垢，忐忑問道：「你可知道這八個字是什麼意思嗎？」

郭逵接過了鞋子，掩住鼻子道：「你幾天沒有洗腳了？」

狄青尷尬一笑，岔開話題道：「別顧左右而言他，不認識就是不認識。好，那我找別人去好了。」他假意伸手要拿鞋子，郭逵拿著鞋子退後一步，叫道：「你太小看我了，不就是『喓喓草蟲，趯趯阜螽』八個字嗎？有何難認？」

狄青見郭逵出口流暢，不像矇他，奇怪道：「搖搖草蟲，踢踢浮腫什麼意思呢？踢幾腳，自然就浮腫了，哈哈。」說罷乾笑幾聲，知道那女子寫這幾個字，絕對不會是這個意思。

郭逵上下打量著狄青，狡黠笑道：「你說……這鞋子你到底在哪裡買的？」

狄青回道：「這是官家的鞋子，可有問題嗎？」

郭逵研究下鞋子，知道狄青說的不錯。京城有八大禁軍，每一軍都有統一的裝束，這鞋子每年冬季，朝廷三司下的度支部掌管冬衣之案都會發兩雙下來，他大哥郭逵也穿這樣的鞋子。

「這就怪了。」郭逵詫異道：「怎麼會有人在你鞋子上刻上這八個字呢？」

狄青本想說自己刻的，但怕郭逵知道後不好解釋，索性將錯就錯道：「是呀，的確很奇怪，我是無意中發現自己的鞋底有這八個字，這些天忘記問旁人，今日見到你，這才考考你。你知道這兩句話什麼意思嗎？不知道就說不知道好了，我不會嘲笑你的。」說罷又是大笑兩聲。

郭逵嗤之以鼻道：「我博覽群書，通古知今，還會不知道這兩句話的意思？這兩句是說，草蟲喓喓的在鳴叫，蚱蜢四處在蹦跳。喓喓是說草蟲叫的聲音，阜螽就是指蚱蜢，趯趯是說蚱蜢跳躍的樣子，怎麼樣，服了吧？」

狄青知道了這八個字的意思後，更是糊塗，心道那女子寫這八個字又是什麼意思？故作諷刺道：「小逵，你莫要騙我了。你多半知道二哥不識書，所以隨意的編個意思，嘿嘿。他們在我鞋底刻著八個字，怎麼可能是這個意思？真的奇怪之至！算了吧，我還是找個有學問的大儒問問吧。你呀，還差得遠。」說罷蹬上鞋子，轉身要走，郭逵這下不幹了，一把扯住了狄青道：「你可以侮辱我的誠意，可你不能侮辱我的學問，這八個字的確沒什麼意思，有意思的是後面接的話！」

狄青心頭一顫，故作不在乎道：「後面又有什麼話呢？」

郭逵大聲道：「這本是詩經中的一首，叫做《草蟲》。『喓喓草蟲、趯趯阜螽』後面兩句說的是『未見君子，憂心忡忡』。」

狄青心頭一震，竟然呆了。

嚶嚶草蟲，趯趯阜螽；未見君子，憂心忡忡！

狄青就算不通書，可也多少明白這四句的含義，心中只有一個聲音在喊，原來她在關心我！那一刻，心裡喜悅中又有甜蜜，感動中又夾雜著傷感。

他只是個尋常的禁軍，又鬱鬱不得志，雖喜歡那女子，可從不敢說出。他見那女子容顏脫俗，秀美絕倫，只覺得能見那女子一眼，和她說上幾句話，那已經是這輩子的福氣，可哪裡想到過，這女子竟然也關心他！

狄青腦海中一陣眩暈，幸福得胸膛都要炸開。

郭逵沒留意到狄青的異樣，解釋道：「這本是情詩，是說等待情人約會，但一直見不到心上人，所以很是擔憂。哈哈，這下你無話可說了吧？多半是三司度支部有男人對你有意思，所以才在你鞋子上刻下這幾個字對你表達情意了。」說罷笑得前仰後合，得意非常。

狄青回過神來，見紅日東升，記起今日還要當差，暗叫不好。才待離去，又不敢確定道：「小逵，你說的什麼什麼，書上可有寫嗎？」

郭逵撇撇嘴，飛轉回了房間，不一會取了本詩經丟給狄青道：「自己看吧。難道說我騙你，書中也特意寫好了騙你不成？」說罷搖搖頭，打個哈欠道：「被你打拳的聲音吵醒，出來看看，沒想到碰到個沒品味的人。回去再補一覺了。」

狄青翻翻書頁，找到了《草蟲》那節。《草蟲》前四句的確如郭逵解釋般，後面還有三句話，「亦既見止，亦既覯止，我心則降。」

書頁旁有著郭逵標注，解釋道：「終於見到了心上人，當浮一大白。」狄青心道，郭逵這解釋狗屁不通，意境和前面全然不符，正確的解釋應該是，終於見到了心上人，我心也就安寧了。

詩分三節，不過意思都是彷彿。狄青收了書，快步跑出了郭府，想起「未見君子，憂心忡忡」八個字的時候，忍不住大叫一聲，翻了個跟頭。轉念又想，狄青呀狄青，人家憂心，你為何開心呢，實在不該。可終究難以遏住心中的喜念，一路奔行，幾乎如飛般到了軍營。

幸好並未遲到，幸好頭也未痛。到了軍營後，狄青領了任務，是和張玉、李禹亨二人前往汴京蔡河左近巡邏。

等到了蔡河左近，找個避風的地方，狄青曬著太陽，看著天空發呆，嘴角總帶著若有似無的笑。一日無事，臨近交差之際，狄青忍不住偷偷將詩經拿出來看一眼。見到詩中「陟彼南山，言采其蕨，未見君子，憂心惙惙」幾句的時候，不由暗想，若真的能和那女子，一塊上山採蕨，下山種菜養羊，那真的是給個皇帝都不做了。可是，她那麼嬌貴的身子，當然不會和我這麼做了。她真的是在等我？我有什麼好？唉，或許這八個字是寫給旁人，我不過自作多情了。狄青患得患失，臉上表情也是瞬間變幻。

張玉見狄青竟然拿本書在看，簡直比見到太后讓權給皇帝還吃驚，又見狄青臉色百變，忍不住伸手去摸狄青的額頭。狄青吃了一驚，霍然後退，等發現是張玉，詫異道：「你做什麼？」

張玉道：「今天吃藥了嗎？」

狄青道：「沒吃，怎麼了？」

張玉道：「那我建議你吃點藥吧。我看你一會兒憂愁，一會兒高興，中邪了吧？」

狄青打開張玉的手，笑罵道：「你才中邪了呢。」話音未落，李禹亨突然低聲道：「真的邪門了，他們怎麼又來了？」

狄青心中一凜，抬頭望去，只見夏隨、邱明毫已並肩走了過來。狄青暗自叫苦，同時也覺得有些奇怪，不解以汴京之大，這兩天為何均能碰到夏隨二人？夏隨二人若是無意，那兩次相遇狄青也太巧了。但若是有心，夏隨、邱明毫和狄青並無往來，他們到底想做什麼？

夏隨仍舊是一副倨傲的表情，冷冷問道：「這附近可有什麼異常嗎？」

張玉搖頭道：「回指揮使，沒有異常。」

夏隨皺著眉頭，對一旁的邱明毫道：「那就怪了，這賊子到底藏在哪裡了？」

邱明毫緩緩道：「彌勒教的人，素來都是故作神祕。依我之見，他們這次來汴京的人手不會多，多半是虛張聲勢……」

狄青聽到彌勒教三字的時候，心口一跳，暗想難道說多聞天王又來了？他來做什麼？找五龍嗎？

夏隨搖頭道：「這事情寧可信其有，不可信其無。明日就是大典，若是被他們驚了聖駕，那可不得了。」扭頭對張玉道：「你們幾個再辛苦一下，跟我們去捉賊，少不了你們的好處。」

張玉也聽明白了，原來京城出了逆賊，怪不得夏隨這麼緊張。張玉是不想要好處的，可他這時候，還真無法推搪。正猶豫間，北方突然跑來一禁軍，低聲在夏隨耳邊說了兩句。夏隨臉色微變，道：「此事當真？」

那禁軍道：「絕無虛言。」

夏隨當下又低聲對邱明毫說了幾句，邱明毫鐵板一樣的臉上也有些動容，說道：「如果消息確實，當立即動手。」

夏隨點點頭，對張玉喝道：「已發現彌勒教徒的行蹤，立即捉捕，你們三人跟我來！」說罷當先向北奔去。

狄青一顆心沉了下去，摸摸懷中的那本書，滿是無奈。

眾人一路北行，很快又到了北巷口附近，夏隨並不停留，徑直往王家金銀舖的方向奔去。狄青暗自皺眉，記得昨日也是這樣的路線。

夏隨到了王家金銀舖旁，並不停留，從旁邊斜插入一條巷子，到了一大宅之前。有喬裝的禁軍匆匆奔來，向大宅一指道：「夏指揮，有人看他們進去後，就再也沒有出來過。」這時候有禁軍已陸陸續續的趕到，竟然有數十人之多，個個手持利器，還有人持弩操弓。狄青一想到多聞天王的本事，也是手心冒汗。

夏隨命令道：「厲戰，你帶十來人手扼住南方主道，用硬弩射住要道，有匪人衝出，格殺勿論。宋十五，你帶金槍班守住北方院牆，不能讓人逃出。高大名、汪鳴都，你們兩人分別帶弓箭手，刀斧手守住東西方向，不得怠慢！」

厲戰、宋十五、高大名和汪鳴都等人均是驍騎軍，紛紛應令。這時候驍武軍的副都頭王珪、軍頭李簡也悉數趕到。狄青來京城多年，倒是頭回碰到這種陣仗，心中緊張起來。

夏隨望向了邱明毫道：「邱捕頭，人手已到得齊。調集人手我在行，可捉賊就看你了。」

邱明毫沉著道：「這曹府我曾經來過，知道分前廳、後堂、左右廂及後花園、馬廄、假山、梅亭、竹林等處。曹相已過世，他的後人離開京城，這宅子也就荒蕪了下來，賊人藏匿其中，我們應分頭搜尋。」狄青心中一動，暗想這裡難道是樞密使曹利用的宅邸？

夏隨皺眉道：「那這樣好了，邱捕頭、王珪，你們二人和我一起，直撲左右廂。李簡，你帶兩人前往梅亭、竹林等地查看。張玉、狄青、李禹亨，你們三人去後花園查看動靜……」接連的吩咐後，夏隨道：「聽聞消息，這裡有三個可疑人物。我們這次鬬門捉賊，務求一擊得手。若見賊蹤，吹哨即可，其餘人眾若聽到哨聲，要儘快趕去支援。」

言畢，早有幾人抬著根巨木向府門撞過去，只聽到轟的一聲巨響，朱門倒了下去。夏隨一馬當先衝到前廳，過堂後向左右廂奔去。

狄青、張玉逢此大事，心中雖忐忑，多少也有些興奮之意。李禹亨卻是臉色蒼白，隱有懼意。三人從走馬道一路奔過去，繞過座假山，穿亭繞閣，竟走了一段工夫，這才到了後花園。曹府極大，積雪濃厚，滿是荒涼。張玉見狀，忍不住歎道：「曹利用一生豪奢不羈，不想死後曹家竟如此敗落。」

狄青輕噓道：「小心了。」見李禹亨緊跟在自己身後，微笑道：「不用怕，你沒有殺過人嗎？」

李禹亨緊張得渾身發抖，說道：「我連雞都沒有殺過，怎麼會殺過人呢？唉，我只以為入禁軍後，就會享福了，哪裡想到還要捉賊。他們這般聲勢，想必那賊人很凶狠吧。你們千萬小心。」他聲音發顫，很是不安。

張玉、狄青搖搖頭，沒有想到李禹亨長得粗獷，為人竟如此膽小。

狄青安慰道：「禹亨，莫要擔心，我們人多，不必怕的。」他舉目一望，見到後花園冰雪覆蓋，遠處有個馬廄，早就沒有馬兒。那馬廄不遠處又有個水井，水桶傾倒在一旁，顯然是很久沒有使用，更顯淒涼。

「去馬廄看看吧，這附近看來只有那裡能藏賊了。」張玉皺眉道。

三人並肩向馬廄走去，馬廄裡黑幽幽的一片，看不真切。那馬廄極大，左手處還有個棚子，堆滿了餵馬的乾草。張玉從地上撿起塊石頭丟過去，「砰」的一聲響，在寂靜的後花園中更顯悚然。李禹亨打了個冷顫，見馬廄沒有任何動靜，顫聲道：「沒人的。張玉、狄青，我們不如在這裡坐會兒，等等別人的消息，莫要瞎闖了。」

狄青突然鼻翼稍動，輕咦了一聲。張玉二人一凜，忙問：「怎麼了？」狄青向馬廄的一角望過去，說道：「那裡不是雪，而是梅花，有股幽香。」

那馬廄旁有一叢雪白梅花，狄青見到梅花，想起那女子，心中一陣暖意。又想，她多半又空等了。唉……

張玉舒口氣道：「狄青，這時候你竟然還留意梅花？」

狄青訕訕地移開目光，突然雙眸凝向地面道：「你們看，這是什麼東西留下的痕跡？」

三人借著清淡的月光望過去，只見銀白的雪地上有兩排半圓的痕跡。那半圓有如拳頭般大小，邊緣有三道齒痕，入雪極深，呈一字型向井口的方向排過去。

張玉蹲下來盯著那痕跡，詫異道：「這絕非人的足跡，可也不會是畜生的腳印，我這輩子，倒從未見到過這種奇怪的痕跡。」

狄青正要沿著那痕跡前尋，卻被李禹亨一把拉住。李禹亨道：「狄青，這痕跡古怪，我們還是等夏隨過來，再做決定吧。」

狄青苦笑道：「到時候他們若是問我們做了什麼，我們難道說在這裡等嗎？那太丟人了吧。」

李禹亨訕訕地鬆開手，喃喃道：「丟人總比丟命好。」

狄青不理，沿著那痕跡向水井的方向走去。見到那痕跡到了水井邊就再也不見，不由大為奇怪。張玉也到了井邊，四下望去，皺眉道：「這是什麼東西，難道到了井中不成？」他才要探頭向井中望去，狄青陡然有了分心悸，腦海中金光閃動，一把拉住了張玉，喝道：「小心！」

不知為何，狄青那一刻，心中前所未有的驚凜，只覺得井中藏著極大的危機！

就在這時，井中沖出一道光華，耀目無比。那道光華極亮，瞬間已壓住天上的月光，奇異無比。三人目光都為光華所引，不想那光華中分出一點寒光，已刺向張玉的喉間！

是什麼在井中？難道就是夏隨等人要捉的彌勒教徒？

狄青大喝一聲，已伸手拔刀，一刀向那寒光之後砍去。寒光是劍，井中有人！

狄青只出一刀，攻敵必救。

他這一刀或許算不上高明，但出刀的時機卻把握得極為準確，那人要殺張玉，就要留下命來。誰知那人回劍，劍光暴漲，一劍就刺中狄青的手腕。狄青手腕一痛，單刀脫手而出，飛向半空。

血光一點，空中如梅花綻放。那梅花未謝，長劍已化作毒龍，直奔狄青的喉間噬來。狄青雖能拚命，但從未見過這麼快、這麼毒、這麼狠辣的劍！

光電火石中，狄青已躲不開那刺來的一劍。生死關頭，狄青雙腿被人用力一拖，霍然摔了下去，這一下出乎所有人的意料，可狄青也因此躲過了那致命的一劍。

拖倒狄青的正是張玉。張玉被那一劍刺喉的時候，腦海中已閃過死字，可狄青救了他一命。張玉死裡逃生，非但沒有膽怯，反倒激發出無邊的勇氣。他知道這劍手武功很高，但他還是衝了過去，因為狄青有危險。

生死一線！

生死也往往就在轉念之間。因為張玉的勇氣，所以他離狄青很近，所以他能在間不容髮的機會救了狄青一命。可那長劍如龍，只是一耀，已刺在張玉的肩頭，鮮血四濺。張玉連哼都不哼，抱著狄青一滾，已到了馬廄附近。二人魚躍而起，如猛獸一般盯著對手，沒有絲毫的畏懼。

這二人雖沒有高絕的武功，沒有無雙的技藝，但卻都有著澎湃洶湧的勇氣、捨生忘死的義氣。他們經過方才的命懸一線，已無比信任對方，也知道眼下要想活命，只能靠勇氣，靠周旋，靠他們兄弟齊心。

那出劍之人距離狄青二人不過丈許，可被二人勇氣所迫，竟一時不敢上前。

狄青終於看清了那人的臉，突然心口如同被鐵錘重擊一般，身軀竟有些顫抖。出劍那人身著青衣，赤髮怒目，一張臉極為憤怒威嚴的表情，赫然就是當初被狄青刺殺的增長天王！

增長天王沒有死？或者本已死了，這是他的鬼魂來報仇？

狄青不信！當初狄青那一劍刺穿了增長天王的心臟，事後郭遵也證明，增長天王的確死了，可無法查出他的身分。死人不能復活，那眼前的這人又是誰？

狄青心思飛轉間，哨聲陡然響起，尖銳刺耳，原來是李禹亨吹響了哨子。李禹亨見刀光劍影，竟不敢上前。但他還是做了件管用的事情，報警求援。哨聲才起，梅亭、竹林的方向竟也傳來了尖銳的哨聲，那應是李簡在求援。

這曹府中，不止增長天王一個敵人？

竹林間哨聲才起，狄青突然覺得天地間亮了幾分，快速向旁瞥了眼，只見到曹府兩廂的方向竟然有火光傳來，轉瞬間哨聲大作。

夏隨他們竟然也遇到了敵人？這曹府中，到底有多少敵人？

狄青一顆心已沉了下去，曹府四面有敵，很難再有人來援救他們。以他和張玉之能，如何能鬥得過增長天王？

增長天王冷冷地望著狄青，突然陰森森道：「還我命來！」陰風吹過，這花園已變得鬼氣重重。狄青咬牙道：「人死不能復生，你絕非增長天王！」

增長天王眼中閃過古怪，喝道：「佛主新生，天王不死！」他言畢，出劍。一劍就已刺到了狄青的喉間。這人武功高明，竟絲毫不遜當年飛龍坳的那個增長天王。

張玉見狀，低聲嘶吼，早就拔刀一滾，削向增長天王的雙足，他用的是圍魏救趙之法。

狄青這次卻早有戒備，一轉身，已到了馬廄的一根柱子後面，再一縱身，去取馬廄旁掛著的鐵叉。長劍波的一聲，已刺入木柱。劍勢威猛，竟又破柱而出！

狄青想不到這世上還有如此威猛的劍法，他手無寸鐵，只顧得去搶鐵叉應戰，不想竟躲過了這神鬼莫測的一劍。回望長劍，狄青背脊有了寒意。可鐵叉在手，狄青顧不得多想，已一叉砸在了長劍上。

張玉單刀已到增長天王的腳下。增長天王顧不得拔劍，縱身退後。噹的一聲大響，長劍斷成兩截。

狄青、張玉精神一振，趁增長天王失去兵刃之際，一左一右已攻了過去。二人知道生死攸關，勢若瘋虎，下手絕不留情。轉瞬之間，增長天王被逼退數步，已近馬棚的乾草堆之前。

張玉見狀，一個虎步竄上，瞬間連砍三刀，狄青才待出叉斷了增長天王的後路，突然瞥見乾草堆一聳，心中悸動，喝道：「小心！」他喝聲才出，增長天王遽然出手，一出手就抓住了狄青的鐵叉，也就制住了狄青的雙手。

乾草堆霍然而起，鋪天蓋地般向張玉壓來，遮住了張玉的雙眸。張玉閉眼，已看不到一道匹練飛出，瞬間已斬到他的眼前！原來草堆還有敵人，竟忍到現在才肯出手。那人一出手，就將狄青、張玉二人逼入了死地。

草堆冒出那人，身著白衣，紫髮慈眉，手中一柄單刀，赫然就是狄青當初在飛龍坳所見的持國天王。狄青心頭狂跳，顧不得再想持國天王為何也沒死。眼見張玉身陷絕境，狄青陡然棄叉，伸手一揚，一物已向草堆竄出那人打去，叫道：「看我絕毒暗器！」

那物在空中嘩嘩作響，變幻多端的向草堆那人打去。那人本要得手，突見如此古怪的暗器，顧不得再殺張玉。倏然而退，單刀一擺，已將空中那物打了開去。等單刀觸及那物，才發現那暗器不過是一卷書而已。

書是《詩經》。

狄青棄叉拋書救了張玉一命，可增長天王奪了鐵叉，反手一送，叉杆已不偏不倚的戳中狄青的胸口。狄青只覺得胸口劇痛無比，哇的一口鮮血噴出，人已倒飛出去。

增長天王倒是有些意外，他看似隨手一戳，已聚集了十成的力氣，本來以為可以戳死狄青。沒想到狄青胸口好像有什麼阻擋，鐵杆竟然沒有戳入他的胸口。

增長天王變化極快，暴喝一聲，鐵叉脫手而出，已向空中的狄青追刺過去。狄青人在半空，已是避無可避。不想一人橫穿而出，擋在了狄青的身前。那人赤手空拳，斷喝聲中，雙手竟然抓住了叉頭。可增長天王一擲之力極為彪悍，那人雖抓住了叉頭，卻擋不住那股犀利，被那鐵叉刺穿了手掌，刺在了小腹之上。

狄青目眥欲裂，悲叫道：「張玉！」

為狄青擋住一叉的正是張玉。這兩人雖不是兄弟，但勝過兄弟，這種時候，記不得逃命，只記得寧可自己送死，也要救下兄弟！

狄青重重摔出了馬廄。落地時，壓在那叢梅枝之上，砰的一聲響，梅雪齊飛。

狄青只覺得渾身劇痛，筋骨欲裂，又是一口鮮血噴出來。這時候，曹府已是四處火光，哨聲四起，狄青手一撐，還要去救張玉，可他傷得亦重，四肢乏力，才一起身，又重重的摔在地上。這時候他只覺得疲憊欲死，眼前金星直冒，見身旁有卷書，正是《詩經》。

天地間寒風湧動，火光熊熊，空中飛雪舞動著梅花殘瓣，狄青目光隨著花瓣落在書卷之上，正見到《草蟲》那頁的一句話，「陟彼南山，言采其薇，未見君子，我心傷悲！」

狄青見到這行詩句，遽然間一股悲意湧上心頭，暗想自己一生不幸，沉沉浮浮，白日的時候，還滿心歡喜，只以為找到了平生所愛，不想才到夜晚，就要斃命於此。那女子深夜等候，終究見不到自己。那股悲意越聚越濃，凝在胸口，有如要爆了一樣。狄青雖知今日必死無疑，可心中卻有個聲音大喊，我不能死，我不要死，我不想死！

當初他在飛龍坳受了重傷，還能蘇醒，只因為牽掛著大哥。這刻不想去死，卻是痛恨蒼天捉弄，悲憤莫名，想與蒼天抗爭。那股悲意澎湃洶湧，轉瞬衝到頭頂，狄青只覺得腦海中轟然一聲，兩條巨龍翻騰攪動。

那龍一紅一金，咆哮怒吼，飛騰不休。陡然間絞在一起，如紅霞滿天，落日熔金，絢爛難言。狄青身軀一震，只感覺那兩條巨龍給他帶來精力無儔，剎那間傷口雖痛，卻已微不足道。狄青翻身躍起，擋在了張玉的身前。

增長、持國兩天王一呆，不信世上還有這般人物。才受重創，奄奄一息的狄青怎麼會突然龍精虎猛？更讓兩天王驚怖的是，狄青不但渾身顫抖，而且眼耳都是不停的抽動，有如中風一樣。兩天王從未見過有人會有如此怪異的表情，一股寒意不由自主從心底湧出。他們遽然發現，這狄青竟已是如此的陌生。

狄青嘶吼一聲，已向增長天王衝去！

狄青竟然主動出招，對付兩大天王？增長、持國二人想笑，想笑狄青的自不量力，可是很快那笑容變成了驚駭。因為狄青來勢實在太猛，實在太快，快得有如龍騰，猛得有如虎躍，眨眼之間，狄青已衝到了增長天王的身前。

增長天王也失了兵刃，雙拳一併，向狄青的太陽穴擊去。這一招以攻為守，逼得狄青不能不自救，應算是好招。可增長天王驀地發現，這是一招極其糟糕的招數。狄青根本沒有躲避，他快如閃電，衝到增長天王懷中，避開那兩拳。似已發狂般抱住了增長天王，腦袋一甩，已撞在了增長天王的額頭上！

砰的一聲巨響，驚天動地。增長天王只覺得腦海轟鳴，眼前發黑，鼻血長流，嘶吼叫道：「救我！」他本來倨傲非常，武功高絕，但面對狄青，竟頭一次產生無可匹敵之意。

持國天王連出三刀，有如梅花數展，可單刀一發即收，無法砍落。因為狄青抱住增長天王的同時，身形陡轉，竟和陀螺一般。二人纏在一起，已讓持國天王分不出哪個是哪個，他刀法再快，竟也不敢砍下，直到持國天王聽到咯的一聲響。

那聲響雖是輕微，可轉瞬已變成劈劈啪啪之聲，持國天王一驚，再不猶豫，揮刀砍下。因為他已發現，那劈劈啪啪之聲，赫然是骨頭斷裂的聲音。狄青這一抱，竟已活生生的扼斷了增長天王的臂骨、肋骨、胸骨和脊椎骨！持國天王再不出手，增長天王必死無疑。

單刀砍下，斷臂飛起。持國天王大叫一聲，心中悲憤莫名。原來他一刀砍下之時，狄青已鬆手後退，他這一刀無可收回，居然砍斷了增長天王的胳膊。增長天王已如爛泥般軟倒在地，七竅中不斷有鮮血湧出，他手腳不停地搐動，一時間不能就死。可他上身骨頭全斷，刺穿了五臟六腑，雖沒死，卻比死還要難受。

狄青一退再進，已到了持國天王的身前。持國天王一顆心突突大跳。怒喝聲中，腳尖點地，已倒退了出去。

持國天王眼見增長天王的慘狀，早就膽寒，只怕被狄青如法炮製，一把抱住，那可真的生不如死。他倒退之中，單刀揮舞，瞬間已砍出十三刀。這十三刀招若清風，勢若霹靂，已是持國天王畢生之力所聚。刀勢如潮，沸沸揚揚，捲動了空中的梅瓣殘雪，聲勢浩大，天底下，只怕少有人敢正攖其鋒，長驅直入！

但是，狄青敢！狄青眼中陡然間寒光一閃，揮拳擊出。他一拳竟然從那寒光之中打過去，打在了刀身之上。喀嚓一聲，單刀斷為幾截。那幾截斷刀被大力激盪，霍然倒飛，已射入了持國天王的體內。持國天王大叫一聲，落地時腳步踉蹌，身形再閃，已沒入了黑暗之中。狄青才待追去，張玉晃了兩晃，向地上倒去。

狄青回頭一望，已放棄了追趕持國天王的念頭，轉身抱起張玉，向曹府外奔去。方才那一幕仍在他腦海中迴蕩，究竟是怎麼回事，他也不清楚。狄青只知道方才那兩條龍在腦海中浮現的時候，他陡然恢復了體力。他不但恢復了體力，而且體力更勝從前十數倍。

持國天王連砍數刀，在狄青眼中，竟慢了許多，因此狄青可輕易地打折持國天王的單刀，扼殺增長天王。這種力量從何而來，怎麼會來？狄青滿是困惑。

才奔出幾步，狄青突然腳下一軟，踉蹌倒地。他這時候才發現，方才的那股力道已消失無影，而他此刻虛弱不堪，走路都困難，更不要說是抱人。

一人奔過來接過張玉，道：「狄青，我來吧。」那人滿面羞愧，正是李禹亨。方才眾人激戰，李禹亨心生膽怯，除了吹哨示警外，不敢置身其中。在一旁見到狄青、張玉二人為對方不惜捨卻性命，不由羞愧交加。本以為狄青、張玉必死，不想狄青竟然能擊敗兩天王，不顧自身，還要救張玉，不由心中大悔，衝了出來。

狄青掙扎了兩下，發現已筋疲力盡，說道：「禹亨，你先帶張玉去找大夫，不要管我。我……沒事。」突然臉色微變，聽到有人低語道：「狄青應該死了吧？」那聲音中帶些倨傲和自得。

「噓……」另外有一人低聲道：「事情才開始，小心隔牆有耳。」那聲音有些冰冷。狄青一陣茫然，不知這聲音從哪裡傳來。

李禹亨見狄青臉色鐵青，擔憂道：「你……你真的沒事？我知道……你肯定怪我，我對不起你們。」一說罷抱起張玉，向外奔去。

狄青一怔，心道，我怪禹亨嗎？他在危急的時候躲了起來，的確讓人有些不滿。但那時候生死關頭，他加入進來，也於事無補。再說，命只有一條，做抉擇還不在於自己？我不應該怪他的。

見李禹亨消失在黑暗之中，狄青擔心張玉的生死，掙扎著站起來，踉蹌向前走去。心中卻奇怪方才的聲音到底是怎麼回事？

正行走間，西廂的方向走來了兩人，狄青心中一驚，止步不前。那兩人也是停住腳步，手按腰間。

那兩人正是夏隨和邱明毫。

二人見到狄青，不約而同道：「狄青，怎麼是你？」

狄青一聽到二人的聲音，腦中宛若閃電劃過，渾身顫抖起來。他終於想到，方才那神祕的聲音，正是夏隨和邱明毫在對話。

方才夏隨、邱明毫離他極遠，他怎麼可能聽到二人的聲音？這其中到底有什麼古怪？狄青一陣迷惑，可更大的驚怖湧上了心頭……

這本是一個圈套，誘他狄青送死的圈套！

夏隨布了這個局，是不是要借兩大天王之手殺了他狄青？兩大天王是誰？夏隨和他狄青素無交往，為何要處心積慮殺了他？

第十三章　圈　套

狄青驚疑不定，感覺如籠中困獸。這是一張早有預謀的大網，網中的大魚難道就是他狄青？

狄青甚至開始懷疑，那兩大天王並非彌勒教的叛逆，而是夏隨埋伏下的人，不然夏隨為何肯定他狄青會死？他狄青若死了，就是死在彌勒教徒手上，沒有人會懷疑夏隨！

狄青虛弱不堪，瞥見夏、邱二人手按刀柄，更是寒心。冷風中，三人互望，眼神中都帶著警惕戒備之意。夏隨終於上前一步，問道：「狄青，你可碰到了彌勒教徒？」

狄青心亂如麻，回道：「有兩個……」

邱明毫冷冷道：「你莫要大言不慚，若增長、持國天王真出手，你怎麼還會站在這裡？」

狄青心頭一震，反問道：「我並沒有說是哪兩個！為何邱捕頭竟然知曉是誰出手？」

暗夜中，邱明毫臉色有些改變，轉瞬沉冷道：「我們要捉的就是這二人，難道曹府還有別人出手？」

狄青心中憤怒，可知道性命攸關，反譏道：「增長天王被我所殺，張玉、李禹亨親眼所見。你們若不信，何不去看看？」

邱明毫臉色又變，握刀的手上青筋暴起。夏隨退後一步，失聲道：「你能殺了增長天王？」

狄青故作輕鬆道：「夏指揮找我來，不就是想讓我捉賊嗎？在下幸不辱命了。」

邱明毫上下打量著狄青，緩緩道：「可你好像也傷得不輕。」他向夏隨望去，眼中隱約有了徵詢之意。

狄青一凜，雖恨不得躺下休息，還故作鎮靜道：「一點小傷，不妨事了。」他只怕邱明毫二人看出他渾身乏力，就會立即出刀殺了他。

邱明毫眼現殺機，才待上前。遠方突然傳來腳步聲，一人飛奔而來道：「夏指揮，並沒有再發現盜匪的蹤跡！」

邱明毫送開握刀的手，歎了口氣。來人卻是驍武軍的副都頭王珪。夏隨緩緩搖頭，也鬆開了握刀柄的手，皺眉道：「那就奇怪了，我方才明明看到了賊蹤。王珪，其餘地方怎麼樣了？」向邱明毫使個眼色。邱明毫會意道：「我先去馬廄那面看看。」

王珪搖頭道：「其餘的地方，都是故布疑陣，並沒有敵人出現。」見狄青身上滿是鮮血，驚詫道：「狄青，你和他們交手了？」

狄青點點頭，已看出王珪和夏隨並非一路人。王珪來得倒巧，正救了狄青的性命。王珪忍不住道：「他們是誰？」

「是彌勒教的增長天王和持國天王。」狄青回道。

王珪大奇，「他們不是死了嗎？這次要抓的，不是他們呀？」

夏隨臉色又變了下，譏誚道：「死人說不定也會復活。」若有深意的望了狄青一眼，夏隨吩咐道：「王珪，你隨我去馬廄看看。說不定還能找到些線索。」

王珪本待再問些什麼，無奈聽令。見狄青搖搖欲墜，關切道：「你還好吧？」

狄青咬牙道：「一點小傷，算不了什麼。」王珪這才和夏隨離去，狄青體力稍復，不敢久留，踉蹌地出了曹府，已是一身冷汗。

突然曹府中鑼聲梆梆，已有人開始救火。狄青扭頭望過去，見到馬廄的方向也是火光沖天，好像想到了什麼，哂然冷笑。狄青牽掛張玉的傷勢，知道這裡並非久留之地，便匆忙奔軍營而去。他受傷著實不輕，路上歇了兩次，這才趕到軍營。

才入軍營，趙律已迎上來道：「狄青，你沒事吧？」

狄青胸口奇痛，顧不得自身，忙問，「張玉呢？」

趙律皺眉道：「他還在昏迷中，你們的運氣真的不好，好像只有你們遇敵了。」

狄青心中冷笑，更加肯定這是夏隨布下的圈套。旁人還是稀里糊塗，狄青覺得事情已很明瞭。夏隨這次就是要殺他狄青，因此兩次巧遇他，又藉故把他調到曹府。旁處沒有見到真正的敵人，唯獨馬廄有兩個殺手，不用問，那殺手就是為狄青準備的，餘處警情肯定是夏隨故布疑陣。夏隨殺了狄青，就可把一切都推到彌勒教身上。夏隨算得很巧妙，但他千算萬算也沒有想到，狄青竟然沒死！夏隨當然也沒有算到，狄青隔得雖遠，還能聽到他和邱明毫的對話。

狄青信自己聽到的那聲音，可還有些困惑。他為何能聽到那些聲音？夏隨為何要殺他呢？想起夏隨走前那陰冷的目光，狄青拳頭已握緊。他尋思的時候，已到了張玉床前。

張玉緊閉雙眼，李禹亨守在張玉身邊，見狄青前來，霍然站起道：「狄青，張玉傷得很重，大夫說他不見得能醒來了……」

狄青看著張玉蒼白的臉，喃喃道：他不見得能醒來了？他心中憤怒之意更濃，突然想起當年大哥莫名被打一事。

李禹亨滿臉愧色，失神落魄的退後兩步，喏喏道：「我……我沒用……」

狄青歎口氣，拍拍李禹亨的肩頭道：「你……」狄青也不知如何安慰，他心中對李禹亨也有不滿，但見李禹亨如此，反倒責怪不出口。良久，狄青才道：「你照看張玉，我出去一趟。」

李禹亨怔怔地點頭，狄青已快步離去，可沒走多遠，就呆呆地坐了下來。等見東方凝霜之時，狄青這才疲倦的伸了個懶腰，回營中看了眼，張玉依舊沒有醒轉。

趙律前來，見張玉如此，也是連連搖頭，又知道狄青受了傷，讓他休息幾日，這幾日莫要當值了。狄青點點頭，信步走在街上，胸中怒火漸漸高燃，腦海中只有一個念頭，「此仇必報！」他沉思一夜，已想得明白。他和夏隨，只能活一個！這件事，就算他裝糊塗，但夏隨一次殺他不成，肯定還要殺第二次。

狄青本是熱血的漢子，做事講求恩怨分明。這些年雖是消沉，但血性不改，夏隨要殺他，他就要殺回去，這當是天經地義。想到報仇之時，狄青又想到，這件事不必告訴郭大哥，也絕不能連累他！殺了夏隨，若僥倖不死，自此後，就要亡命天涯了。若是死了呢，最少也要一命換一命。

嘴角帶著苦澀的笑，狄青沒想到當初沒有逃命，時隔多年，他還是一樣的下場。難道這就是命？一想到亡命天涯的時候，狄青胸口大痛，腦海中又現出那清麗脫俗的面容，神色黯然。這註定是一段沒有結果的相遇，難道這也是命？

狄青搖搖頭，竭力甩去腦海中的影像，又感覺胸口劇痛。他分開胸口的衣襟，見胸口微陷，竟印著「五龍」二字，突然省悟過來。原來當初那叉柄雖戳中他的胸口，卻擊在了黑球之上，若不是那黑球擋了下，只怕他早被那一叉戳死。

狄青心中一動，暗道：當初在曹府，我突然間不但體力盡復，而且強悍十倍，難道是和這個東西有關？不然何以解釋我能擊殺增長天王？狄青看著五龍，五龍幽幽，並沒有任何動靜。

紅龍、金龍、天王、彌勒……種種古怪紛至遝來，狄青想了半晌，不得要領。終於又將五龍揣回懷中，出了軍營。他雖有殺夏隨的念頭，但如何去殺，一時間卻沒有頭緒。

狄青心中苦悶，抬頭見有個酒樓，走進去喝悶酒。今日京城祭祀，酒樓中有百姓議論紛紛，更多的百姓則早就湧到朱雀門附近一觀盛況。

狄青坐在靠窗的位置，舉目望去，見整個京城蒼蒼茫茫，雪止而風不停。祭祀之日，滿是肅殺。可那肅殺的氛圍中，卻有一樹紅梅迎著怒風，在白皚皚的雪中展露倔強之意。

狄青望著那紅梅，突然想起「未見君子，憂心忡忡」這八個字。他就算亡命天涯一輩子，也不會忘記曾經在汴京遇到過那女子，儘管他連女子的名字都不曾知道。但那女子呢？多年以後，那女子或許還能記起，或許已經忘記！狄青想到這裡，心中又是一痛，癡癡的望著紅梅，似已呆了。

就在這時，酒樓外有幾人走進來，大聲叫道：「夥計，先來幾碗酒暖暖身子。」狄青斜睨過去，見是厲戰、宋十五等人，心中微動。厲戰這些人都是驍騎軍的人手，也是夏隨的手下，當初圍攻曹府的時候，這幾人均在府外候著。狄青見了這些人，心中厭惡，扭過頭去。厲戰等人卻沒有發現狄青，坐下來後大呼小叫，宋十五道：「今日偷得閒暇，能喝兩碗酒，眾位兄弟都快點，一會兒還要去當值。」

厲戰道：「急什麼？京中內外禁軍幾十萬，我們不過是守著外城，你放心吧，出不了什麼簍子。」

高大名得意道：「就算有點事情能如何？昨日我們那般辛苦，今日又要當值，鐵打的都要休息一會兒，我們喝點酒，又有什麼大不了？」

酒水剛上，眾人才待飲酒，酒樓外又跑進一人道：「你們怎麼還在這裡喝酒？夏指揮找你們，快點去。夏指揮說，今日當值後，請你們在這裡喝酒。」

宋十五等人大喜道：「那敢情好了，今晚我們不醉不歸。好了，這就走吧。」對酒樓老闆喝道：「這酒錢先記下了，晚上一起算。」

酒樓老闆賠笑道：「幾位官人好走，這酒錢……不急了。」驍騎軍素來在京城飛揚跋扈，老闆只求他們不要鬧事，一些酒錢，是斷不敢討要的。

等宋十五那些人離開後，狄青滿了一碗酒，嘴角帶著冷笑，喃喃道：今晚不醉不歸？他一直犯愁怎麼宰了夏隨，暗想今晚夏隨一幫人若是喝得酩酊大醉，那自己的機會就來了。

狄青想到這裡，心中振奮。抬頭見那紅梅映雪，梅枝橫顫，突然想到，過了今晚，無論死活，只怕此生再也見不到她了。呆呆地望著紅梅，不知多久，狄青算過了酒錢，信步向麥秸巷的方向走去。

這時朝廷大祭，萬人空巷，雖是白日，麥秸巷也是清幽如夜。狄青到了麥秸巷，只聽風聲嗚咽，見雪屑飛舞，梅花傲雪，可意中人終究不見，狄青立在梅樹之前，見樹下腳印凌亂，當不止一個人的足跡。細心地找那窄窄的足跡，過了良久，緩緩蹲下來，撿起一瓣殘花，花已殘，字跡早就不見，狄青心道，所有的一切，都已過去了。

雖是這般想，可心中又是一股悲意上湧，拔出刀來，揀了塊平地想要寫些什麼。狄青想了半晌，只寫了「珍重」二字。轉念又想，她多半以為我不會來了，她多半也不會看到這兩個字。可是……我知道自己想什麼就好，何必讓她知道呢？凝望著地上的兩個字，狄青沉默良久，這才仰天笑了聲，笑聲中，帶著無盡的淒涼落寞。

回轉身，就要離去，可笑容陡然僵在臉上，身軀顫抖。

只見那千思百想的女子，不知何時，已站在他的身前。幾日不見，那女子依舊榮光絕代，但卻憔悴了些，見到狄青那一刻，眼中閃過絲光彩，卻不發一言。

狄青癡癡地望著那女子，一時間也不知如何是好。那女子目光從狄青的臉上望到他的手腕上，突然驚道：「你受傷了？」

狄青這才感覺到絲絲的痛楚，不是手腕，而是心口。強笑道：「我們這些人，整日打架鬥狠，不傷才不正常。」

女子眼中閃過一絲憐惜，上前要為狄青包紮傷口，狄青後退一步，說道：「不用了，多謝你。」他已決意要殺夏隨，然後逃竄天涯，只想女子忘了他。他懷中還有那方絲巾，本想取出以絕女子的心意，他看得出，女子喜歡他，至於為什麼喜歡他，他真的不知。可那方絲巾是女子給他的唯一物件，他又怎麼捨得拿出來？

女子見狄青突然變得冷漠，眼中露出訝然，本待問什麼，可終於垂下頭去，卻正巧見到地上那刀劃的兩個字。

女子不語，也不抬頭。狄青卻見到兩滴水珠落到了雪地上，打出淺淺的兩點痕跡，風過無痕，可淚過呢？傷心入骨。狄青見那女子傷心，心中歉然，本待安慰幾句，可知道徒亂人意，狠心道：「天冷，你回去吧。」那冰冷如雪的言辭下，卻有著如火般的關切。

女子幽幽道：「你要走了？」

狄青道：「是。」

女子又問，「再也不回來了？」

狄青道：「是。借路，請讓讓。」

女子霍然抬頭，忍著淚，見到狄青眉間刻著的憂愁，突然有了種恍然。才待閃身到一旁，可腳下一滑，就要摔倒。狄青見狀，慌忙伸手去扶，握住那冰冷細滑的手腕，身軀又是一顫。女子站穩了，低聲道：「謝了。你……也珍重。」

狄青見她淚珠盈盈，心中一陣惘然。又見寒風如刀，不想女子受冷，硬起心腸道：「好。」他大踏步離去，再不回頭，只聽到那女子低聲道：「泛彼泊舟，亦泛其流。」狄青身子微凝，聽那女子念的好像還是詩經。腳步只慢了片刻，再次加快而去，最後只聽到女子說道：「耿耿不寐，如有隱憂。」

狄青早去得遠了，心中卻迴蕩著那四句話，「泛彼泊舟，亦泛其流。耿耿不寐，如有隱憂。」知道這詩是說有人憂愁，可女子到底是說他狄青，還是說自己呢？狄青想不明白，加快了腳步，逃命般的回到郭府。

郭逵不在府中，郭遵亦不在。狄青心中有些失落，暗想若是郭逵在，自己就可以問問那詩句是什麼意思，若是郭遵在，自己也可謝謝郭大哥多年的照顧。可轉念一想，知道了又如何？謝過了又如何？知道了不過是徒增煩惱，這種兄弟情深，又豈是一個謝字能夠解決？

狄青坐在屋前，先睡了會兒恢復體力。等醒來時，已近黃昏。

狄青也不整理行李，只是拔出腰刀，在一塊大石上磨了起來。等到刀磨得和冰一樣冷厲之時，望著刀身上的一泓亮色，喃喃道：刀兒呀，今晚我只能倚仗你了，以後亡命也只有你跟隨了……見天色已晚，收刀入鞘，仔細地整理下裝束，務求出招的時候乾淨利索，不被行裝所累。

新月已升，狄青戴了頂氈帽，大踏步地出了郭府，隨意找了間酒肆，吃了半斤羊肉，又嚥了兩個饅頭，然後到了白日喝酒的地方。他先將氈帽壓低，本待進去打探下動靜。不等進了酒樓，只聽到遠方的街上大呼小叫聲傳來。狄青心中微動，閃身到了陰暗的角落，只見到夏隨帶著七八個人過來，宋十五、厲戰、高大名、汪鳴都四人都在，還有幾個陌生的面孔，卻沒有邱明毫。狄青心下稍安，暗想少了邱明毫，對付個喝醉的夏隨，還是有幾分把握。

夏隨囂張道：「這幾日眾兄弟們辛苦了，今晚喝個痛快，不醉不歸。誰他媽的不喝裝孫子，老子絕不饒他！」眾人轟然叫好，狄青心中微喜，暗想你們這幫龜兒子喝得越多越好。他只是站在酒樓旁的一個巷子背風處，盯著酒樓的方向。

寒風森冷，昏月無光。

約莫過了一個時辰，酒樓處又是喧譁陣陣，狄青活動下有些麻木的身軀，瞪大眼睛望過去。夜色中，酒樓的燈火更顯明亮，夏隨已喝得酩酊，被兩個手下攙扶著出了酒樓，那兩個手下也是腳步踉蹌，一不留神，三人都跌倒在雪地之上。夏隨也不惱怒，還高叫著，「來繼續喝，不喝是孫子。」他陡然要嘔，可嘔了幾口，卻沒有吐出什麼。

狄青見狀，心中微喜，暗想這幾人均醉，正是蒼天有眼，給機會讓他報仇雪恨。手按刀柄，狄青正要衝出去了結夏隨，不想一隻大手突然按到了他的肩頭。那隻手極為寬厚有力，按在狄青肩頭，重逾千斤。

狄青大驚，只以為身後來了敵人，回肘一撞，正中那人胸口。竄上前兩步，轉身就要拔刀。不想身後那人被狄青一撞，若無其事，反倒邁步上前，一把抓住了狄青的手腕，低聲道：「是我。」

狄青只覺得手腕如被鐵箍扣住，本是心驚，聽到那人的話語，定睛一看，驚道：「郭大哥，怎麼是你？」

來人竟是郭遵！

郭遵臉色森然，並不答話，伸手拖住狄青，朝巷子深處走去。狄青扭頭望去，見夏隨等人漸漸走遠，不由心中大急。可郭遵拖著他，他也只能眼睜睜地看著夏隨遠走。等過了幽巷，到了一條長街上，郭遵這才鬆開手，冷冷問道：「你來做什麼？」

狄青猶豫片刻，終於道：「殺夏隨。」

「為什麼？」郭遵似早有預見。

狄青恨恨道：「因為他要殺我，若不是足夠幸運，昨晚我就死了。」

郭遵望著淒清的長街道：「幸運不是總有的。」

狄青道：「不錯，幸運不是常有，所以我要抓住這次機會。郭大哥，我知道你是為我好。可我若不殺夏隨，他遲早還要對我動手。我不想你為難，也不想你參與此事。這次殺了他後，我會亡命天涯，你就當……從未有過我這個兄弟！我求求你！」他轉身要走，郭遵冷笑道：「我只攔你一次。可你硬要送死，我也沒有辦法。」

狄青心中一凜，止步道：「為何這麼說？」

郭遵道：「你可知道夏隨這人酒量極宏？我從未見到他有喝醉的時候。」

狄青一顆心沉了下去，吃吃道：「那他今日……」

郭遵淡淡道：「他今日身邊帶了三個高手，再加上裝醉，你若去了，必死無疑。」

狄青有如被盆冷水澆下來，渾身冰冷，「他裝醉，他為什麼要裝醉？」

郭遵冷笑道：「那還不簡單，因為他在等人上鉤。他在等個白癡以為他喝醉了，前去殺他，然後就殺了那個白癡。」

狄青冷汗直冒，這才發覺碰到宋十五等人不是巧合，夏隨醉酒亦是個圈套。原來這一切不過是夏隨再次布局，他若是稀里糊塗去刺殺，說不定已被夏隨格殺當場。

狄青被郭遵幾句話點醒，可心中還有疑惑，忍不住道：「郭大哥，你怎麼知道夏隨要布局殺我？」

郭遵道：「我已問過王珪、趙律、李簡和李禹亨幾人，知道曹府捉亂黨一事大有問題。方才又看你咬牙切齒，夏隨故作醉酒，幾下一湊合，當然就明白了。夏隨的確想殺你，他也不能確定你是否已經猜出來了，因此他就布下這圈套再次誘你，你若上鉤，自然死路一條。你若不上鉤，他只以為你沒有看出破綻，反倒暫時不會再動手。」

狄青心中怒急，「他不動手又如何？他要殺我，難道我就這麼忍著？」

郭遵臉上隱有悲哀之意，良久才道：「你實力不濟，不忍能如何？難道伸著腦袋讓人去宰？」

狄青舒了口氣，緩緩道：「好，我忍！」他心中卻想，這種事無憑無據，自己已拖累郭大哥太多，當然不能請郭大哥幫忙，既然如此，只能再等待機會。他把仇恨埋起來，神色反倒變得平靜。多年的抑鬱，讓那個曾經粗莽的鄉下漢子，已慢慢變得深沉起來。

郭遵看了狄青半晌，說道：「跟我來。」他信步向前走去，又入了一巷子，找了家酒肆坐下。

天寒地凍，那酒肆早無客人。店中只有一盞油燈，昏黃若月，一老者望著孤燈，靜靜地等待。他或許是等待著客人，或許等待著年華老去。像他這樣的人，如今看起來只餘等待。

聽腳步聲傳來，老者起身迎道：「郭官人，你來了。照舊嗎？」原來那老者是認識郭遵的。

那老者臉上有道刀疤，斬斷了眉毛，容顏顯得有些怪異，一腳微跛。狄青見了，突然想到自己的大哥狄雲，心中對老者已有同情之意。

郭遵點點頭道：「麻煩劉老爹了。這麼晚還開著店嗎？」

劉老爹臉上皺紋有如刀刻，聞言笑道：「我只怕你不來麻煩我。人老了，很難睡著，難得你來陪陪我。這位小哥是你的朋友？」

郭遵點點頭道：「是，他叫狄青。」

劉老爹「嗯」了聲，又認真看了狄青一眼，問道：「照舊嗎？」

郭遵點點頭，簡潔道：「兩份。」

劉老爹不再多言，跛著腳去了後堂，一會兒就端來了數碟滷味，兩壺酒。然後靜悄悄地離開，似已習以為常。

狄青忍不住問道：「郭大哥，你經常來這裡嗎？」

郭遵點點頭，提壺倒了杯酒，自斟自飲，神色悠悠，似乎想著什麼。狄青見郭遵如此，突然感覺，那劉老爹是在等郭遵，因此才遲遲不肯關店。郭遵顯然也經常來這裡，狄青看著那幾碟滷菜，一壺酒，想著郭遵雪夜獨飲，又覺得，郭大哥很寂寞，還有很重的心事。

可狄青何嘗不是心事重重？他給自己倒了酒，抿了一口，只覺滿嘴的苦澀。

郭遵放下酒杯，突然道：「今日祭祀前，天子還是帶文武百官去了會慶殿，先給太后祝壽，然後才去天安殿接受朝臣的朝拜。」

狄青記起郭遵以前所言，皺眉道：「難道說太后真的準備稱帝了？」

郭遵避而不答，又道：「前些日子，范仲淹和宋綬都被貶出了京城。」

狄青喃喃道：「他們當然是因為建議太后還政於天子，這才惹惱了太后吧？不過，這和我有什麼關係？」

郭遵凝望狄青，緩緩道：「可我要說的一件事，卻和你大有關係。夏隨本是太后的人！」

狄青腦海中電光一閃，失聲道：「他蓄意殺我，難道還是因為馬中立的緣故？」

郭遵端起酒杯，沉默無言。沉默有時候就代表著認可。

狄青終於明白了事情的原委，一陣心悸。

郭遵盡了杯酒，又道：「你想必都明白了，你的案子雖了結了，事情並沒有完結。夏隨是太后的人，這次殺你，多半是為馬季良出氣。」他目光閃爍，欲言又止。

狄青沒有注意到郭遵的異樣，握杯的手青筋暴起，「我明白了……」

「你明白了，可我有件事反倒不明白。」郭遵眼中厲芒一閃，沉聲問道：「你怎麼有本事再次殺了增長天王？」

郭遵目光灼灼，狄青卻問心無愧，苦笑道：「我不知道。」

「你不知道？」郭遵皺眉問道：「你怎麼會不知道？」

狄青猶豫片刻，伸手入懷掏出五龍放在桌上，為難道：「我真的不知道，郭大哥，我……只怕是這個東西在作怪。」他根本不知如何解釋，也以為郭遵不會相信他的解釋，不想郭遵見到五龍，臉色陡變，失聲道：「這五龍怎麼在你手上？」

那一刻，郭遵眼中滿是驚駭、詫異，以及無邊的困惑，甚至還有些恐懼的樣子。狄青見狀，大惑不解，吃吃問道：「郭大哥，你見過這個東西？」

喀嚓一聲響，郭遵手中酒杯已破，可他渾然不覺，喃喃道：「彌勒下生，新佛渡劫。五龍重出，淚滴不絕！這五龍……終於又出來了。難道……他說的竟然是真的？」

狄青聽郭遵竟和當年的多聞天王所言的一模一樣，駭然道：「郭大哥，你怎麼了？」心中又想，郭大哥說的他，又是哪個？

郭遵終於回過神來，盯著桌上的五龍，良久才伸出手來，輕輕觸了下，臉上又現出困惑之意，低聲問，「狄青，你怎麼會得到了五龍？」

狄青雖詫異郭遵的反應，還是將當日發生的一切說了一遍，他早當郭遵是親人一樣。這件事，他藏了許久，除了郭遵，也找不到旁人傾訴。

郭遵神色恍惚，像是認真在聽，又像是根本沒有聽。狄青說完，見郭遵失魂落魄的樣子，忍不住道：「郭大哥，到底是怎麼回事？這一切……是我的幻覺？還是這五龍真的……有古怪？」

郭遵回過神來，遲疑道：「這五龍……本是先帝所有。」

狄青失聲道：「這是真宗之物？」

郭遵陷入迷惘中，眼望油燈，忽明忽暗的燈火照得郭遵臉色也陰晴不定。許久，郭遵才低聲道：「其實我也不敢肯定。先帝在時，我是他的御前侍衛，我有段日子，就見他拿著這五龍，整日沉吟不語。」

狄青目瞪口呆，不解問，「既然是先帝之物，怎麼會藏在彌勒佛像身上？既然是先帝的東西，多聞天王怎麼會知道此物藏在哪裡？那四句話說的到底是什麼意思？郭大哥，你到底都知道些什麼？」

郭遵歎口氣道：「我真希望自己能知道。」他又有些悵然，突然一把抓住了狄青的手，急切道：「狄青，我只知道，這五龍是不祥之物。你丟了它，好嗎？」

狄青一怔，訝然道：「為什麼？」他從來不覺得五龍有什麼不祥，相反，在他心目中，五龍一直在幫他。

郭遵嘴角抽搐，眼神中帶著說不出的悲哀之意，良久才道：「你莫要問，我也不知道。」

狄青一把抓住五龍，搖頭道：「郭大哥，我不能丟掉它，你莫要逼我！」

郭遵身軀一震，霍然站起，渾身顫抖，眼神變得極為犀利，甚至還夾雜著幾分凶狠。

狄青見郭遵臉色驚怖，心頭凜然，一時間也變了臉色。

燈火跳躍，郭遵臉上的肌肉都有些跳動起來，嘶聲道：「你為什麼不丟掉它？」他痛苦中夾雜著不安，竟失去了常態。

狄青一字字道：「我若沒有它，當初已死在增長天王手上！」

郭遵身軀一振，遽然恢復了冷靜。緩緩地坐下來，喃喃道：「你若沒有它……說不定……」他看到狄青滿是激動的神色，終於歎口氣，沒有再說下去。

狄青心中奇怪，暗道，郭大哥到底想說什麼？我若沒有它，說不定什麼？

郭遵提起酒壺，慢慢地滿了杯酒，恢復了平靜。心中在想，「這五龍再出，難道說那人的預言竟是真的？可若是真的，狄青會不會有事？這五龍在我眼中是個禍害，可在狄青心目中呢？他這些年落魄潦倒，難得喜歡上一物，我怎麼忍心讓他丟了五龍？大相國寺被毀，彌勒佛像損壞，太后震怒，原來也是因為這個五龍。太后究竟知道些什麼？多聞天王到底是誰？他怎麼會知道五龍的下落？吐蕃的不空為何也要求五龍？」所有的一切，在郭遵心中已成難解的結！

良久，郭遵才道：「先帝信神，當年舉國信神修道觀的事情，你當然知道了？」

狄青點頭道：「那是多年前的笑談了。就算我們鄉下，也都說真宗很糊塗，自欺欺人。」

郭遵哂然道：「當初先帝說天降祥瑞，神人授他天書，這件事的確很多人不信。但先帝總是個君王，若沒有些詭異，他如何會如此癡迷？我知道，這五龍，應是神給他的東西。」

狄青一振，「神？真的有神？怎麼可能？」

郭遵不答，繼續道：「太后也不信真宗所說的一切，而且對真宗所謂的什麼天書極為厭惡。在真宗死後，太后就將真宗的一切都封存在永定陵。我當初以為，這五龍也已封在永定陵了。今日聽你所言，我才知道當年太后將五龍藏在了彌勒佛像中。不想天意冥冥，你竟然誤打誤撞得了它。」

狄青問道：「那五龍重出四句話，又是什麼意思？」

郭遵道：「這本是當今一個隱士所言。當年太后曾就五龍一事，詢問過那隱士，那隱士才說出這四句偈語。具體什麼意思，只怕除了那隱士外，沒有人知道了。」

「那隱士叫什麼名字？」

郭遵沉默半晌才道：「他叫邵雍，聽說他本是陳摶的徒孫，得陳摶弟子李之才的真傳。」

狄青忍不住問，「陳摶？就是和太祖在華山論棋的那個神仙嗎？」

郭遵點頭道：「不錯，都說陳摶此人已和神仙彷彿。當年太祖就是得陳摶的指點，這才能從一尋常禁軍起家，和太宗憑四拳雙棍打下了大宋四百軍州。」見狄青欲言又止，郭遵問道：「你想說什麼？」

狄青猶豫道：「當年給我娘看命的術士，就是陳摶。」

郭遵一震，失聲道：「陳摶說你娘能生出個宰相來？」

狄青點點頭，沉默半晌才道：「這些都是妄言了，當然做不了準。我算什麼？怎麼有當宰相的命呢？」

郭遵目光又移到五龍之上，含義極為複雜，像是思索著什麼。良久才道：「或許這就是天意吧……」

狄青不解道：「郭大哥，你說什麼是天意？」

郭遵澀然一笑道：「天意讓你得到五龍，可你若不丟掉它，以後莫要後悔。」他臉色沉重中帶著分無奈，卻不再勸狄青丟棄五龍。

狄青凝聲道：「我做的事，我不會後悔。」

郭遵緩緩站起來，看起來滿懷心事。長長地歎口氣，說道：「我還有其他事要做，先走一步。你這次沒有去殺夏隨，夏隨想必覺得你沒有看穿他的心機，一時間應該不會再對你下手。你多多留意，暫時不會有事。」

狄青見郭遵要走，突然想起一事，急問，「郭大哥，那偈語除了你和太后，還有別人知道嗎？」

郭遵沉吟片刻，搖頭道：「應該沒有了。」

狄青目光閃動，一字字道：「既然那偈語除了你和太后外，沒有人知道。那多聞天王為何能知道？這個祕密，當然不是你和太后告訴多聞天王的，難道說……是邵雍告訴他的？」他想到疑點，興奮道：「或許我們可以從邵雍的身上，查得多聞天王的下落。」

郭遵歎口氣道：「邵雍乃奇人隱士，居無定所，想找他，談何容易？但我想多半不是他說的，會不會是……」他目光閃動，似乎想起了什麼，再不言語，已消失在茫茫夜色中。

狄青冥思苦想，不得要領，暗想道：聽郭大哥所言，邵雍不會說這個祕密，郭大哥肯定也不會說，知道祕密的只有太后了。可太后當然也不會說！

一想到這裡，狄青大為頭痛，悄悄放下點碎銀，也出了酒肆。那酒肆的劉老爹並沒有出來，似乎早就睡了。

第十四章　羽　裳

夜已深，月色微。狄青信步走在京城街頭，想著郭遵今日所言，謎團種種，思緒萬千。不經意地一抬頭，才發現自己竟又走到麥秸巷左近，心中不由一陣茫然，暗想自己終究還是忘不了那女子。可自己今日才辭別那女子，說得那般絕情，日後怎麼有臉相見？

但終究還是向那巷子走過去。未等近了巷口，狄青已發現有人正站在那梅樹之前，一顆心不由怦怦大跳。砰砰響聲不絕，從梅樹那邊傳來。狄青本以為是自己的心跳迴響，可驀地發現，原來站在梅樹前面那人竟然舉著個斧頭在砍梅樹。

狄青吃了一驚，慌忙上前，這才發現那人並不是他中意的女子，而是那女子的丫環月兒。月兒雖是瘦弱，砍樹的力氣倒是不小，砰砰聲中，積雪震落，木屑斜飛。狄青忙問，「喂，你做什麼？」

月兒砍樹正砍得全神貫注，沒留意身後來人，驚叫一聲，霍然轉身，竟一斧頭向狄青砍去！狄青一把抓住她的手腕，喝道：「你瘋了嗎，怎麼見人就砍？」

月兒終於認出狄青，用力掙扎了幾下。狄青只怕她殺過來，哪敢放手。月兒掙脫不得，突然啐了口，吐了狄青一臉口水。狄青慌忙後退，怒道：「你怎麼這般蠻不講理？我是狄青！」

月兒冷笑道：「我知道你是狄青，你怎麼還不去死？」

狄青見她說得咬牙切齒，不由大為奇怪道：「我……我怎麼得罪你了？當初的事情，我不是賠禮了嗎？」在他心目中，當初撞到那女子一事，已用鮮花賠過禮，除了那件事外，他自忖沒有得罪過月兒。

月兒罵道：「你這個大騙子，小姐被你害死了，你竟然還說風涼話？」

狄青心中一凜，忙問，「你家小姐如何了？」

月兒叫道：「你不是說要離開京城，再也不回來了？她聽了很傷心，已哭了一整日，竟然還害了病，這下你滿意了？你撞倒小姐也就罷了，可為什麼送她鳳求凰？」

狄青詫異道：「什麼鳳求凰？」

月兒又是一斧頭劈過來，「你現在還不承認了？」

狄青心亂如麻，急急閃開道：「你別動不動就用斧頭，我看你是女人，才不和你動手，你不要以為我怕了你。你要我承認，總要告訴我，要承認什麼才好吧。」

月兒叱道：「當初你送給我家小姐那盆花，不就是鳳求凰了，你總不會告訴我，你沒有送過。」

狄青終於恍然，不想那花兒還有這雅致的名字。當初他只想表示歉意，一直不知道花的名字。他雖少讀書，可對鳳求凰的含義，多少還明瞭。他若是當時就知道這花兒的名字，打死也不敢送出去，這時候知曉，心中又是苦澀，又有些甜蜜。這才明白為何那女子說謝謝他送的花之時，有些臉紅。

月兒道：「你送我家小姐花兒也沒什麼，可你不該三心二意，送了一女子花兒，還要去那種煙花之地，還為了個女人和別人大打出手。」

狄青不能不分辯道：「我真不是為了女人。」

月兒撇嘴道：「不是為了女人，難道是為了男人？」

狄青解釋不清，說道：「月兒姑娘，你相信我，我去那裡真的不是為了歌姬。」

月兒道：「我信你做什麼？不過我家小姐真的瞎了眼，竟然會信你無罪。她說你一定有難言的苦衷，她覺得你不是壞人。你在牢獄中待了大半年，她就擔心了大半年。我們家鄉中有個習俗，說放風箏畫上紅嘴玉，就能為人祈福，心想事成。你在牢獄中待了大半年，她就為你放了大半年的風箏。」

狄青怔住，風中顫聲道：「你說的是真的？」陡然想起再見之時，那女子說什麼「原來……」，言下之意當然是——原來習俗是真的。

月兒冷笑道：「你別表錯情了，我說的雖是真的，可那是我家小姐心好，不是對你有意。」

狄青只能道：「你說的極是。可我……總算為你家小姐取回風箏……」

「取個風箏了不起了？」月兒問道。

狄青心虛道：「也不是了不起，我也不知道，我真的不知道……」

「你就知道去死對吧？」月兒諷刺道：「你如果什麼都不知道，為何數日都等在麥秸巷，失魂落魄一樣？」

狄青一驚，訕訕道：「你怎麼知道？」

月兒冷笑，「我什麼不知道？你敢說你連續幾日在麥秸巷徘徊，不是等我家小姐？」月兒目如寒冰，冷望狄青。

狄青不再迴避，挺起胸膛道：「不錯，我是等你家小姐。我知道自不量力，可我在麥秸巷轉悠，總沒有什麼過錯吧？」

「你怎麼沒錯？」月兒不滿道：「你等不到我家小姐，難道不能去找她？她見血就暈，可卻為你包紮傷口，她最怕冷，可卻為你數次等候。她為你做了那麼多，你竟然半分都體會不到？她主動來找你，主動留言，你倒好，反倒端起架子來了，竟然幾晚不來，也不知道你是蠢牛，還是蠢笨得和牛一樣？」

狄青聞言，心中激盪，恨不得打自己兩巴掌，開口解釋，「我真的有事，你看，我有傷，那幾晚都在當值，幾乎要死了。」

「死了就了不起了？」月兒又問。

狄青尷尬道：「那也沒什麼了不起，可我那時真的來不了。」

「那你最後一次來，為什麼要那麼絕情？」月兒冷笑道：「你真的以為你所得到的天經地義？你真的以為我家小姐就要受你欺負？還是你真的不過是個騙子？你既然走了，今晚為何還要過來？」

狄青道：「月兒姑娘，我真的有不得已的苦衷，我知道都是我的錯。你打我也好，罵我也罷，可我只求你帶我去見你家小姐。我向她解釋一切，她原諒我也好，恨我也好，我都對你感激不盡。」本以為月兒刻薄，不會帶他前去，不想月兒望了他半晌，終於歎口氣道：「好吧，我帶你去。只盼你這次莫要再讓人家失望了。」

狄青得月兒應允，倒有些受寵若驚，見月兒拎著斧子當先行去，不由心中惴惴。二人過了麥秸巷，到了上次那女子進的朱門前，卻過而不入。月兒從側門而進，帶著狄青穿廊走園，到了一廂房前，低聲說道：「我家小姐多半就在這裡，你進去看看吧。她估計還睡著，你輕些。」

「你不進去？」狄青有些冒汗道。

月兒道：「我累了。難道你不能讓我歇一會兒嗎？」

狄青有些猶豫，道：「這是你家小姐的閨房吧？我怎麼能進去呢？」

月兒道：「你若真心想要見她，就算刀山火海都要進去，不要說是閨房！」狄青心道，那怎麼一樣呢？為了她，我刀山的確不怕，可閨房那就不同了。還待再說些什麼，月兒臉色已冷了下來，道：

「婆、婆、媽、媽，好不男人。你不進去是吧？那就和我出去吧！」

狄青忙道：「我進去，我進去。」才待先喊一聲，月兒道：「小姐可能在休息，你不要驚醒她。」說罷轉身離去。狄青心中大為困惑，搞不懂這個月兒的心思。

望見那廂房依稀透著昏暗的燈火，狄青突然心中有了疑惑。他這段日子總在陰謀算計中打滾，驀然想到，難道這是一個圈套，不然月兒為何放心讓他一個陌生人去見她家小姐？可隨即嘴角又露出苦澀的笑，暗想狄青呀狄青，你又算什麼東西，值得他們為你這麼設計圈套呢？就算真的是圈套，跳進去又如何？

狄青左思右想，終於鼓起勇氣推開房門，才發現屋中空空蕩蕩，只燃了一盞青燈。屋內空曠，哪裡是什麼閨房？立在房間內片刻，才發現屋中還有道側門，狄青緩步走過去，推開房門，這才發現這裡香火繚繞，那女子正立在一祭案前，面對著一靈位，背對著狄青，動也不動。

狄青覺得有些不妥，才待退出，那女子聽到身後響動，幽幽道：「小月，你回來了？」

狄青略感尷尬，一時間不知說什麼才好。

那女子只以為是小月前來，也不回頭道：「唉，他手腕受傷，傷口還沒有包紮，也不知道好些了沒有。可是我再也見不到他了。」

狄青鼻梁微酸，只是默默地望著那女子，心潮澎湃。

那女子又道：「小月，你說我是不是很傻？我只見了他一面，只接受他送的一盆花，不知為何，當初見到他的第一眼，就覺得他有無盡的心事和憂愁，和我是一樣的人。我一直不相信一見傾心的事情，但後來我相信了，你還笑我傻。當初你說他和馬中立為女人爭風吃醋，並不是個好男人，我還喝斥了你，說他不是那種人，我和你賭過，他不是那種人！你輸了，是不是？」

那女子像是無聲無息地笑了笑，又道：「原來放紅嘴玉的風箏，真可實現一個人的心願。原來好人也終究會有好報。他沒事了，我很高興，可他真的喜歡我嗎？他在麥秸巷連續幾天風雪中徘徊，真的是在等我？小月，你知道嗎，我長這麼大，除了娘親和你外，再沒有別人這麼關心過我，我很喜歡。我聽他說了往事，才知道原來他也和我一樣，都很小失去了娘親。他為了大哥才參軍，因為平叛才受傷。他總是受傷，很讓人擔心，上次我為他包紮了傷口，但是他這次為何這般決絕的離去呢？我知道，他有為難的事情，卻不想讓我難過。可是他不知道嗎？他不告訴我，我更難過！」

女子突然伏在桌案上，失聲痛哭起來，狄青淚盈於眶，已不能言。

「娘親，他走了，真的走了，再也不會回轉。我知道，他的表情已經告訴了我一切。娘親，當初我幾乎想要說，我陪他一起浪跡天涯，但我怎麼能夠？我只能眼睜睜地看著他離去，那一刻，你可知道我心都碎了……娘親，我無人可求，只求你在天之靈保佑他，平平安安……」那女子已哽咽難言，陡然感覺有隻手輕輕觸及她的秀髮，女子霍然轉身，一把抱住了狄青，哭泣道：「小月……」突然感覺不對，撒手後退，見是狄青，嬌軀晃了兩晃，幾乎要暈了過去。

狄青嘴唇喏喏動了兩下，顫聲道：「我……」他聽那女子表達心意，早就激動莫名，雖有千言萬語，只是無從說起。女子卻是輕呼一聲，再次撲到狄青的懷中。二人緊緊相擁，更不多言。或許在彼此心中，此刻無言已值千言，無聲更勝有聲！

夜色沉寂柔美，空中幽香暗傳。狄青摟著那女子柔軟的嬌軀，一時間不知身在何處，一時間忘記了所有的榮辱心酸。

不知過了多久，女子輕輕地推開了狄青，後退兩步，臉上帶著分嬌羞道：「你不是走了嗎，怎麼又會回來？小月，你在哪裡？」女子心道，狄青絕沒有勇氣孤身到這裡，肯定是小月那丫頭帶他來的。

門外無人應答，女子臉上紅暈，擺弄衣角道：「狄青……你……」

狄青歉然道：「我……真不知道說什麼，我不知道你對我如此，若早知道……」見那女子明若秋水的眼眸望著自己，狄青提掌就要向自己臉上打去。

那女子柔荑已握住狄青的手掌，輕聲道：「我知道你肯定也有自己的難處。」

狄青突然發現一切已不用解釋，這女子不但有著脫俗的容顏，還非常善解人意，感慨道：「可我無論有什麼難處，都不應該那麼對你。」

女子眼角的淚珠滑落到嘴角，帶出嘴角的一抹靚麗弧線，「你知道對我說了也是沒用，反倒讓我為難，對嗎？」

狄青當初的確這般想，歎道：「我當初只想尋仇，以為退無可退，這才想著動手後出了京城，從此流浪天涯。當然……也可能斃命街頭，一死了結。」

女子嬌軀微顫，妙目望著狄青道：「那現在呢？」

狄青苦笑道：「現在想想，一些事好像還是可以忍得下來。」

女子輕聲道：「是呀，這世上總有些事情，當初看起來難以承受，但事後想想，也是不足一笑。狄青，你答應我，以後凡事多想想好嗎？」

狄青毫不猶豫道：「我答應你！」

女子嫣然一笑，突然身軀又晃了下，手撫額頭，狄青慌忙扶住她，「你怎麼了？」女子道：

「我……沒什麼。」

狄青這才想起月兒說過女子害了風寒，關切道：「你既然不舒服，回轉歇息吧。」

女子本待點頭，臉上又有微紅，搖頭道：「我還想再坐一會兒，你陪陪我好嗎？」

狄青不忍拒絕，點頭答應。扭頭望向那靈位，見到上書「顯妣楊門白氏之位」，暗想女子原來姓楊。

女子見狄青望向靈位，低聲道：「那是亡母之位。」

狄青聞言，畢恭畢敬的向那靈位深施一禮，心中默念道：伯母，在下狄青，幸遇令千金。只求你保佑她平安喜樂，狄青得她垂青，必定不負她的深情。

狄青多年落魄，鬱鬱難歡，陡然知道這女子和他身世相仿，對他又是這般情深，早就不能自己。在麥秸巷徘徊多日，狄青雖自不覺得，但情思早已深種。

等拜過靈位後，狄青才想起一直未問過女子的名字。以前的時候是因為羞澀，後來卻是因為自卑，等到稍有熟悉的時候，又要訣別，何必問來？所以至今，狄青竟然尚不知道女子的姓名，甜蜜中多少也帶著歉然。

女子見狄青對自己的亡母尊敬，心中喜悅，見他沉思，問道：「你想什麼呢？」

狄青搖搖頭，「也沒什麼。我想我還不知道你的名字，未免太過失禮了。」

女子抿嘴一笑，「太過失禮嗎？也不見得！不過若是家母尚在，多半說呀，羽裳呀，你怎麼會認識這種糊塗的男人呢？」

狄青聽女子埋怨，臉色發赧，遲疑道：「原來姑娘叫做楊……」他正在琢磨到底是雨裳還是羽裳或者另有別字的時候，女子突然起身，翩翩一舞道：「你難道不知道《霓裳羽衣曲》嗎？」

狄青見女子舞姿輕盈，竟給人一種虛無縹緲的仙境之感，慚愧道：「沒有聽過。」

那女子盈盈笑道：「這《霓裳羽衣曲》本是唐玄宗最得意之作，當時有人作詩贊云，『天闕沉沉夜未央，碧雲仙曲舞霓裳；一聲玉笛向空盡，月滿驪山宮漏長。』我娘親很喜歡那曲子，也喜歡這首詩，本來要給我起名霓裳，但又覺得太過華麗，後來終究還是定名羽裳。她說『女兒呀，平實是真，娘親給你不取霓裳，起名羽裳，羽毛的羽，衣裳的裳，就希望你以後不求奢華，但求開心快樂，你要知道，快樂很多時候，是多少奢華都買不到的。』」

狄青由衷道：「原來你叫楊羽裳，你娘親說得真好……」心中暗想，狄青能得楊羽裳的青睞，那真是多少奢華都買不到了。

「是呀，所以我憂傷的時候，會找娘親哭訴；我開心的時候，也會來到這裡傾訴。我知道無論我開心不開心，她總有耐心聽我說的。」楊羽裳輕聲道。

狄青終於鼓起勇氣道：「那你以後無論憂傷還是高興，也可以向我說的。」

楊羽裳秋波微轉，欣然道：「好呀。」她輕輕打了個哈欠，忙用手掩住了嘴。狄青見狀，忙道：「很晚了，你先休息吧。我改天再來看你。」

楊羽裳搖頭道：「我還不睏。」眼珠一轉，笑道：「我說了自己名字的故事，你也應該說說自己的故事才好。」

狄青尷尬道：「我哪有什麼故事？」

楊羽裳不依道：「你不說，就不讓你走。」

狄青真是捨不得走，可見楊羽裳臉現倦容，卻也不忍她再熬夜，沉吟道：「真的沒有什麼故事，我幼時在西河，因爹娘死得早，總喜歡打架鬥狠。我最厭惡別人瞧不起自己，可是後來我終於明白了，或許命運註定，我就是被人瞧不起的人。」

楊羽裳安慰道：「王侯將相，寧有種乎？狄青，你要想別人看得起你，就要自己先有志氣才行。」

狄青見楊羽裳善解人意，心中感激，說道：「你說得不錯，我今後絕不會再讓旁人看輕。」心中暗想，為了你，我狄青也要奮發才行。

楊羽裳道：「當初你說為大哥這才和惡霸動手，好像其中有個叫小青的姑娘，她名字中有個青，你也有個青，你們是不是有緣呀？」

狄青忙道：「青山也有個青字，我難道和所有的青山也有緣不成？」見到楊羽裳雙眸中有狡黠的笑意，狄青笑道：「好呀，你取笑我。」

楊羽裳假裝板起臉道：「我怎敢呢？狄青，你不覺得……你長得很英俊嗎？」

狄青摸摸臉，苦笑道：「臉上刺了幾個字，也英俊不到哪裡去吧？」

楊羽裳道：「不然，我總認為，你本來的臉肯定太過俊美，反倒不好。娘親說了，世上太完美的東西，總會夭折的……」

狄青心中一顫，忙道：「這也說不定。」望著楊羽裳那美得沒有瑕疵的臉龐，狄青突然一陣心悸。

楊羽裳低聲道：「你臉上刺了幾個字，反倒去除了原先的美中柔弱，變得剛硬。你頭上的傷疤又是怎麼回事呢？」

狄青道：「說來話長了。」

楊羽裳道：「那說來聽聽。」她神態滿是依依不捨，狄青見狀，不忍拒絕，說道：「那可說是我畢生中，最難忘記的一場廝殺……」當年飛龍坳的慘狀再次浮現在腦海，狄青忍不住將當年的事情說了一遍。雖事隔多年，楊羽裳仍聽得驚心動魄，美目不時流露出驚駭之色，她畢竟還是閨中少女，平日不要說見識這種血腥，就算聽都沒有聽過，等聽到狄青為救郭遵出手，臉上已有了尊敬之意，說道：「狄青，我真的沒有看錯你呀，那時候還能出手，真的是丈夫所為！」

狄青得意中人讚許，淡淡笑道：「其實你過獎了，我事後幾年總是問自己，當年出手值不值？有時候，不過是意氣而起。」

楊羽裳緩緩道：「生死關頭，方顯英雄本色。我倒覺得，就是那一刻，才能真正現出人心的本色。那後來呢？」

狄青道：「伊始是郭大哥救了我，後來是我幫了他一把，再後來仍是他救回了我。他那次在飛龍坳搏殺，因為運功過劇，聽說已落下了病根，這些年也一直沒有好，但他從來沒有對我說及此事，我是向王大夫詢問，才知道此事。唉，我這輩子總是欠他的。」這些話他從未對旁人說及，因為他知道郭遵素來施恩不望報，可終究還是在楊羽裳面前吐露了心事。

楊羽裳目露敬仰之意，良久才道：「你們都是好男兒，狄青，你不要灰心，只要努力，終究有一日，會得償所願的。」

狄青好笑道：「你難道知道我有什麼願望嗎？」

楊羽裳妙目凝在狄青臉上，柔聲道：「你的願望，不就是要做個天下人敬仰的男兒嗎？」

狄青身軀一振，握住了楊羽裳的纖手，失聲道：「你怎麼知道？這件事我只對我大哥說過。」

楊羽裳臉色微紅，卻沒有抽回手掌，狡黠道：「我就知道。」

狄青這才發現觸手柔膩，低頭見楊羽裳的一雙小手白如玉，勝似雪，緩緩鬆開了手，說道：「羽裳，我不會讓你失望，也不會讓我自己失望，你要信我。」他這句話說得斬釘截鐵，意志從未如此堅定。

楊羽裳望著狄青的雙眼道：「我若不信你，何必等你？」盈盈一笑，「好了，你今日講故事過關了，記得以後再來給我講故事。」

狄青點頭道：「好。」

楊羽裳送他到了屋門前，狄青堅持道：「風大，你不要送了，我自己回去就好。」楊羽裳點點頭，也不堅持，輕聲吟道：「青青子衿，悠悠我心。縱我不往，子寧不嗣音？」說罷一笑，關上屋門，再不見芳蹤。

狄青聽那四句悠悠，一時間也不解其意，暗想青青多半是說我狄青，後面的意思好像是羽裳責怪我，她不來找我，難道我就不能去找她嗎？嗯，多半是如此了。他雖這般想，心中終究不敢肯定，暗想回頭還要請教郭逵那半瓶醋才行。

大踏步的原路返回，到了那道小門，狄青猶豫下，方才推門離去。狄青才出了小門，就聽到門後咯的一聲，似有人上了門栓。狄青心中感激，知道多半是月兒等候已久，這時才上了門栓。這月兒姑娘刀子嘴，豆腐心，如此冷夜，竟然也陪著他們熬夜，自己以後也要感謝她才對。

一路輕飄飄地回到郭府，狄青躺在床榻上時，還恍如在雲端。疑團雖還多有，但快樂早就壓過了疑惑，甚至那仇恨，都淡了很多。

終於等到天明，狄青早早起床，到了郭逵的房前，見他仍是高臥，不好打擾，又去找郭遵，見郭遵床榻潔淨，竟似昨晚未歸。狄青慢慢發現郭遵好像也有很多祕密，但這時並不多想。

又回到郭逵窗前，狄青見他豬一樣的睡，暗想整日這般懶惰，怎麼能行？自己這個做二哥的有責任讓他早些起來奮發向上！

狄青在郭逵窗前裝模作樣地打了一通拳法，喝叱聲高亢得可以搶那街頭賣炊餅的生意了。才喊了數聲，一本書扔出來，正中狄青的後腦，狄青回手一抓，見正是本《詩經》，不由暗喜。

郭逵叫道：「你大清早的鬼叫什麼？要書是吧？昨天才買了本，拿去看吧。」他本以為狄青會惱，不想狄青將書揣到懷中，微笑道：「小逵，你真比伯牙子期還伯樂了。」說罷匆忙離去，也忘記了要提醒郭逵練武的責任。

郭逵大為奇怪，喃喃道：「這個狄二哥，也不知道搞什麼鬼。難道說書中自有黃金屋是真的？不然怎麼被書砸了比撿錠金子還高興。」打個哈欠，睏意上湧，懶得再管，又倒頭睡了。

狄青一出了郭府，馬上拿出《詩經》翻看起來，翻到「青青子衿」那四個字的時候停下來，發現那首詩詩名就叫做《子衿》，除了楊羽裳念的那幾句話之外，後頭還有幾句，是為「青青子佩，悠悠我思。縱我不往，子寧不來？」

這句話就算瞎子都看得懂了，那意思就是說我要是不過去，你就不能自己過來嗎？狄青暗暗為自己的舉一反三高興，不過書中少了郭逵那些離譜的注釋，未免還有些不明不白。狄青接著往下看去，見最後四句是「挑兮達兮，在城闕兮。一日不見，如三月兮。」不由心中柔情陡升。

「一日不見，如三月兮。」狄青怎會不明其中的含義？楊羽裳對他，竟是如斯的思念？楊羽裳說了這句話，是不是提醒他不要再爽約，早些再去見她？

狄青將書卷和相思一塊收到懷中，踩著積雪，深一腳淺一腳的到了軍營。才入了營帳，李禹亨就迎了上來，滿臉喜意道：「狄青，張玉醒了！」

狄青驚喜交集，忙到了張玉的床前，見張玉正望著自己，雖雙目無神，但畢竟醒轉了過來。

李禹亨一旁道：「昨夜郭指揮請王神醫來給張玉治病，今晨才離去。」

狄青暗自羞愧，心道郭大哥心細如髮，自己卻不過是個粗莽之人，一心只想報仇，怎麼會忘記了請王神醫呢？握住張玉的手道：「張玉，你安心歇息……」

張玉低聲道：「狄青，我有事對你一個人說。」

李禹亨臉色微變，緩緩退出去，知道張玉還不肯原諒他。狄青坐在張玉床頭，不解道：「你要說什麼？」

「我只怕這次是夏隨在搞鬼。」張玉擔憂道：「他第一次找你的時候，看你的眼神就好像不對……」

狄青截斷道：「張玉，我都知道了。你安心養傷，不要多想。」

張玉看了狄青半晌，不解道：「你都知道了？」

狄青澀然道：「我雖知道了，可眼下也做不了什麼。」

張玉舒了口氣，喃喃道：「那我就放心了。」他閉上眼，再不多言。

狄青坐了會兒，見張玉沉沉睡去，心道，原來張玉早就看出來夏隨有些不對，他擔心我不知情，因此提醒我，可又怕我去找夏隨報仇。以往只見他嘻嘻哈哈，不想竟如此仗義。患難見真情，狄青心中感慨，從營中走出，李禹亨走過來道：「狄青，張玉還怪我嗎？」

狄青拍拍他的肩頭道：「他重傷未癒，你多照顧他。」

李禹亨點點頭，神色黯然。有時候，一個選擇，可能就會造成一輩子的愧疚。

狄青滿懷心事，信步而走，不由又要向麥秸巷行去。路過大相國寺的時候，正逢寺廟前萬姓交易，天氣雖冷，百姓卻是興致不減，到處熙熙攘攘。無論廟堂、邊陲如何，這裡的百姓，總是安於現狀。

狄青心道昨晚楊羽裳有些病容，今日不急於前去，讓她多休息也是好的。信步在大相國寺前遊蕩，想起初識楊羽裳的時候，也是在這附近，可那時哪裡能想到竟會和她這般熟悉呢？世事難料。

正回憶間，有人招呼道：「官人，買點首飾吧。」狄青扭頭望過去，才發現來到了個玉器攤位前。

大相國寺前的交易千奇百怪，賣什麼的都有。從飛禽貓犬到珍禽奇獸，從果子臘脯到刺繡珠翠，琳琅滿目，應有盡有。大宋安定了數十年，全國各地的藝人商賈都一股腦兒地湧入了京城，使得開封空前繁華。

以往狄青心情寂寥，遇到這種熱鬧，總是避到一旁喝悶酒。這次雖遭陷害，但有楊羽裳安慰，心中開朗，看事物時心境自然也就不同起來。見那玉攤有美玉懸掛，給皚皚白雪中帶來了點亮色，心動了下，不由蹲下來細看。

賣玉的是個四十來歲的漢子，一副精明的樣子，見狄青好像有興趣，忙拿起塊玉介紹道：「客官，你看這玉做工精細，有如佛手，是和闐玉，這可是從崑崙山上採下來的。」

狄青見到那玉佛手，心中一顫，暗想自己這輩子從不信佛，但是和佛好像有不解之緣，無論好事壞事都和那個彌勒佛有關。扭頭望過去，見各種玉器千奇百狀，神韻橫出，上面的花紋更是各式各樣，有如蒼松翠柏，有似猛虎下山，有的像濃墨洗出，有的又比翠竹新綠，這些都很不錯，可他不喜歡。

賣玉的漢子不辭辛苦地介紹道：「客官，你若是不喜歡這個不要緊，你看看，這裡還有很多，這是藍田玉，質地好得不得了，你看，這是祁連玉，以綠色為主調，各種綠都有，深綠、淺綠、翠綠、墨綠……你看這色澤，多麼純淨……」

狄青沒有留意賣玉漢子的介紹，目光卻落在一塊綠玉上，那綠玉不屬祁連玉，卻也色澤墨綠，色彩柔和。更稀奇的是，那玉中有塊淡黃的痕跡。狄青拿起來看看，倒覺得這玉像是一盆花，綠葉襯著黃花。狄青看著喜歡，便問道：「這塊玉多少錢？」

漢子忙道：「客官果然好眼力，這可是正宗的南陽玉，品質極佳，你看這上面……多麼好看呢。」這是塊雜玉，表面還有細微的痕跡，不過若不留意，倒也看不出來。漢子暗笑狄青沒有眼力，可既然主顧來了，就沒有不宰上一刀的道理，又道：「若是旁人問價，這塊玉最少值十兩銀子。客官，你給個八兩吧？」

「八兩銀子？」狄青有些詫異，沒想到一塊玉居然賣這麼貴。他是個十將，一個月所領的俸祿也不過三兩銀子而已。狄青素來大方，前段時間好不容易有點積蓄，又都寄給了大哥，眼下沒有什麼餘錢，又哪裡有這麼多銀子買塊玉。

漢子見狄青為難，忙道：「當然，價錢好商量。七兩行不行？」

狄青搖頭道：「給你一兩還差不多。」

那漢子為難道：「一兩太少，總要加些，這樣吧，二兩銀子，再不講價，不然我本錢都不夠。」

狄青難得喜歡那塊玉，也不再還價，爽快道：「好。」伸手入懷摸了半響，連銅錢都摸了出來，才發現加起來連一兩銀子都不夠。

漢子臉色難看，已收回了玉，嘟囔道：「沒錢站在這裡做什麼？」

狄青聽他說話無禮，雙目一瞪，本想喝斥，轉瞬想到，和這種人有什麼好鬥氣的呢？再說的確是自己不對，懷中有多少銀子都不知道，怪不得羽裳說自己糊塗。

無奈之下，狄青起身準備離去。那漢子賠了口水和唇舌，忍不住的再贈送句：「一看就是個窮鬼！」話音未畢，旁邊伸來一隻白白胖胖的手，手上拿著錠白白胖胖的銀子道：「這些買玉夠了吧？」

第十五章　巧　遇

狄青扭頭望過去，臉色微變。

拿銀子的人姓閻，狄青是認識的。而閻姓那人的身邊，可不就是害他入獄的聖公子？狄青怒火上湧，一把就揪住了聖公子的衣領，叫道：「你還有臉見我？」

聖公子慌了神，忙道：「狄青，莫要動粗，有話好商量。我……有苦衷，你聽我解釋好不好？」

狄青握拳要打，可見聖公子一副可憐相，心中一軟，喝道：「你不知道我為你坐了大半年牢嗎？你莫要告訴我，這段日子出了京城，不知道我的事情。」

旁邊有一人喝道：「你先放手！」

狄青斜睨過去，見聖公子身邊多了一人。那人黝黑的臉龐，人在中年，很有幾下子的樣子，冷笑道：「怎麼的？心中有愧？怕我打你，所以帶保鏢來了？」

聖公子搖頭道：「哪裡，哪裡，這是我的一個遠方親戚——李用和。和我一塊兒逛逛京城而已。」

那黑臉的人聽聖公子這麼說，臉上突然露出極為古怪的神色，可隨即低下頭，不讓人看到他的臉色。

狄青並沒有留意那人的表情，可手已鬆開了些。當初的事情，雖由聖公子而起，但似乎也怪不到他頭上。唯一讓狄青不滿的是，當初聖公子沒有站出來。可八王爺都站出來了，他狄青還不是被關了半年，聖公子站出來，有什麼作用？

一想到這裡，狄青氣平了許多，但覺得聖公子並不仗義，啐了口道：「你也不用解釋了，事情過去那麼久，你是你，我是我了。」

他轉身要走，聖公子早就搶過那塊玉，遞到狄青面前，真誠道：「狄青，我知道這塊玉補償不了什麼。但我真的很抱歉，希望你能明白我的心意。」

狄青盯著那玉半晌，哂然道：「那我不是要多謝你了？」

聖公子臉色微紅，輕咳道：「閻先生，我記得你懷中有本書？」

閻先生臉色微變，訕訕地從懷中取出一書盒遞過來。聖公子道：「狄青，這本書送給你。」

狄青沒有接，見聖公子滿面愧疚，倒也心軟，道：「玉我收了，書就不必了。」

聖公子將書盒硬塞到狄青手上，舒口氣道：「我看你也挺窘迫的，這書你用得著。」

「你給我這本書，還不如給我點銀子。」狄青歎口氣道：「我又不考狀元，要書幹什麼？」話未說完就感覺手中的書盒很有些分量，狄青忍不住翻開一看。

一道淡淡的金光泛將出來。

狄青一凜，幾乎以為腦海中金龍再現，定睛細看，才發現書盒中竟是一層層金葉子。這個書盒中，竟裝了幾十兩的金子！

大宋金貴，這幾十兩金子等於數百兩銀子，狄青當個十將二十年所得的俸祿，或許才能勉強賺到這些金子。狄青捧著金葉子，半晌才道：「你這是做什麼？我豈是個貪財的人？」

聖公子賠笑道：「一點心意，不成敬意。」

狄青本待還給聖公子，轉念一想，把盒子揣在懷中道：「唉，盛情難卻，原諒你了，下不為例。我有事，先走一步。」他心道，禮下於人，必有所求。這聖公子突然冒頭找我，多半還有事要我辦，上次去竹歌樓，入了大半年牢獄，這次說什麼也不和他打交道了。金子嘛，不要白不要。

聖公子見狄青離去，忙叫：「狄青，我還有事。」他一叫，狄青溜得更快。

閻先生罵道：「這小子不地道。」

聖公子跺腳道：「唉，我還準備給他討個官做……」話未說完，狄青又出現在聖公子面前，笑道：「哎喲，聖公子，我最近耳朵不好使，剛才沒有聽到你找。你方才說什麼？」

狄青不是耳朵不好使，而是太好使。他已跑出半條街去，偏偏聽到聖公子為他求官的話，不由怦然心動。

狄青本不是貪財貪官的人，可人總是會變，他知道楊羽裳不以他的身分為意，但是羽裳的家人呢？會不會因此看不起羽裳？狄青正是有了這種念頭，這才重新奮發向上。他感覺聖公子有些權勢，說不定真的能給他搞個官做。

閻先生冷哼一聲道：「你不是有事嗎？」

狄青厚著臉皮道：「聖公子有事，我總得看看能不能幫忙了。」

聖公子不以為忤，眼中有了笑意，說道：「狄青，你幫我擋了難，我付你銀子，送你玉，已算兩清了。」

「所以我要官，就要幫你再辦事，對吧？」狄青聽懂了聖公子的言下之意。

聖公子認真點頭道：「好，這買賣可做，成交！」

狄青道：「別忙，你先說讓我做什麼事，然後再說為我討什麼官。我總要掂量下。」

聖公子道：「我讓你再帶我去竹歌樓！」

狄青扭頭就走，可沒走兩步，又停下了腳步，因為聖公子又道：「我可以為你討個殿前散直的官！」

狄青良久才轉過身來，盯著聖公子道：「你不騙我？」

聖公子一字字道：「絕不虛言。」

狄青有些猶豫，他無法不動心。原來散直已屬皇上親兵之列，直接負責大內的安全，比起一個軍營中的十將，地位高出太多。一個行伍之人，想當散直，不但要熬個十數年，還要有合適的機會。現在機會憑空落在狄青腦袋上，他接還是不接？

閻先生見狀，冷笑道：「你莫想著再裝捕神了，若見張妙歌，總得拿出點真本事來。」

狄青挺起腰來，昂然道：「你腦袋被門板夾了，我卻沒有。今天就讓你看看我的本事。」

眾人一路向竹歌樓走去，聖公子想笑，強自忍住。閻先生的臉比李用和還要黑，原來他有些胖，一個腦袋是梯形的，倒真像被門板夾過一樣。

狄青雖說得自信，其實心中沒底。上次他騙了鳳疏影，想再騙她一次，難若登天。但富貴險中求，若不搏一下，這輩子什麼時候能出頭呢？狄青尋思中，已近了竹歌樓，才待入內。聖公子突然臉色變了下，閃身躲到一旁。閻先生、李用和二人也是做賊一樣，和聖公子躲在一起。

一公子模樣的人從竹歌樓走出來，上了輛馬車，揚長而去。狄青見到聖公子盯著那公子，眼神很是怪異，忍不住問，「聖公子，你認識他嗎？」他只見到上馬車那公子劍眉星目，一表人才。那公子一舉一動，平和溫雅，絕非馬公子之流可比擬。

聖公子咳了聲，這才恢復了臉色，喃喃道：「他怎麼會來這種地方？」眼中露出少有的冷意，又自語道：「來得好呀。」

狄青不解道：「你都能來這裡，還有誰不能來呢？」

聖公子搖搖頭，岔開話題道：「進樓吧。狄青，你可有辦法了？」

狄青也不答話，進了竹歌樓後，急中生智，攔住一婢女道：「我是狄青，你叫鳳疏影出來。」

那婢女聽到「狄青」二字，吃了一驚，慌忙去了後堂。不多時，鳳疏影已走了出來，閻先生一旁冷笑，只想看狄青如何出醜。狄青光腳不怕穿鞋的，才待說出腹稿，不想鳳疏影臉上已堆滿了笑容，說道：「哎喲，這不是狄公子嗎？好久不見，你可算來了。」

狄青反倒怔住，一時間又把話兒嚥了回去。

鳳疏影笑道：「妙歌姑娘一直念叨著你，說你若是來了，就不要讓你等，徑直去見她就好。你可一定要賞臉，去看看妙歌。」

閻先生發黑的臉都變綠了，搞不懂到底怎麼回事。

狄青也不明白，但這時候他當然不會拒絕，微笑道：「鳳老闆，你果然是個明白人。」心中卻想，這樓上莫不是埋伏著刀斧手，等我上去，好把我砍成肉醬？不然張妙歌和我才見過一面，也不像發花癡的樣子，為何想要見我？

鳳疏影像是看出了狄青的疑惑，賠笑道：「狄公子，不過現在妙歌樓上有人，你暫時不能前去。」

狄青心頭一跳，故作平靜道：「是誰？」

鳳疏影皺了下眉頭，「這人……狄公子多半不認識。不過他肯定一會兒就會下來，小憐，帶這三位公子去聽竹小院等吧。狄公子，我就失陪了。」

鳳疏影說完，匆匆離去，心中暗想，這種人還是由妙歌打發就好。求佛保佑，千萬不要讓馬家知道我和狄青打過交道。她固然怕馬家，但這次讓狄青去見張妙歌，卻是身不由己。

狄青等人自然不知道鳳疏影的念頭，心中都有些奇怪，難信事情竟如此簡單。

閻先生皺眉道：「這裡只怕會有圈套。」

那黑臉的李用和點頭道：「不錯，這件事有古怪。」

聖公子摺扇一擺，在二人腦袋上敲了下，笑罵道：「你們也太過疑心了，狄青是英雄，張妙歌是個美女，自古美女愛英雄，有什麼多疑的？」他膽小起來，比老鼠還謹慎，可膽大起來，看起來就像吃了豹子膽一樣。

眾人已跟隨小憐到了聽竹小院。聽竹小院前，雪壓竹挺，萬花千草凋零，而竹葉如箭，破寒傲雪，讓冬日滿是勃勃生機。

聖公子讚道：「不出來，怎麼能見到這種美景？」

狄青無心欣賞，眼珠一轉，說道：「聖公子，你要我辦的事情，我已為你做到，還望你莫要忘記自己的承諾。你上去就可見到張妙歌了，我就不去了。」

聖公子忙拉住狄青道：「你方才沒有聽到嗎？人家說只想見你。你好歹也得陪我上去，等人家不逐客再說。」

狄青為了升官大計，只能勉為其難地等候。閣樓處有了聲響，一人邁步輕飄飄走下來，那人嘴大、頭大、鼻孔朝天，很是怪異。狄青一見，失聲道：「他怎麼會來這種地方？」

那人卻是吐蕃僧不空。狄青暗想，這張妙歌的生意真紅火，連不空都來捧場。可不空來這裡做什麼，難道也是聽張妙歌彈琴？總覺得不太可能，但想到郭遵的警告，狄青不想多事，低下頭來。

這次不空少了排場，也沒有穿喇嘛的衣服，看起來除長相怪異些，倒也和尋常人沒什麼兩樣。

閻先生一旁道：「你都能來，還有誰不能來？」

方才狄青就用這句話回了聖公子，閻先生好像一直看狄青不順眼，藉故諷刺。

聖公子問道：「狄青，你認識這人？這人是誰？」

狄青皺眉道：「我……不認得。」

聖公子啞然失笑，還待再說，不空已經過眾人的身邊，望了聖公子一眼。聖公子只覺得那雙眼中，有著說不出的魔力，竟然忘記了說話。不空見到聖公子時，眼中露出絲訝然，但腳步不停，轉瞬去得遠了。

聖公子搖搖頭，回過神來，又記起張妙歌，一把拉住了狄青，熱切道：「該我們了。」

狄青苦笑，只能和聖公子入樓。等到了簾前，風吹簾動，聲脆若冰。掀開珠玉簾子，閣樓內暖暖如春。張妙歌慵懶地坐在琴前，見四人上樓，嬌弱道：「妾身有恙，恕不起身相迎了。」

張妙歌身著淺綠繡羅裙，閒散一坐，柳腰身段盡顯。她臉上不過是淡淡的妝粉，如閒花淡春，額頭上飾有梅花妝，給那慵懶閒柔的外貌中帶來了絲驚豔之氣。

聖公子忙道：「妙歌小姐可曾看過大夫？我倒認識幾個良醫，你若是喜歡，我一會兒就讓他們過來為你診病。」

張妙歌搖搖頭，輕撥琴弦唱了幾句，「子惠思我，褰裳涉溱。子不思我，豈無他人？」曲調平平，並無當日初聽的那種瀲灩。

聖公子並未聽過這曲子，只覺得聲調綿軟，峰迴路轉，不由大聲喝彩。

狄青聽了卻是一怔。若是幾個月前，狄青絕對不懂張妙歌唱詞的含義。但這段日子來，他沒少翻詩經，記得這幾句應該是詩經中的話。意思好像是，你要是思念我的話，就要不辭辛苦地提著衣裳過河來找我，你要是不想我的話，難道就沒有別人愛我了嗎？

這四句詩本是一女子對情人的大膽表白，張妙歌突然唱出來，狄青聽起來未免有些不倫不類。這裡哪有張妙歌表白的對象呢？

張妙歌聽聖公子叫好，微微一笑道：「原來聖公子還是個雅人。那妾身就再為你彈上一曲……」言罷，手腕輕舒，撥弄琴弦。那琴是死的，曲卻是鮮活的，跳動不休，迴蕩在暖閣間，滿是靈韻。曲調將歇，張妙歌又低唱道：「喓喓草蟲，趯趯阜螽……」

狄青正無聊得拿出新買的那塊玉把玩，聽到這兩句，心頭一顫，忍不住抬起頭來。張妙歌秋波飄渺，正蕩到狄青的臉上，手上不閒，只是唱著那兩句，卻不再唱下去。

聖公子不知道這兩句的出處，皺著眉頭思索。瞥見狄青若有所思，低聲問：「狄兄，你說這『喓喓草蟲，趯趯阜螽』是什麼意思呢？」

狄青嘿然一笑，「我不知道。」

聖公子看出什麼，激將道：「我就知你不知，本來還想說你若是知道，為你求官的時候，還可以多加個武騎尉的官銜呢。」說罷故作惋惜地搖頭不已。

狄青眼前一亮，道：「你說的可是真的？」

聖公子立即道：「當然。」

狄青心喜，暗想讀書就是好，這次又撿了個便宜。原來武騎尉是勳官，勳官是貼職，雖有名無權，但有俸祿領。狄青方才怕麻煩，懶得說，這次憑空得到這機會，當然不肯放過，回道：「這本是《詩經》中《草蟲》的兩句，下兩句是『未見君子，憂心忡忡』，哈哈，你答應我的事情，可莫要忘記了。」

聖公子聽這四句合轍押韻，倒不像狄青在瞎編亂造，對狄青倒有些佩服，稱讚道：「不想你還文武雙全呢？」

狄青大言不慚道：「那是。」

聖公子見張妙歌還在彈琴，突然以手擊案，合著節拍唱道：「喓喓草蟲，趯趯阜螽，未見君子，憂心忡忡。妙歌小姐彈得好琴，難得曲意如雪，隱有古風呀。」他對曲律頗有研究，這一唱一和，極其合拍。唱著的時候心中想，張妙歌在思念誰，總不會是思念狄青吧？

張妙歌眼中有絲訝然，手腕一劃，曲終韻餘，盈盈一笑道：「聖公子文采不凡，妾身佩服。」

聖公子暗叫慚愧，才待謙遜兩句，張妙歌已望向狄青道：「狄官人，你手上是何物，不知可否給妾身看看呢？」

狄青見人家客氣，不好推搪，說道：「不過是才買的一塊玉罷了。」

張妙歌接過玉珮，看了半晌道：「這玉美得很呀。你看這玉上的花紋，綠如波、黃如花、痕如淚。以前我就見過一塊類似的玉，曾經起名為眼兒媚，可惜……不見了。狄官人，你真的好眼光。」她讚著那玉，把玩不已，對那玉兒竟是極為喜歡。

聖公子暗道狄青這小子不知哪裡好，所做一切偏得女子喜歡。自己風流倜儻，年少多金，張妙歌怎麼就不多讚自己幾句？這買玉的錢還是我出的呢！

見狄青白癡一樣的站著，聖公子捅了狄青一下，說道：「你總該說兩句呀。」

聖公子本示意狄青將玉送給佳人，不想狄青卻道：「張姑娘，你看完了嗎？這玉……該還給我了吧？」他見天色將晚，急著去見楊羽裳，是以催促。

聖公子差點踹狄青一腳，見張妙歌臉色一黯，聖公子忙道：「狄兄，這玉兒你不是花二兩銀子買的嗎？我花二十兩買回來送給妙歌姑娘，你意下如何？」

狄青搖頭道：「多少錢也不賣！」

聖公子還待再說，張妙歌纖手一伸，已將玉遞了過來道：「狄官人，你把玉收好了。」

狄青拿過那塊玉，說道：「妙歌姑娘，我還有事，告辭了。」

張妙歌幽幽道：「狄官人不再多留一會兒嗎？我其實……」她未說完，狄青截斷道：「在下還有要事，不能耽擱了。」

聖公子一旁道：「我倒沒什麼事。」

張妙歌歎了聲，「妾身也累了，憐兒，送客吧。」

聖公子也只能歎息，跟隨狄青訕訕下樓。

憐兒送眾人下樓，再上來的時候，滿是忿然道：「小姐，狄青這人好大的架子，小姐你要留他，他竟然不肯留下。」

張妙歌手撥琴弦，嗡的聲響，琴聲未絕，已道：「狄青留不留無妨事，我本來是想從狄青口中打探些郭遵的消息，但我覺得，狄青多半也不瞭解郭遵。那不空倒是個麻煩事，我只怕他還會來找我。」

憐兒低聲道：「我們還怕他不成？」

張妙歌只是撫琴，輕輕歎口氣，可琴聲不再含情脈脈，反倒有種寒雪的徹骨之氣。

狄青等人下了樓後，聖公子埋怨道：「狄青，你蠢到家了。張妙歌喜歡這玉，你為何不送給她呢？」

狄青皺眉道：「我還喜歡銀子呢，你沒事為何不送給我些？」

聖公子微愕，不等答話，狄青已道：「你欠我個散直加上武騎尉，可記住還給我！人在京城混，最要緊的是個『信』字，我等著你的消息。」說罷揚長而去。

聖公子本待召喚狄青，不想一人突然走了過來。李用和一直沉默，見狀已擋在聖公子面前，喝道：「你做什麼？」

那人微微一笑，只是望著聖公子道：「這位公子印堂發黑，只怕最近會有血光之災。」聖公子一凜，已認出來者是從竹歌樓下來的人。狄青認識這人，他卻不認得。

閻先生喝斥道：「胡說八道，你是誰？」

那人雙手結印，含笑道：「小僧法號不空！」

聖公子愕然，失聲道：「你就是不空？」

不空雙眸盯著聖公子的眼睛，問道：「公子認識小僧嗎？」他對這個聖公子，態度竟然比對劉太后還要溫和。聲音雖是鏗鏘有如鈸響，但收斂了傲氣。

聖公子搖頭道：「我……我一直沒有見過你。」驀地想起什麼，問道：「我聞大師預事神準，難道說……我真的有危險？」

不空暗中閃過絲詭異，轉瞬隱去，歎道：「小僧和公子相見，就是有緣。方才竹歌樓相見，就覺得聖公子命中有難，是以才在外等候。」

閻先生又驚又怒道：「你這番僧，恁地亂說，聖公子怎麼會有難？」

不空搖搖頭道：「既然這位先生不信，小僧告退。」他轉身要走，卻被聖公子一把抓住。聖公子神色古怪，眼中亦是露出了惶惑之色，嗄聲道：「高僧莫走，我信你，還請你幫忙尋求破解之道。」

聖公子本是從容，但此刻神色隱有極大憂慮，竟像對不空所言深信不疑。看起來，他果真有所擔心，不然也不會變成這樣。閻先生、李用和互望一眼，臉上也露出了極重的憂意……

狄青沒有聖公子的憂心，幾乎是身輕如燕的到了麥秸巷。聖公子為他求得官也好，求不著也罷，他懷中那塊玉總是片真情。有時候，真情豈是官位和金子能夠衡量的？

到了楊府朱門前，狄青低頭看了眼自己的裝束，有些自慚形穢，心道若有人開門，自己如何開口？猶豫片刻，走到上次進院的側門處，狄青敲了敲，不聞動靜，有些失落。徘徊了片刻，狄青正準備離去，側門咯吱一聲，竟然開了。

月兒從門口探出頭來，啐道：「只是這道門，就難住你了？」

狄青汗顏道：「我總不能撞破了門進去吧？月兒姑娘，你家小姐可在嗎？」

月兒點點頭，道：「她還在，不過有了點問題。」

狄青著急道：「她病還沒有好嗎？」

「哪能好得那麼快？」月兒撇撇嘴道：「她這幾日偶感風寒，一直沒有好呢。不過今天的難題可不是病，而是另外的事情，就看你能否幫忙了。」

狄青立即道：「刀山火海，無有不從！」

月兒終於露出點笑容，「不枉我家小姐如此對你了，跟我來吧。」說著帶著狄青從側門走入，竟直奔前堂，狄青疑惑道：「月兒姑娘，我們這是去哪裡？」

月兒道：「去見我家老爺。」

狄青一驚，止步道：「見你家老爺？」

月兒蹙眉道：「怎麼了，你難道想一輩子都和我家小姐偷偷摸摸的？」

狄青忙道：「那倒不是，可是現在去見，我一點準備都沒有。」

月兒問道：「你再準備，還能準備出來個大將軍、節度使出來嗎？」

狄青苦笑道：「不能。」

月兒嘴一扁，「那不就得了，你既然無法準備得更好，眼下唯一能說動我家老爺接受你的只有兩個條件了。」

狄青虛心道：「姑娘請講。」

「這第一個條件當然就是真誠。你必須要讓我家老爺知道，你對我家小姐赤誠一片。」

「這個……真心我有！」

月兒見狄青手足無措的樣子，噗嗤一笑，繼續向前走道：「有沒有呢，要到時候才能知道。這第二件呢，是你必須讓老爺看到，你這個人是個有本事的人！」

狄青心中歎氣，知道月兒的條件並不過分。試問哪家的老爺，會把女兒嫁給個碌碌無為的人？但他狄青，又有什麼本事？狄青心亂如麻，試探問，「那你家老爺有何愛好呢？」

月兒回答的乾淨利索，「做生意的人，當然愛錢！」

二人說話的功夫，已近了前堂。遠遠望去，只見堂中坐著三人，楊羽裳正向堂外望著，若有期待，見狄青和月兒趕來，嫣然一笑，暈生雙頰，垂下頭來。

狄青遠遠望見楊羽裳的笑容，心中柔情激盪，暗想這番無論如何，總不能讓羽裳失望。堂中除了楊羽裳外，主位上端坐著一老者，花白的鬍子，紫銅色的臉龐，頗有幾分威嚴。狄青暗想，這想必就是羽裳的父親了，不過和羽裳並不相像，好在也不像。

老者下手處坐著一年輕人，屁股下好像有釘子，沒有個安穩。年輕人手上帶著個碩大的綠玉戒指，油頭粉面，雖和老者一問一答，但目光不時的向楊羽裳飄去。老者發現有客前來，不由詫異，遠遠問道：「小月，何事？」

小月支支吾吾道：「老爺，有客拜訪。」她畢竟是個丫環，雖全心為了楊羽裳，也不敢觸怒楊老爺。

楊老爺怫然不悅，暗想自己正在待客，這個月兒怎麼如此不知規矩，還領人到這裡？見狄青已到面前，又瞥見狄青面上的刺青，楊老爺微有心驚，起身拱手道：「這位官人，不知來此有何貴幹呢？」

狄青片刻之間已定下了對策，徑直說道：「在下是來找楊伯父的。」

楊羽裳又驚又喜，沒想到狄青如此直接。楊老爺卻皺起了眉頭，心思飛轉，一時間不知如何應對！狄青只在楊羽裳面前木訥，對旁人可一點都不含糊，眼珠一轉，已想到了說辭，說道：「楊伯父……」

楊老爺連忙道：「老朽楊念恩，你看得起我，就叫我聲老丈，伯父可是不敢當。」

楊羽裳垂頭不語，嘴角始終帶著若有若無的微笑。一旁那個油頭粉面的年輕人本把狄青當作空氣，可見狄青把他當做透明的，忍不住道：「你到底誰？莫要窮套近乎！」

狄青轉頭望向那人道：「你又是誰？為何到楊老丈家，可是想要偷雞摸狗嗎？」

那人怒道：「你說話客氣些！」

狄青反詰道：「不客氣又如何？」

那人一滯，見到狄青臉上的刺字，冷笑道：「我何必和你一般見識？」心道，好漢不吃眼前虧，這小子低等軍人，爛命一條，我沒必要和他拚命。

楊念恩慌忙圓場道：「官人，這位小哥叫做羅德正，此次前來，是和老朽談些私事，絕非偷雞摸狗之輩。」

羅德正自感弱了氣勢，怒道：「楊伯父，何必對他廢話？」

狄青道：「伯父不敢當，你還是叫聲老丈吧。」他把話題接過來，反倒占了羅德正的便宜。

楊羽裳忍俊不住，噗嗤一笑。

羅德正霍然站起，拍案道：「你敢占我便宜？」

狄青詫異道：「哪裡哪裡。我是見楊老丈謙遜，這才替他說出，你難道不叫他老丈，要叫兄臺不成？」

楊念恩大皺眉頭，慌忙岔開話題道：「德正賢姪，方才你說帶了點茶葉過來，老朽倒想看看。」

羅德正見楊念恩對他客氣，心意稍平，取出個錦盒，雙手遞上道：「還請伯父品鑒。」

楊念恩隨手接過，笑道：「還不知道是哪裡的茶葉呢？」他本是個茶商，岔開話題，是不想狄青和羅德正爭吵，對於一般的茶葉，還真不放在眼中。

羅德正微笑道：「此茶乃建溪的龍團茶。」

楊念恩一驚，忙打開錦盒，見正中放著一茶團，色澤光亮，上有建溪獨有的金龍標誌，不由喜道：「哎喲，這份禮可就貴重了，太貴重了！」

狄青看不出這茶團有什麼貴重，不想出醜，只好藏拙沉默。狄青雖想低調，羅德正卻不想放過他，輕蔑道：「這位官人，你可知這禮重在哪裡呢？」

狄青回道：「我看輕得很。」他話一出，楊羽裳和月兒都是大皺眉頭，狄青知道說錯了話，眼珠轉動，想著應對之策。

羅德正哈哈大笑道：「輕得很，哈哈，你若還能找出比這重的禮來，我就……我就……」

「你就磕頭管我叫爺爺？」狄青挑釁道。

羅德正氣得滿臉通紅，楊念恩解圍道：「官人說笑了，這禮不重，可也著實不輕。要知道天下產茶聖地就在福建建溪，而這龍團茶更是建溪茶中極品，一斤茶葉，不過能做二十團龍團茶餅，價值黃金二兩呢。更何況，這是宮中用茶，有錢也買不到。」

狄青故作不屑道：「二十團茶葉才值黃金二兩？價錢也算稀鬆平常了。」他當然知道這價錢不稀鬆，而是高昂的要命，他一年的俸祿，也還沒有黃金二兩。但這時候，狄青當然不肯掉價。

羅德正氣急反笑，「某人真的胡吹大氣，也不知道身上有沒有二兩銀子？」

狄青笑道：「不瞞你說，在下雖說貧寒，但隨便買個幾百團……這什麼了？哦，龍團是吧？買幾百團龍團也不是問題呀。」

羅德正怒道：「你若是能買幾百團……我就……我就……」

「你就磕頭管我叫爺爺？」狄青問道。

羅德正氣的發瘋，拍案道：「好，只要你能當場拿出五十兩金子，我就磕頭管你叫爺爺，可你若是拿不出來呢？」他見狄青是個尋常禁軍，衣著敝舊，絕不信狄青能拿出金子來。

狄青心中好笑，故作猶豫道：「說笑而已，何必當真呢？」

羅德正見狄青退縮，更有了底氣，喝道：「誰有功夫和你說笑？你若拿不出來五十兩金子，就莫要胡吹，滾出去吧！」

狄青故作恨恨道：「若我拿出來金子又如何？」

「你拿不出又如何？」

「我拿出來又如何？」

楊念恩見二人「雞生蛋、蛋生雞」一樣的鬥氣，只怕爭到明天都沒有結果，忙道：「兩位莫要爭了，來者是客，和氣生財。老朽手上雖無龍團，但正巧有些江南的早春茶，待老朽為二位烹茶消消火氣。」

羅德正道：「楊伯父，不是我削你面子，只是這人太過囂張，我若是不教訓他一頓，他還真不知道天高地厚了。今天我是賭定了。」

狄青霍然站起，喝道：「好，我若當場拿出五十兩金子，你就叫我爺爺，我若拿不出來，我就從這裡滾出去，以後再不登門。」

楊羽裳臉色微變，低呼道：「莫要意氣行事。」狄青背對楊羽裳，手掌擺了擺，楊羽裳見狄青胸有成竹的樣子，反倒不解，因為她太瞭解狄青，知道狄青絕不是有錢之人。羅德正見狄青中計，哈哈笑道：「君子一言，快馬一鞭！今日就請伯父做個見證。」

狄青道：「絕不反悔？」

「當然！」

狄青哈哈一笑，伸手掏出聖公子送的那本書丟在桌子上道：「那你就趕緊叫爺爺吧。」砰的一聲響，書盒震開，黃燦燦的金葉子蹦出來幾片，奪人眼目。

羅德正怔住，已不能言！

第十六章　天　子

不但羅德正詫異，就算楊念恩、楊羽裳和月兒都滿是驚奇。因為無論怎麼來看，狄青都不是能夠拿出五十兩金子的人，若說他能拿出五十兩牛糞，那倒是大有可能。可那金子就在桌案上閃著光輝，絕不會假。

狄青哈哈一笑道：「看來有人要管我叫爺爺了。」

楊羽裳放下心事，掩嘴一笑，如春降人間。

羅德正一張臉脹得和茄子皮一樣，喝道：「楊伯父，在下無顏在此，告辭了。」說罷轉身就走。

狄青叫道：「喂，你還沒有叫呢……」話未說完，楊念恩已一把拉住狄青，哀求道：「官人，求你莫要鬧了。」

楊念恩示意楊羽裳先留住狄青，然後追出了庭院，可羅德正早就去得遠了。楊念恩暗自叫苦，愁眉苦臉地回來，狄青見狀安慰道：「楊……老丈，想此人出爾反爾，諒也沒有什麼本事，若再來鬧事，你只管叫我，我把他打出去！」

楊念恩見不該來的來了，該走的又沒走，心中來氣。可見狄青特立獨行彷如高人，倒也不敢得罪，詢問道：「官人來此到底有何貴幹呢？」

狄青支吾道：「在下狄青，是來……」扭頭向楊羽裳望去，見她一雙妙目盯著自己，似有期待，又像是責怪，心中陡然來了勇氣，說道：「在下來此，其實是向老丈提親。這金子，就是聘禮，請老丈將羽裳許配給我。」

楊羽裳饒是喜歡狄青，聞言也是嬌羞無限，垂下頭去。楊念恩卻差點暈了過去，他活了一輩子，也從未見過如此臉皮、如此荒謬的人物。

狄青真誠道：「在下當然也知道此舉冒昧，但對羽裳是真心喜歡，只求老丈成全。」

楊念恩忙道：「老朽不過是一介商人，如何敢高攀呢？月兒，快煮些水來，我要好好的招待狄官人喝茶。別的事情，暫且從長計議了。」他心煩意亂，手一抖，手上的茶杯落在地上，打了個粉碎。見女兒臉上竟有羞意，楊念恩心中起疑道：「羽裳，你認識這位官人嗎？」

楊羽裳點點頭道：「爹，我們早就認識了。」

楊念恩心中不悅，可卻不好當面喝斥女兒，這時候月兒已搬出個紅泥小火爐，又在上放一小鼎，注了井水。

宋承唐法，喝茶的時候，有的還採用煎煮之法，不過也有人用沖泡之法。只是唐人有時還用薑用鹽做為調料，宋人卻注重茶本身的品質味道，早就摒棄前法不取。

楊念恩親自取了片茶，慢慢的將茶碾碎，等候水開。楊念恩是用煮茶來掩飾心中的不安，心中在想，怎麼來應對這個無賴呢？羽裳怎麼會認識這種無賴？羽裳的娘死得早，我又常年經商，養成她任性的性格，這件事若過去，定當找羽裳好好談談。女大不中留，唉……

狄青雖是農戶出身，但也知道每逢過年過節，婚喪嫁娶，請來客喝茶在鄉下可是很有面子的事情。暗想，這個楊老丈請自己喝茶，多半也會慎重考慮自己的提議。

楊羽裳心中羞澀，卻也帶著分甜蜜，心道：狄青終於肯為自己出頭，只是爹多半不許。爹爹不許我只要堅持就無妨的。不過看看狄青怎麼說服我爹也好，他其實嘴很巧，可為何每次見到我總是木訥難言？想到這裡，嘴角帶著分甜甜的笑意。

眾人心情各異，水已沸了，楊念恩先取茶碗，放了點茶在杯中，又點了些水在裡面，說道：「狄官人，這叫點茶，用以調味嗅香，然後再決定放茶的多少和沖泡的時間，這茶要好喝，一絲一毫都不能隨意。」

狄青誠摯道：「在下少喝茶，倒還不知道泡茶也有如此的講究。」

楊念恩心道，這小子總算說句人話，看樣子也不像蠻不講理之輩，待我以理服之。說道：「豈止泡茶這般講究，其實這尋常的一片茶，所含艱辛難以盡言。採茶者得芽，即蒸熟焙乾，研磨壓形，有時還要以珍膏油覆面，這種茶又稱臘茶。那羅德正所送的龍團就是此類，不過此茶出產極少，聽說皇帝都少喝，每次賞賜給兩府中人，也不過一塊半塊，很多珍貴的東西，那是有金子都買不到呀。茶要等得，才能喝好，茶因高貴，因此絕非只用金子就能買到。」

楊念恩苦口婆心，把女兒比作茶，意思就是，我女兒和你不般配，你有金子也沒用。楊念恩說出了心意，見狄青還是懵懵懂懂的樣子，只好道：「不知道狄官人怎麼看呢？」說罷沖好了兩杯茶，讓月兒將一杯送到狄青的面前。

狄青不敢怠慢，接過喝了一口，叫道：「好燙！」他只顧得琢磨楊念恩的意思，沒留心茶是沸水沖出，一口喝下去，燙得口舌發麻，可不好失禮，只能強忍痛苦。

楊念恩心道，得，白講一通了。對這種人講茶道，那是對牛彈琴。

狄青吸著涼氣，忍住燙道：「其實楊老丈所言，我不敢苟同。」

楊念恩心頭一顫，問道：「那你有什麼高見呢？」

狄青道：「高見算不上，不過是尋常的一點想法。想我當年尚在鄉下，百姓家中有點茶葉的，不肯輕易拿出來，一放就是幾年。可等拿出來喝的時候，已淡而無味。那茶葉本是新鮮，但很多人為了存儲，不惜將那新採的芽兒曬乾研磨成粉，早就讓真味蕩然無存，再加上什麼臘封添香，更是捨本逐末了。所以呢，在我看來，飲茶一道，水要活，茶貴鮮，那些做作的功夫，和真味已經無關，算不上喝茶。楊老丈，在下隨口之言，若有得罪之處，還請你海涵。」

狄青隨口之言，只想著貶低羅德正的龍團。楊念恩聽了，卻是愣在當場，端著茶杯，良久無言。眼下京中奢靡成風，才有龍團一茶。物以稀為貴，不過貴的未見得是最好的，龍團只能說是稀缺，在楊念恩眼中並非極品。因此狄青所言雖鄙，但楊念恩覺得，此人的見解比起附庸風雅的人可高得多。

楊念恩見狄青頗有見解，倒也不敢小瞧他了。斜睨過去，見到那書盒還在桌子上熠熠生光，暗想能隨手擲出五十兩金子的人，在京城也不多見，這人到底是什麼來頭？陡然見到書匣內壁好像刻著兩個篆字，定睛望過去，見到寫著「內藏」兩個字，楊念恩臉色微變，忍不住問道：「不知道狄官人眼下何職呢？」

狄青慚愧道：「眼下不過是十將之職。」見楊念恩緊皺眉頭，狄青只好又道：「但最近多半會稍有提拔，可能會做個散直。」

楊念恩又是一驚，暗想散直和十將不可同日而語，此人能由十將一舉到了散直之位，不言而喻，肯定是有後臺的。楊念恩並非憑空猜測，而是因為「內藏」兩字，他已看出這盒金子的出處。

這盒金子竟來自宮中的內藏庫！內藏庫又稱作天子別庫，只能由皇帝動用。當年宋太祖攻取荊湖、後蜀之後，就創「封樁庫」儲存兩地所運來的財富，後來三司每年盈餘，也有部分入庫。當年宋太祖建封樁庫的目的是為了對付契丹，宋太祖曾言，等庫滿三五百萬，即用來向契丹贖回幽燕故土，若是不成，就將庫中全部充當軍費，攻回舊地。宋太祖雄才偉略，立志收回故土，不想卻深夜暴卒，而這封樁庫後來改成內藏庫，儲財無數，但當初宋太祖的本意，卻早已被後人淡忘。

這盒金子竟和天子有關？楊念恩難以置信，試探問道：「狄小哥，不知道你在朝廷可認識些官員嗎？」他這麼詢問，當然是覺得這金子是天子賞給重臣，重臣又轉給狄青的。一念及此，暗自心動。

狄青含含糊糊道：「有一些吧……」

楊念恩歎道：「其實老朽找羅德正，本來有一事相求。不過他走了，只怕事情不成了。」說罷斜睨著狄青，隱有試探。

狄青壯著膽子道：「不知道老丈有何難事？」

楊羽裳不滿道：「爹，你和狄青初次見面，怎麼就想要讓他做事？」

楊念恩笑道：「並非讓他做事，不過是詢問一下而已。羽裳，狄小哥是你的朋友，當然也是為父的朋友。商量些事情，也沒什麼吧？」

狄青不想讓楊羽裳為難，硬著頭皮道：「沒什麼，沒什麼。」

楊念恩輕咳一聲，說道：「這個羅德正本來和駙馬都尉李遵勖有些親戚關係，而李遵勖又深得當今太后的器重……」狄青心中一沉，知道麻煩來了。他雖沒見過太后，但也知道凡事和這個老太婆扯上關係，那就是糾葛不斷。

楊念恩又道：「老夫本是個茶商，這些年朝廷對茶稅法變來變去，前段時間用虛實三估之法，導致茶農、商人受苦。如今朝廷改了這法，採用貼射之法，老夫仔細觀察，覺得此事大有可為。可若再賣茶，必須要到朝廷領個券憑，才能買賣茶葉。不過這個券憑並不好拿，老夫這些日子一直為此事發愁，這才找到羅德正，此人本來說可以為老夫辦成此事，後來的事情……狄小哥也知道了。」

狄青明白過來，不由暗自叫苦。這件事說穿了就是朝廷取消了鹽茶專賣，把權利下放給商人，眼下這資格有限，所以眾人都在搶這個資格，他狄青一個尋常禁軍，如何會有這種關係？

楊念恩見狄青面露難色，不由大失所望，暗想此人恐怕後臺有限，也就懶得再和他扯皮，說道：「這件事糾纏老夫良久，眼下還要為此事奔波。狄小哥，你若無他事，也就請回吧。這金子還請收回。」

狄青無能為力，又聽出楊念恩的言下之意，訕訕站起道：「既然老丈還忙，那改日再來拜訪。匆忙前來，未備禮物，就算老丈不肯將羽裳許配給在下，這金子也請收下，權當禮物了。」

狄青要走，楊羽裳突然道：「爹，女兒送狄青出去。」

楊念恩急道：「你，外邊冷，你莫要去了。」

楊羽裳固執道：「不妨事，我只和狄青說幾句話。爹，你放心吧。」說罷已拉著狄青到了堂外，楊念恩見女兒對狄青舉止親熱，平添了一分心事。

楊羽裳一直沒有和狄青說上幾句話，見他要走，依依不捨。狄青見狀笑道：「羽裳，不想今日這麼和伯父相見，不過……我總算說出想說之話，不虛此行了。」

楊羽裳眼中滿是柔情，低聲道：「任何事情，力所能及就好，莫要為難自己。天寒，你自己照顧自己。」說罷為狄青拉了下衣襟，拍了下灰塵。二人怔怔地對望良久，狄青突然想起一事，伸手從懷中取出那塊玉道：「羽裳，這是我給你買的玉。」

楊羽裳見到那玉兒的顏色，喜道：「這玉上的花紋很像姚黃呀，狄青，你真好。」突然臉上紅暈，接過那玉珮，轉身回到堂上，又忍不住地扭頭望過去。狄青見她回頭，還以一笑，見楊念恩面色不善，只怕楊羽裳為難，大踏步地離去。

楊羽裳在狄青走後，翻來覆去的只是看著手中的那塊玉，一會兒沉思，一會兒微笑，心中滿是柔情，又是甜蜜。月兒一旁見到，說道：「這玉兒雜而不純，還有斑點，也是稀鬆平常。」

楊羽裳微笑道：「黃金有價玉無價……」

「不但玉無價，這情意只怕也是無價了。」月兒一旁大聲道。

楊羽裳又紅了臉，叱道：「胡說八道，看我不拔了你的舌頭。」月兒求饒，轉身逃走，楊羽裳想追，卻被楊念恩攔住。

楊念恩一旁早看了半晌，見女兒含情脈脈，竟似對狄青有了極深的情意，看來狄青不要說送玉，就算送塊石頭給女兒，女兒也是喜歡。楊念恩更是心慌，不得不問，「羽裳，為父這些年只顧得經商，倒少和你談心，這個狄青，你是怎麼認識的？」

楊羽裳垂下頭來，良久才道：「其實也沒什麼，他送給我花兒，又為我撿回風箏，我們也就認識了。」

楊念恩急道：「此人對你心懷不軌，又是個低賤的禁軍，你莫要被他迷惑。」

楊羽裳本是羞澀，聞言抬起頭道：「爹，女兒大了，懂得自己在做什麼。你還記得當初答應過我娘什麼？」

楊念恩皺眉道：「我答應過她，讓你自己選如意郎君，可女兒呀，爹也是為你好。京城達貴無數，以你的才學相貌，想找個達官顯貴也不是難事，你沒有看到那羅德正只不過見你兩面，就失魂落魄？若不是狄青突然到此，他多半早幫爹辦妥券憑一事了。」

楊羽裳不滿道：「爹，你讓羅德正做什麼是你的事情，可你為何要拉上我？難道女兒在你眼中，真的連貨物都不如？他為你辦成了此事，難道你就可以把女兒賣給他了嗎？」

楊念恩歎口氣道：「當然不會如此。可江東數百口都眼巴巴的等著爹辦成此事，若是一事無成，爹何顏去見江東父老？女兒，人總要吃飯吧？你看看狄青能不能幫忙辦成此事，若他真的有本事，爹怎麼會攔阻你呢？」

楊羽裳垂頭望著手中的那塊玉，心中只是想，他又有什麼本事做成此事呢？

雪漸融，天更冷。初春的天氣，雖陽光普照，但冷風吹在人身上，還有股難散的寒氣。

狄青心中有些發冷，他這些天已愧見楊羽裳。楊羽裳雖說讓他莫要勉強，對他的關切一如往昔，但楊念恩整日一張入冬的臉，讓狄青坐立不安。

自從和楊羽裳交往以後，狄青一掃頹唐，想要振作。但磨勘日子已過，他就算要振作，亦是無能為力。眼看著樹綠了，風柔了，狄青整日又忍不住唏噓起來，「當個禁軍難，當個低等的禁軍更難。」

他歎息的時候，方給張玉買了份早點，已準備出門當差。張玉傷勢已有所好轉，只是和李禹亨少說話。狄青知道，張玉不滿李禹亨在危急的時候，躲到一旁。張玉顯然認為，那不是兄弟。有時候，成見積習難以更改，狄青只能希望張玉能看開一些。

張玉望著春意，眼中也有分愁意，「當個被人暗算的低等禁軍，那更是難上加難呀。」狄青知道張玉在說夏隨，心中也閃過分警惕。

趙律從營外走進來，盯著狄青道：「你不想當低等禁軍，可以不當的。」

狄青賠笑道：「總要吃飯不是？這張嘴，除了吃飯，難免發些牢騷。趙大哥莫要見怪。」

趙律板著臉道：「我現在有什麼資格怪你？狄青呀狄青，不知道你吃了牛糞，還是踩了狗屎呢？三衙竟有調令，升你為散直，加封武騎尉，即日起效。」

張玉一旁強笑道：「趙軍使，年都過了，就莫要說這些話逗我們開心了。」

狄青心中一動，記得聖公子的許諾，倒有幾分信了。可聖公子到底是什麼來頭？想調他當散直就當散直，想加封就能加封他？這樣的人，怎麼會連見張妙歌都如此為難？這樣的人，又怎麼會被馬中立追得落荒而逃？

狄青正琢磨間，趙律手一伸，遞過一紙調令，笑道：「不是說笑的，郭大哥都有點不信，但千真萬確。狄青，你立即收拾下行裝，先去三衙報到。」說罷轉身離去。

狄青心道，春天來了，自己的春天也終於來了。那個聖公子，雖不夠仗義，說話倒還算數。可這種人，到底有什麼後臺呢？

他才待去三衙，張玉已擔憂道：「狄青，會不會是夏隨他們先提拔你，然後再準備殺了你？」狄青知道不是，安慰道：「應該不是……」話未說完，李禹亨已跑進來道：「狄青，你要當散直了？這事在軍營都傳開了，到底怎麼回事？」

狄青解釋不清，故作高深道：「說不定我時來運轉，前段日子去拜佛求官，沒想到真的靈驗了。」

李禹亨本想問到底是哪個神仙這麼靈驗，他也想去求求，但見張玉冷著臉，只好改口道：「那真的好運。狄青，你升了官，可別忘記我們這幫兄弟。」

狄青笑道：「那是自然，我會經常回來看看你們。」他出門後，只見眾禁軍對他指指點點，目光中或嫉妒、或驚奇，心中也不知道是高興還是憂傷。突然記起古人曾說過什麼福中有禍，禍中有福。暗想道：「古人說話還是很有道理，如果坐大半年牢獄，可以升個五六級的話，這買賣，也划得來。」

狄青到了三衙後先見主事之人。主事的先是說了遍規矩，然後說他歸殿前指揮使葛宗晟部暫管。狄青知道葛宗晟是葛懷敏的兒子，是葛霸的孫子。葛霸在真宗時，已因軍功卓著被賞識，娶了樞密副使王德用的妹子。推算下來，這個葛宗晟也算是將門虎孫了。

狄青驀地被提拔，只敢腹誹，表面還是唯唯諾諾，先去領了軍備，翌日就要當值。狄青領了軍備後，本待去找楊羽裳說說近況，可想到楊念恩那張寒冬臘月的臉，心中打怵。回轉軍營先請以前的兄弟喝頓酒，除張玉外，眾人都道，狄青以後可要多多關照弟兄。狄青口上應諾，心中苦笑。

翌日清晨，狄青正式入大內巡邏。

葛宗晟因是將門虎孫，平日少見露面。負責調度的人叫做常昆，本是京城八大禁軍中捧日軍的副指揮使，因武功高強，抽調到殿前。

散直是班直的一種，班直其實就是皇帝的親兵。班直人員主要從京城八大禁軍中抽調提升，職責是衛護皇上，平日主要保護大內的安全。班直分為諸班和諸直。諸班中有殿前指揮使、金槍班、散直等職稱的劃分，諸直中有御龍直、御龍弩直、御龍弓箭直等分類。說穿了，各班各直負責皇宮內各種安全事務，狄青聽常昆說了一遍，也記不了那麼多，只知道自己如今屬於救火那種，哪裡缺人去哪裡。

常昆對狄青也有些頭痛，他早就聽說狄青這調令是兩府轉到三衙，三衙把狄青轉到他手下。狄青到底什麼來頭，常昆一時間也琢磨不透，只能暫時對狄青和和氣氣。

常昆正頭痛如何安排狄青，突然靈機一動。他並不帶狄青熟悉宮內的環境，而是徑直把他帶進一道宮門內。

狄青抬頭見宮門橫匾寫著「集英門」三個字，暗想，看來到這裡的都是精英了。想到這裡，也有些臉紅。常昆帶著狄青又過了幾道宮牆，來到一個地方。那地方左右手處都是高牆，前面是死路。狄青茫然四顧，幾乎以為常昆要把他帶到這裡殺了滅口。

常昆止步道：「狄青，這裡暫時無人把守，職責重大，你一定要小心看管。等到日落後，就可以回轉。對了，你還記得回轉的路吧？」見狄青點頭，常昆拍拍他的肩頭道：「好好做事，莫要亂走，不然惹出了事情，我可保不住你。若是有功勞的話，我會記得你的。」說罷轉身離去。

狄青守的地方雖三面高牆，但中間有片竹林，有石凳石椅，林邊還有個亭子。地方雖小，也算清幽。狄青搞不懂這地方為何要派人把守，難道還會有人到這裡來鬧事？

紅日高升，過了高牆照過來，曬到身上，暖洋洋的。狄青歎口氣，喃喃道：「有錢領，還有地方休息，你該知足了。」

他和楊羽裳交往以來，憂傷漸去，又恢復了以前樂觀的天性，找個石椅坐下來。心中嘀咕道，「這種地方，本應是宮人夏日休息的地方吧？開春天冷，雪還未融，大概很少有人會來了。」

正琢磨間，一聲慘叫陡然傳來！

狄青正在走神，聽到那聲慘叫，渾身汗毛豎起，霍然而立，已握刀在手。慘叫聲過後，四處又是靜得嚇人。

狄青左右顧盼，回想慘叫聲傳來的方向，好像在西方高牆內。狄青心中惴惴，暗想難道又有人設下了圈套，想要誘騙他入轂？但這是皇宮大內，夏隨只怕也不敢在這裡鬧事吧？

狄青緩步向西方高牆走去。到了牆下，側耳傾聽，不聞聲響。終於鼓起勇氣，退後兩步，借勢奔去，腳一踩牆，身形暴起，奮力扒住了牆頭，探頭望過去，差點又掉了下去。

牆內不遠處，鮮血淋淋。正中有塊案板，上面躺著頭死豬！狄青這才想起，方才那聲慘叫應是豬死前的叫聲。原來集英門內，竟是個屠宰牲畜的地方。

狄青只能歎氣，宮人也是人，皇帝、皇后也是人。是人就要吃飯，宮中總得有個地方屠宰牲畜。而他現在的任務，原來就是看管死豬。

狄青鬆開扒牆的手，掉了下來，搖搖頭，早將常昆的女性親人問候了一遍。他堂堂一個散直，竟然攤上這種活兒，不用問，那些人是瞧不起他的了。

不過這好像也不能責怪常昆，想能入班直的人，都是貴族子弟，他一個泥腿子來這裡，當然讓人輕視。狄青坐了回去，心中想著，就算看一輩子豬圈，只怕也不會有什麼功勞。若再遇到聖公子的話，希望他還想去竹歌樓，自己和他討價還價，再要點官做，不知道他肯不肯？

嘴角浮出分嘲諷，狄青也知道自己異想天開，抱著佩刀，倚著亭柱，正要睡會兒，突然聽到集英門的方向好像有動靜。

狄青一凜，確定不是豬叫，長身而起，迎了過去，聽一人低聲道：「壞了，他們要追上來了。」

另外一人道：「你去擋著，我先走。」

狄青一聽，心道，好呀，常昆未卜先知，竟然知道有賊來此，所以讓我在這裡。看來我狄青立功的機會到了。這正是英雄莫問出處，管你殺豬看豬。聽腳步聲粗重，暗想賊人氣力已失，機會不容錯過。

總覺得聲音好像有些熟悉，狄青聽腳步聲已近，顧不得多想，閃身躲在牆邊。見轉角處人影一動，一人衝過來，狄青伸腿一絆。那人猝不及防，哎喲叫聲中，已摔倒在地。

那人身後還有一人，一邊驚叫：「住手！」一邊惡狠狠地撲來，狄青已抽刀在手，抵住他的胸口，喝道：「莫要逼我殺人！」話才出口，眼珠子有些發直，失聲道：「閻先生，怎麼是你？」撲來那人正是聖公子的跟班閻先生，狄青想到什麼，扭頭望過去，更是吃驚。那跌得哼哼唧唧的，不正是聖公子？

閻先生怒道：「好你個狄青！竟敢對聖……公子動手？」

狄青冷笑道：「你這個做賊的，竟也如此囂張？想我堂堂散直，當以擒賊為先……」轉念一想，這個散直還是聖公子給求的，軟了口氣，對聖公子道：「你沒事吧？你們吃了豹子膽嗎？竟偷到宮中來了？」驀地有些背脊發冷，暗想這兩人該不會是飛賊，那盒金子也是他們從宮中偷出來的吧？

閻先生道：「誰偷東西了？」

聖公子一擺手，勉強站起，問道：「狄青，你怎麼到這裡了？」

狄青奇怪道：「不是你給我求的官嗎？」

聖公子臉上突然有分古怪，半晌才道：「原來他真的幫我做到了。」

狄青忙問，「你說什麼？」心中想到，原來聖公子也求了別人，不知道為自己討職位的是哪個？

聖公子搖頭，急道：「狄青，你得幫我個忙。別的事情，以後再說。」

狄青立即道：「什麼酬勞？」

閻先生怒道：「你才是吃了豹子膽，敢這樣說話？」

狄青收刀回鞘道：「這是我和聖公子的事情，關你什麼事？聖公子不同意，我也不必多管閒事。」他扭頭要走，心道和這兩人總算有點交情，睜一眼閉一眼，放他們走就好了。

聖公子叫道：「好，我答應你就是。你先幫我逃命再說。」

狄青一凜，「你可是殺了人？」

聖公子苦笑道：「你看我像會殺人嗎？哎呀，快來不及了，你先幫忙再說。」

狄青倒覺得聖公子的確不像凶徒，轉念之間，已決定出手。說道：「你們跟我來！」他帶二人到了方才那宰豬的牆外，說道：「從這翻過去，裡面是屠宰牲畜的地方，好像暫時沒人，一會兒我想辦法接你們出去。」

閻先生皺眉道：「這種齷齪的地方，豈是我們去的地方？」

狄青又氣又笑，「那你去高貴的地方吧，聖公子，你呢？」

聖公子向來路的方向望了一眼，隱約聽到人聲，臉色微變，為難道：「可我過不去呀。」

狄青蹲下身子道：「踩肩頭過去吧。我吃點虧，你可記得我要報酬的。」

聖公子點點頭，慌忙踩住狄青的肩頭。狄青一用力，聖公子已過了牆頭。那面咕咚一聲，聖公子又悶哼了一聲，閻先生變了臉色，叫道：「狄青，你快送我過去。我要看看聖公子。」

狄青歎口氣，直起腰道：「我又不欠你什麼，你憑什麼要我幫忙？」

閻先生氣怒交加，眼珠一轉，伸手入懷，掏出錠銀子道：「這些夠了吧？」

聖公子在牆內已低呼道：「閻先生，你快點過來，我……我很怕。」

狄青也聽到集英門處腳步聲踢踢躂躂，來不及討價，又將閻先生送過牆頭，這才整理下鎧甲，抱刀而立。

拐角處聲音嘈雜，聽著已快到這裡，狄青心中一動，迎過去道：「誰人喧譁？」迎面呼啦啦來了一群人，將狄青圍住！狄青一驚，手握刀柄，才待呼喝，見到一女子鳳冠霞帔，神色倨傲，又把話嚥了回去。他初入宮中，雖不認識這女子是誰，但能帶著一大幫人在宮中亂闖的，他最好還是不要得罪。

那女子身邊有五、六個宮人，七、八個宮女，個個額頭見汗。那女子四下望去，見周圍無人，尖聲道：「喂，你可見到有人過來？」

狄青道：「有呀。」

聖公子在牆內聽到，差點暈了過去。那女子喜道：「那人呢？」

狄青道：「不就是你們過來嗎？」

旁邊已有宮人叫道：「大膽！你竟敢對皇后如此說話？」

狄青心頭狂震，差點坐在地上。他怎麼也沒有想到，來的女子竟然是宮中的郭皇后。狄青雖對宮中不算熟悉，卻也知道當今天子有一個皇后姓郭。郭皇后要找聖公子，所為何來？難道說聖公子貪戀美色，就算對郭皇后都敢勾勾搭搭？狄青暗自叫苦，心道這下求官不得，惹了郭皇后。若被她發現聖公子，聖公子不仗義，又供出了他，那以後不要說在集英門看豬，就算養豬都不能了。

郭皇后已怒目圓睜，陡然伸掌擊去。狄青一咬牙，只聽啪的一聲，方才給皇后拍馬屁的那宮人已挨了一耳光。那宮人捂著臉，滿是惶恐。狄青未挨打，反倒有些糊塗，搞不懂郭皇后今天吃的什麼藥。

郭皇后杏目瞪起，指著一幫宮人宮女罵道：「你們這幫蠢貨！連人都看不住，還有臉推諉責任？這裡沒有人，不會去別的地方找嗎？」她扭頭就走，急匆匆地竟顧不得理會狄青。

有一宮女趕來道：「皇后，太后召你。請你快些過去。」

郭皇后又是一巴掌打過去，那宮女尖叫聲中，臉上已被抓出了幾道血痕。郭皇后罵道：「我自己不會去嗎？要你多嘴？」

喧囂漸去，再過片刻，郭皇后已沒了蹤影。狄青忍不住摸摸臉，暗自慶幸，心道這郭皇后有病，好在有病呀！聖公子躲避是有情可原，誰見到這種女人，都會逃之夭夭。可這麼個有病的人，為什麼要急急地找聖公子呢？

狄青想不明白，卻已順著牆根走過去。等到了宰豬的正門，見四下無人，閃身而入。院中竟連雜役都沒有，想必是偷懶歇息去了。狄青暗叫蒼天有眼，看來過幾天就可以再見羽裳了。原來狄青和聖公子討價還價，還是為了楊念恩提及的券憑一事。

進了後院，狄青見聖公子和閻先生正坐在院中，望著死豬愁眉苦臉。狄青歎口氣道：「好在我把難題應付了過去，聖公子，皇后為何要找你呢？」狄青還是有些害怕，忍不住想問個明白。

聖公子眼中有絲怒容，轉瞬即被愁容代替，也歎道：「別提了，那是個瘋女人。」

狄青深有同感，見聖公子不願再提，心道管他皇后太后，自己先把要求提出來。正要開口，突然聽到有院門開啟的聲音，狄青臉色微變，急道：「他們難道追來了？你們先躲躲？」見旁邊有個生豬圈，滿是乾草，示意聖公子躲進去。

閻先生怒道：「這怎麼可以？」

聖公子皺眉道：「先躲躲吧，進豬圈也比去皇后那裡強。」說罷他竟當先入了豬圈，閻先生雖滿臉不願，還是緊緊跟隨。二人才藏好身子，狄青就聽有腳步聲傳來。那腳步聲輕微，若豹行荒原，不仔細傾聽，絕難察覺。狄青心中微凜，先發制人道：「誰在外邊，這裡怎麼沒有人呢？我找你們有事。」

一人閃身而入，已立在狄青面前。狄青瞠目結舌地瞪著那人，良久才道：「郭大哥，你怎麼來了？」

來人卻是郭遵。郭遵盯著狄青的雙眸道：「你到這裡做什麼？」

狄青支支吾吾道：「沒什麼，就是聽到殺豬之聲，這才過來看看。郭大哥，你到這裡又做什麼？」

郭遵緩緩道：「我知道你升了職，所以過來看看。方才見你進入這裡，所以也跟進來了。」

狄青不知道郭遵聽到了多少，岔開話題道：「殺個豬，沒什麼好看的。郭大哥，我們出去再說。」他才待舉步，郭遵已道：「豬圈裡是誰？」

狄青一驚，不等多言，郭遵閃身上前，已掀開了豬圈中的稻草。狄青見狀不好，只以為聖公子犯事，郭遵過來緝拿，急叫道：「郭大哥，莫要傷他。他是我的朋友！」

郭遵身形一凝，望著稻草堆中的聖公子，臉上神色變得極為古怪，低聲道：「你的朋友？」

聖公子見到郭遵，嘴角只有分苦笑，卻沒有懼意。狄青沒有留意到聖公子的表情，不迭道：「是呀，他們是我的朋友……」不待說完，狄青已目瞪口呆，因為他見到郭遵單膝跪倒，向聖公子施禮道：「殿前指揮使郭遵，參見聖上！」

狄青差點一口吞了舌頭，失聲道：「聖……聖上？他是聖上？」

第十七章　相　憐

聖公子竟然是聖上！狄青聽到這句話的時候，如五雷轟頂。

往事一幕幕湧過，狄青一時間亂了分寸。不錯，聖公子若不是皇帝，怎能輕易就把他調入班直，做皇上的親兵？聖公子若不是皇帝，怎會隨手就拿出內藏庫的金子？聖公子若不是皇帝，大相國寺的主持怎麼會親自接見？當初彌勒佛像被毀，葉知秋正巧出現，多半也是在保護皇上，因此葉知秋當初神色古怪，讓他快走，莫要多事。

所有的一切，不過是因為聖公子就是當今的皇帝——趙禎。

狄青想到這裡，又有更多的疑惑湧上心頭，這個皇帝怎麼這麼窩囊？去大相國寺倒苦水，要見張妙歌都不能，被馬中立追打，喜歡風花雪月的場所，甚至——被他狄青敲詐……

到眼下，這個皇帝人在宮中，甚至為了躲避皇后，也就是為了躲避他自己的老婆，寧可藏在豬圈裡？這個皇上，也有病吧？狄青想到這裡，哭笑不得。可他知道，郭遵絕不會看錯。

尚聖，聖上，狄青省悟了過來，原來尚聖就是聖上反過來念，怪不得閻先生每次說「聖」字都拖個長音，不用問，積習難改，閻先生習慣叫聖上了。

狄青思緒萬千，聖公子已從豬圈中走出來道：「郭指揮，在這裡見到你，倒巧了。」他頭上雖有稻草，身上還有豬糞，但話語中，已有天子的威嚴。他就是天子趙禎，當今大宋年輕的皇帝，就算狼狽些，就算從豬圈中出來，可終日在宮中召見百官，也有了威嚴之氣。

郭遵也在奇怪狄青如何會認識趙禎，聞言道：「是呀，有些巧。聖上可有吩咐嗎？」郭遵久在宮中，做事謹慎，不該問的事情，絕不過問。

趙禎搖頭道：「沒什麼吩咐，朕就是想清靜一會兒。」說及「清靜」二字時，他臉上露出無奈之意。

郭遵道：「那臣告退。」

趙禎點點頭，吩咐道：「狄青，你留下陪陪朕吧。」

狄青只好點頭，心道你躲著老婆，讓我陪你，到底什麼打算？我和張妙歌一樣，也是賣藝不賣身的。

趙禎當然猜不到狄青的心事，在狄青思緒千轉的時候，也是心緒雜遝。他是大宋天子，或許在很多人眼中，風光無限，榮耀萬千，但他有苦難言。趙禎久在深宮，極為寂寞，偶遇狄青時，見狄青油滑中帶著義氣，聰明中帶著市儈，心中非但不厭惡，反倒有幾分喜歡狄青的性格。

他出宮，只因為心中煩悶，又不喜總如傀儡般，被前呼後擁的保護，因此很多時候，他只帶著貼身太監閻文應偷偷出宮。閻文應就是那個白胖的閻先生，本是個太監。

每次遇到狄青，趙禎都能經歷些刺激的事情，是以對狄青印象極佳。這次被郭遵揭穿了身分，趙禎悵然若失，暗想以後恐怕不會再有這個朋友。轉念一想，眼下正有事要辦，又要借助狄青，向狄青表明身分也是好事。

郭遵離開趙禎後，心中滿是疑惑，只能等待狄青回轉後再詢問一切。他在宮外徘徊，正猶豫是否等下去之時，有人走到面前。郭遵抬頭望去，見到那人鋒芒畢露，有些詫異道：「葉捕頭，怎麼是你？」

來人正是京城捕頭葉知秋。葉知秋滿面塵土，銳氣不減。盯著郭遵道：「郭指揮，我想找你說幾句話。」

郭遵知道葉知秋是無事不登三寶殿，沉吟道：「出去喝幾杯吧。」

葉知秋爽快道：「好。」

二人隨意找了家酒肆，葉知秋撿個偏僻的地方坐下。郭遵知道葉知秋想避開旁人說話，暗想，前段日子，葉知秋離開了京城，也不知道做什麼去了。他一直以來，都在追蹤彌勒佛的下落，不知道可有結果了？

葉知秋先為郭遵滿了杯酒，這才道：「郭兄，在下生平敬重的人不多，郭兄可算是一個。」

郭遵道：「知秋，你若有事，但說無妨。」他見葉知秋以私誼稱呼，也換了稱謂。二人在辦案時合作無間，私底下，也很有交情。

葉知秋道：「狄青入獄時，我就被太后派出去辦件案子，到底是什麼案子，我不好明說。」

郭遵心中微凜，暗想葉知秋開口就提狄青，難道說葉知秋想說的事情和狄青有關？葉知秋見郭遵不語，又道：「我雖不能詳說此案，不過……這件案子和大相國寺中彌勒佛像被毀有關。」

郭遵心中一動，隱隱猜到了什麼，只是哦了一聲。葉知秋盡了一杯酒後才道：「郭兄當然也知道，那彌勒佛像是被多聞天王毀壞的。當初聖上正在大相國寺，我負責衛護。當時我只以為多聞天王是聲東擊西，意在行刺聖上，不想他只取走了一物。」

郭遵明知故問道：「取走了什麼呢？」

葉知秋盯著郭遵良久，見他神色沉靜，移開了目光道：「那物事關重大，太后命我私下查探。說若有人取了那物，讓我取回那物時，順便殺了那人。」

郭遵心中微凜，點點頭道：「你和我說這些，可是想讓我幫手破案嗎？」

葉知秋舒了口氣，岔開話題道：「如讓郭兄破案，不知道如何下手呢？」

郭遵立即道：「既然是多聞天王毀壞了佛像，當然是從多聞天王的身分入手了。」

葉知秋點頭道：「郭兄和我想的不謀而合。當初飛龍坳一戰，四大天王死了三個，只有多聞天王逃走。當然，彌勒佛也逃走了。我一直追查此案，這兩案的關鍵都在多聞天王。當初彌勒佛曾說過一句藏語，我就入藏查探了許久。」

郭遵緩緩道：「或許他是故布迷陣，誘你誤入歧途。」

葉知秋贊同道：「郭兄說得不錯，後來我也如此做想。不過大相國寺案發後，我又得到線索，說多聞天王可能和藏人有關，因此再度入藏。」

葉知秋沒有說是從太后那得到的消息，郭遵也不追問，只是試探道：「那這次……可得到些什麼消息嗎？」

葉知秋道：「在藏邊並沒有得到消息……」

郭遵已聽出葉知秋的言下之意，動容道：「難道說，你在別的地方查得了多聞天王的身分？」對於飛龍坳一戰，郭遵刻骨銘心。他被彌勒佛暗算，害狄青痛苦多年，這些怨恨郭遵雖不說，但沒有一日忘記。得知有了多聞天王的消息，郭遵戰意已起。

葉知秋緩緩道：「我從藏邊回轉，路過西北，不經意的聽到首歌謠……」不待郭遵回答，葉知秋已漫聲道：「這歌謠只有四句話，是為『西北元昊帝釋天，五軍八部望烽煙。夜叉三羅摩乾部，不及九王天外仙。』郭兄可曾聽過這歌謠？」

歌謠朗朗上口，葉知秋說得卻極為緩慢，似乎在咀嚼著歌謠中每個字的用意。念及歌謠之時，葉知秋目光已變得如劍鋒般犀利。

這四句歌謠到底有何神奇玄奧之處，竟讓葉知秋也如此重視？

趙禎出了豬圈，不再惶惶，沿著宮牆走了不久，竟又到狄青當值的地方。狄青跟在趙禎的身後，搞不懂趙禎在想什麼。不過狄青知道自己在想什麼，趙禎是皇帝，他幫了趙禎的忙，若不提出點要求，那真是土鱉了。

狄青一想到楊羽裳的笑容，就心中暖暖，輕輕歎口氣，那是愜意的歎息。

趙禎坐在石凳上，也歎口氣，滿是沉重。

狄青只好裝作共同悲痛的表情，問道：「聖……上，你有心事嗎？」心中想著，這個皇帝，怎麼看怎麼彆扭。

趙禎茫然地抬頭，半晌才道：「狄青，你有心儀的女人嗎？」

狄青作夢也想不到趙禎突來這一句，謹慎道：「有……」

趙禎道：「我也有。」他又歎口氣，望著不遠處的竹林，似乎又什麼都沒有看到。

狄青順著話題道：「聖上喜歡的，可是張妙歌張姑娘嗎？」他知道趙禎心儀的女人，肯定不是郭皇后。雖然只是短暫的相見，狄青已感覺郭皇后和趙禎之間，有著難以調和的矛盾。

趙禎搖搖頭，又點點頭，狄青一頭霧水，耐著性子道：「聖上，恕臣太笨，不解聖上的心意。」若這位還是聖公子，狄青早就撂挑子走人了，但這是皇上，狄青有所求，當然要先禮於人了。

趙禎心道，我喜歡的女子並不是張妙歌，張妙歌雖也不差，可如何能比我中意的人兒？我見張妙歌，不過是覺得張妙歌和我喜歡的女人有點像了。可這些話，何必對狄青說呢？

趙禎是皇帝，也是凡人，當然也有心儀的女子。他年少的時候，最喜歡的是個王姓女子。那女子本是商賈王蒙正的女兒，雖非官宦之女，可善解人意，姿色絕代。趙禎作夢都想娶那女子為妻。

但劉太后不許！

眼下在朝廷，劉太后上管天，下管地，中間管情欲。劉太后不許，趙禎就不能娶。劉太后託辭王蒙正的女兒太過妖豔，又沒有出身，將王蒙正的女兒逐出宮。讓趙禎娶了大將軍郭崇的孫女，說這才是門當戶對。

趙禎無奈，只能和心上人別離，娶了任性刁蠻的郭皇后。

郭皇后仗著有太后寵信，整日如喝了一缸醋的悍婦，禁止趙禎和別的女人交好。今日趙禎逃命，就是因為在別的妃子寢宮多待了會兒，就被郭皇后追殺過來。

趙禎對郭皇后已深惡痛絕，寧可面對豬圈，也不想面對郭皇后，是以逃命，這才碰到了狄青。趙禎因為太后之故，只能對郭皇后忍耐，但最讓他難以忍受的是，劉太后在他娶了郭皇后不久，就將他心儀的女子，嫁給了她的姪子劉從德。

趙禎每次想到這裡，心口都像是針扎的一般痛。因此狄青重傷了馬中立，趙禎反倒有著說不出的快意。他是皇帝，但不過是個傀儡皇帝，甚至保護不了心愛的女人。是以當初他聽到張妙歌唱到「杳杳神京，盈盈仙子，別來錦字終難偶。斷雁無憑，冉冉飛下汀洲、思悠悠。」的時候，默默地流淚。他喜歡聽張妙歌的琴聲，因為只有在那琴聲中，他才能追憶往昔的風情。往事如水又如煙……他鍾愛的女子，就叫王如煙。

趙禎怔怔地回憶，腦海中驀地閃過一雙妖異的眼眸。一個聲音從天籟傳來，「這位公子印堂發黑，只怕最近會有血光之災。若不想法破解的話，甚至會有殺身之禍。」

趙禎身軀一震，臉有驚懼，一把抓住狄青的手，低聲道：「狄青，朕可以再求你一件事嗎？這件事，你一定要幫朕！」

「西北元昊帝釋天？五軍八部望烽煙……」郭遵喃喃念著這幾句話，眼中精光閃動。

葉知秋凝聲道：「我想，以郭兄的睿智，就算沒有聽過這歌謠，多半也能猜出點歌謠的含義。」

郭遵緩緩道：「這首歌謠是在說西平王元昊嗎？沒想到元昊竟以帝釋天自詡。」他驀地想起唃廝囉和元昊之爭，又想起了不空和劉太后，隱約有個念頭，一時間無法說出。

郭遵文武雙全，知曉佛教典故。帝釋天本是佛教中——三十三天之天主。元昊信佛，自詡帝釋天，不言而喻，是寓意他是世間獨一無二，亦是天下之主。

葉知秋道：「不錯，西平王元昊野心勃勃，已不甘心俯首在宋廷之下，想要自立為王。但這歌謠不但說及元昊的野心，還說了西平王手下的勢力。」

郭遵點頭道：「是了，我雖少去西北，但知道元昊已建五軍，創八部，改官制，東討西殺，應是在為稱帝做準備。這首歌謠就是在說元昊的勢力，五軍、八部、夜叉、修羅、九王……唉！」他神色黯然，突然歎口氣。

若是別人聽到那歌謠，多半一頭霧水。郭遵熟悉佛典，卻知道八部本佛教用語，是說八類神道怪物，以天、龍兩部為尊，其餘六部包括夜叉、修羅等神怪。

元昊創八部眾，就是將手下人傑劃分為八部管理，聽說至尊的天部只有元昊一人，其餘七部都是能人異士眾多。郭遵只知道大概，詳情如何，不得而知。

葉知秋心道郭遵學識淵博，已明白了歌謠所指，立即問，「郭兄，你歎息什麼？」郭遵苦笑道：「也沒什麼，不過想當年曹將軍曾說，『元昊此子真英勇也，當為宋朝大患』，不想一語成真。當年朝廷猶豫寡斷，沒有趁勢襲取靈、夏等州，實乃失策。」

提及曹將軍之時，郭遵臉上有分尊敬之意，葉知秋亦是如此。二人都是武功極強，心高氣傲的人，生平少服旁人，但對於曹將軍，卻都由衷地欽佩。

曹將軍就是曹瑋，大宋開國武將曹彬之子，是大宋立國後少有的名將，當年奉命坐鎮西北，用兵如神。元昊之祖父李繼遷為亂西北，宋軍諸將不能擋，曹瑋年紀輕輕，在西門川輕騎伏擊，給李繼遷當頭一棒，從此名震天下。李繼遷死後，曹瑋建議宋廷趁機收復西北夏、靈等州的失地，可李德明狡猾，假意歸順，奉表稱臣，宋廷優柔寡斷，竟以和為貴，坐視李德明在西北發展壯大，痛失良機。但李德明雖狡詐，終其一生，不敢侵犯宋境。只因為西北有個曹瑋！

曹瑋不但威懾西北党項，甚至西南吐蕃人提及這個名字，都是臉上變色。只因為當年三都谷一戰，曹瑋用數千輕騎，就破了吐蕃重臣李立遵的數萬鐵騎，讓吐蕃再不敢輕犯宋境。

邊陲有曹瑋，平靜若水！這樣的一個人，本就值得郭遵、葉知秋欽佩、仰慕。就是這樣的一個人，讓元昊雖有立國之志，亦不敢正攖其鋒。就是這樣天下無雙的人，評價元昊的時候卻說，「此子真英物也。」英雄本識英雄，英雄更重英雄。

美女遲暮，英雄末路。

曹瑋的末路就是死，人誰不死？任何人都逃不過生老病死，哪怕是千古名將。曹瑋死了，可元昊還活著，且元昊正當壯年。

這些年來，元昊趁宋廷劉太后當政之際，帶党項鐵騎戰回鶻，擊高昌，對抗吐蕃。先取甘州，後破西涼，占據河西走廊，讓党項疆土，東盡黃河，西界玉門，南接蕭關，北控大漠。雄才偉略，可見端倪。元昊大志已現鋒銳，宋廷誰能擋其鋒芒？

郭遵就是因此歎息，遠望西北蒼穹，似已見到烽煙劍戟之氣。他皺著眉，神色愁苦，突然想到一事，失聲道：「知秋，你在追尋多聞天王的身分，突然提及到元昊。難道說……」他沒有再說下去，但眼中已有了極深的憂意。

葉知秋長吸一口氣，一字字道：「不錯，我就是懷疑。多聞天王本是元昊手下——八部中人。」

郭遵一震，疑惑道：「懷疑？你並沒有見到過多聞天王的真實面目，如何這般推測？」

葉知秋道：「我雖沒有見過多聞天王的面目，可在飛龍坳的時候，見到過已死三人的面目，我早就把他們的圖像畫了出來。」

郭遵恍然道：「我明白了。你在西北，找到認識三人面目的人了，又由那三人的身分推測出多聞天王的來歷？」

葉知秋點頭，從懷中掏出張畫像，攤了開來。畫像上左三人，右三人，共有六個人像。葉知秋道：

「左手三人，是飛龍坳死的三人。右手三人，是我在八部中找到的人物肖像。你看像不像？」

左右三人除了衣飾不像，面容極其類似。郭遵看了良久才道：「如果這些人真的是八部中人，那當初他們在飛龍坳的所為，就很值得琢磨了。」

葉知秋心事重重，「因此我要將這一切稟告給太后。」

郭遵遲疑道：「只憑這些畫像，恐怕終究會不了了之了。」

葉知秋長歎一聲道：「你說的不錯。」他當然明白郭遵的意思，眼下太后想著登基一事，自然對邊陲安危不放在心上。就算飛龍坳一事真的是元昊主使，兩府、三衙的重臣，又怎麼會為這件事對西北大動兵戈呢？他本如劍鋒般的眼眸黯淡下來，喝起了悶酒。

郭遵緩緩道：「但你今日找我，肯定不是讓我出手擒兇，你還有別的目的，對不對？」

葉知秋霍然昂頭，目光如炬道：「不錯。我來找你，是和狄青有關。我想了很久，突然覺得，彌勒佛像中藏的那物，不見得一定被多聞天王拿走。因為當初……狄青也在大相國寺中。」見郭遵神色不變，葉知秋道：「你一點也不吃驚，是不是因為早就知道些什麼？」

郭遵沉吟道：「你素來言不輕發，想必不會僅憑狄青當初在大相國寺，就推斷狄青拿了那物了？」

葉知秋道：「當然！因為我經過這段時間的查詢，已瞭解擁有那物的人，肯定會有特別之處。我看過馬中立的傷勢，知道馬中立的踝骨，是被人捏斷的！狄青本來沒有那個本事！他能捏斷馬中立的踝骨，是件很奇怪的事情。你要不要我再說說曹府的事情？」

郭遵終於歎口氣，喃喃道：「我就知道，這件事瞞得過很多人，讓很多人奇怪，卻唯獨瞞不過你。」心中在想，夏隨這些日子一直沒有輕舉妄動，當然也不解狄青為何能殺增長天王。但夏隨多半不知道五龍的事情，豈止是他，這世上又有幾人能明白五龍呢？

葉知秋目光鋒銳，沉聲道：「所以狄青拿了五龍？」他口氣慎重，像是已起了冰冷的殺機。他本來就得到了太后的命令，殺了盜五龍的人。而狄青正是拿走五龍之人。

郭遵沒有回答，也沒有望著葉知秋，只是看著酒杯，半晌才道：「你不找狄青，卻過來找我，當然不想抓狄青了。」他這麼說，顯然已承認了葉知秋所問。

葉知秋淡淡道，「你說呢？」

郭遵又道：「你葉家世代為京中名捕，一心為國。可葉知秋這人，做事靈動，只求心安，這是我最欣賞的地方。」

葉知秋笑了，笑容如春暖花開，「你別以為奉承我兩句，我就會不追究下去。郭兄，太后想要五龍，元昊手下的人也想要五龍，我聽說，不久前唃廝囉手下的高手不空也向太后要五龍。京中如果說有一人知道五龍的奧祕，那一定是你了。我很想聽聽，五龍到底有什麼玄奧……」

郭遵搖頭道：「我真的不知。」

葉知秋皺眉道：「你不知？你怎麼會不知？」

郭遵望著葉知秋的雙眸，問道：「知秋，你我相知多年，我或許有很多事情沒有和你說，但可曾騙過你？」

葉知秋凝聲道：「你從來沒有騙過我，你不但沒有騙過我，你還救過我的命。若不是你出手，八年前，我已死在巨盜曆南天的手上了。我雖還沒有抓住曆南天，但我永遠記得你的恩情。」

郭遵舒了口氣道：「那我可否求你一件事？」

葉知秋目光如刀，「你求我放過狄青？那沒有問題。但你總要把五龍交給我，不然我如何交差？」

郭遵搖頭道：「我不但求你放過狄青，我還想求你莫要拿走他的五龍。把五龍留在他手上，好嗎？」

葉知秋錯愕不已，失聲道：「你覺得我會答應嗎？」

郭遵凝視葉知秋，一字字道：「我、求、你！」

狄青聽趙禎求他做事時，詫異不已。趙禎是皇帝，竟然還求他一個小禁軍？狄青有些驚慌，可也有些自豪。

閻文應臉色已變了，但他終於還是忍住沒有說什麼。

趙禎見狄青不語，失神道：「你不肯幫朕嗎？」

狄青在那一刻，已下定了決心，「聖上吩咐的事情，我赴湯蹈火都會做到。」他知道趙禎好像不得勢，也看出劉太后眼下一手遮天。但他還是要幫趙禎，因為他喜歡！

趙禎舒了口氣，「你幫朕，那就好。對了，朕記得你幫我逃命的時候，你說要些酬勞？你有為難事了？先對朕說說，看看朕能不能幫你。」

狄青感動的鼻涕差點流出來，「聖上，那多不好意思。」

閻文應冷冷道：「你臉皮刀砍不破，也有不好意思的嗎？」

狄青裝作沒有聽見閻文應的諷刺，忙把楊念恩的事情說了一遍。

趙禎道：「閻文應，你立即派人去辦此事。」

狄青喜道：「謝聖上。」這句謝，可真是誠心誠意，一想到以後有皇帝撐腰，狄青感覺不但春天來了，夏天看起來也要到了。不過他一時並沒有想到，幫助皇上，就意味著和太后作對，冬天看起來也就不遠了。

趙禎微笑道：「其實能幫你做點事情，我感覺也不錯。」他這句話是有感而發，這些年來，就沒有人求他。一直都是有人命令他，規勸他，只說讓他不要做什麼，卻從來沒有人想過讓他做過什麼。

閻文應為難道：「聖上，那找誰做這件事情呢？」

趙禎立即道：「找呂夷簡不就好嗎？上次調狄青入班直，不就是找得他嗎？」

狄青聽到「呂夷簡」三字時，心中一震，他當然知道呂夷簡是哪個，那是當朝宰相，亦是宋朝兩府第一人！狄青從未想到過，他升職為散直，竟是經過呂夷簡之手。

閻文應道：「上次調狄青當散直，呂夷簡好像就有些為難……」

趙禎不耐煩道：「你就說是我吩咐的，別的事情，不用操心。」心中暗想，朝廷中，反對母后的人，如范仲淹、宋綬等人，一個個都被貶出京城。呂夷簡對朕到底忠不忠，從這些小事就可以看出。上次找呂夷簡做事，他故作為難，焉知不是以退為進之意？

閻文應勉強應了，狄青投桃報李，立即道：「聖上有何事吩咐呢？」

趙禎想了良久才道：「朕最近想提拔一些新人入班直，你看看有沒有和你義氣相合的人，把名字報上來，朕會酌情錄用。」

「啊？」狄青瞋目結舌，一時間搞不懂是趙禎求他，還是他求趙禎。

趙禎不解道：「這事很難做嗎？」

狄青忙道：「不難，不難。」心中微動，加了句，「聖上，我找的人，肯定對聖上忠心耿耿。」

趙禎緩緩點頭道：「你做事，朕放心。好了，你可先出宮做事了。」想了半晌，從懷中掏出面金牌遞給狄青道：「你拿著這令牌，以後你就是朕的貼身侍衛，隨傳隨到，不必聽殿前指揮使調度了。」

狄青當然滿口答應，拿著令牌離去。等感覺趙禎望不見了，這才仔細看了眼令牌，見令牌正面雕龍，背面是山水。金龍下面刻著四個字，竟是「如朕親臨」！

狄青心道，這個皇帝豬圈也要鑽，如朕親臨？那不是要和他一塊鑽豬圈？心中對這塊令牌的權威很是懷疑，正行走間，一人過來道：「狄青，你到處亂走什麼？」

那人正是狄青的頂頭上司常昆！

狄青本有些發慌，但轉念一想，亮出令牌道：「聖上派我出宮行事。」

常昆見到那令牌，眼中露出錯愕之意，盯著那令牌許久才乾笑道：「狄兄原來已成聖上的親兵，可有事要小弟做嗎？」

狄青不想令牌一出，狄青就變成了狄兄，上司變成了小弟，笑道：「暫時沒有事情。常大人，以後在下宮中行走，還請多多關照。」

常昆忙道：「一定一定。狄兄若看得起小弟，叫我常昆就好，什麼常大人，不是寒磣我嗎？」

狄青心情舒暢，點頭離去，心道，這種牆頭草的名字，定不能對聖上說了。

常昆不知道因為拍馬屁，失去了晉級的機會，見狄青離去，冷笑道：「一副小人得志的樣子。只是不知道這傢伙到底什麼來頭，怎麼才當了半天的散直，就變成聖上的親兵呢？」

一人在常昆身後問道：「誰變成了聖上的親兵呢？」那聲音暖暖。常昆回頭望見來人，忙施禮道：

「卑職拜見成國公。」

趙禎等狄青離去，又歎口氣，坐在冰冷的石凳上望著修竹，不知想著什麼。閻文應一直寸步不離，見狀道：「聖上，這個狄青，不見得信得過呀。」

趙禎半晌才道：「他當初不知我身分，尚能捨命救我，我覺得他應該對我忠心。更何況……我還能信誰呢？」

閻文應垂下頭來，目光閃爍。就在這時，遠方有腳步聲響起，一劍眉星目的男子走過來，見到趙禎，喜道：「聖上果然在此。方才臣聽常昆說，狄青拿了聖上的手諭，還有些疑惑呢。」

那男子遇見趙禎極為高興，趙禎見了那人，卻是大為皺眉。那人正是趙禎在竹歌樓前曾見過的公子。趙禎當然認識這人，可心中並不想見他。這人叫做趙允升，是楚王趙元佐的兒子，眼下官至成國公。

當年太宗本要傳位給楚王，可後來趙元佐發瘋，太宗這才傳位給趙禎的父親真宗。如果趙元佐不發瘋的話，如今的天子，很可能就是這個趙允升。趙禎倒不是對此忌諱，而是因為劉太后一直對趙允升很好，甚至比對他這個親生兒子還要好。

趙允升似乎沒有看出趙禎的不滿，還熱情道：「聖上，皇后找太后哭訴去了，說你不見了。臣心急如焚，趕快出來尋找，只怕聖上有事……」

「你很希望朕有事吧？」趙禎不鹹不淡道。

趙允升額頭都有些冒汗，賠笑道：「聖上說笑了。」

趙禎很有些瞧不起這個堂兄，一直覺得他除了拍馬屁，也沒有別的本事，不明白為何母后偏偏喜歡他。突然想起一事，說道：「前幾日，閻文應出宮，說見你從竹歌樓出來，你應該知道，太后最不喜歡我們去那種煙花之地。」

趙允升臉色巨變，惡狠狠地看了眼閻文應。閻文應垂下頭來，不敢多說。

趙禎淡淡道：「你去了就去了，看閻文應也沒有用。正好我要去見見太后……」他舉步要走，趙允升慌忙跪地道：「聖上，臣無心之過，還請聖上莫要對太后說及此事。」

趙禎見趙允升惶恐，心中微喜，故作為難道：「那不是欺騙太后嗎？」

趙允升苦著臉道：「聖上只是不說而已……」

「你有什麼資格讓朕不說呢？」趙禎見趙允升滿頭是汗，突然語氣變得柔和，「我不說也可以，但你以後，應該知道怎麼做了？」

趙允升眨眨眼睛，抹汗道：「臣明白。」

狄青興沖沖地出了宮，一路上竟通行無阻，那塊令牌果真很有效用。他先奔驍武軍的軍營跑去，等到了軍營，見李禹亨已扶著張玉起身，喜道：「張玉，好些了嗎？」他更喜的是，這些日子李禹亨照顧張玉竭盡心力，而看起來，張玉對李禹亨的態度也好了些。

張玉體格壯碩，總算撿回條命，正要下床走動，看到狄青來了，說笑道：「大人回來了？」

狄青笑罵道：「你小子才好些，就記得臭我。猜猜，我今天碰到誰了？」

李禹亨遲疑道：「太后？」

張玉猜測道：「持國天王？」

狄青一個爆栗擊過去，「你們就不能猜點好的？」三人嘻嘻哈哈，似乎又回到以往親密無間的時候。

「我見到了皇上！」

張玉扁扁嘴道：「你是散直，皇上的親隨，見到聖上也值得欣喜嗎？不過聖上長得啥樣？說來聽聽。」禁軍也有高下之分，張玉這些人從不入大內，就算見皇上也是隔著幾里地，還不知道皇上的樣子。

狄青道：「其實皇上這個人，也還不錯呀……」

「嘖嘖……」張玉吧嗒著嘴，「入大內的人就是不一樣，才當值一天，就對皇帝歌功頌德起來了。狄大人，你有升職的潛力呀。」他當然是在開玩笑，嘲弄狄青會溜鬚拍馬。

李禹亨忙道：「張玉，也不能這麼說，皇上本來就不錯，難道讓狄青罵他嗎？」

張玉假裝生氣道：「當初我們幾兄弟說什麼有福同享有難同當，可惜呀，有人當了散直，就忘記了當初的諾言。嘿嘿，想我張玉不會阿諛奉承，自然得不到升遷。」

狄青故作惋惜道：「我倒是沒忘。今天聖上請我幫忙，想要再提拔幾個人，問我人選，我還準備把你們的名字報了上去。可惜呀……某些人不喜阿諛奉承，只想憑本事。這樣吧，我把這人的名字劃了去，也免得辱了他的一世英明。」

張玉忙道：「聖上實乃聖明之君，天下稱頌，我張玉也是從心底……那個佩服的。狄青，你說的可是真的？」

狄青哈哈一笑，將今日宮中所遇大略說了遍，可略去了趙禎去竹歌樓一事。

張玉嘖嘖稱奇，一時間不明所以，只能歎狄青時來運轉。

李禹亨膽小道：「狄青，你是不是在宮中得罪了聖上，他準備誅你九族，所以讓你把朋友的名字都報上去……」

狄青苦笑道：「要不我把你的名字劃去，不報給朝廷了？」

李禹亨左思右想，終於道：「不用吧，咱們不是說過，有難同當嘛。」

狄青又是一笑，想要告訴楊羽裳這個喜訊，告辭離去。出了軍營，狄青暗想，名單上就張玉、李禹亨兩人，太過單薄，還有誰夠義氣需要提拔呢？郭大哥當然不用了，他本來就在殿前。只是狄青在想著心事，差點撞在一人身上，抬頭望去，叫道：「郭大哥，怎麼是你？」

郭遵竟然又出現在狄青的面前，見狄青望過來，郭遵笑笑，問道：「你怎麼會和聖上那麼熟悉呢？」

狄青笑道：「郭大哥，說來話長。但若簡單說……」四下望了眼，壓低了聲音道：「聖上就是聖公子！」

郭遵恍然大悟，喃喃道：「原來如此。你得罪了太后，救了聖上，怪不得……」他欲言又止，轉問道：「你方才想著什麼？」郭遵雖和葉知秋交談許久，但這刻看來，還是波瀾不驚。

狄青將趙禎所言一事又說了出來，突然興奮道：「郭大哥，你見多識廣，識人能力更強，不如你說幾個人物吧。」

郭遵臉色沉凝起來，緩緩問道：「你說聖上要提拔一些人入班直？」

「是呀，機會難得。」狄青道：「我也不知道怎麼這麼好運。」心中想，難道是羽裳給我帶來的好運？

郭遵心道，聖上要在身邊換批人手，難道是對太后起了戒心？半晌才道：「狄青，事情只怕沒有你想得那麼簡單了。」

狄青收斂了笑容，歎口氣道：「我知道，最近太后想登基，聖上憂心忡忡。既擔心太后搶了他的帝位，又覺得在宮中不安全，因此想多找些人來保護他。我看他也挺可憐的。郭大哥，我知道你要勸我考慮清楚，但富貴險中求，像我這樣的人，還有什麼顧忌呢？再說現在誰都不明白太后的心思，太后也不見得一定會搶親兒子的皇位吧。」

郭遵靜靜地聽，良久才拍拍狄青的肩頭，「你說得對，那就去做吧。」沉吟片刻又道：「驍武軍的王珪武功高強，李簡做事老練。捧日軍的武英，素有大志。天武軍的朱觀勇力難敵，龍衛軍的桑懌頗有銳氣……」郭遵緩緩地說著，對八大禁軍中的底層禁軍竟很是熟悉。

狄青心道，郭大哥可比我有心多了，難為他記得這麼多的人。郭遵說了十數禁衛，又道：「其實這些人都是和你彷彿，雖有雄心，但因出身不好，難以高升。我一直在觀察，覺得這些人可堪大用，難得有這個機會，你把他們的名字都報上去吧。」

狄青連連點頭道：「郭大哥，你有空再想想。」

郭遵笑道：「一口氣提拔這些人入班直，已是朝中少有的事情，你還想提拔多少人呢？我有空再想想，明天就給你份名單。」

狄青點頭道：「那辛苦郭大哥了，我還有事，先告辭了。」

郭遵點點頭，望著狄青遠去的背影，輕歎一口，喃喃道：「梅雪，我對不起你夫婦。今日看到狄青開心，我也很開心。只希望你夫婦在天之靈保佑，讓狄青他從此一帆風順。」

他轉身向狄青相反的方向行去，風長動樹，刷刷作響，投下清影淩亂，滿是惆悵。

第十八章　柔　情

天已暮，新月未上。

狄青路過街舖的時候，記起楊羽裳曾說過最喜歡吃洗手蟹，於是順手買了幾隻螃蟹，用油紙包了放在懷中。到了楊家後，狄青猶豫片刻，走到正門前，敲了幾下。有管家出來開門，皮笑肉不笑道：「狄官人，來此有何貴幹呀？」狄青認識這個管家姓刁，和楊念恩是一個鼻孔出氣。

狄青道：「不知羽裳可在？」

刁管家道：「我家小姐是在，可是老爺吩咐了，若是狄官人還沒有拿到券憑，以後就儘量少來吧。不過今日老爺宴請羅公子，狄官人若是喜歡，雖見不到羽裳小姐，大可一起喝兩杯。」

狄青怒氣上湧，本想拂袖離去，可轉念一想，浮出微笑道：「難得你們如此好客，我就勉為其難，和楊老丈、羅公子喝上幾杯吧。」

刁管家不想狄青如此，可話說出來了，反倒不好拒絕，嘟囔道：「見過臉皮厚的，卻從未見過臉皮這麼厚的。」

狄青道：「刁管家說的誰？唉，在下臉皮就薄得很，要不是你相邀，我還真不好意思前來呢。」刁管家為之氣結。

狄青和刁管家到了堂中，見酒宴已擺開，席間只有楊念恩和羅德正二人，楊念恩見刁管家領著狄青前來，不由大皺眉頭，心道自己早就吩咐過，能不讓狄青進府，就不讓他進來，這倒好，還把人領到眼前來了。

狄青先發制人，拱手笑道：「哎呀，楊老丈，羅公子，相請不如偶遇，又難得刁管家一番客氣，在下不請自來，還請莫要見怪。」

羅德正今日前來，已取了券憑，心道狄青來得正好，當要好好羞臊他一番。故作大方道：「狄官人說的哪裡話來，在下可是歡迎之至。可惜的是今日楊姑娘身子不適，倒讓狄官人無功而返了。」

狄青知道羅德正嘲笑自己做不了正事，才待反唇相譏，堂外有人道：「狄青，你來了？」那聲音嬌脆中滿是喜悅，正是楊羽裳到了。

狄青大喜道：「羽裳，你怎麼出來了？聽說你身子不適，我還準備請王神醫給你看看呢。」

楊羽裳盈盈笑道：「也沒什麼，就是有些倦，不想見外人罷了。」言語中對羅德正的輕慢之意，不言而喻。

羅德正臉色不悅，楊念恩忙道：「羅公子，喝酒喝酒。」

楊羽裳到了狄青身邊坐下，輕聲道：「狄青，今日當差，一切可還順利嗎？」

狄青道：「也沒什麼，不過繞著大內走幾圈罷了。」

楊羽裳微笑道：「我倒沒有去過大內，聽說那裡金碧輝煌，頗為壯觀呢。」

狄青道：「在我看來，麥秸巷那樹梅花要好看得多了。」

楊羽裳知道狄青是想說，只要有她楊羽裳的地方，哪裡都是皇宮。心中欣喜，垂下頭去。

羅德正不解其意，譏諷道：「麥秸巷有梅花嗎？狄官人，你初到大內，可曾見過聖上？在下不才，倒有幸和聖上見過一面呢。當然，有本事的人才能見到皇上。」

楊念恩豔羨道：「想天子九五之尊，尋常人哪裡見得到呢？聽說羅公子的義父不但常見天子，還是太后跟前的第一紅人呢。」

狄青詫異道：「還不知道羅公子的義父是哪個？」

羅德正傲然道：「我義父姓羅，眼下身為東頭供奉官，說起來你下獄被審的時候，還見過我義父一面呢。」

狄青心中微凜，暗想原來羅德正是羅崇勳的義子，怪不得這麼囂張，和閻文應那個死太監一樣的討厭。太監生不出兒子，可還要傳宗接代，所以就收義子，看來只要和太后沾邊的人，個個都不是東西。

羅德正見狄青不語，只以為壓住他一頭，得意笑道：「狄官人，可想起我義父是哪個了？」

狄青笑道：「原來閣下是東頭供奉羅大人的義子，怪不得看著眼熟。閣下子承父業，可喜可賀呀。」

狄青這麼說，當然是譏諷羅德正也是個太監。楊羽裳聽了，有些臉紅，又有些好笑。

羅德正勃然大怒，拍案而起，喝道：「你說什麼？」

狄青故作詫異道：「羅公子，我說錯了什麼？閣下玉樹臨風，一表人才，想必終究有一日會和大供奉一樣，名揚天下啊。」

羅德正心中極怒，一時間卻無從辯駁。楊念恩忙道：「喝酒，喝酒。對了，聽羅公子說，這券憑有些眉目了？」

羅德正盡了一杯酒，從懷中掏出一張紙，拍在桌案上道：「今日我已取到券憑，只要楊伯父在上面簽字畫押，我再拿去求義父蓋個印，楊伯父就可以正式做這個生意了。」

楊念恩大喜，說道：「還是羅公子爽快。」

羅德正道：「比不上一些人口頭上的功夫了。其實楊伯父，有些人就仗著一張不錯的臉，花言巧語騙女人的心罷了，楊伯父可千萬要小心。」羅德正說的有些酸溜溜的，若有期待地望著楊羽裳。

狄青臉上雖刺字，額頭有疤，但狄青本來就神色俊朗，再加上沉浮多年，神色滄桑，儀表更有讓人心動的魅力。羅德正也知道自己若論相貌，比狄青差了許多，是以出言點醒楊羽裳，只希望她迷途知返。

楊羽裳看也不看羅德正一眼，纖手只是擺弄著衣角，低語道：「投我以木瓜，報之以瓊琚……」

狄青這些日子，苦讀《詩經》，比考狀元還努力，知道這是《詩經》中的一首《木瓜》，後兩句是「匪報也，永以為好也。」這首詩本說男女之間兩情相悅，已不重禮物的價錢，但求情意永好。楊羽裳這時候念這首詩，當然是安慰狄青，讓他知道自己的心意。狄青見楊羽裳雖垂著頭，可嘴角帶著一弧靚麗的淺笑，甚是嬌豔，不由看得癡了。

羅德正不知書，卻以為楊羽裳終於被他的真心所打動，暗想我這券憑就是木瓜，楊羽裳就是瓊琚，她多半看出了誰是真心，想以身相許。又見楊羽裳修長的脖頸白若美玉，羅德正心中火熱。

楊念恩已接過了券憑，眉開眼笑道：「羅公子，喝酒喝酒。」

羅德正見狄青不語，不知道他沉醉在柔情之中，只以為他無話可說，不肯放棄羞辱他的機會，說道：「狄官人，這次我帶了券憑來，不知道狄公子帶了什麼來？可又是一些銅臭嗎？」

狄青心中歎氣，回道：「可惜在下的老子完整無缺，沒有個太監的爹呀……」

羅德正臉色大變，不等再說，院門陡響，有人高叫道：「楊念恩可在？」

刁管家聽院門拍得震天響，慌忙去打開院門，見院門處站著兩人，一人稍瘦，一人矮胖，都是官家的服飾，遲疑問道：「兩位官人有何貴幹？」

稍瘦那人道：「我是榷貨務的監官，這位是榷貨務的副使。」刁管家聽了大驚，心道榷貨務本屬太府寺的一個衙門，負責掌管鹽、茶交易一事。老爺為見這兩人，著實下了不少功夫，但終不能見，這兩人怎麼又會來這裡？

刁管家將二人請入府中，快步到了楊念恩身前，說明了那兩人的身分，楊念恩也是驚喜交集，不知道二人的用意，快步搶出，躬身施禮道：「兩位大人前來，有何貴幹？」

稍瘦的監官道：「你叫楊念恩？」見楊念恩連連點頭，又問，「你認識狄青嗎？」

楊念恩大惑不解，回頭望向狄青，說道：「他正在老朽的府上，不過……不是老朽請來的……」他說話留有餘地，只怕狄青惹禍。

監官道：「那就對了。楊念恩，聖上有旨，宰相有令，令榷貨務快些將你的券憑辦妥。喏，這是你的券憑，簽兩份名字吧，我們趕著拿回去交差。」原來趙禎有旨，呂夷簡當下就把事情辦了。皇帝和宰相都關注的事情，這些榷貨務的官員哪敢怠慢，由監官親辦此事，趁夜趕來。

楊念恩不明緣由，又驚又喜，忙道：「好，好。」他畫了押，對監官道：「兩位大人遠道而來，一路辛苦，還請喝杯水酒吧。」

副使道：「我們實在沒空，這酒就免了吧。」

狄青走過來施禮道：「兩位大人辛苦了，在下狄青，日後還請多多關照。」

監官上下打量著狄青道：「你就是狄青？不簡單呀。日後……」嘿然一笑道：「說不定還要你來關照我們。狄青，以後你若有事用得著我們，直接去榷貨務說一聲就好了，不用煩勞聖上了。」

狄青賠笑道：「兩位大人辛苦了，狄某感激不盡，以後若有用得著兄弟的地方，也請吩咐就好。還不知道兩位大人貴姓？」

監官道：「我叫邊曉峰，這是我的副手，叫易笛。」

狄青早滿了兩杯酒，端過來道：「客氣的話也不多說，今日敬兩位大人一杯，天寒暖暖身子。」

邊曉峰哈哈一笑，說道：「也好。」和易笛舉起酒杯，與狄青對乾了一杯，邊曉峰放下酒杯道：「狄青，我們還趕著回去覆旨，不能耽擱了……」

「那改日有空，一定請兩位大人喝個痛快。」狄青笑道。邊曉峰點點頭，和易笛離去。狄青這才回到席位上，對楊羽裳笑道：「幸不辱命。」

楊羽裳詫異道：「你怎麼能請得動榷貨務的監官呢？」

狄青笑道：「不是我請得動，而是我對聖上說及此事，他當下吩咐人去辦。這事兒我今日才說，沒想到今日就辦成了。」

楊羽裳道：「原來你也見過聖上了？」

狄青道：「可我卻沒什麼本事，慚愧慚愧。」

羅德正聽狄青此言，明顯是諷刺自己方才說的「有本事才能見到皇上」之言，一張臉氣得通紅，桌上那張沒蓋印的劵憑在燈光下看來，已是說不出的礙眼。

楊念恩忙舉杯對狄青道：「狄青，喝酒喝酒。」楊念恩並不知曉宮中之事，見狄青竟然能和皇上說上話，明顯比那個太監爹要強很多，見風使舵，已對狄青示好起來。

羅德正滿是尷尬，伸手扯過那券憑，忿忿道：「楊伯父，在下多此一舉了，告辭！」

楊念恩忙道：「羅公子也是一番辛苦，老朽感激不盡，這酒還沒有喝好，不如再喝會兒？」

羅德正見楊念恩言不由衷，敷衍的意思濃厚，更是來氣，袖子一拂，轉身離去。楊念恩等他快走到院門處，這才追上去道：「天色已晚，羅公子回轉也是對的。羅公子慢走。」輕輕地關上院門，快步回轉，楊念恩又舉起酒杯對狄青道：「老朽托大，不如叫你一聲狄賢姪如何？」

狄青道：「楊老丈見外了，你想叫我什麼都行呀。」

楊念恩道：「我說賢姪你才見外了，你若是看得起我，今後叫我聲伯父就好。」

狄青忙道：「楊伯父。」

楊念恩微笑道：「天色尚早，你來得又晚，今天可要多喝幾杯，不醉不歸！」

狄青心道，敢情這太陽是為你一個人升的？要早就早，要晚就晚。這事兒辦成了，就是伯父了，不然就是老丈，是呀，伯父那是實在親戚，老丈可就隔著老幾丈遠了。

楊羽裳嗔道：「喝酒也要適可而止，莫要喝醉了，不然怎麼回去？」

狄青見楊羽裳關心，心中微甜，笑道：「楊伯父是說笑，大家喝酒就是暖暖身子，還能真喝醉了？」

楊念恩見酒菜已冷，吩咐道：「刁管家，快去叫廚子再整治點佳餚，再把我珍藏多年的雨前茶拿來。」

狄青忙道：「楊伯父，不用麻煩了，我隨便吃點就好。」突然想起什麼，從懷中掏出油紙包，解開道：「羽裳，我給你帶來了你喜歡吃的洗手蟹。不過……冷了。」

楊羽裳接過那洗手蟹，低頭望過去，良久無言。

狄青突然見到兩滴水珠落在那洗手蟹上，楊羽裳竟在落淚，慌張道：「羽裳，你不喜歡吃嗎？那不吃就好，我下次不帶了。」

楊羽裳緩緩抬起頭來，淚眼中滿是柔情，說道：「我很喜歡。可是，不急於吃了。」說罷將那洗手蟹再次包好，輕輕放在手旁。

狄青一時間茫然，不知道自己做錯了什麼，竟令羽裳傷心落淚。正無措間，楊念恩一旁催促道：「刁管家，還愣著做什麼？快去拿茶葉呀。」

這楊老爺是個見風舵，刁管家就是棵牆頭草，見老爺轉了風向，忙快手快腳取了茶葉來。楊念恩親自燒水，取出素日珍愛的茶具，說道：「賢姪，上次你說的茶道，我事後想想，大有道理。其實那龍團不過是稀缺，喝起來不見得好。在老夫看來這茶品味最高的，當屬福建路南劍州所產的十二絕，但在淮南、江南、荊湖一帶，散茶卻比較出名，比如說雨前、雨後、龍溪都算是一時極品。老夫這些年倒是收藏了天下各處的名茶，日後若有機會，再和賢姪慢慢品來。」

狄青心思全繞著「羽裳為何要哭，我說錯了什麼？」這想法轉著，聞言心不在焉地敷衍道：「那多謝伯父了。」

楊念恩見狄青無心品茶，只覺一番俏眼兒做給了瞎子看，可有些話實在是不吐不快，「賢姪，只知道你最近才要升為散直，還不知道你竟還能和聖上說上幾句。今日這事兒，可真多虧了賢姪你了。」

狄青回過神來，「其實我就是僥倖，幫了聖上幾次。聖上對我不錯，這才將我升為散直。後來我想起伯父一事，隨口對聖上說了，正趕上聖上心情好，就讓人去辦。」

楊念恩肅然起敬，他一直以為狄青有後臺，但肯定本錢不厚，哪裡想到狄青的後臺竟是皇帝！有權貨務的那兩個大人撐腰，自己做生意還不是一帆風順？一想到這裡，楊念恩心中樂開了花兒，暗想女兒眼光果然不凡。見狄青頻頻向楊羽裳望去，楊念恩明白過來，以手扶頭道：「人老了，酒也喝不多了，才喝幾杯就有些頭暈。羽裳，我先回房休息，你陪狄賢姪再坐會兒。」說罷起身告辭。

狄青認識楊念恩這麼久，終於發現楊念恩也有善解人意的時候，客氣地送楊念恩到廳前。等楊念恩和管家都已不見人影，狄青忙問，「羽裳，你不舒服麼？那回去休息吧？」

楊羽裳搖搖頭道：「沒有。我只是不想見羅德正，這才推託說身子不適。狄大哥，難為你了。」她叫聲狄大哥，情意綿綿，臉上又有些發紅。狄青心中激盪，低聲道：「羽裳，我不過是隨手之勞。再說為了你，再難的事情我都會去做。」狄青和旁人鬥嘴，少落下風，但在楊羽裳面前，總是木訥，說不了什麼場面話，但言語句句發自內心，態度懇切。楊羽裳聽了，心中感動，一時間卻也說不出什麼話來。

二人沉默無言，均是享受那靜謐溫馨的時光。

廳外的天空孤雲高遠，一陣北風吹過，帶下樹上寂雪，那雪花空中飛舞，如花碎影裂，狄青望見，只是想，比起這孤雲碎雪，我狄青可是幸福多了。」見風兒吹到廳中，楊羽裳打個寒戰，狄青不敢抱住楊羽裳，只伸出手去，握住楊羽裳的纖手。

楊羽裳嬌軀一顫，手卻任由狄青握著，終究沒有抽回去。狄青只覺得觸手滑膩冰冷，關切道：「羽裳，這裡很冷，你還是回去吧？」

楊羽裳輕輕靠過來，依偎在狄青懷中，低聲道：「狄大哥，這樣……不就暖和了？」臉上有些羞澀，可眼中滿是狡黠的笑。

狄青省悟過來，輕輕地摟住楊羽裳的纖腰，鼻端有處子幽香傳來，沉沉幽幽，只覺得飄在雲端，就算做皇帝，也不如今日的幸福。感慨道：「羽裳，我是個粗莽的漢子，不懂別人的心思。我若有什麼事情做得不好，你莫要怪我。」

楊羽裳輕笑一聲，卻不說話。狄青只覺得那輕笑的樣子，如飛雪盈盈，惹人愛憐，忍不住問道：「羽裳，你方才為何要哭？唉，我這人很笨，到現在還不明白，你為何會喜歡我。」

楊羽裳不答前問，低聲道：「喜歡一個人，有時候，不講理由。若真擺得清清楚楚，那和我爹一樣，是做生意了。」

狄青啞然失笑，「你不滿令尊嗎？其實他也沒什麼，不過是想著做生意罷了。你先前不是說，你家在江南，本來是個大家族，你爹要養活一大家子人，在京城奔走，又沒有太多的關係，其實也不容易。」

楊羽裳低聲道：「其實……其實……」她望著那包洗手蟹良久，才下定決心道：「其實我並非我爹親生的。」

狄青吃了一驚，「楊念恩不是你爹，那你爹是誰？」

楊羽裳眼中盈淚道：「我也不知道親生爹爹是誰，我娘她是改嫁到的楊家。」

狄青見楊羽裳傷心，無以安慰，只能用手輕撫楊羽裳的秀髮，但覺得那秀髮也是冷的，絲絲如冰。

楊羽裳道：「聽我繼父說，我娘生了我後，就和我生父被迫分開，嫁到了楊家。我繼父本來就認識我娘親，一直等待著我娘，所以很是開心地接納了我們母女。但我娘嫁到楊家後，一直鬱鬱寡歡，因為傷心，沒過幾年就過世了。」

狄青傷心道：「原來……你比我還可憐。我最少還有個大哥照顧，你繼父他……」

楊羽裳低聲道：「你大哥對你很好，我繼父對我也不錯。我娘死後，他也很傷心，對我百般疼愛。當年我娘過世的時候，請求他照顧我，但必須讓我自己擇選夫婿，我繼父一口答應。繼父並不逼我嫁人，至於陪羅德正說話，也不過是他們生意人的手段罷了。當年我在江南的時候，家族中不少人對我有意，但我都不喜歡，繼父也不強迫。後來我覺得心煩，他正巧要到京城做生意，所以就帶我來到這裡，再後來我就遇到了你。」

狄青歉然道：「那日我撞到你，真的是無心之過，你莫要見怪。」

楊羽裳微笑道：「難道到了如今，你還要和我這般客氣嗎？我當時見到你的眼神，就知道你那時很難過，撞到我，絕不會是登徒子所為了。狄大哥，你當初為何要那般緊張憤懣？到底發生了什麼事情，你可以對我說嗎？」

狄青遂將當初的一切說了一遍，楊羽裳聽完，感慨道：「原來如此，怪不得你當日如此焦灼。可惜害你的那個人，我們始終找不到。你們本來沒有糾葛，但卻不得不性命相搏，人怎麼就這麼可笑呢？」

狄青沉默良久才道：「我再見他，還是要抓他，不為別的……只為那些無辜的百姓。」

「那……你千萬小心。」楊羽裳握住狄青的手，並不反對，輕聲道：「你要記得，無論什麼時候，我都在牽掛著你。」

狄青緩緩點頭，說道：「我記得，無論什麼時候，都有羽裳照顧我，關心我，我也要照顧她一生一世！」

楊羽裳抓緊狄青的手，嘴角露出絲甜甜的笑，「我知道，我見你第一眼的時候就知道。狄大哥，不知為何，我見到你的第一眼，就忘不了你，或許這就是緣分吧。」說罷羞澀地低頭，抓住狄青的手卻緊緊不放。

狄青心下感動，低聲道：「我見到你以後，也一直在惦記你。我這些年一直被人誤解冤枉，又鬱鬱不得志，那時候你為我辯解了兩句，我都聽在心中。就因為那幾句話，我終究對你念念不忘。可我作夢也沒想到會再遇到你，也沒想到，你竟也喜歡我。」

楊羽裳道：「那我們也算同病相憐了。你問我方才為何要哭？其實那洗手蟹，我幼時常吃，那時候是娘親為我所做，我一直記在心中。我以前隨意和你說過喜歡吃洗手蟹，不想你牢牢記在心上。我看到你拿出洗手蟹，突然想起娘親，也想告訴娘親一句話，所以忍不住就哭了。」

狄青問，「你想和娘親說什麼？」

楊羽裳秀眸含淚，嘴角含笑，柔聲道：「我想告訴娘親，『娘親，你放心吧，我終於找到一個像你一樣疼愛我的人，他叫狄青！』」楊羽裳滿是柔情，望著狄青，脈脈不語，可那心意濃得如雪，那情意纏綿入骨……

狄青心中震顫，緊緊地握住楊羽裳的手，低聲喚道：「羽裳……」

楊羽裳輕聲應和，「狄大哥……」

二人四目交投，都看出彼此眼中的關懷憐惜之意。北風雖冷，可廳燈如春，暖暖如融，二人突然覺得不必再多說些什麼。那輕憐密意的話兒已是多餘，因為他們已明瞭了彼此的一顆心。

相望良久，狄青突然想到一事，遂問道：「如果你還記得小時候的事，那令堂就從來沒有和你講過令尊的事情嗎？」

楊羽裳搖搖頭，從懷中掏出半塊玉珮遞給狄青道：「這是我母親的遺物，可能是我父親所留。」那玉正面雕龍，背面刻鳳，做工極為精美，一看就是大戶人家所有。

狄青道：「為何是半塊呢？哦，多半是令尊和令堂當年分手後，只怕日後難識，留作憑證。」見到殘玉清冷，狄青心中湧起同情之意，說道：「羽裳，你放心，無論上天入地，只要令尊還在，我就一定為你找出他來。」

楊羽裳癡癡地望著狄青，良久才道：「這塊玉是娘親留給我的，但她留給我的時候，什麼都沒有說。她也一直沒有提到我父親，她臨終時也只有說，『羽裳，為娘不求你找到你爹，只求你找到真心對你的男人，不求你榮華富貴，只求你平安喜樂。』所以我娘請我養父照顧我，讓我自己擇選夫婿。至於這玉到底是不是日後爹娘相見的憑證，我也不知曉。」楊羽裳說到這裡，聲音哽咽，淚水一滴滴掉下來，如斷線的珠子一樣。

狄青心想，羽裳的娘多半是受到丈夫的矇騙，所以才如此傷心欲絕，希望女兒找到個真心的男人。不過從這塊玉來看，羽裳的娘嫁的多半也是大戶人家，哼，這些有錢有勢的人又如何？他們唯獨沒有情。當然，也可能是羽裳的爹娘不得不分離，這才留玉為憑，但羽裳的爹爹卻終究沒有出現。不過還有一種可能，那就是羽裳的爹爹已經死了。當然，這些猜測不便對楊羽裳說。見到楊羽裳如此傷心，狄青忙從懷中拿出那方藍色的絲巾為楊羽裳擦淚。

楊羽裳哭了會兒，心情舒暢了許多。見那絲巾是自己當初為狄青包紮傷口時所用，問道：「原來你還留著它呢？」

狄青道：「這是你送我的，我怎麼會丟呢？」搖頭晃腦吟道：「投我以木瓜，報之以瓊琚。你送我絲巾，我報之以螃蟹。」說罷摟住楊羽裳，嘴角露出笑意。

楊羽裳陡然省悟過來，笑道：「好呀，你譏笑我是螃蟹，看我不把你打成木瓜。」說罷輕輕揚手，對著狄青的胸膛擂下去。狄青手一伸，輕輕抓住楊羽裳的手腕。二人呼吸近在咫尺，狄青只聞楊羽裳吐氣如蘭，忍不住意亂情迷。楊羽裳臉色又紅，卻是悄然閉上了眼睛。狄青壯起膽子，飛快地在她臉頰上一吻，只覺得嘴唇如同在軟玉旁吻過，一顆心怦怦大跳。楊羽裳嚶嚀一聲，再次躲在狄青懷中，不勝嬌羞。二人情投意合，心意相通，只求此生永留此刻。

良久，楊羽裳將那半塊玉珮塞在狄青手上，喃喃道：「狄大哥，這半塊玉，你留著吧。我爹雖棄我娘親而去，但我知道，你永遠不會再離開我。只盼你我天上人間，永不分離。」

狄青握緊了楊羽裳的手，堅定道：「好，你我天上人間，永不分離。」

楊羽裳心中暖暖，只覺得此生再無所求。狄青卻望著那半塊玉珮，心想，羽裳的爹爹，到底是誰呢？無論如何，我總要為羽裳找到親生父親，這才不辜負她的一片深情。

很多事情說起來容易，可做起來難。轉瞬又到了暮春草長，群鶯亂飛的季節，狄青要為楊羽裳尋父一事，卻始終毫無頭緒。好在楊羽裳善解人意，只勸狄青順其自然。

這個癡情女子，一顆芳心早就繫在狄青身上了，不求狄青大富大貴，只求狄青平平安安。

這些日子以來，楊念恩生意順達，心情舒暢，非但不再阻擋狄青來見楊羽裳，反倒希望狄青常來。楊念恩見狄青背景似乎深不可測，連皇上都能說動，對狄青也有了幾分滿意。再說楊母臨終前讓楊念恩莫要為難女兒，楊念恩心想這狄青算是羽裳自己選中的，難得還有幾分本事，這下可算是兩全其美了。

這一日，狄青才入了宮中，閻文應已找了過來，冷冷道：「狄青，聖上正等著你。」

不知為何，狄青總覺得閻文應對他有些敵意，暗想，難道以前說他腦袋被門板夾了，這才惹他記恨？可左看右看，總覺得閻文應腦袋被門板夾得更厲害了。

到了趙禎面前，不等施禮，趙禎已道：「免禮吧。狄青，最近八大禁軍新入班直的有多少人？」

狄青心算下，回道：「應該有三十二人。」

趙禎喃喃道：「差不多了。」他眼中閃過分古怪，像是期冀，又像是擔憂。

狄青心頭微顫，問道：「什麼差不多了？」

趙禎道：「朕準備微服私訪，因此需要你們跟隨護駕。狄青，你當然會和我一起吧？」

狄青有些吃驚道：「聖上萬金之體，恐怕不易輕離吧？」

趙禎笑容有些譏誚，「一切都有太后，我離開不離開，又有什麼區別呢？狄青，你讓他們都做好準備吧。」

狄青頭一次見趙禎如此決絕，知道自己無法阻撓，只好通知一幫人等。趙禎見狄青離去，在宮中徘徊良久，見閻文應還在一旁立著，皺眉道：「文應，朕想前往先帝陵寢，你可有什麼主意？」

閻文應苦著臉道：「狄青說話雖不中聽，但方才說得沒錯。聖上萬金之體，怎能輕易離開京城？臣只怕……太后不許。」

趙禎怒道：「太后不許，太后不許！朕這麼多年，聽得最多的一句話，就是太后不許！你腦袋真的像狄青所言，被門板夾過嗎？為何不為朕想個離宮之計？」

閻文應臉色蒼白，喏喏不能語。他跟隨趙禎多年，第一次見趙禎如此憤怒。正在這時，有宮人匆忙趕到，「聖上，八王爺求見。」

趙禎目光一閃，吸口氣道：「有請。」

八王爺進來的時候，仍是乾乾淨淨的，他這次穿著的是朝服。走路的時候，目不斜視，到了趙禎面前，本待跪倒施禮。他就算是趙禎的叔父，見到皇上也是要施禮的。趙禎一把扶住了八王爺，目光閃動道：「八皇叔不必多禮。你久在王府，今日進宮為了哪般？」

八王爺輕聲道：「臣聽說太后病了，因此入宮來問候。正巧路過聖上的寢宮，想著很久沒有叩見聖上，很是失禮，是以入內求見。」

趙禎有些錯愕，「母后病了？那怎麼沒有人告訴我呢？」扭頭望向閻文應道：「你整日在做什麼？」

閻文應惶恐道：「臣也不知，不知道八王爺從哪裡知道的？」

八王爺輕聲道：「是成國公今晨對我說的。」

趙禎眼中怒火一閃而過，心道我這個親兒子還不如個養子。原來當年真宗無子，就將趙允升養在東宮，想著萬一無後的話，就立趙允升為太子。後來趙禎出生，又過了幾年，趙允升才被請出東宮。可劉太后養了趙允升幾年，對趙允升極為關愛，屢次提拔趙允升，反倒疏遠了親生兒子趙禎。

趙禎每次念及此事，心中都是極為彆扭。聽說劉太后病了，趙禎終於露出關懷之意，歎口氣道：「皇叔，朕和你一塊去看望太后吧。」

八王爺點頭道：「那是最好。」

二人前往長春宮，等到了宮前，趙禎突然問道：「皇叔，太后得了什麼病呢？」

八王爺道：「聽成國公說，太后昨晚驚夢，清晨起來後就感覺不適。」

趙禎又問，「太后做了什麼夢呢？」

八王爺沉默片刻才道：「臣不敢問。」他糊塗起來，比瘋子還要瘋，但這刻清醒了，簡直小心得不能再小心。

趙禎像是隨意問了句，「成國公為何要找八王爺呢？」

八王爺猶豫下，「他也是問候臣的病情。」

趙禎「哦」了聲，見大太監羅崇勳迎過來，吩咐道：「朕聽聞太后有恙，帶朕前去看望太后。」羅崇勳不敢怠慢，立即領著趙禎、八王爺入內。等到了太后的寢室，羅幔四垂，只見太后隱約躺在床榻上，成國公趙允升正在床榻前。

趙允升見趙禎前來，慌忙前來施禮，趙禎也不理會，徑直到了劉太后床前，跪地道：「禎兒聽說母后有恙，前來問候。」扭頭對羅崇勳喝道：「為何沒有太醫前來為太后診病呢？」

羅崇勳不待回答，劉太后已輕聲道：「只是微有不適罷了，吾沒有讓太醫來。禎兒，一些小事，本來不想擾動你，沒想到你還是知道了。」

趙禎急道：「母后有恙，怎麼能說小事？」

劉太后截斷道：「昨晚我做了個夢……」

趙禎詫異道：「不知道母后做了什麼夢呢？」

劉太后聲音有些恍惚，「我夢見先帝了。他站在我的面前，只是看著我，他想說什麼，但我聽不見。他想說什麼呢？」

趙允升道：「日有所思，夜有所夢。太后多半是太想念先帝，這才有夢吧？」

趙禎眼中有分古怪，突然道：「母后，孩兒其實這幾天也做了一個古怪的夢……」

劉太后顫聲道：「你做了什麼夢？」

趙禎緩緩道：「孩兒夢見四野黑暗，突然有道光芒刺破雲霄透過來，那光芒裡，竟立著先帝。可那景象太過玄奧，孩兒被驚醒了，不知是何緣故。」

劉太后沉寂許久，這才低聲道：「沒有別的了嗎？」

趙禎斜睨了八王爺一眼，輕聲道：「孩兒只見到四周模糊的景象，不遠處好像有座山……」

「有座山？」羅幔後的劉太后霍然坐起，失聲道：「是什麼山？」她聲音中，竟有分驚怖之意。

趙禎忙道：「母后，你怎麼了？」

劉太后沉默良久才道：「沒什麼。禎兒，你說下去。」

趙禎擔憂道：「母后，孩兒不敢說了。你休息吧。」

「我讓你說，你就說！」劉太后聲音中竟有分暴躁。

眾人皆驚。劉太后垂簾多年，威嚴自顯，心事難以捉摸，但少有如此暴躁的時候。成國公眼中閃過分怪異，見趙禎望過來，垂下頭來。

趙禎吃驚道：「我也不知道那是什麼山，只記得山好像都被燒焦了一樣，寸草不生。那山上的石頭，彷彿都被融化。是的，先帝望著孩兒，好像也要說些什麼。可孩兒被驚醒了，竟聽不到先帝的囑託。」一說完臉上滿是懊喪。

宮中沉寂下來，趙禎說得繪聲繪色，本是暖暖的宮中，不知為何，竟有些鬼氣森森。羅幔後，死一般的沉寂，呼吸可聞。

劉太后的呼吸似乎變得粗重，趙允升、八王爺屏住了呼吸，都不敢多言。許久，劉太后這才低聲道：「允升，你如何看待皇上的這個夢呢？」

趙允升戰戰兢兢道：「臣不知曉。臣聽說有個叫邵雍的隱士，對夢境解析很是玄妙。若有機會，臣當請他前來解夢。」他臉色如土，看來是發現太后的異樣，不敢輕易發表見解。

劉太后又問，「榮王，你又如何來看皇上的夢呢？」

榮王就是八王爺，聞言道：「太后，臣只會作夢，不會解夢。」

劉太后歎口氣道：「禎兒，你對自己的夢境，有何想法？」

趙禎神色終於恢復了冷靜，皺眉道：「夢境不可全信，但總是有些徵兆。孩兒和母后不約而同都夢到先帝，想先帝也是想念我們了。母后因夢染病，孩兒甚為憂心。孩兒想也該替母后前往先帝陵寢拜祭了，說不定先帝也會喜歡……」

「你想去永定陵？」劉太后緩緩道。

趙禎低聲道：「孩兒也想拜祭先帝了。」說罷向趙允升望了一眼。趙允升臉色有些異樣，猶豫片刻，說道：「皇上一片孝心，這主意聽起來也是不錯。難道說……真的是先帝有靈，這才托夢嗎？」

劉太后在幔帳後沉寂許久，歎口氣道：「你願意去，就去吧。我累了，你們都退下吧。」

趙禎眼中閃過一絲喜意，和眾人退下。劉太后靜靜地坐在床榻上，盞茶的功夫，有一人靜悄悄地走進來，劉太后也不詫異，問道：「閻文應，你說聖上最近一直想出宮嗎？」

閻文應垂頭道：「是呀，聖上最近心神不寧，總像做噩夢的樣子。」

「他為何這麼想出宮？為何一定要去永定陵？」劉太后問道。

閻文應半晌才道：「臣不知。聖上最近，並不是什麼事都對臣說的。」

劉太后悠悠道：「閻文應，吾對你如何呢？」

閻文應跪倒道：「太后對臣恩重如山。臣就是粉身碎骨也無能報答。」

劉太后輕聲道：「吾讓你照看皇上，你一直做得很好。這次皇上去永定陵，你也跟著。皇上有什麼舉動，你知道怎麼做吧？」

閻文應道：「臣一定最先稟告太后。」

劉太后點點頭道：「好，你下去吧。吾以後不會虧待你的。」驀地想起一事，問道：「聖上最近招了一批人入了班直，有什麼用意呢？」

閻文應遲疑道：「聖上想要出宮，可又怕出事，這才帶些禁軍在身邊。聖上也知道，眼下班直的人，武技算不上好，因此聖上這才從八大禁軍中抽調人手吧。」

劉太后淡淡道：「他如今倒是小心了很多。他若真的小心，怎麼會和你私自去煙花之地呢？我還以為，他提拔人手，想要自己做主宮中呢。」

閻文應不敢多言。劉太后最後那句話，含義頗深，他不敢插嘴。

劉太后沉吟片刻，才道：「好了，你退下吧。記得小心行事。」

閻文應退下，劉太后自言自語道：「山？燒焦的山？寸土不生？這怎麼可能呢？」她言語中帶了分顫抖，似乎還帶著驚懼惶惑。

她垂簾聽政，手掌大權，可以說是天底下最有權勢的女人，那麼她畏懼的又是什麼呢？

第十九章　運　數

八王爺離開長春宮後，見趙禎心事重重，當先告辭。趙禎神色漠漠，也不多言。八王爺出了皇宮，上了馬車，直接回轉王府。

馬車悠悠而行，因為八王爺並不著急。沒有人會留意八王爺。很多人都知道，八王爺是個半瘋，沒病的時候可能送你一把寶刀，可有病的時候，很可能就拿起送你的刀宰了你。八王爺有病，宰了你也是白宰。所有人對他都是能躲就躲，能不惹，就不惹。

幸好，八王爺也很少招惹別人。他下了馬車，回轉府邸，一路上都很安靜。他的客廳中，有個極大的屏風，上面濃墨重彩，畫得一塌糊塗。那是八王爺的手筆，所有人都看不懂畫的是什麼。但那是八王爺的客廳，就算他畫一坨牛糞在上面，來人也只能看著。

客廳沒人，只有面屏風。八王爺親自烹茶，倒茶，然後喝了口茶。他的舉止看起來一點都不像個瘋子，因此很難讓人相信，當年竹歌樓前的那個瘋子，就是他。可若不是瘋子，堂堂的一個王爺，烹茶為何要自己動手？

「趙禎已信你了？」一個聲音突然響起。空曠的客廳中，突然傳來另外一人的聲音。

八王爺連手都不抖一下，慢慢地抿了口茶，「他現在好像也沒有誰可以信了。」他在望著屏風，似乎那屏風上的畫，是丹青妙手。聲音是從屏風後傳來，屏風後原來有人。

「可他如何會信你？」那聲音有些溫和，有些卑謙，又帶了分嘲諷。

八王爺歎口氣道：「他一直覺得，我既然到開封府救了狄青，就應該和他站在一起。他還年輕。」

那人笑了起來，「是呀，他還太年輕，什麼都不懂。他也沒有誰能夠相信了，所以還希望拉攏你。我就知道，只要你和他說太后病了，和他說太后驚夢，他就一定能編出個好故事。可我也沒有想到，他編的故事如此精彩，太后竟然信了。」

說到這裡，那人語氣中也有分不解，喃喃道：「燒焦的山，寸草不生，融化的石頭……這個謊言到底有什麼深意？為何太后聽起來，竟很錯愕的樣子呢？趙禎到底是真的作夢了，還是在說謊？」

當初趙禎說夢的時候，太后床榻前的人屈指可數，但屏風後那人卻如身臨其境。

八王爺搖搖頭道：「我只會作夢，不會解夢。」

那人歎口氣道：「無論如何，趙禎已經準備出京。他不出汴京，沒有人會拿他如何，但他出了汴京，就不要再想回來了。」那人語氣中已有了怨毒之意，又帶了分釋然。沉寂片刻，那人喃喃道：「他那夢到底是什麼意思，我不想多深究了。」

八王爺淡淡道：「我只奇怪一點。」

「奇怪什麼？」那人好奇道。

八王爺道：「這裡只有我們兩個人，也不會再來第三個人，你為何一定要坐在屏風後和我說話？難道你覺得，屏風後的茶，比我新烹的要香嗎？」

那人哈哈一笑，已從屏風後走了出來。屏風後不但有茶，還有小點。方才那人一直就坐在屏風後，喝著茶，吃著點心，看起來，比在自己的府上還愜意。

走出那人，劍眉星目，一表人才，嘴角帶著溫和的笑，臉上帶著卑謙的神情。那人竟是趙允升！八王爺仍在喝著茶。趙允升走過來，坐在八王爺面前，給八王爺滿了一杯茶道：「皇叔，你可知道，趙禎為何去永定陵呢？」他和趙禎一樣，本是同根生，都叫八王爺為皇叔，也都姓趙。

八王爺搖頭道：「我沒有問，也不必問。」

「為什麼呢？」趙允升皺起了眉頭。

八王爺歎口氣道：「因為我只想活著，而你……」他目光在趙允升臉上一掃，沒有多說下去。

趙允升笑了，「皇叔，你真是個聰明人。」

「聰明的人，不會受人擺布。」八王爺臉上已有痛苦之意，「聰明的人，也不會整日惶惶難安。」他端茶的手，驀地顫抖起來，好像用盡全身的氣力，這才壓得住驚懼，「允升，我眼下只能求你。」

趙允升愜意的歎口氣道：「趙禎以為你是和他一起的，卻不知道，你只有一個選擇，就是和我合作。只有我，才能保住你的性命。沒有我的話，太后很快就會找個緣由，賜死你！」

八王爺沒有說話，可手還是不停地抖。趙允升抿了口茶，突然問，「但我一直不知道，太后為何會那麼恨你？看起來恨不得你死！」

八王爺霍然抬頭，眼中滿是驚懼，嗄聲道：「你莫要問了，我求求你……」他臉色蒼白，神色驚怖，突然用手抓亂頭髮，掐住喉嚨，眼中竟有瘋狂之意。他那一刻，就像要瘋了。他像是懷著極深的恐懼，在那一刻釋放了出來。他經受不起恐懼，只能發狂。

趙允升吃了一驚，但安坐那裡，竟動也不動。面對個瘋子，趙允升的表情突然變得冷靜非常。他不再溫和，不再卑謙，一雙眼眸，有如鷹隼。

八王爺突然抓住桌上的茶杯，那茶還燙，他竟渾然不覺，一口氣喝了下去，將那茶杯摔在地上。

趙允升眼中也充滿了驚詫之意，霍然而起。八王爺喝了茶，反倒像是好受一些，他喘息若牛，盯著趙允升，嘶聲道：「你走！快走！以後不要再來找我！」

趙允升盯著八王爺片刻，霍然轉身，才待離去。廳外有個老漢急匆匆地趕來，正是王府的趙管家。趙管家對趙允升視而不見，匆匆地跑到八王爺的身前。

八王爺嗄聲道：「藥……藥……」

趙管家趕緊遞過一個瓷瓶，拔開瓶塞，八王爺接過那瓷瓶，一口氣將藥灌了下去。瓷瓶裡裝滿了黑色的液體，瓶塞一拔，廳中竟滿是奇異的香氣.

香氣如麝。趙允升鼻翼忍不住動了下，臉上露出古怪之意。

八王爺喝了藥，突然長舒了口氣，終於平靜下來，倒了下去。那地上還有些碎瓷，他倒了上去，身軀已被割出了血，但渾然不覺。

八王爺竟然睡了。趙管家望著八王爺，蒼老的臉上，突然有了種難名的悲哀。那渾濁的眼，已蘊含了淚水。他輕輕地為八王爺包紮傷口，全神貫注，好像根本不在意趙允升的存在。

趙允升終於走了，他沒辦法再留在這裡，他雖然知道八王爺間歇性地發瘋，但不知道發作起來，竟這般恐怖。夜幕四垂，王府中也隨著夜墜入黑暗之中。

八王爺躺在地上，趙管家蹲在旁邊，二人就那麼待在廳中，有如幽靈。他們並沒有留意到，夜色裡，還有只幽靈浮了出來，坐在牆外的高樹上，冷冷地望著二人。許久，那幽靈才搖搖頭，從樹上一躍而下。輕如落葉，隨風沒入黑暗之中。

狄青望著落葉，心中滿是不捨。他就要離開京城了，雖然他知道，他肯定不會離開太久，因為趙禎是不會離開汴京太久的。但他怎捨得和楊羽裳分別？

他喜歡楊羽裳的溫柔，喜歡楊羽裳的淺笑，喜歡楊羽裳的凝眸……

只要能在楊羽裳身邊，他就算整日什麼都不做，也滿心歡喜。楊羽裳亦是如此。熱戀的情人，就算是一個眼神，都比蜜甜。

可狄青不能不走，清晨，日頭未升，他已趕到了楊羽裳的家中。楊羽裳竟像一夜未眠，早早的等在門前，她像早知道狄青要來。心有靈犀的情人，很多話根本不用多說，就已明瞭。

狄青本有滿腹話說，可見到楊羽裳那雙黑白分明的眼眸，又都一句話也說不出來。真心的情人，本就說不出那些甜如蜜的話來。真心雖淡，但經得起風浪，虛情越甜，就越不能夾雜著苦澀辛酸。

楊羽裳纖手拉拉狄青的衣領，又為他拍拍身上的灰塵。狄青身上本沒有塵土，狄青動也不動，等楊羽裳終於望過來的時候，狄青才發現那眼眸中也滿是不捨。但楊羽裳什麼都沒有說，她本期冀心愛的男子振翅高飛，一個有大志的男兒，豈不應該傲嘯四方？

「我要走了。」

「嗯。」

「我應該很快就會回來。」

「嗯。」

「我每天都會惦記你的。」狄青說得很艱難，但這是他說過的最甜的一句話。

楊羽裳盈盈秋波望著狄青的眼，再也捨不得離開，「我也是。」聲音雖柔，可其中濃濃相思，已等不到離別。

「你要小心。」

「哦。」

「記得照顧自己。」

「哦。」

「我等你回來。」楊羽裳輕輕依偎在狄青懷中，感受著那熱烈的心跳。

春風吹柳，滿是離別之意。狄青摟著那溫暖的嬌軀，突然扳住楊羽裳的肩頭，盯著那霧氣朦朧的眼，沉聲道：「羽裳，我一回來，就會向楊伯父提親，娶你過門。狄青無財無勢，只有一顆真心。」

楊羽裳笑了，眼角帶淚，是欣慰的淚。她早在等著這句話，狄青只以為說得早，她卻覺得太晚。這個木訥的狄大哥，楊羽裳心中想笑，她望著狄青，雖不捨，但終於狠下心，低聲道：「好。那我先回去了。我不想送人，我更喜歡別人送我。」

狄青用力點頭，楊羽裳轉身入了朱門，頭不再回。咯吱輕響，朱門已掩，狄青一顆心，卻隨著那升起的日頭明朗起來。分別是為了再次相遇，他狄青明白楊羽裳的心意。

不再多說，狄青轉身大踏步的離去，過了長街，終於消失不見。他並沒有見到，在他離去的時候，朱門又已悄無聲息的打開。那黑白分明，有如山水的眸子，就那麼癡癡的望，如春風般，追隨著狄青的身影，遲遲不肯離去。

春風暖暖，豔陽高照。

這一日，狄青已到了鞏縣。他在到鞏縣的時候，才知道趙禎是要去永定陵。永定陵就在鞏縣。

鞏縣離汴京本就不遠，如果馬快的話，一天一夜就到了。趙禎沒有出過遠門，也騎不了快馬，但他還是盡力策馬，兩天的時間，已趕到了鞏縣。

鞏縣位於西京、汴京之間，北有天險黃河，南鄰巍巍嵩山，東有群山綿綿，而洛水自西向東穿過，風景絕勝。

這裡素來都是兵家必爭之地，但如今，大宋皇陵卻埋在這裡。不只先帝趙恆陵寢在此，就是高祖、太祖等人亦悉數葬於此地。

趙禎凝望青山巍峨，卻不知道，自己有朝一日，會不會葬在這裡！

眾侍衛均是才入選班直的侍衛。這些人基本都是經過郭遵篩選，重義氣，知感恩，默默地跟隨著趙禎。他們很多人從未想過有這種機會，但機會既然來了，所有人都想抓住。

趙禎此舉，雖說不上驚世駭俗，但也讓大多人錯愕不已。很多人只以為趙禎微服來永定陵祭拜祖先，可狄青總覺得事情沒有那麼簡單。趙禎為何要到永定陵？只怕除了他自己，沒有人知道。

趙禎微服，眾人自然也去了侍衛的裝束。眾人策馬而行，倒像是某富家公子哥的親隨，眼下正在遊春出獵。

眾人由東行來，要去永定陵，先過鞏家集。趙禎一直奮力催馬，看來恨不得立即到了先帝的陵前，但近了永定陵的時候，反倒放緩了馬蹄，神色中，竟有遲疑之意。

眾侍衛不解皇上的心意，只是留意四周的動靜。眼下雖說天下太平，但小亂不斷，彌勒教徒總在汴京、西京左近出沒，眾侍衛不得不防。

這些侍衛中，要以狄青最受眾人尊敬，因為眾人都知道，若非狄青提名，他們就算再熬十年，也不見得有今日的風光，是以眾人嘴上雖不說，心中卻感激莫名。

眾侍衛中，若論武技當以王珪最猛。狄青有自知之明，雖眾侍衛都推舉狄青為首護衛皇上，不過狄青還是請王珪主持大局。王珪出身行伍，文武雙全，見狄青推讓，也不推搪，領了衛護皇上的主責。他讓狄青、張玉、李禹亨三人貼身護駕，又請閻文應和李用和侍奉趙禎的起居飲食。其餘眾人，有前哨，有斷後，錯落地分布在趙禎的身邊，留意近前之人。這一番布置，已和行軍作戰無異。不過作戰求勝，王珪求的卻是把趙禎平安的送到永定陵，再無恙的送回汴京。

趙禎這次來永定陵，除了命新提拔的侍衛跟隨外，只帶著閻文應、李用和二個舊人。眾人都已知道閻文應是趙禎的貼身太監，卻不知道李用和到底什麼來頭。

李用和是個散直，當初狄青就見過他。此人沉默寡言，少和旁人說話，但趙禎既然信任他，眾人當然也要信任此人。

路過鞏家集時，趙禎見路邊有一酒肆，一路奔波，倒有些餓了，說道：「大夥弄點吃的吧，一路都辛苦了。對了，再來些好酒給大夥喝。」

趙禎說得輕鬆，可眼中憂鬱更濃，狄青瞥見，心中不解。暗想趙禎既然到了永定陵，還憂心什麼？

王珪向李簡點頭示意，李簡向那賣酒的老頭道：「來兩斤上好的酒，再來十斤馮翊的羊肉，若有肥雞鮮魚，也來上幾盤吧。」

賣酒的老頭為難道：「客官，我這是小店，不要說馮翊的羊肉，就算本地的羊肉都沒有。」

原來大宋禁殺耕牛，富貴人家都以吃羊肉為貴，而天下以陝西馮翊出產的羊肉最為鮮嫩。朝中的御廚，每年都要從馮翊取羊數萬以供宮內享用，李簡當上散直沒有多久，卻已熟悉了宮中的規矩，心道聖上在此，當然務求最好，哪裡想到這種偏僻之地簡陋非常，有吃的就不錯了。

李簡有些為難，趙禎反倒並不介意，說道：「有什麼上什麼好了，只要吃飽。」

賣酒的老頭道：「小店只有些滷味，還有些麵條可吃。」

趙禎微笑道：「那就上些滷味，一人來碗麵就好。」

老頭見趙禎如此好說話，心中大喜，一會兒工夫已捧了一罈子酒上來。王珪取出銀針試酒，見酒水無毒，這才為趙禎斟酒。斟酒的時候，王珪斜睨到酒肆內還有個伏案而睡的酒客，皺了下眉頭。

趙禎帶著一幫人來，鮮衣怒馬，一旁的百姓見狀，早就躲避離去，唯獨那酒客酣然而睡，全然沒把來人放在心中。那酒客伏案而睡，看不清面容，只見他頭髮黝黑，身形削瘦，似乎還很年輕。這人是誰？若是尋常百姓，恁地有這種膽量？

王珪向幾個侍衛使個眼色，那幾人點頭示意，已裝作漫不經心地坐在了那食客的周圍，他們倒不是想生事，只是以防萬一。

趙禎卻沒有留意太多，喝了一口酒，只覺得那酒辛辣非常，極為低劣，嗆得咳嗽連連，眼淚都流淌了出來，卻大聲讚道：「好酒！」

他久在深宮，第一次這麼痛快的飲酒，心中煩悶，只想圖個一醉。他眼下心事重重，來到永定陵，是為個極大的祕密，又怕無功而返，是以放不開心情。見王珪等人還站著，趙禎說道：「都坐呀，站著幹什麼！這酒不錯，你們也喝些吧。」

王珪道：「聖公子，我等職責在身，不能飲酒。大夥都坐下吃麵吧。」趙禎微服私訪，還是用尚聖之名。王珪當著外人，也就稱呼趙禎為聖公子。眾侍衛這才三三五五據桌而坐。趙禎獨自飲酒無甚樂趣，才待招呼狄青過來飲酒，突聽集市盡頭有馬蹄聲急驟傳來。

王珪心中微凜，舉目望過去，見到路那頭煙塵揚起，有幾騎飛奔而來。為首那人玉勒雕鞍，舉止輕狂，後面幾人則是家丁打扮，眾人鞍上各掛著幾隻兔子和山雞，看樣子像是紈袴子弟野外狩獵方歸。

為首那公子哥到了酒舖旁，一勒馬韁，說道：「今日打的野物，就在這兒吃了好了。」眾家丁都是叫好，可下了馬，才發現酒舖坐滿了人。有一肥胖的家丁喝道：「你們吃完了就快滾！」

這時有的侍衛點的滷麵還沒有端上來，聞言大怒，暗想老子在京城吃飯都沒人敢攆，你們區區一個鞏縣的百姓竟也敢對老子如此囂張？

王珪不想多事，對手下吩咐道：「你們幾個擠擠，空出兩張桌子來。」那被指到的幾個侍衛雖有些不情願，還是起身挪出兩張空桌子。可那胖家丁竟得寸進尺，對趙禎一指道：「你這地方最好，也把桌子空出來吧。」那胖家丁話音未落，只聽砰的一聲響，慘叫一聲，已飛了出去。

眾人皆驚，只見到王珪活動了下拳頭，說道：「還有誰需要讓桌子嗎？」王珪本想息事寧人，可見那家丁竟敢指著皇上的鼻子，如何能忍？

公子哥臉色巨變，見家丁都要上前，止住眾人道：「各位哪裡來的？」

王珪不答，只是冷哼一聲，緩緩坐下。公子哥心中大恨，強笑道：「在下打擾了，你們慢慢吃。」說完竟上馬離去，眾家丁將那胖家丁扶上馬，也跟隨公子哥離去。

眾侍衛痛快中又有些詫異，暗想這公子哥如何看都不像好相與的人，怎麼會這麼容易就走？狄青倒是常見這種陣仗，立即道：「這些人多半去找幫手了。」

眾侍衛都道：「就算來了千軍萬馬，我們還怕他們不成？」眾人說話的時候，都望向趙禎，暗想皇上在此，還有這些侍衛，若真的退縮，那可是天大的笑話了。

王珪向趙禎施禮道：「聖公子，在下不得已出手，還請聖公子恕罪。眼下如何來做，還請聖公子定奪。」

趙禎本來心中煩悶，見王珪小懲惡奴，心中痛快，淡淡道：「吃完飯再走吧。」那惡公子雖去找幫手，趙禎也正想看看手下侍衛的本事，心道我在宮中逃得多了，難道到了這裡還要躲避？

王珪已明白了趙禎的用意，吩咐道：「吃飯。」他慢慢地挑著麵條，用意明瞭，就是要等那惡公子復返。眾侍衛亦是摩拳擦掌，躍躍欲試。

這時突然有人打個哈欠道：「唉，天地如蓋軫，覆載何高極。日月如磨蟻，往來無休息。日月穿梭，求靜不得，凡人想求安穩也是難了。」

眾人望過去，只見伏案而睡那人伸個懶腰，已站起身來。那人額頭寬廣，雙眸明亮，頦下短髭。他衣著尋常，不過粗衣麻布，但隨意站在那裡，卻有著說不出的出塵之意。

王珪見了那人，已放鬆了警惕。不知為何，他總覺得那人有種淡然的態度，不但不把趙禎帶領的這些侍衛放在眼裡，甚至不把天下萬物放在眼中，任何人面對那人時，都很難興起敵意。偏偏那人的眼中，深邃得有如無底的湖水，似乎蘊藏著無窮無盡的祕密。

那人目光從眾人身上掃過，落在趙禎身上，微有驚奇，喃喃道：「你自顧不暇，為何偏生惹這麼多閒事呢？」

趙禎心頭一跳，感覺那人竟看穿了他的心事，一時間手足冒汗。那人卻已移開了目光，就要離去。陡然間身形頓了下，王珪心中凜然，如虎臥高崗，只怕那人突然發難。他雖覺得那人平和，但職責所在，怎能不防？

只見那人緩緩轉身，目光從張玉、李禹亨二人身上掠過，已定在狄青的身上。他對眾侍衛均是只看一眼，但看狄青的時候，卻上下打量了許久，目光隱有驚奇之意。

狄青被他看得發毛，勉強笑笑，一時間不知如何應對。那人喃喃道：「既往盡歸閒指點，未來須俟別支梧。不知造化誰為主？生得許多奇丈夫！」他說的聲音很輕，狄青卻聽得清楚，一時間不明白那人所言何指。

那人拱拱手道：「兄臺高姓大名？」

狄青茫然道：「狄青。」

那人喃喃道：「狄青……狄青？」驀地眼前一亮，輕呼道：「你就是狄青？」他目光從狄青額頭掃到腳下，五指卻在不停地屈伸。

狄青不知道這人練的哪門子功夫，暗自戒備。那人五指陡頓，長長歎口氣道：「狄青，你當為天下英雄。」

趙禎和眾侍衛聽了，都很不贊同。若說狄青是人中丈夫，他們還算同意，但「天下英雄」四個字，怎是狄青能夠擔得起的？

狄青啞然道：「先生說笑了。」

那人眼中已有了憐憫之意，又道：「可惜你命中多磨。」

狄青心頭一震，失聲道：「先生此話怎講？」

那人又看了眼狄青，搖搖頭，又點點頭道：「但蒼天終究不會那麼無情。你好自為之。」他說完後，緩步離去。

他走得雖不快，但片刻的功夫，已消失不見。

眾人都覺得那人危言聳聽，王珪見那人離去，鬆了口氣。狄青也一頭霧水，莫名地心驚肉跳，突然想起一事，向那賣酒老漢問道：「老丈，你可知道方才那人叫什麼名字？」

賣酒老漢道：「哎呀，你們連他是誰都不知道嗎？那他怎麼會給你們看命？」

張玉冷哼道：「他是誰？總不成是皇帝吧？」

賣酒老漢賠笑道：「他倒不是皇帝，但他是個神仙。他叫邵雍，算命很準的……」老漢不等說完，狄青和趙禎就異口同聲道：「什麼？他就是邵雍？」

趙禎滿是錯愕，心道聽說邵雍極具仙氣，解夢精準，斷命如神，不然趙允升也不會說要請邵雍解夢。自己一直想要見邵雍一面，哪知失之交臂。邵雍果然名不虛傳，一眼就能看出他有極重的心事……

狄青心中激盪，身軀劇烈地顫抖起來。那人竟是邵雍？

他當然聽過邵雍的名字，是從郭遵口中得知。邵雍是陳摶的隔代弟子，也是預言五龍之人。只有邵雍才知道五龍的奧妙。

彌勒下生，新佛渡劫……五龍重出，淚滴不絕！這本是邵雍的讖語。這到底是什麼意思，也只有邵雍才知道！

邵雍今日又對他狄青另眼相看，難道已猜到他和五龍有些祕密？邵雍為何說他命中多磨，難道冥冥中真有天機，可推知他的後事？五龍到底有什麼神奇？為何他狄青神力突有，轉瞬又消失？

狄青思緒如潮，一時間心亂如麻……

趙禎已道：「王珪，速派人請邵先生回轉。」

狄青才待要請纓，王珪已道：「李簡、武英，你們二人前去尋找。」

李簡本是郭遵的手下，做事老練，武英年少老成，可堪大任。王珪掌控這些禁軍，早就將這些人的秉性熟悉。他本待讓狄青前去，但見他失魂落魄，只怕誤事，因此沒有吩咐。

李簡、武英二人應令，騎馬向邵雍離去的方向奔去。

王珪沒有狄青想得那麼多，只是想著邵雍方才所言，「狄青，你當為天下英雄！」忍不住又望了狄青一眼，見狄青神色恍惚，皺了下眉頭。

陡然間，遠處馬蹄聲響，有六、七匹馬兒當先奔來，後面又跟著十數人，看其裝束，應是鞏縣的衙役。

王珪見這些人氣勢洶洶，來意不善，又見為首那人正是那惡公子，心想要來的還是會來，低聲喝道：「保護聖公子！」眾侍衛稍向內靠攏，王珪卻挺身站出去，心中琢磨，這要臉不要命的公子不知是什麼來頭，竟差使得動衙役？

那幫衙役見到王珪屹立當場，虎踞龍蟠，大有威勢，不由都緩下了腳步。那公子一指王珪，喝道：「就是他打傷了我的家丁，還要打我，幸虧我跑得快，你們快把他拿下！」

那些衙役上前一步，為首的衙役頭頂微禿，一揮鐵鍊，喝道：「你們竟敢打錢公子的人！真是不要命了。若是識相，束手就擒，跟我去衙門走一趟。」

王珪冷冷道：「若是不識相呢？」

禿頂那人一怔，喝道：「大膽狂徒！如此囂張，眼裡還有沒有王法？」

王珪本戴斗笠遮住刺青，聞言摘下斗笠，冷笑道：「你可知道王法何在？」

禿頂那人一見到王珪額頭上的刺字，心中一寒，顫聲問道：「你……你是禁軍？」

王珪冷笑著解開衣襟，露出大內服飾，緩緩道：「我不但是禁軍，還是殿前侍衛，你還要我去衙門走一趟嗎？」

禿頂那人慌忙單膝跪地道：「卑職不知大人身分，請大人恕罪。」

王珪質問道：「有身分就不用秉公處理了？」

禿頂那人手足失措，忙不迭道：「當然不是，當然不是。」他左右為難，錢公子來頭是不小，可對方竟然是殿前侍衛，他一個鞏縣的衙役，就算向天借膽，也不敢得罪王珪。

錢公子見狀傻了眼，王珪冷冷地望了他一眼，問道：「鞏縣縣令何在？」

那禿頂衙役忙回道：「大人，你大人不計小人過，莫要追究了。」

王珪道：「我倒是不想追究，但若不追究，王法何在？」

錢公子本有退縮之意，見王珪抓個蛤蟆竟要捏出尿來，斗膽喝道：「禁軍又如何？難道禁軍就沒有錯處？我爹在太后面前都能說得上話，區區一個禁軍算得了什麼？」

趙禎向狄青低聲道：「這人是何來頭？」

狄青終於回過神來，也搞不懂錢公子的來頭，暫時放下疑惑，索性喝道：「你爹是誰？這裡有你爹嗎？」

眾侍衛轟然而笑，錢公子大怒道：「小子，有種就站出來！」

狄青譏笑道：「我可沒你這樣的種。」他有皇帝撐腰，暗想這小子的老子就算是天王老子，也不用怕。

錢公子大怒，鏘啷一聲拔出長劍，就向狄青刺來。王珪見狀，伸手就抓住錢公子的手腕，隨即用力一拗，倒剪了他的手臂。錢公子雖會耍個兩下子拳腳，可哪裡是王珪的對手？他頭一歪，見到路的盡頭處又有三騎向此行來，不由大喜高聲呼道：「爹爹救我！」

三騎上之人，一人面白無鬚，一人面白長鬚，另外一人臉色黝黑。面白長鬚那人聽到錢公子叫喊，慌忙催馬過來，急問道：「發生何事？」

錢公子叫道：「爹，這幫不知哪裡來的盜匪，竟然挾持我，你定要為我……」話未說完，啪的一聲大響，錢公子滿眼金星，卻是被父親重重打了個耳光。

錢公子糊塗間，見父親已跪倒在一公子面前，顫聲道：「臣接駕來遲，請聖上恕罪。」

眾衙役正疑惑時，見鞏縣附近跺下腳，地面都要震三顫的錢大人，竟然對那公子稱呼聖上，不由大驚，紛紛跪倒。禿頭衙役更是渾身顫抖，話都說不出來。錢公子的一張嘴都可以塞進個拳頭進去，眼前一陣發黑，作夢也想不到，他得罪的竟然是皇帝！

趙禎笑道：「原來是孝義宮使呀，我聽令郎之言，一直在琢磨，他爹到底是誰，讓他這般囂張呢？」

長鬚那人額頭冒汗，五體伏地，連聲請罪道：「臣該死，臣管教不嚴，理當受罰，請聖上嚴懲！」

原來長鬚那人叫做錢惟濟，本是鞏縣孝義宮的宮使，也就是個祠祿官，沒什麼實權。錢惟濟本人沒什麼可說，但他哥哥錢惟演曾任樞密使，錢惟濟跟著水漲船高，也有了些權勢。錢惟演這人極擅鑽營，當初和劉太后之兄劉美攀親，一路坐到樞密使之位，後來朝臣極力反對，說是外戚不掌兵權，劉太后無奈，這才解了錢惟演的兵權。

趙禎本厭惡劉太后的親戚，可想到還要用此人做事，和聲道：「都起來吧。」

眾人起身，錢惟濟早將兒子拎到趙禎面前，又是一腳重重地踢過去，流淚道：「請聖上重責犬子。老臣雖就這一個兒子，可是……他既然得罪了聖上，老臣也不敢求情。」

趙禎歎了口氣，說道：「錢宮使，以後莫要讓令公子再惹事生非了，這件事……就這麼算了吧。」他暗想，入永定陵，還需要這個錢惟濟指點，饒了他兒子，也能讓此人盡心做事。

錢惟濟有些難以置信，連忙叩頭道：「謝聖上。」錢公子也是喜出望外，連連叩頭。

趙禎對那面白無鬚之人道：「文應，宮中準備得如何了？」

原來和錢惟濟一道快馬趕來的兩人，正是閻文應和李用和。

趙禎雖是微服出巡，但祭拜先祖仍要按照規矩行事。大宋皇帝每次祭陵，均要在孝義、永安、會聖選一行宮沐浴齋戒，然後才行祭拜之禮。

趙禎微服至鞏縣，早就讓閻文應到孝義宮找宮使先行準備，且反覆叮嚀不讓這些人聲張擾民。錢惟濟聽得聖上蒞臨此地，哪敢怠慢，是以急急到此，不想兒子囂張無狀，竟衝撞了皇上。

閻文應道：「回聖上，一切都準備好了，只等聖上前往。」

趙禎才待前行，武英已趕回來道：「聖上，一時間找不到邵雍邵先生。李簡還在尋找，臣先回轉稟告情況。」

狄青有些失神，暗想自己真的命運多磨，好不容易見到邵雍，卻不識真身。

錢惟濟聽到「邵雍」兩字，臉色微變。忙問，「聖上有何事？不知道臣可有效勞的地方？」

趙禎將方才的事情簡略說了，錢惟濟立即道：「還請聖上起駕孝義宮。臣會派人尋訪此人，一有消息，立即稟告聖上。」

趙禎無奈，點頭道：「好，那你派人去找，我們走吧。」他當先上馬，錢惟濟忙在前面領路，眾侍衛簇擁，眾人已向孝義宮的方向行去。

要到孝義宮，得先過臥龍崗。臥龍崗氣勢恢宏，東靠青龍山，正照少室主峰，有臥虎藏龍之勢。趙禎過崗之時，遠望群山巍峨，心中默默祈禱道，「求父皇保佑孩兒，早親政事。孩兒定當勵精圖治，不負天子之位，保天下太平。」

趙禎之父——真宗趙恆就葬在鞏縣的臥龍崗中，皇陵形勝地佳，地勢高於太祖太宗之陵，名曰永定。永定陵周邊，松柏蒼天，青綠滴翠，林木森然，如槍戟聳刺。

趙禎要進陵園前，必須沐浴齋戒三日，因此並不入陵園。在錢惟濟領路下，趙禎抄近路斜斜地進崗，到了孝義行宮之前這才下馬。

王珪環視孝義宮，見這裡的守陵侍衛不過數十人，而孝義宮極大，只怕防備不周，對錢惟濟道：「錢宮使，聖上這次微服出京，侍衛人手並不太多。這護衛聖駕一事……」

錢惟濟忙道：「這點盡可放心，我已通告鞏縣張縣令，讓他調動縣中人手前來護衛，此時已兼程趕來，守住臥龍崗要道，一般人不得出入。聖上叮囑此行要嚴密行事，因此我不敢讓他們到宮前護駕。」

王珪雖見錢惟濟考慮周到，還是不敢大意，將跟隨的侍衛分為三撥，按在京城大內輪換的次序進行守宮。

等安排妥當，王珪這才對狄青道：「狄兄，聽說我之所以能到殿前，還是因為狄兄向聖上舉薦的緣故？」

狄青笑道：「舉手之勞而已。」

王珪沉吟道：「在下和狄兄素無交情，卻不知道狄兄為何要舉薦我呢？」

狄青正色道：「正是因為你我素無交情，我才更要推薦王兄。數載磨勘，王兄不怨不忿，為人耿正，一級級的升到副都頭的位置，我狄青若不舉薦這種人才，那舉薦哪個呢？」

王珪凝望狄青良久，才道：「狄兄，這次我等得聖上提拔，無以為報，當求盡心保聖上平安。聖上若是少走動，我等壓力自然輕些。我知道狄兄和聖上交好，不知能否在這三日，就守在聖上房前，順便規勸聖上莫要隨意走動呢？」

狄青笑道：「這有何難？你放心，包在我身上。」

王珪舒了口氣，深施一禮道：「那有勞了。」

王珪本以為勸皇上靜心並非易事，因此請狄青幫手。不想趙禎三日內，竟不出宮半步，趙禎一直都在寢室中，誰也不知道他想著什麼。

轉瞬已過去兩日，孝義宮平安無事，眾侍衛雖百無聊賴，可心中歡喜。狄青更是禱告一直平安，然後早點回去見楊羽裳。

第三日晚，明月初上，破雲弄影。狄青照常在殿前守衛，他坐在殿前，抬頭望過去，見皎月上隱約有暗影起伏，暗想，「古老傳說，這月宮上有吳剛伐桂，終日艱辛，難見意中人一面。我也像吳剛一樣，許久不見羽裳了，她還好吧？她一定會好的，這有什麼疑問呢？唉。」狄青不由自責，又想，「我這般想著羽裳，她這時候當然也在想著我。只是她多半又會念著什麼相思的詩句。那會是什麼呢？」

他正想拿出《詩經》看看，突然見前方遠處花叢好似晃動了下。狄青微凜，定睛望過去，見到花叢如初。本待過去看看，轉念一想，別中了對手的調虎離山之計。說不定是風吹花動，再說，宮外要道也有侍衛把守，誰又能潛到這裡？

狄青安坐不動，見到那月兒漸漸地過了中天，撒下清冷的光輝，嘴角浮出絲微笑，心道這月兒照著我，也照著羽裳，她可安睡了？

就在這時，有腳步聲響起，狄青恢復警覺，低聲問，「崇德。」

對面答道：「延慶。」

狄青舒了口氣，問道：「誰？」

張玉笑道：「是我。」

崇德、延慶都是京城大內的宮殿，王珪以此為口令，大內宮殿無數，賊人就算混進來，也絕不知曉如何應對。

張玉道：「狄青，聖上睡了吧？」

狄青回頭望去，見到趙禎的房間還亮著燈，說道：「聖上多半還未休息，他這幾日總是很晚才睡。」

張玉歎口氣道：「他這個皇帝當得，也真累呀。」

狄青低聲笑罵，「難道你我在這裡當值就不累了？好啦，別多管閒事了，打起精神來。」張玉前來，卻是和狄青換班，當值守衛。

狄青交代了幾句，還是惦記著方才的事情。他緩步向那花叢處走去，突然聽到撲的一聲響，不由一驚，手按刀柄望過去，只見一道黑影順著牆角跑出去，看外形倒像個兔子。狄青暗自好笑，心道「原來是個兔子，倒把老子嚇了一跳。」才待離去，突然目光一凝，已望在花叢之間。

這時候月光正明，照在花叢之上，暗香浮動中，狄青注意到有兩截被踩斷的花枝。狄青蹲下來，看了花枝良久，心想，「方才一定是有人躲在這裡，若是野兔，絕對踩不斷這花枝。是誰躲在這裡？他又是如何能到得了這裡？目的何在？」狄青驚疑不定，突然伸手在花叢中一抹，從花枝上摘下條布來，那布條似綢非綢，色澤灰暗，好像是來人不經意間，被花枝刮破了衣服。

狄青此時已確定一點，這裡的確有人來過！來人究竟是誰？

第二十章　刺　殺

狄青發現有人藏身花叢，心中驚疑不定，又走回了殿前。

張玉見狀，奇怪道：「你回來做什麼？這麼好心，要替我當值麼？」

狄青壓低聲音，將方才的發現說了一遍，張玉也緊張起來，低聲問，「會是誰呢？難道是刺客？」

狄青輕聲道：「不清楚，但現在不宜驚動皇上，你小心些……」

狄青才待去找王珪商議，房門開啟，趙禎道：「狄青，你進來，朕有話和你說。」趙禎站在門前，雙眉緊鎖。

狄青微有詫異，還是入了房門。見房內擺設樸素，以白色為主調，有種慘澹之意。趙禎落座，指指身旁的座位道：「不必多禮，坐吧。」

狄青雖跟了趙禎有段日子，但還沒有養成每次施禮的習慣，這次聽趙禎提及，才有些省悟——他面前的是皇帝。但狄青怎麼來看，都覺得這皇帝很不像樣。

趙禎見狄青坐下後，歎口氣道：「朕真不像個皇帝。朕有時甚至覺得，自己不過是個廢物。」

狄青忙道：「聖上過謙了。你……你……」本想說兩句歌功頌德的話來，可那功勞都是太后的，狄青不忍欺騙趙禎，竟無言以對。

趙禎沒有留意狄青的尷尬，望著高燃的紅燭，喃喃道：「狄青，朕很寂寞。朕從小就沒有玩伴，娶了不愛的女人，整日聽著『太后不許』四個字，受著那些朽臣的約束。狄青，你是朕的第一個朋友。」

禎。

狄青有些受寵若驚，汗顏道：「臣愧不敢當。」他的確有些羞愧，因為一直以來，他都在敲詐著趙禎。

趙禎扭過頭來，盯著狄青道：「狄青，朕若親政，定會重用你。朕絕不食言。」

狄青喏喏道：「聖上抬愛了。」心中想，趙禎這皇帝不知道還能當多久？萬一太后親政的話，只怕我不等被重用，就要人頭落地了。我和你加起來，只怕還抵不住太后的一根手指頭。

趙禎吁了口氣，站起來在房間內踱來踱去，伸手一劃道：「朕若親政，要做個千古明君，改大宋弊習，振大宋之國威。平西北之亂，收復幽雲十六州，一統天下，學秦皇漢武，如太祖般，馬踏天下。狄青，若朕掌權，定會重用你，朕若是漢武帝，你就是擊匈奴的霍去病。朕若是唐太宗，你就是滅突厥的李靖！」

狄青見趙禎慷慨激昂，滿面的興奮之色，暗想到，天還早，還沒到作夢的時間呢。可這時候，狄青如何會說出掃興的話來？

趙禎突然止住了腳步，幽幽一歎道：「但朕可能親政嗎？」

狄青半晌才道：「想聖上乃太后親子……」

趙禎喃喃道：「朕真的是太后的親生兒子嗎？為何太后對趙允升，都比對朕好一些？很多事情，太后寧可對趙允升講，也不和朕說。」

狄青啞然失笑，「聖上和太后的關係，天下皆知，怎會有錯呢？」

燭光下，趙禎臉色陰晴不定，突然道：「狄青，你可記得，在集英門內，朕曾說過，有事要求你？」

狄青點頭道：「聖上但請吩咐。」

趙禎走過來，握住了狄青的手。狄青有些發窘，但沒有掙脫，只感覺趙禎手心滿是冷汗。再看趙禎的雙眸，似乎也有驚怖之意。

「狄青，這次朕來永定陵，求先帝保佑我能親政是一件事，請先帝保佑太后平安是第二件事。不過，朕還要做第三件事，這件事必須由你來幫朕。」

狄青見趙禎臉色鐵青，只感覺背脊發涼，強笑道：「什麼事呢？」

雖四下無人，趙禎還是扭頭看了下，壓低了聲音道：「朕要去先帝棺槨旁的密室，取一件東西。」

狄青駭道：「要取什麼？這……不妥吧？」原來拜祭真宗，只需在陵園內的獻殿來舉行儀式就好，可要見真宗的棺槨，就要去地下玄宮。

狄青就算從未來過永定陵，也知道存放皇帝遺體的玄宮內機關重重，那是防備旁人驚擾真宗的遺體。趙禎竟要去玄宮？那可說是聳人聽聞的事情。

趙禎焦灼道：「無論如何，朕一定要去，先帝定會保佑朕。不然的話……」他沒有說下去，但臉色蒼白，握緊狄青的手道：「狄青，你一定要幫朕，我求求你。若這件事成，朕就和你就是生死弟兄，永不相棄。」

狄青心思千轉，見趙禎驚懼中帶著哀求之意，想起以前的交情，義氣陡生，咬牙道：「好！臣赴湯蹈火，在所不辭。」

趙禎聽狄青允諾，雖眼中還有憂愁，但已長舒了口氣，低聲道：「好，有你這句話，朕就有些把握了。狄青，你出去吧，到時候朕自然找你。這件事你萬勿對別人提及。」

狄青退出趙禎的房間後，滿腹疑惑，暗想趙禎到底要取什麼重要的東西？擅入真宗玄宮不是小事，那裡定有機關，趙禎又有什麼把握能進去呢？

張玉見狄青滿懷心事，低聲道：「狄青，沒事吧？」

狄青欲言又止，想起趙禎的囑託，搖頭道：「沒什麼，聖上就是心煩而已。」又想起方才花叢中有人潛伏的事情，皺眉道：「張玉，我先去找王珪問問，你在這兒小心把守。」

張玉點頭道：「那你一切小心。」

狄青重返花叢旁，四下望去，見有一條路蔓延出去，循徑而走，走了不遠，就聽暗處有人低喝道：「崇德。」

狄青回道：「天和。」

原來過了交班之際，禁衛們又換了一遍口令。王珪此舉，可謂煞費苦心，只防旁人渾水摸魚。樹後走出一人，黝黑的臉龐，不苟言笑，正是趙禎的貼身侍衛李用和。李用和問道：「狄青，你到這裡做什麼？」

狄青反問道：「你可見到有人從這裡經過？」

李用和的表情有些不自然，移開目光道：「沒有！」

狄青見李用和目光閃爍，言不由衷的樣子，心頭一沉，感覺李用和有古怪，岔開話題道：「在你的外圍，是誰當值呢？」

李用和簡單道：「王珪。」

狄青道：「我正好有事去找王珪，這裡還要仰仗李兄了。」

李用和點點頭，閃身到了樹後，狄青大踏步離去，待走到李用和望不到的地方，閃身隱在一塊大石後，悄然向李用和的方向望過去。過了良久，不見李用和的動靜，狄青疑惑中，正要起身，突然感覺有人掩了過來，狄青心中驚凜，一閃身已轉到大石的另外一側，手按刀柄。

掩來那人止住了腳步，低喝道：「狄青，你到這裡做什麼？」

狄青聽是王珪的聲音，舒了口氣道：「王珪，我正要找你。有古怪！」

王珪緩步走出，直視狄青的雙眸，目光犀利。

狄青問心無愧，坦然望道：「剛才我見到這個方向似乎有動靜，這才趁張玉當值換班的時候，過來查看。你可見到有外人出沒嗎？」

王珪道：「沒有外人，只有個行宮之中的人來過。」

狄青問道：「是誰？」

王珪道：「是先帝的一個順容，姓李，也是聖上殿前散直李用和的姐姐。李用和一直在京中護駕，這次來到鞏縣，李順容想念弟弟，過來看望一眼，我就准了。」

狄青知道順容是皇帝後宮中第三等第四品的女人，一般都算是不受寵的妃嬪。聽說劉太后善妒，真宗過世後，妃嬪中除了楊太后還留在京城，其餘的妃子都被遣散到各處道觀出家，這個順容守著真宗的墳墓，很是淒涼。一想到這裡，狄青倒有些同情起那個女子，但疑心不去，暗想就算李順容看望弟弟，也不必藏身在花叢中吧？

不過一個弱女子，應該對皇上造成不了威脅，狄青想到這，說道：「那沒事了，我四處走走。」

王珪笑道：「狄青，你小心些總是好的。不要走太遠，聖上要在五漏三刻祭拜先帝，我們要到齊護駕。」

狄青點點頭，向外走去。一條青石大路鋪出去，在月光照耀下，如綢緞般光滑。山氣清新，擘面而來，讓人胸襟為之開闊。

狄青知道順著這條路過去，就是真宗的寢陵，不便再行，撿了條小路閒走。他踏著月色，漸走漸偏，這裡已不在王珪的戒備範圍內，也無人手看管。狄青隨手摘了朵野花，心道，這裡景色其實極好，若是能和羽裳一起漫步此間，那真的是神仙也比不上。給她摘些花兒帶回去，她必定喜歡，可是這花兒摘了，只怕很快就要枯萎了。

他撿了處乾淨的地方坐下來，望著天上的月亮，心中滿滿的都是那靈秀的女子。正神馳間，突然聽到左手處坡旁有人聲傳來，狄青心中一凜，放輕腳步走過去。路過片林子，只見到幽徑旁立著一女子，緇衣青帽，尼姑打扮，正向著明月下拜，口中喃喃自語。狄青隱約聽到那尼姑道：「求你……墜入地獄……情願……」

微風吹拂，狄青聽得斷斷續續，又悄然上前兩步。見那尼姑站起身來，祈禱兩句，又跪了下去，說道：「菩薩在上，民女謝你這些年照顧他，知他無恙，民女足感恩德。可是，民女這些年日日夜夜都在想著他的樣子，只求菩薩垂憐，讓我見他一面，雖死無憾！」

這時狄青已繞到那尼姑身側，只見到兩行清淚順著那女子的臉頰流淌下來，滴滴地落入塵埃。那女子人在中年，容顏清減，眉目間依稀可看出昔日的美貌。

正在此時，遠處腳步聲響起，狄青藏了身形，見到李用和急急地奔過來。

狄青心中一動，暗想難道真的那麼巧，這女人就是真宗的妃子？也就是李用和的姐姐？

李用和到了尼姑身前，說道：「你今日怎麼這麼莽撞？差點讓人發現，壞了大事。」

那女子不解道：「誰發現了我？」

李用和道：「是個殿前侍衛，叫做狄青。那人極其警覺，我看他好像發現有人靠近孝義宮，我已經和你說過多少次了，聖上要在五漏三刻……到時候才是我們的機會……」他壓低了聲音，聲音時斷時續。

狄青心中一凜，心道，他們要在五漏三刻做什麼？難道要對皇上不利？這個李用和可深得皇上的信任，若是對趙禎不利，那真是防不勝防。

那女子道：「我不能……」她說到這裡，臉上滿是幽怨，扯住李用和的手臂道：「你一定要小心，不然太后她不會放過我們。」

狄青一顆心沉了下去，暗想原來李用和已被太后收買或威脅，因此對趙禎不利。

李用和低聲道：「我自然會小心，你放心吧，這次錢惟濟已經和我說好，有他在，我們應該沒有問題。」

狄青只覺得背脊發涼，他實在不想相信，這幽怨的女子與李用和會聯合錢惟濟對皇上不利，但事實就在眼前，由不得狄青不信。狄青心中焦急，只怕打草驚蛇，悄然向一旁退去，想找到王珪等人，再商量應對之策。等到了山崗轉角，突然聽到孝義宮的方向傳來聲淒厲的哨聲。那哨音打破了夜的沉凝，在這寢陵周圍顯得異常的驚心動魄！

狄青大吃一驚，見孝義宮的方向竟然有火光閃動，心中一緊，飛奔而回。狄青到了孝義宮前，四面八方的殿前侍衛已紛紛向孝義宮靠攏，急問道：「怎麼回事？聖上呢？」

狄青突然想到了什麼，喝道：「李簡，李禹亨，你們帶著十人暫時扼住要道，提防有人進來，其餘的人，隨我護駕！」

眾侍衛紛紛點頭，狄青帶著眾侍衛到了殿前，發現王珪、張玉等守在殿前的人都已不見，微有心慌，高叫道：「王珪，張玉！」衝到了皇上的房前，顧不得稟告，一腳踢開了房門。

房間內寒光一道，直指狄青的咽喉。狄青後退一步，見是王珪拔劍而向，急問，「聖上……」瞥見趙禎還在房間安坐，舒口氣道：「殿外的侍衛呢？」

王珪緩緩收劍，見狄青帶來了十數侍衛，說道：「孝義宮後殿突然起火，我已令兩人前去打探情形，為防敵人聲東擊西，我讓殿前左近的人手悉數先留在聖上身邊。方才你破門而入，我還以為是敵人……」

狄青擺手道：「不用解釋了，我明白。王珪，我帶了十四人過來，還有十人由李簡率領，暫時扼住殿前的要道。」見到趙禎的房中除了王珪、張玉外，還有五人，狄青道：「眼下首先要保護聖上的安全，然後吩咐人去救火……」

王珪皺眉道：「我已讓杜放和溫涼玉二人去查看火勢，怎麼還未回轉？」

狄青道：「我去看看？」

趙禎突然道：「狄青，你留在朕的身邊。」

王珪立即道：「車夜永、申報喜，你們去後殿看看，同時負責安排宮人救火，若是見到杜放和溫涼玉二人，讓他們回來護駕。」

兩侍衛領命出了房間，這時候後殿處早就鑼聲陣陣，閻文應衝了進來，見到趙禎還在，忙道：「聖上，還不快走，這火燒到正殿來了。」

趙禎一拍桌案道：「錢惟濟呢，怎麼還不過來？李用和呢，現在在哪裡？」話音未落，門外有人叫道：「聖上！」那人快步衝進來，正是李用和。

狄青心中一凜，已擋在了趙禎的身側。這火來得突然，說不定是敵人魚目混珠，他不得不防。

趙禎見李用和前來，問道：「李散直，錢惟濟呢？」

李用和道：「聖上，臣才要休息，知道火起，匆匆趕來，也沒有見到錢惟濟在哪裡。」

趙禎冷哼道：「眼下宮中失火，錢惟濟身為宮使，不可推責。」

李用和忙道：「聖上，眼下不是追責的時候，宮中火起，我看難以控制，聖上當要先出了這裡再做打算，不然火燒過來了，只怕會有危險。」他上前兩步說道：「臣護送聖上先走。」

王珪下意識地攔在李用和身邊，說道：「李散直，這護送聖上的職責，交給我們就好。」狄青微愕，見王珪對李用和好像也有懷疑之意。

李用和一怔，說道：「那還不走？」

王珪問道：「往哪裡走？」

李用和道：「先到帝陵再說，那裡有數十禁軍護衛。加上我們這裡的人手，可保聖上周全。」

王珪轉身對趙禎施禮道：「聖上，請先移駕。」

趙禎點點頭，在王珪、狄青的護送下出了房間。這時候眾侍衛已聚集二十來人，趙禎見狀，心下稍安，說道：「我們去先帝的陵寢吧。」趙禎一直嚮往著太祖的兵戈險行，但這次以身犯險，已有後悔之意。

王珪道：「先帝的陵寢不能去！」

李用和一怔，急問，「為什麼？」

王珪冷冷道：「因為我懷疑，有人要對聖上不利！」

李用和皺了下眉頭，「你說哪個？」

王珪沉聲道：「今日午後，我曾看到有一人和錢惟濟竊竊私語，似乎商量著什麼。如今孝義宮起火，錢惟濟卻遲遲未到。錢惟濟之子得罪聖上，雖聖上既往不咎，但不見得錢惟濟不會暗懷鬼胎，勾結外人。這火勢如此凶猛，杜放等人還沒有回轉，想必已遭遇不測！我想定是有人放火混淆視線，伺機要對聖上不利。而這孝義宮中，一定已混入了刺客！」

狄青這才知道王珪亦是謹慎，稍舒了口氣。王珪一揮手，眾侍衛明白他的意思，將李用和團團圍住。趙禎瞠目結舌，一時無語。李用和見眾人圍過來，卻不慌張，冷問道：「那個和錢惟濟竊竊私語的人當然就是我了？」

王珪道：「不錯！不知你可敢將與錢惟濟談話的內容，當著大夥的面說說？」

這時候大火更熊，孝義宮的所有宮人、宮女都跑了出來救火，有一人急匆匆趕到，見到眾侍衛和趙禎，喜道：「聖上……」

王珪喝道：「站在外圍，不得近前，否則格殺勿論！」

那人一怔，忙道：「卑職乃孝義宮副使莊別，宮中起火，卑職四處找不到錢大人，特地趕來護駕。」

王珪吩咐道：「莊副使，你帶宮中眾人儘量控制火勢，若有陌生人出沒，要及時稟告。至於衛護聖上的職責，自然有我等擔當。」

莊別見王珪殺氣騰騰，不敢有違，忙去率人救火。趙禎一旁見到，心中惴惴，閻文應已喝道：「王珪，你好大的膽子，聖上在此，你竟敢擅做主張？」

王珪一怔，轉身單膝跪倒道：「聖上，臣得聖上賞識，到殿前之位，只想護衛聖上的安全，鞠躬盡瘁，死而後已，請聖上信我。」他目光灼灼，滿是懇切，趙禎見了，望向狄青道：「狄青，你覺得呢？」

狄青出列道：「臣和王珪一樣的念頭。眼下宮中失火是小，衛護聖上的安全是大。王珪所言極有道理，臣也覺得李用和大有可疑。」見趙禎滿是詫異，狄青又說了有人私過李用和關卡、接近孝義宮一事，本待將山崗見到李順容的事情也抖落出來，可轉念一想，還是壓制住這個念頭。

狄青說完後，又道：「聖上若是不信，大可詢問張玉。」

張玉出列道：「啟稟聖上，狄青所言屬實。」

烈火映天，眾人的目光都落在李用和身上，滿是懷疑戒備。趙禎面沉似水道：「李用和，你能否給朕一個解釋？」

李用和屈膝跪倒，焦急道：「聖上，臣對你一片忠心，你難道竟不信我？」

王珪冷冷道：「知人知面難知心，你莫要混淆視聽。錢惟濟現在何處，你今日又與錢惟濟說了什麼？」

李用和扭頭望向王珪，喝道：「王珪！聖上待你不薄，如今危機關頭，你不思保全聖上的安危，卻只想內訌，實在讓我失望！」

王珪道：「欲攘外者，必先安內。要衛護聖上，當求上下一心，若中間有了叛徒，何來保全之說？聖上，此人若是不說出真相，臣請聖上下旨，將他拿下！」

趙禎皺眉道：「用和，事到如今，你還有什麼不能說的？你若真的問心無愧，何不對朕說明一切？」

李用和望著趙禎，慘然道：「聖上，臣不能說，更不想騙你，但臣絕不會對你不利。聖上，臣這些年待你如何？」

趙禎猶豫起來，他眼下最信任的幾人就是閻文應、李用和、狄青等人。王珪雖得他提拔重用，但這種關頭，要信王珪擒住李用和，在他心中和自毀長城無異。沉吟良久才道：「用和，我信你！」

王珪一驚，急道：「聖上……」

趙禎搖搖頭道：「王珪，你與李用和、閻文應、狄青還有在場的所有禁軍，都是朕最信任之人。這種時候，朕只希望你們能同舟共濟，應付局面。」走過去拉起李用和，趙禎又拉住王珪的手，讓彼此互握，緩緩道：「以往的一切，讓它過去吧。王珪，你說如何？」

王珪不能有違，只好道：「臣遵旨。」

陡然間一聲慘叫傳來，眾人驚悚，扭頭望過去，只見到遠處奔來一人，鮮血從額頭流淌而出，看服飾竟是方才王珪派去的侍衛。那人踉踉蹌蹌到了眾人前面，堅持不住，摔倒在地上，伸手扭頭向後指去，嗄聲道：「他們三個都死了……我……有敵人。」

王珪躍過去，急問，「敵人是誰？」話音未落，狄青突然叫道：「小心！」王珪心中一凜，倏然而退。只見一道刀光有如匹練，堪堪從王珪身前劃過，割破他胸前的衣襟。若非他及時退卻，只怕就要被這刀開膛剖心！

出刀之人卻是那滿面鮮血的侍衛！眾人錯愕，一時間不知道發生了什麼事情。王珪卻已明白，這人不是侍衛，而是刺客。刺客渾水摸魚，穿了侍衛的衣飾，用鮮血模糊了臉，故做聲音嘶啞，就是要混淆視線，趁機偷襲。

這麼說……方才派出的侍衛已死？王珪想到這裡，雖驚不懼，後撤之時已拔出長劍，一劍反斬了過去。噹的一聲大響，火花四濺，偷襲那人及時回刀，擋了王珪一劍。

二人刀劍相交，都是暗自凜然。王珪驚駭這人刀蘊巨力，收發自如。偷襲那人卻是暗自叫苦，心道趙禎的貼身侍衛，果然武功高強。閃念中，偷襲之人借勢一滾，已繞過王珪，直撲趙禎。狄青、李用和二人毫不猶豫，已一左一右的攔在了趙禎身前。

王珪大喝聲中，長劍脫手，已向那人背心擲去。長劍如虹，眼看就要化做一道電閃擊入那人的背心，不想那人一撲卻是虛招，腳尖一點，斜穿了出去。王珪的長劍算錯了去勢，擦著那人的衣襟釘在地上，嗡的一聲，劍身顫顫巍巍，動人心魄。那刺客衝出了眾侍衛的包圍，沒入黑暗之中，傳來了一陣長笑，「狗皇帝，這次殺不了你，只怕你過不了今晚！」

趙禎面色如土，張玉才待追趕，王珪道：「窮寇莫追！」他臉色陰晴不定，望著刺客逃走的方向，心中暗想，刺客多半知道聖上身邊護衛重重，這次只想先殺了自己，剪除聖上的膀臂，然後再對聖上下手，可他沒想到精心的算計竟被狄青看穿，自己又能夠抵擋住他的殺招。刺客一擊不中，當下離去，也是個了不起的人物。眼下當以保護皇帝為主，不能讓他們調虎離山。

張玉止步，恨恨道：「難道就讓他這麼輕易逃脫了？」

狄青道：「何必追呢？他肯定還會再來。」

眾人一凜，心道狄青說的不錯，刺客精心布局，火燒孝義宮，喬裝行刺，絕不會甘心就此罷手。

王珪緩緩道：「那人穿著侍衛的衣服，只怕杜放四人，已著了他們的毒手。」話音未落，只聽到後殿的方向一聲巨響，孝義宮後殿不堪大火，已整個坍塌下來。火舌伸展，已到了主殿，就算是在殿外所站之人，都能感覺到火勢的炎熱。

可眾人心中均有冷意。

王珪突然望向狄青道：「狄青，方才多謝你提醒。只是……刺客偽裝得極好，你如何知曉那人是敵人呢？」

狄青道：「我看那人舉止踉蹌，但一雙眸子很有神，不像激戰脫力之人。再說他雖是滿面血跡，但佩刀完好，衣不帶塵，不管怎麼看，也不像是經過浴血廝殺的樣子。」

王珪仔細一想，不由暗讚狄青的觀察力極為敏銳。瞥見狄青還在沉思，忍不住道：「狄青，你有什麼問題嗎？」

狄青皺眉道：「我總覺得……那刺客很有些眼熟。」說著向張玉望過去，張玉不解道：「你看我幹什麼？總不成是我們的朋友。」

狄青提醒道：「不見得是我們的朋友，說不定還和我們生死搏殺過，我覺得你不應該忘記。」

張玉鎖住眉頭，回憶當初的情形，突然叫道：「是持國天王，那人就是持國天王！」

眾人皆驚，王珪問道：「那人就是當初在曹府逃走的持國天王嗎？」

張玉道：「是呀，狄青一說，我就想起來了。這人的確是曹府出現的那個持國天王，可是……他怎麼會到了這裡？」

王珪臉色陰晴不定，趙禎怒道：「這個彌勒教陰魂不散，竟然如此大逆不道，朕回轉京城後，定要召集禁軍，將彌勒教徒一網打盡。」

狄青心中凜然，暗想刺客如果真的是曹府出現的持國天王，那可就大大不妙。那人和夏隨可能有干係，夏隨又是太后的人，難道說……這次刺殺，太后是主謀？李用和到底有何陰謀詭計，為何聖上這般信他？

火燃得益發猛烈，趙禎見孝義宮大火一發不可收拾，不由長歎一聲，問道：「眼下應如何做呢？」

王珪安慰道：「聖上不用擔心，孝義宮失火，錢惟濟雖不見下落，但眼下還有鞏縣的數十衙役在山外，若知道這裡失火，定然通知鞏縣張縣令。所以按我推測，最遲凌晨，張縣令就會帶人趕來護駕，我們不如坐等待援。」

趙禎略微心安。狄青卻是憂心忡忡，暗想一直是錢惟濟在聯繫鞏縣人手，可錢惟濟不見，這鞏縣的衙役能否前來，也是未知之數。

李用和一旁道：「我不贊成王珪的建議，這裡離先帝陵寢不遠，若去那裡，總比在這裡強上很多。」

王珪反駁道：「依我所見，這孝義宮旁已是危機重重，誰又能說陵寢不會混入敵人？再說敵暗我明，誰能保證前往陵寢的路途中不發生意外？」

趙禎聽得頭痛，向狄青問道：「你說該如何？」

狄青猶豫道：「我倒同意王珪的建議。」

趙禎無奈道：「好了，朕就留在這裡。」

王珪見趙禎同意自己的建議，心中稍安，請趙禎依靠院牆而坐，數十侍衛成環形圍在趙禎之外。這樣就算有數百兵馬前來，急切之間，只怕也衝不破眾人的護衛。

王珪見眾人神色或惶惶、或茫然，知道大夥突然遇到這種情形，一時間無從應變。他從孝義宮失火、錢惟濟不見、四侍衛被殺、持國天王來行刺等種種跡象判斷，敵人的這一切都已經過了精心籌備，持國天王雖走，今晚卻難免一場惡鬥，更何況己方陣營中還有個鬼鬼祟祟的李用和！如此局面，只怕很多人會見不到明日的太陽。王珪想到這裡，向狄青望去。

狄青也是滿懷心事，正向王珪望來。二人四目交投，緩緩點頭。雖未說一句話，但已明瞭彼此的決絕心意。眼下只有齊心協力，才可能保護趙禎的安危。

這時月過中天，樹影扶疏，清冷的月光投在火海中，絢爛中帶著落寞。過了個把時辰，只聽到遠處轟隆一聲大響，原來孝義宮不堪大火，主殿也塌了下來。一股濃煙沖天而起，經久不熄，火勢燒紅了半邊天，如落日前慘烈的雲霞。

又過了盞茶的功夫，只聽到遠處有馬蹄聲急驟，沉雷一般。緊接著馬兒長嘶，腳步聲響起，黑暗中有人迅疾地靠近眾侍衛，守在外圍的李簡喝道：「什麼人？」眾人聽那腳步聲繁遝，來人竟然極多，不由一驚。

有人回道：「這位大哥可是殿前侍衛？卑職鞏縣縣尉呂當陽，奉張縣令之手諭，前來護駕。張縣令知道孝義宮有變，讓我等快馬先來，他隨後就帶更多的人手趕到，孝義宮失火，我等救援不利，還請聖上恕罪！」

李簡接過手諭，見來人足有數十人之多，心中暗喜，說道：「你等先在此等候。」轉身來到王珪面前，遞過手諭，將事情說了一遍。王珪其實早就聽到，仔細地檢查手諭，確定無誤，又對趙禎道：「聖上，這鞏縣的救援，比起我的預測，早來了數個時辰。」

趙禎見來了援助，大喜道：「快讓他們過來，朕要獎賞他們。」

李簡領令去見呂當陽，王珪對狄青道：「狄青，你去看看那些縣中的人手，看能否從中找幾個護駕之人。」在王珪心目中，一個小小的鞏縣，沒什麼人才，不過眼下只能矬子裡面拔大個了。狄青點點頭，舉步向外走去，李簡卻已將呂當陽帶來。

呂當陽看起來精明能幹，臉上一顆大大的黑痣，他旁邊兩個副手，均是官差的打扮。

狄青和呂當陽擦肩而過的時候，突然心中一動，但瞥了呂當陽和他的兩個手下一眼，感覺那三人神色鎮定，並沒什麼問題。

狄青心中總有些異樣，可腳步不停，已到了那些官差的身前，陡然心頭狂跳……

呂當陽到了侍衛圈中，上前一步，和兩個副手齊齊雙膝跪倒道：「臣叩見聖上。」

王珪見呂當陽上前一步，下意識地擋在趙禎身前。趙禎暗自皺眉，心道這個王珪護駕之心是好的，可很多時候，好像小心得過了頭，溫言道：「免禮平身。」

呂當陽見王珪攔在身前，抬頭笑道：「大人這般謹慎，難道是怕我襲駕嗎？」

王珪見他笑得真誠，額頭又滿是汗水，多半是星夜趕來護駕，不由為自己的多疑暗叫慚愧，退開兩步，岔開話題道：「張縣令何時會到？」

呂當陽道：「這孝義宮著火，張縣令知曉後極為焦急，因此讓卑職先來護駕。張縣令最近偶感風寒，勉強起身，還要招調人手，不過我想天亮之前，他就能來了。」

王珪總覺得哪裡不對，但一時間又想不清楚，隨口道：「那你帶了大約多少人手……」話音未落，只聽到遠處狄青急叫道：「小心有詐！」王珪心中一凜，見到呂當陽眼中閃過一絲陰狠，想也不想，拔劍直刺呂當陽的咽喉。

王珪一劍刺出，已明白哪裡不對，這個呂當陽實在太鎮靜！按理說區區一個縣尉，平生未見皇帝，在天子積威之下，絕不會如此冷靜。更何況呂當陽的兩個手下，也鎮靜得過了頭！

王珪出劍意存試探，只要對方有鬼，不會不防！果然，呂當陽拔劍，一劍已經擋開了王珪的長劍！噹的一響，火花四濺，亮如銀星，呂當陽眼中閃過一絲訝然，顯然也詫異王珪的反應之速。

王珪立即道：「護駕！」他虎軀一挺，已擋在趙禎之前。可呂當陽長劍如蛇，已蜿蜒刺來。逼得王珪不能不退。

但王珪不退！他身後就是趙禎，趙禎手無縛雞之力，他若一退，無疑就把趙禎置於險地。王珪不再猶豫，竟長身迎著劍尖衝了過去。

呂當陽又驚又喜，長劍疾刺，已沒入了王珪的身體之中，長劍入肉那一刻，王珪出肘，一肘重重擊在了呂當陽的臉上！王珪在關鍵時刻，閃開要害，以輕傷搏得機會，一招得手。

呂當陽只感覺到一股大力貫來，整個人倒飛出去，滿天星斗。王珪並不追趕，振臂一揮，長劍雷轟而出，空中洞穿了呂當陽的胸口！

鮮血暴射，在夜空中極為妖豔。王珪擊斃呂當陽，心中卻是更急，因為在呂當陽纏住他那一刻，他帶來的兩個副手已經左右竄出，掠過王珪，向趙禎撲去。王珪殺得了呂當陽，卻來不及攔住另外兩個刺客。

幸好還有旁人！張玉也可算是身經百戰，在這生死關頭，最先反應過來，一個魚躍，竟然抓住了一名刺客的腳踝，那人才在空中，只覺得腳下傳來大力，猝不及防，悶哼一聲，已重重地摔在地上。

可就算有張玉也只能撲殺一人，但刺客還有一人！

另外一名刺客一振臂，已打出了三點寒光，徑直射向已驚得目瞪口呆的趙禎。

王珪大急，想叫聖上快躲，但嗓子已啞，雙目盡赤，半分聲音也是不能發出。眼看那寒光就要射入趙禎的體內，一人斜撲了過來，擋在了趙禎的身前，那三點寒光盡數沒入那人的體內。

撲上來那人竟是李用和！李用和已不用解釋什麼，只憑這一撲，王珪就知道錯怪了李用和。

李用和擋住刺客的暗器，人在空中，手臂一曲，兩點寒光已反打了回去，他是散直，隨身帶了弩直的機弩！

那刺客本以為得手，不等驚喜，就見寒光打到眼前，用盡全身的氣力向旁閃去，兩點寒光堪堪擦身而過，刺客已經決定要逃！

呂當陽已死，另外的同伴被纏，他一擊不中，已沒有再次出手的機會。刺客腳尖落地，再一縱身，就向外殺去。可不等竄出，一弩打來，正中他的胸口。那人搖晃兩下，低頭望過去，只見到胸口插了一弩，晃了晃，仰天倒了下去。

侍衛武英及時出手，射殺了刺客。武英平時沉默寡言，但在關鍵時刻，並不手軟。

王珪心中一鬆，見張玉正和最後一名刺客纏鬥，身形一縱，已到了那刺客身邊。那刺客被張玉纏住身子，感覺腦後疾風如箭，才待閃躲，就聽砰的一聲大響，雙目凸出，已然斃命。

王珪一腳踢去，竟將刺客的頸骨活生生地踹斷！

這時遠方慘叫連連，竟然都是侍衛的聲音，王珪憂心狄青的情況，喝道：「你們保護聖上！若再有人靠近，格殺勿論！」他腰間還有血跡，卻看也不看，身形一縱，向狄青、李簡的方向衝去。

等到了近前，饒是王珪膽壯，見到眼前的慘狀，也是不由得打個寒戰。那一刻，他只感覺不在人間，而像是墜入了十八層地獄。呂當陽帶來的那些衙役，已變得和瘋狗一樣，見人就撲，有幾個侍衛不及防備，竟被那些人一把抱住，咬住了咽喉。

王珪只感覺手心發冷，見狄青霍然衝入人群中，長刀揮起，斬殺了一衙役，搶出一侍衛，不由暗自叫好，心道狄青這人平日油滑，可真正的關頭，能堪大用！

狄青也是不得已而為之，對於這種場景，他似曾相識。這場景和當年的飛龍坳何其的相似！

狄青聽從王珪的吩咐，過來查看衙役的人手，可才到了諸人面前，就感覺到有些不對，因為黑暗中，那些人直如木偶一樣的站著，眼神茫然。狄青立刻覺得這種情形依稀見過，他轉瞬就已想到，飛龍坳那些被迷失心神的百姓，就是這般模樣。

狄青當即示警，可他喊聲才出，就聽到人群中有人說道：「彌勒下生，新佛渡劫。殺人善業，立地成佛！」

狄青心頭一顫，扭頭望去。當年飛龍坳就是因為這十六個字，才引發了一場無邊的浩劫，狄青萬萬沒有想到，今日此刻，竟然重聞此言！

漆黑的夜，有雙明亮的眼，明亮的眼中，帶著無盡的邪惡。狄青心底一聲哀鳴，已認出那人是誰。

那人赫然就是讓他痛苦多年的多聞天王！

第二十一章　追命

多聞天王怎麼會來此？彌勒教到底要做什麼？這些人為什麼處心積慮地行刺趙禎？若說他們是太后所遣，那早些年這些人為亂大宋江山又是所為何來？

狄青想不明白，可情形也不容他多想。多聞天王說完「殺人善業，立地成佛」後，那幾十個衙役已如當年飛龍坳的百姓一樣，瘋狂地衝過來。

狄青知道不好，立即後退。一些侍衛不知該如何應對，等到有幾人被活生生咬死後，眾人這才反應過來，奮力反抗。狄青只怕多聞天王出手，但多聞天王早就不知去向。

李禹亨素來膽小，見到這種場面，已駭得移不動腳步。那被迷失心智的衙役奔他過去，他竟然都忘記了閃避，只是驚吼道：「莫要過來！莫要過來！」

那衙役如何聽他命令，一把抱住李禹亨，就要咬下去。狄青出手，一刀從那人背心刺了進去。那人倒了下去，李禹亨也軟軟地向地上倒去，狄青一把抓住他的手臂，喝道：「要活命就快跑！」

李禹亨回過神來，鼓起勇氣逃命，可這時候眾侍衛和衙役已陷入了絞殺之中。狄青稍有猶豫，見身邊一侍衛被困，再出一刀，救出那侍衛。只是連殺兩人，狄青也有些手軟，若是真的與窮凶惡極之徒搏鬥，他反倒不會如此，但面對著喪失心智之人，狄青也有些下不了手。

這時又有兩人向狄青衝來，狄青尚在猶豫之中，王珪趕來，揮手兩劍，已割斷那兩人的咽喉。狄青扭頭望過去，急道：「王珪，這些人被彌勒教蠱惑，喪失了理智！」

「你不殺他，他就殺你。」王珪喝道，「狄青，我們沒有選擇！」

狄青道：「我們可以選擇走！」

王珪再次出劍，又殺了一人，喝道：「他們的用意就是逼我們走！眼下我等防備森嚴，他們無法靠近聖上，但在逃命途中，誰能保證聖上沒有危險？」長劍垂血，春夜凝寒，王珪眼中雖有無奈，可出劍絕不容情，片刻之間，再殺數人。

被困的侍衛已清醒過來，紛紛向王珪的方向靠攏，眾人成環形對外，見那些衙役衝來，再不手軟。那些人雖是瘋狂，卻不知變通，只知道往前衝，不知道閃避，只是片刻的功夫，就被侍衛們斬殺殆盡！

空氣中蔓延著濃烈的血腥之氣，地上血流如河，有一侍衛見滿地屍體，終於忍不住心中的噁心，哇的一聲吐了出來。別的侍衛也是胃部抽搐，有幾人跟著去吐，一時間嘔聲不絕。

王珪收了長劍，這才將腰傷簡單包紮。突然聽到身後腳步聲響起，王珪扭頭望過去，見到趙禎在侍衛的護衛下走過來，慌忙單膝跪倒道：「臣守衛不利，讓聖上受驚了。」

趙禎伸手拉起王珪，歎道：「你們已盡力了，朕都看在眼中。只是……這些人難道真的和朕有不解的仇恨，定要取朕的性命才好？」他滿是疑惑，似乎不解自己微服來此，卻為何有人刻意要來襲駕。

王珪猶豫片刻道：「這呂當陽，不見得是鞏縣縣尉。」

趙禎道：「若非鞏縣縣尉，怎麼會有縣令的手諭？唉，要等鞏縣人馬救駕，只怕是不行了。」

王珪忙道：「聖上，說不定真有縣尉來救聖上，但卻被這些逆賊攔殺，又取了他們的手諭。」

狄青突然道：「說不定這縣尉真的奉了縣令的手諭。」

眾人沉默，心底冒出一股寒意，暗道若果真如此，那就是造反！縣令怎麼會有這麼大的膽子？難道是有人授意？到底是誰要刺殺天子？很多人都在猜測，但沒有人敢說。

冷月照在冷凝的血上，泛著淒淒的光芒，眾人望見，心中戚戚。就在此時，遠處突然傳來羌笛悠悠。眾人一怔，不解此時此刻，怎麼會有人吹起羌笛。那羌笛之聲，如惜紅燭歲短，歎寒夜漫長，滿是淒涼悱惻之意。趙禎聽了，悲從中來，恨不得大哭一場。

就在眾侍衛面面相覷之際，羌笛聲陡轉，已變得蒼蒼茫茫，滿是塞下兵戈之氣。片刻之後，笛聲再轉，不成曲調，只餘嗚咽。那笛聲低沉，卻極為有力，再過片刻，四處彷彿均起笛聲，有如鬼哭，將眾人包圍其中。

王珪雖驚異那人笛聲的多變，但更驚駭來人的用意，高喝道：「何人裝神弄鬼？有種出來一戰！」喝聲未歇，武英目光一凝，叫道：「你們看，蛇！」

武英本是沉穩之人，可現在他的叫聲中也有了悽惶之意。

眾人舉目望去，全身發冷。暗夜中，只聽到沙沙的響聲，視力所及處，竟有無數毒蛇向趙禎等人湧來。

蛇湧若浪，翻騰不休。趙禎只覺得兩腿發軟，嗄聲道：「怎麼……回事？護駕！」眾侍衛也傻了眼，他們可退刺客，但如何能退得了這看似無窮無盡的毒蛇？

這時羌笛聲更急，毒蛇爬行雖不算快，但就是這種蜿蜒起伏，更讓人心驚肉跳。王珪心思飛轉，喝道：「快點燃火把驅蛇！」

眾人省悟過來，暗想蛇很怕火，眼下只能以火驅蛇，早有侍衛竄出去，聚攏乾柴，燃起大火。

狄青見群蛇竟然像聽羌笛指揮，駭然對手的驚人之能。更覺得襲駕刺客顯然早有準備，絕不會只是驅蛇來攻那麼簡單。狄青憂心道：「只怕他們還有後招。」

話音才落，只聽到咚的一聲鼓響。那鼓聲猶如驚雷，在夜空中顯得頗為沉悶，又帶分鬼氣森森之意。眾人詫異，不知道此時此刻，為何還有人擊鼓。

笛聲稍歇，群蛇將停，鼓聲再起，只見遠處天空射來一團火焰，耀在當空。

那是一枝火箭。王珪見狀，冷哼聲中，腳尖輕提，一根枯柴凌空飛起，正中那枝火箭之上。眾人不等叫好，只聽到嘭的一聲響，那火箭竟然炸開，散出濃濃的黑煙。

狄青大叫道：「屏住呼吸，小心煙中有毒！」

王珪大驚，喝道：「狄青、張玉，保護聖上！朱觀、桑懌，抬著李用和！李簡、武英開路，我率人斷後！」

王珪本想以逸待勞，不想對手計謀百出，只能逼王珪、狄青突圍。王珪雖知中計，但眼下別無他法，只能暫時先離開這裡。

黑煙雖濃，但散開的速度並不算快，狄青早就用濕布條綁住趙禎的口鼻，背著他就往外衝去。眾人並肩一衝，很快就脫離了黑煙的範圍，有一侍衛腳步稍慢，竟吸到黑煙，晃了兩晃，頹然倒地。

眾人駭然，不想煙霧之毒竟如此犀利。王珪才待去救那人，忽聽到遠處哞哞傳來幾聲牛叫。眾人扭頭望去，只見遠處火光陡起，點點逼近。幾頭黃牛頭綁尖刀，尾燃火炬，竟然向這個方向衝來。火牛來得極快，王珪更驚，叫道：「狄青，小心！」

狄青一閃身避開火牛，那幾頭火牛疾衝而過，踏在火堆之上，頓時煙火四射。羌笛聲再起，群蛇再湧，沙沙的逼來。倒地那人掙扎要起，卻被群蛇漫過，很快喪身蛇吻。

王珪心中驚怒交集，不想對手不出一人，就逼得他不得不逃。眼下火陣被破，無法驅蛇，只剩下向帝陵逃命一途。但對手這般策劃，焉知不是在帝陵設了圈套？

眾人奔走，雖驚不亂，還是將趙禎護在當中。狄青背負一人，雖體格不差，也不免有些氣喘。閻文應急叫道：「方才若是早走，還能有馬騎，現在可好，先手盡失了。」

趙禎喝道：「如今埋怨何用？王珪，到底去哪裡，你來定奪。」慌亂之中，趙禎並未失去分寸，知道這時候，當以鼓舞士氣為主。

王珪也是徬徨無計，向狄青望去，狄青皺眉道：「依我來看，永定陵多半有人埋伏……」眾侍衛多有贊同，王珪緩緩道：「也不見得，敵人用的是虛虛實實之計，他們到現在為止，只出了四個刺客，卻死了三個。他們人若真多，為何不趁方才混亂之際來攻？」

狄青糾正道：「他們本來最少有五個刺客，眼下雖死了三人，但多聞、持國二人均是高手，平手相鬥，我等無一人是他們的對手。」

「那吹笛擊鼓的呢？是兩個天王，還是另有其人？」張玉在一旁忍不住道。

狄青皺眉道：「如果不是持國、多聞二人擊鼓吹笛，那可能還有另外兩人，這麼說，他們一共還有四個人？」

王珪沉聲道：「不管他們幾人，但總不會太多就是。他們想方設法，逼我們逃命，就是想要趁亂刺殺聖上。他們若有必勝的把握，早已出手，何必鬼鬼祟祟？因此眼下無論去哪裡，我們絕不能分散。」

眾侍衛雖折了數人，但仍有三十好手。這些人都是經郭遵觀察，在八大禁軍中算是武功卓越之輩，聽王珪如此分析，均是贊同，士氣一振。

「那眼下怎麼辦？」閻文應急問，看著趙禎的眼神有些怪異。趙禎也在看著閻文應，眼中似乎也有些焦急。

狄青見二人表情奇怪，不等多想，就聽到黑暗中一聲馬嘶，一匹駿馬從夜幕中閃出，就要從眾人身邊掠過。一人從眾人中竄出，倏然出手，已扣住了馬韁。那馬兒奔走之力，何止千鈞，可那人斷喝聲中，力挽韁繩。那馬兒驚嘶聲中，人立而起，再不能前行一步。

眾人望去，見那人卻是殿前侍衛朱觀。狄青想起郭遵的評價，「天武軍的朱觀勇力難敵。」不由佩服這人的大力，也感慨郭遵評價頗準。

趙禎見狀，喝道：「真勇士也。」他見朱觀力挽奔馬，又見眾侍衛鬥志不減，一時間心中大定。此時朱觀已把馬兒牽來道：「聖上還請上馬。」

趙禎見那匹馬神俊非凡，不由欣喜，忙道：「好。」他才要上馬，狄青突然道：「等等，這裡怎麼會突然出現一匹馬呢？」

王珪也是疑惑，說道：「聖上，臣先檢查一番。」他快步上前，仔細檢查馬韁、馬鞍和馬鐙等可能有問題的地方，見絕無異常，這才舒了口氣道：「狄青，馬兒沒有問題。聖上，請上馬吧。」

狄青心中尚有困惑，總覺得有些不對，盯著那馬兒看了半晌。閻文應有些不滿，嘀咕道：「就你們看似小心，不知錯過了多少機會。」

趙禎翻身上馬，說道：「眼下應去哪裡？」他有馬代步，心中有了些底氣。向閻文應望去，閻文應低聲道：「聖上，我們還應該去先帝陵寢。想先帝定會保佑我們。」

狄青見狀，心道，趙禎一直要去陵寢取個東西，眼下看來，他並未死心。正琢磨間，遠處暗中有嘯聲悠揚。

眾人均驚，知道嘯聲傳來，必有不妙。果不其然，嘯聲才起，就聽暗中竟傳來一聲虎嘯，頓時腥風大作。馬兒驚嘶。一頭斑斕猛虎幾乎沒有任何先兆地竄出，一爪就抓在最前一個侍衛的胸口上。

那猛虎爪利如刀，從那人的胸口劃下，破腹劃出。那侍衛一聲慘叫，已然殞命。眾侍衛皆驚，卻見一人飛身撲出，長劍如虹，竟向猛虎刺去。那人正是武英。

眾人大呼聲中，猛虎竟似有靈性，縱身避開武英的長劍。傲嘯聲中，一口向旁邊的侍衛咬去。那一侍衛閃身急退，隨即手腕一抬，弩箭打出，已射入虎腹。射弩那人卻是桑憚。

王珪眼見猛虎受傷，不喜反驚，因為猛虎一出之際，馬兒已驚，竟然霍然竄出，離開了眾侍衛的保護，飛奔起來。

遠處山頭嘯聲陡停，笛聲遽起，有如鬼哭狼嚎，那馬兒稍有停頓，轉瞬就向山頭奔去。

王珪嘶聲道：「護駕！」他喝聲未出，已展開身形，向馬兒奔去。月色中，王珪有如流影分光，被逼出全身的氣力。他這刻才知道，敵人安排的巧妙，實在匪夷所思。

對方的確人手不多，這才千方百計的想將趙禎孤立。他們燒孝義宮，驅動毒蛇，放毒煙，策驚牛，無非是想逼王珪等人倉皇逃離，然後對方以馬兒誘之，讓侍衛捉住孤馬。他們當然知道，眾人中只有一匹馬的時候，乘坐那人必定是趙禎。

只要趙禎一坐到馬背上，那些人就驅虎驚馬，哨聲吸引馬兒奔去，即可輕易的將趙禎和眾侍衛隔開，為所欲為。敵人心思縝密，更驚人的是樂聲詭異，變幻莫測，似有無上之能。敵人到底是誰？

王珪雖竭盡全力，但仍無法拉近和驚馬的距離。眼見氣力不濟，便伸手拔劍，全力向前揮去。他沒有把握擊中驚馬，更怕長劍刺傷驚馬，反倒激發馬兒的野性。長劍如電，王珪取的卻是馬前。嗤的一聲大響，長劍入地，正在馬兒前方。那馬兒驚嘶聲中，竟然止步。王珪大喜，已堪堪到了驚馬之側，伸手要抓之際，山崗處陡然又是一聲哨響，追魂奪魄！

馬兒驚嘶一聲，前蹄揚起，已向王珪踏去。王珪不能不躲，他血肉之軀，若被這兩蹄子踏中，多半就要變成肉醬！可就是這一躲，馬兒已越過了王珪，王珪怒喝一聲，翻身躍起，騰空向馬兒抓過去，指尖堪堪觸及馬尾，力道已洩，憑空跌了下來！轉瞬間，馬兒竄出丈許！王珪已經絕望，嘶聲道：「聖上，跳馬！」

可趙禎人在馬上，不知是嚇呆了還是不敢，只是死死地抱住馬背，哪裡想到要跳馬？就在此時，一人斜穿而出，縱身躍起，向馬兒抓去。

穿出那人竟是狄青。狄青本沒有王珪的速度，不過那馬兒被王珪所阻，驚嚇之間，已變了方向。狄青斜插過來，正巧攔住。

狄青縱身撲出，已算準可抓住馬韁。但那驚馬速度實在太快，他人尚在空中，驚馬就已擦肩而過。狄青陡然急伸手臂，牢牢抓住了馬尾！可驚馬毫不停留，繼續向山崗奔去。

狄青抓住馬尾，哪裡肯放，另外一隻手也竭力抓住馬尾，雙腳連點，幾乎足不沾地，被馬兒拖著飛行。

哨聲更厲！馬奔尤急！

狄青已是灰頭土臉，還能扯著馬尾拍馬屁叫道：「聖上，你沒事吧？」

趙禎自從驚馬那一刻，魂魄就都飛出，這刻才算是稍微附體，見狄青拽著馬尾，身處險境，竟然還關心著自己的安危，不由大為感動，泣聲道：「狄青，你……很好。朕回去……升你的官！」

狄青暗自苦笑，見哨聲更急，奔馬沒有絲毫止步的意思，直奔高崗。他知道敵人就在那裡，所以他無論如何，都不能讓馬兒跑到高崗。

塵土四起，哨聲淒厲。狄青心思轉念間，單臂用力抓住馬尾，騰出一隻手來，解下刀鞘，一下子捅到了馬屁股之上。驚馬劇痛，長嘶而立，狄青遽然覺得一股大力湧來，已順勢上了馬背，將趙禎撲下馬來！

趙禎嚇得慘叫，只覺得昏天暗地。狄青下馬之時，斜睨到山崗高處好像閃過一絲人影，直奔這面衝來，知道那人來意不善，狄青抱著趙禎就向另一面山坡滾去。

馬兒已奔出極遠，這一路地勢頗高，二人滾下去，直跌得七葷八素，半晌都沒有止歇。趙禎早就昏了過去，狄青卻是咬牙撐住，不知過了多久，只覺得滿天星斗，渾身已不知哪兒疼的時候，砰的一聲大響，狄青背心劇痛，已撞在一棵柏樹之上，二人的去勢終於緩了下來！

狄青只覺得筋骨欲裂，一口血幾乎噴了出來，低頭望過去，見趙禎雙眸緊閉，可呼吸尚在，知道他是受驚過度暫時昏迷。飛快地打量下四周的形勢，發現身在一處凹地，四周松柏遍布，雜草叢生。

狄青顧不得周身疼痛，抬頭看天，分辨出方向，記得侍衛們應該在東方，才要背著趙禎拔足狂奔，突然想到，敵人知道他急於和同伴會合，多半會中途攔截。一念及此，狄青霍然轉身，竟然向西而走，和眾侍衛的方向背道而馳。這一招極險，可狄青認定的主意，就不再猶豫。

這時行雲有影，明月含羞，東風拂夜，春夜添愁。誰又知曉，這種悠然下，竟暗藏著致命的殺機。

一路急奔，前方竟沒有遇到攔阻。狄青暗叫僥倖，奔行數里，將趙禎放在草地上。他大口大口地喘著粗氣，疲憊欲死，心中只想著，敵人若是攔截不到自己，肯定會想到自己的方法，反向追擊，那該如何應對？

正沉吟間，趙禎悠悠醒來，見到狄青就在身邊，趙禎掙扎站起，叫道：「狄青，朕還活著？」

狄青低聲道：「我們雖活著，但離王珪他們已經很遠了。現在四周恐怕都是敵人，我們一定要謹慎從事。」

趙禎也壓低了聲音，說道：「那趕快發信焰讓他們趕過來救援呀。」趙禎知道這次出行，所有的侍衛都帶有信焰。信焰用來傳遞消息方位，只要放出，侍衛們就會趕來救援。

狄青猶豫道：「這次刺殺聖上的人……對聖上的行蹤很熟悉。我只怕……信焰發出後，刺客反倒最先趕來。」

趙禎臉色大變，急聲道：「那怎麼辦呢？狄青，你一定要救朕！」

狄青安慰道：「聖上大可放心，我當竭盡全力。」

趙禎稍有安心，見狄青沉吟不語，不敢打斷他的思緒。狄青抬頭望天，放鬆了心境，彷彿又回到童年時光。那時候，他和夥伴們總是喜歡玩一種躲藏的遊戲，竭力不讓對方找到自己，以往是遊戲，勝負無所謂，這次輸了，可真的連命都要搭出去了。

陡然想到了個主意，狄青道：「聖上，要想活命，一切聽我的。」趙禎早亂了分寸，連連點頭。

狄青四下望去，見到周邊古木參天，走進林中，找了根枯藤，扯了下，見牢固可靠，轉身伸手用力扯下趙禎的一塊衣襟。

趙禎嚇了一跳，問道，「你做什麼？」狄青不語，飛快地拿著趙禎的衣襟奔出十數丈，丟在荊棘上，然後向前奔了幾步，在地上打了滾，又用力踩折了幾根枯枝。趙禎遠遠望見，一頭霧水，不知道狄青是瘋了還是傻了。

狄青做完一切後返回，將枯藤繫在趙禎的腰間，然後扯著枯藤上樹，低聲道：「聖上，你小心。」他用盡全身的氣力，終於將趙禎扯到樹上，這才舒了口氣。

趙禎一雙不沾油腥的嫩手早就滿是傷痕，可這時顧不得叫痛，惴惴道：「狄青，在樹上躲著管用嗎？」

狄青道：「管不管用，總要試試。」說罷下樹又奔出十數丈，從懷中掏出信焰，取下外殼，迎風一晃，那焰信燃著，咻的一聲，飛到了半空，夜色中，奪目非常。

趙禎一見，差點暈了過去。方才狄青還說不能放出信焰，只怕引人追殺，不想才過了片刻，竟主動招人前來。

狄青放出焰信，不慌不忙地退回，見草地並無痕跡，這才爬到樹上，借濃密的枝葉擋住二人的身形，說道：「聖上，一會兒無論發生了什麼事情，切不可出聲。」趙禎點點頭，見自己衣衫襤褸，狼狽不堪，只恨不得大哭一場。

過不多時，只見到東方有侍衛衣著的人飛奔而至，低呼道：「聖上可在？」趙禎差點應聲，可記得狄青所言，咬緊牙關。那人四下張望，等轉過臉來，月光落在那人的臉上，滿是猙獰，趙禎這才發現，他竟然不認識這個人。

狄青見那人雙眸如鷹眼，臉型削瘦，背負一把單刀，渾身上下滿是彪悍之意，心中一凜，已認出此人就是持國天王。持國天王呼喚半天，這時又有一人奔來，手持長傘，赫然就是多聞天王！

多聞天王竟也是侍衛的服飾，狄青見狀，心中微寒。不問可知，這兩人一路尋找趙禎，順手又殺了幾個侍衛。侍衛們雖人多勢眾，但若論單打獨鬥，沒有任何人是這二人的對手，狄青想到這裡，不由為侍衛兄弟難過。

多聞天王低喝道：「人呢？」

持國天王咬牙道：「多半又是那小子耍了花槍！我趕到的時候，狗皇帝的影子都沒有見到。我們在他們回歸的路上等待，不想他們竟然沒有回返，這個狄青，屢次壞了我們的大事，我下次見到他，定要剮了他！」

多聞天王皺眉道：「我們時候不多了，多言無益，抓緊找到狗皇帝才是正道。」說罷抬頭向上望去。狄青心中一凜，動也不動。趙禎只以為多聞天王發現了二人，一顆心更是要跳出胸口。

多聞天王只是看看天色，低下頭歎道：「我們這等計謀都殺不了狗皇帝，難道大宋真的氣數未盡？」

狄青心中詫異，暗想怎麼聽這二人的口氣，竟不是宋人？他們難道不是太后的人嗎？

持國天王突然目光一凝，望向遠方道：「那兒好像有情況。」這時東方又有兩人奔到，喝道：「可發現了什麼？」那兩人倒真的是侍衛，見到這面是自己人的裝束，出言詢問。

多聞天王搖頭道：「沒有發現聖上……」

有一侍衛突然道：「我怎麼……從來沒有見過你們兩個呢？」

多聞天王伸手向遠處一指，詫異道：「咦，那是誰？可是聖上？」兩侍衛忍不住扭頭望過去，持國、多聞二人閃身上前，傘刺刀劈，瞬間殺了二個侍衛。

狄青見多聞、持國殺人如麻，更是心冷。

多聞天王收回了寶傘，這才向持國天王所指的方向走去，驀然一矮身，已抓了狄青拋棄的衣襟，看了眼就道：「是狗皇帝的衣服，他們來過這裡。」

持國天王精神一振，低頭查看道：「這枯枝是被人踩過，他們的確經過這裡。多半狄青放了焰信後，又怕我們趕來，所以逃了。狗皇帝嬌生慣養，狄青帶著狗皇帝，肯定也跑不快。」

多聞天王皺眉道：「他們會去哪裡？」

持國天王道：「看他們離永定陵已近，多半就是想去永定陵躲藏了，追吧。」說罷身形一晃，已向西奔去，多聞天王緊緊跟隨，身形如一縷輕煙。趙禎這才明白狄青方才打滾踩樹枝的用意，又喜又佩，才待說話，狄青伸手捂住了他的嘴。趙禎不解，可也閉上了嘴。

過了片刻，突然有個聲音從趙禎藏身的樹旁響起，「他們的確不在這裡，你莫要多疑了。」那聲音正是持國天王所發。

趙禎心頭狂跳，才明白那二人看似遠走，卻悄然回返查看動靜，自己若真的出聲，只怕要被他們捉個正著。

多聞天王點頭道：「走吧。」二人這才急奔離去，狄青還是不敢大意，又聽了良久，這才放下捂住趙禎的手來，舒口氣道：「他們走了。」

趙禎對狄青佩服的五體投地，忙問，「如今怎麼辦？」

狄青沉吟道：「這招可騙他們一時，但說不定會被他們識破。若他們在永定陵未發現聖上，只怕還會殺回來。既然如此，不如險中求勝，他們搜尋永定陵無果，肯定要去別處。我們尾隨他們身後，前往永定陵！」

趙禎連連點頭道：「果然好計，狄青，朕就指望你了。」

狄青帶趙禎爬下樹來，避開兩大天王所走之地，兜個圈子向永定陵的方向行去。狄青抬頭望天，見離天明尚有個把時辰，暗自歎氣。見趙禎行走得踉踉蹌蹌，伸手扶住他前行。

二人行了一段路，前方出來個岔口，狄青問道：「聖上，你曾來過這裡，可知道哪條是入陵的路？」

趙禎苦笑道：「你可問錯人了。朕每次來，都有人前呼後擁，不用自己尋路的。再說，我走的都是正路。這等荒野之地，我也是第一次前來。」

狄青知道趙禎說的是實情，正猶豫間，突然聽前方有腳步聲漸近。狄青心中一凜，帶著趙禎悄然躲在一大石之後，心中只是在想，來者是誰？是敵是友？

（未完，請繼續閱讀《歃血【卷二】關河令》）

國家圖書館出版品預行編目資料

歃血【卷一】霓裳曲／墨武著；—— 初版. ——臺中市：
好讀, 2011.07
面：　公分，——（墨武作品集；01）（眞小說；10）

ISBN 978-986-178-238-6（平裝）

857.7　　　　101007740

好讀出版

真小說 10

歃血【卷一】霓裳曲

作　者／墨　武
總 編 輯／鄧茵茵
文字編輯／莊銘桓
內頁編排／王廷芬
行銷企畫／陳昶文
發 行 所／好讀出版有限公司
台中市 407 西屯區何厝里 19 鄰大有街 13 號
TEL:04-23157795　FAX:04-23144188
http://howdo.morningstar.com.tw
（如對本書編輯或內容有意見，請來電或上網告訴我們）
法律顧問／甘龍強律師
承製／知己圖書股份有限公司　TEL:04-23581803

總經銷／知己圖書股份有限公司
http://www.morningstar.com.tw
e-mail:service@morningstar.com.tw
郵政劃撥：15060393 知己圖書股份有限公司
台北公司：台北市 106 羅斯福路二段 95 號 4 樓之 3
TEL:02-23672044　FAX:02-23635741
台中公司：台中市 407 工業區 30 路 1 號
TEL:04-23595820　FAX:04-23597123

初版／西元 2011 年 7 月 15 日
定價／250 元
如有破損或裝訂錯誤，請寄回知己圖書台中公司更換

Published by How-Do Publishing Co., Ltd.
2012 Printed in Taiwan

ISBN 978-986-178-238-6

讀者回函

只要寄回本回函，就能不定時收到晨星出版集團最新電子報及相關優惠活動訊息，並有機會參加抽獎，獲得贈書。因此有電子信箱的讀者，千萬別吝於寫上你的信箱地址

書名：歃血【卷一】霓裳曲

姓名：______________ 性別：□男 □女　生日：____年____月____日

教育程度：__________________________

職業：□學生 □教師 □一般職員 □企業主管

□家庭主婦 □自由業 □醫護 □軍警 □其他______________________

電子郵件信箱（e-mail）：________________________ 電話：________________

聯絡地址：□□□ ____

你怎麼發現這本書的？

□書店 □網路書店（哪一個？）__________________ □朋友推薦 □學校選書

□報章雜誌報導 □其他____

買這本書的原因是：____

□內容題材深得我心 □價格便宜 □封面與內頁設計很優 □其他____________

你對這本書還有其他意見麼？請通通告訴我們：

____

你買過幾本好讀的書？（不包括現在這一本）

□沒買過 □ 1 ～ 5 本 □ 6 ～ 10 本 □ 11 ～ 20 本 □太多了

你希望能如何得到更多好讀的出版訊息？

□常寄電子報 □網站常常更新 □常在報章雜誌上看到好讀新書消息

□我有更棒的想法____

最後請推薦五個閱讀同好的姓名與 E-mail，讓他們也能收到好讀的近期書訊：

1. ____

2. ____

3. ____

4. ____

5. ____

我們確實接收到你對好讀的心意了，再次感謝你抽空填寫這份回函

請有空時上網或來信與我們交換意見，好讀出版有限公司編輯部同仁感謝你！

好讀的部落格：http://howdo.morningstar.com.tw/

請填妥後對折黏貼，直接投郵即可，無須貼郵票。

廣告回函
台灣中區郵政管理局
登記證第 3877 號
免貼郵票

好讀出版有限公司　編輯部收

407 台中市西屯區何厝里大有街 13 號
電話：04-23157795-6　傳眞：04-23144188

沿虛線對折

購買好讀出版書籍的方法：

一、先請你上晨星網路書店http://www.morningstar.com.tw檢索書目或直接在網上購買

二、以郵政劃撥購書：帳號15060393 戶名：知己圖書股份有限公司並在通信欄中註明你想買的書名與數量

三、大量訂購者可直接以客服專線洽詢，有專人爲您服務：客服專線：04-23595819轉230 傳眞：04-23597123

四、客服信箱：service@morningstar.com.tw

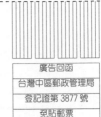